CHRISTINA H. W.

BROKEN SOUL
Die Zerreißprobe

Dark Romantasy

Die Zerreißprobe

Impressum

Bibliografische Information der Deutschen Nationalbibliothek: Die Deutsche Nationalbibliothek verzeichnet diese Publikation in der Deutschen Nationalbibliografie; detaillierte bibliografische Daten sind im Internet über dnb.dnb.de abrufbar.

Verlag: BoD • Books on Demand GmbH, In de Tarpen 42, 22848 Norderstedt
Druck: Libri Plureos GmbH, Friedensallee 273, 22763 Hamburg

Umschlaggestaltung und Buchsatz: © Kathrin Franke-Mois
Epic Moon – Coverdesign / München, www.epicmooncoverdesign.com
Bildmaterial: stock.adobe.com
Korrektorat/Lektorat: Selina Pierstorf
ISBN: 978-3-7597-1469-5

»Für all diejenigen, die täglich kämpfen, nach der Hoffnung und der Kraft suchen, dem Täter keine Macht geben und aufrecht stehen. Für all diejenigen, die sich einsam und verloren fühlen.Ihr seid nicht allein, ihr seid die wahren Kämpfer.«

Meine Lieben,

der zweite Teil beginnt und ich reiße euch wieder in die magische Welt der Shades. Ihr dachtet, jetzt wird es besser, jetzt wird es sanfter, vielleicht sogar süß und aus den Monstern wurden Gentlemen und Schmusetiger? Dann muss ich euch leider enttäuschen.
Diese Welt ist nichts für schwache Nerven oder jemanden, der nach einer romantischen Liebesgeschichte sucht. Also solltet ihr das erwarten, legt das Buch lieber weg. Hier erwarten euch Monster, die sich der Dunkelheit hingeben, sich nach eurem Blut sehnen und euch schreien hören wollen, ob vor Schmerz oder Lust.
Sie nehmen euch mit, verderben eure Seelen, führen euch an Grenzen und zwingen euch, eure Moral über Bord zu werfen. Gut und Böse liegen manchmal näher zusammen als man denkt, und einiges könnte euch triggern. Sei es sexueller Missbrauch und körperliche Gewalt oder die seelische Manipulation und ihre Schmerzen. Physische und psychische Gewalt werden in meiner Geschichte nicht verschönert. Sollte euch das zu viel sein, dann nehmt das Buch nicht länger in die Hand, denn in dieser Welt gibt es keine Ritter in glänzender Rüstung, oder Prinzen, die euch retten kommen – sondern nur Monster. Doch sollte euch das alles nicht abschrecken und ihr wollt immer noch in diese Welt eintauchen, seid euch sicher, dass ich euch gewarnt habe. Denn die Bestien wetzen schon ihre Krallen und heißen euch willkommen in der dunklen Welt der Shades.

Eure Christina

Willkommen in meiner dunklen Welt.
Nur keine Angst, ich beiße nicht!

Damit ihr nicht allzu verloren seid und erkennt, welches Übel euch bevorsteht, erkläre ich euch kurz die wichtigsten Begriffe.

Shades

Das sind unsterbliche Wesen, die wie Menschen aussehen, jedoch ab dem Erwachsenenalter sehr langsam altern und den Menschen weit überlegen sind.
Ihre Sinne sind verstärkt, und sie können sich verwandeln.
Das stärkste Merkmal eines verwandelten Shades ist die schuppenartige Haut, die der eines Drachens sehr ähnlich ist. Bei jedem Shade sieht sie anders aus, genauso wie die Augenfarbe. Je nach Rang und Abstammung besitzen sie spezielle Fähigkeiten und nur bestimmte Shades zeigen sich in ihrer wahren Form mit Flügeln. Dazu müssen sie sich mit der Dunkelheit und dem Licht im Einklang befinden. Trotz ihrer Unsterblichkeit können Shades getötet werden.

Wahre Natur

Durch die wahre Natur erlangt jeder Shade seine Fähigkeiten. Sie lebt im Körper ihres Shades, redet mit ihm, spürt seine Emotionen und steht ihm bei. Shades können auch ohne eine Verwandlung auf diese Fähigkeiten zugreifen, aber mit der Verwandlung sind sie um einiges stärker.

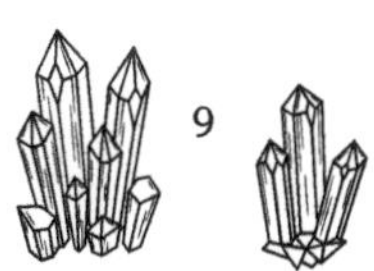

Aura

Jeder Shade besitzt eine Aura, die andere Shades spüren können. Sie ist eine Art Kraft, die einen Shade umgibt, und durch die jeweilige Herkunft und Stärke definiert wird. Bestimmte Shades können ihre Aura verbergen, sodass nur ein Teil ihrer tatsächlichen Macht zu spüren ist.

Krazor

Das sind große, tierähnliche Kreaturen, die von bestimmten Shades herbeigerufen oder beschworen werden können. Sie gehorchen blind und gehen für ihren Meister in den Tod. Jeder Krazor hat eine enge Verbindung zu seinem Shade.

Schattenrat

Das ist die höchste Macht, die existiert. Der Schattenrat wahrt das Gleichgewicht zwischen den Shades und richtet über sie. Jeder Shade kennt die Geschichten über den Schattenrat und fürchtet ihn. Er soll aus einer Gruppe von mächtigen Wesen bestehen, die keine Gnade kennen. Obwohl der Schattenrat noch nie von jemandem gesehen wurde, wird er seit Jahrtausenden gefürchtet.

Blaxro

Das ist eine bestimmte Art von Magie, die nur Shades aus einer königlichen Linie beherrschen können. Jedoch wurde die Blaxro-Magie vom Schattenrat verboten und sämtliche Bücher und Schriftrollen darüber vernichtet. Sollte dennoch jemand diese Art der Magie praktizieren, zieht er den Zorn des Schattenrates auf sich.

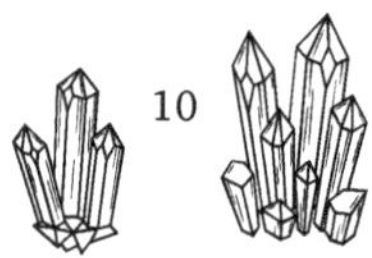

Prolog

VLAD
Vor Jahrhunderten in Moskau

Mein Blick war starr auf die rot befleckte Klinge des Schwertes gerichtet, das auf dem Boden lag, als ich mit zitternden Fingern meine Wange berührte und mein eigenes Blut an meinen Fingerspitzen glänzte. Ich wusste, dass der Schnitt schon längst verheilt war und das Blut auf der Klinge und an meinen Fingern der einzige Beweis dafür war, was soeben geschehen war.

Ich versuchte, die Tränen zu verdrängen, denn auf keinen Fall wollte ich ihm diese Schwäche zeigen, und doch war es zu spät. Die erste Träne sammelte sich in meinem Augenwinkel, als etwas Kaltes unter mein Kinn gesetzt wurde und ich vor Angst erstarrte.

»Was habe ich nur falsch gemacht?«, knurrte mein Vater und hob mein Kinn mit seinem Schwert an.

Mein gesamter Körper stand unter Strom und jede meiner Bewegungen konnte seine Wut noch mehr entfachen. Ich blickte in seine Onyx-Augen und fühlte den Hass in meiner Magengegend, der sich immer mehr ausbreitete.

Ich hasste die Farbe seiner Augen, denn sie erinnerten mich jedes Mal an meine Herkunft und daran, dass es

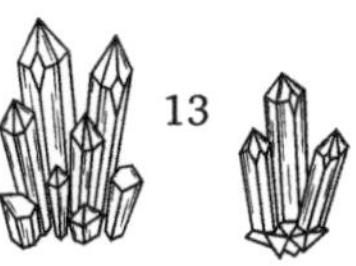

13

keinen Ausweg aus diesem Schloss gab. Ein Leben, das ich verabscheute und niemals wollte.

»Du bist zu schwach, deine Mutter hat dich verweichlicht. Aber keine Sorge, das wird sich jetzt ändern.«

Mein Mund wurde immer trockener und ich konnte fühlen, wie sich mein Puls beschleunigte, als sich Boris' Mundwinkel bösartig nach oben zogen und er ein Handzeichen gab.

Meine Mutter wurde von zwei Männern in den Saal gezerrt. Ihre Angst spiegelte sich in ihren Augen wider, als sich unsere Blicke kurz trafen, bevor sie achtlos vor die Füße meines Vaters geworfen wurde. Ich wollte zu ihr, ihre warme Umarmung spüren und hören, dass alles wieder gut werden würde, aber ihr leichtes Kopfschütteln ließ mich innehalten.

»Boris, mein König.« Die Stimme meiner Mutter zitterte vor Angst und doch reckte sie leicht ihren Kopf in die Höhe und strahlte etwas Starkes aus, was ich jedes Mal bewunderte.

»Natalia, du hast als Frau und als Königin versagt«, sagte er mit einer Eiseskälte, als er im nächsten Moment die Haare meiner Mutter grob packte und ihr heller Schrei an den Wänden widerhallte.

Bewege dich, beschütze sie!, befahl ich mir, aber es geschah nichts, denn ich war wie zu einer Salzsäule erstarrt und selbst meine wahre Natur hatte Angst vor den möglichen Konsequenzen.

»Wegen dir ist unser Sohn verweichlicht«, blaffte er.

»Vlad, mein kleiner Prinz. Ich liebe dich, vergiss das nie. Du bist besser als all das hier«, sagte meine Mutter und lächelte mir schwach entgegen.

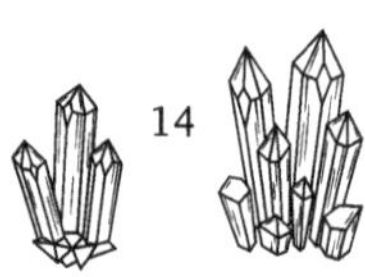

14

Ich öffnete meinen Mund und wollte ihr sagen, wie sehr ich sie liebte und wie dankbar ich ihr war. Denn sie war mein einziger Halt in diesem Schloss, die einzige Person, die mir so etwas wie Liebe und Geborgenheit schenkte. Doch bevor auch nur eines dieser Worte über meine Lippen drang, holte mein Vater mit seinem Schwert aus und schlug den Kopf meiner Mutter ab.

Ihr Blut spritzte in alle Richtungen, und vereinzelte Tropfen landeten in meinem Gesicht und auf meiner Kleidung und ich fühlte, wie etwas in mir zerbrach. Ich wollte schreien, weinen und meinen Vater angreifen, aber nichts dergleichen geschah. Ich konnte mich einfach nicht bewegen und starrte auf die Leiche meiner Mutter, als Boris dunkel lachte und Schwung holte, ehe der Kopf meiner geliebten Mutter wie Müll vor meinen Füßen landete.

»Sieh es als Lektion, mein Sohn. Du bist mein Thronerbe und ich dulde keine Schwächlinge in meinem Schloss!«

Ich blinzelte mehrmals und versuchte, dass alles zu begreifen, doch es ging nicht. Der intensive Geruch nach Blut breitete sich immer mehr aus und selbst, als mein Vater aus dem Saal trat und mich mit dem Leichnam meiner Mutter allein zurückließ, blieb ich vor Schreck starr stehen. Eine Träne nach der anderen lief über meine Wangen und ich fühlte, wie sich eine erdrückende Dunkelheit in meiner Brust ausbreitete und mich immer mehr in Besitz nahm. Ich hielt dem Schmerz in meiner Brust nicht mehr Stand und die Schuld überwältigte mich. Niemals wollte ich das. Niemals wollte ich die Königin töten.

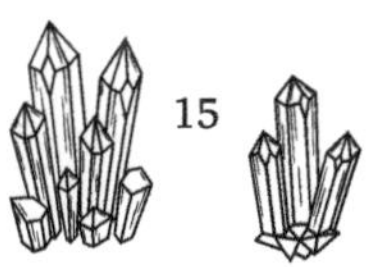

Mein Herz zog sich zusammen und ich versuchte, gegen die Finsternis in mir anzukämpfen. Doch ich scheiterte kläglich.

»Wir müssen uns abschotten«, flüsterte meine wahre Natur und ich konnte spüren, wie sich meine Augen immer schwärzer färbten.

»Vlad! Kämpfe, atme und dränge es weg.«

Es glich einem Flehen und ich horchte auf sie. Ich atmete tief ein und wieder aus, wiederholte das Ganze und schottete mich immer mehr ab, bis die letzte Träne versiegte und ich mit Onyx-Augen nach vorn blickte. Jegliche Trauer und Schuld waren verschwunden. Alles, was in meinem Herzen blieb, waren die Leere und die Dunkelheit.

»Wir werden das überstehen.«

Ich klammerte mich an ihre Worte, in der Hoffnung, dass ich irgendwann selbst daran glauben würde, aber jetzt war der Schmerz zu groß. Ich sackte auf meine Knie, nahm den Kopf meiner Mutter in die Hände und starrte auf ihre weit aufgerissenen, leeren Augen. Ich fühlte, wie das Blut an meinen Händen klebte und über meine Arme lief. Ich starrte weiter darauf, unfähig, ihn einfach loszulassen.

»Du kannst das, ich bin bei dir.« Meine Natur versuchte mir Mut zu machen und sie hatte recht. Ich würde das schaffen, aber nicht so. Denn mein Vater würde sich niemals ändern und egal, wie sehr ich es mir auch wünschte, am Ende würde er immer das Monster bleiben, das ich verabscheute.

»Wir müssen an uns denken. Wir müssen weiter machen, Vlad«, flüsterte sie.

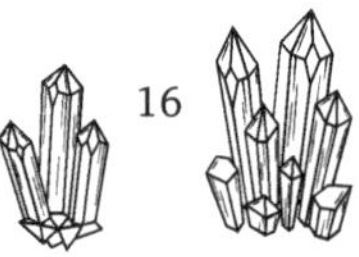

Dann erhob ich mich langsam und blickte nach vorn. Ein dumpfes Geräusch erklang, als ich den Kopf aus meinen Händen fallen ließ und er auf dem Boden aufprallte.

Ich fühlte die Dunkelheit in mir und die unfassbare Macht, die sie ausstrahlte. Aber ich kämpfte nicht mehr dagegen an, sondern nahm das Schwert vom Boden, steckte es an meine Seite und marschierte mit entschlossenem Schritt in den Thronsaal. Ich blieb vor dem schwarzen Thron stehen, ging langsam in die Knie und hob meinen Kopf in die Richtung meines Vaters, der mich diabolisch grinsend ansah.

»Spürst du das, mein Sohn? Wie die reine Dunkelheit durch deine Adern fließt?«

»Ja, Vater.« Meine Stimme war messerscharf und mit jeder Minute fühlte ich weniger. Weniger von dem Schmerz, der mich von innen heraus zerriss. Weniger von der Schuld, die mich in die Knie zwang und weniger von der Liebe, die meine Mutter mir geschenkt hatte. Alles verblasste. Stück für Stück.

Mit schweren Schritten kam er auf mich zu und legte seine Hand auf meine Schulter. »Deine Mutter wollte warten, bis du mindestens fünfzehn wirst, aber ich hatte meine Dunkelheit in deinem Alter schon akzeptiert und die erste Leiche gesehen. Und du, mein Sohn, wirst jetzt endlich dein ganzes Potenzial entfalten können«, sagte er stolz und sah auf mich herab. »Dein Training fängt morgen an.« Er setzte sich wieder auf seinen schwarzen Thron und ich verbeugte mich ein letztes Mal, bevor ich hinauf in mein Zimmer ging.

Als ich dort ankam und das Bild meiner Mutter auf meinem Nachttisch sah, nahm ich es emotionslos in

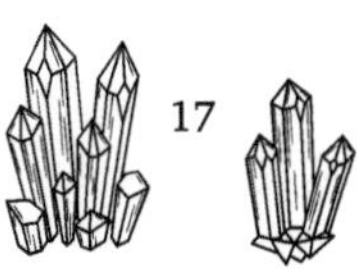

meine Hände, löste es aus dem Rahmen und trat damit auf den Balkon.

Kurz blitzten Erinnerungen daran auf, wie mir meine Mutter dieses Bild zu meinem zehnten Geburtstag geschenkt hatte. Es sollte mich immer daran erinnern, dass ich mehr sein konnte, als nur der Erbe meines Vaters und dass ich jemanden hatte, der mich liebte.

»Sie hat es uns lächelnd überreicht, als wir mit ihr auf dem Balkon unsere Geburtstagstorte gegessen haben.«

Vor ein paar Wochen war noch alles anders gewesen. Aber jetzt war ich den Kampf gegen die tiefe Dunkelheit in mir leid. Ich hatte keine Kraft mehr, keine Hoffnung, an die ich mich klammern konnte und ich musste an mich denken. Ich musste überleben.

»Und ich bin da, Vlad. Ich lasse dich nicht allein.«

Mit Onyx-Augen blickte ich hoch in den dunklen Himmel und hob das Bild in die Luft. Mehrere Blitze schlugen in den Himmel ein und meine Brust hob und senkte sich schwer, als mit einem Mal ein gezielter Blitz in das Bild einschlug und es Feuer fing.

Ich drehte meinen Kopf leicht schräg und beobachtete, wie die Flammen das Bild zerfraßen, bevor ich es losließ und der Wind die letzten Überreste meiner Mutter mitnahm. Als ich meine Hände senkte, verebbten die Blitze und der Himmel lichtete sich wieder.

»Wir sind mächtig«, sagte sie ehrfürchtig und ich konnte ihr nur zustimmen.

Denn egal, wie sehr ich mich dagegen gewehrt und es sogar verabscheut hatte, die Tatsache blieb die gleiche: Durch meine Venen floss das Koslow-Blut und ich würde niemals ändern können, wer ich war.

»Wir haben uns lange genug dagegen gewehrt.«

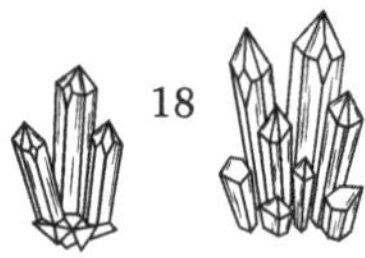

Und jetzt war es zu spät. Die Dunkelheit füllte mich immer mehr aus und mit einem wahnsinnigen Grinsen auf meinen Lippen öffnete ich meine Arme und hieß sie willkommen.

Kapitel 1

EMMA

Im Hier und Jetzt

Ich atmete tief durch, und strich über mein dunkelrotes Kleid und sah wieder mein Spiegelbild an. Seit dem Tag, an dem ich hier in San Francisco und auf dieses riesige Anwesen gekommen war, hatte sich kaum etwas verändert. Jeden Tag frühstückte ich mit Ryan, bevor er verschwand und ich ihn erst zum Abendessen wiedersah. Ich hatte angenommen, dass er mich genauso vergewaltigen und schlagen würde, wie Vlad es getan hatte, aber all die Bestrafungen blieben aus.

Das war verrückt.

»Wir sollten uns nicht beschweren.«

Meine Natur hatte recht. Ich wusste, wie schlimm es sein konnte, und doch gab es diesen Teil in mir, der nur darauf wartete, dass Ryan mir das Monster in ihm zeigte.

»Vielleicht hat er damals am Flugplatz einfach nur einen schlechten Tag gehabt?«

Beinahe hätte ich laut gelacht. Er hatte mich bis zur Bewusstlosigkeit gewürgt, mich für sich beansprucht und gebissen … Und doch war da mehr. Ich konnte etwas Vertrautes in seinen Augen erkennen. Etwas, das mich jedes Mal schlucken ließ.

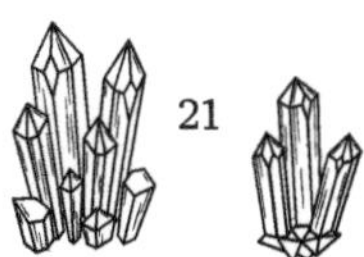

»Wir werden es herausfinden, sobald der Riss zwischen uns geschlossen ist.«

Wie lange versuchten wir das jetzt schon? Seit drei verdammten Monaten, und wie weit waren wir gekommen?

»Wir schaffen das!«, brummte meine Natur. *»Du musst optimistischer sein.«*

Das versuchte ich. Ich ignorierte Tarik, der noch immer in diesem massiven Käfig mitten im Wohnzimmer gefangen war. Er konnte sich dort lediglich hinstellen und ein paar Schritte bewegen, doch raus durfte er nicht. Warum der Käfig ausgerechnet dort stand? Wahrscheinlich wollte Ryan ihm so seine Macht demonstrieren und ihm zeigen, wo er in der Nahrungskette stand. Anstatt ihn einsam im Keller sterben zu lassen, konnte er Tarik auf diese Art besser kränken und reizen. Doch jedes Mal, wenn ich an dem Käfig vorbeilief, wollte er mit mir reden, was ich ignorierte.

Genauso, wie ich Dario keines Blickes würdigte, der dank Ryan auch noch meine persönliche Wache wurde, und mich kaum aus den Augen ließ. Selbst abends blieb er bis weit nach Mitternacht vor meiner Zimmertür stehen, damit ich nicht auf dumme Ideen kam, ehe er anschließend endlich verschwand. Und Ryan … Ihm ging ich so gut ich konnte aus dem Weg. Doch nach drei verdammten Monaten wurde es immer schwieriger. Ich sehnte mich nach Nähe und auch nach dem Gefühl, von Wert zu sein.

»Das ist okay, aber wir müssen achtsam sein. Wir können diesen Männern nicht vertrauen, und wir müssen an uns denken und unseren Riss schließen.«

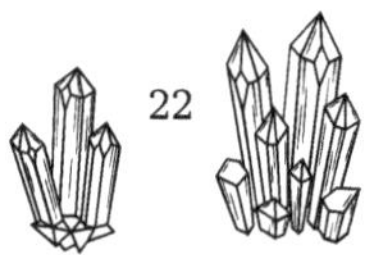

22

Aber mussten wir deswegen allen aus dem Weg gehen? Ich fühlte mich einsam und spürte die Dunkelheit jeden Tag ein Stückchen mehr in meiner Seele.

»Emma, was hat uns das alles gebracht? Wohin hat uns dieses Vertrauen bis jetzt geführt? Ich verstehe dich und fühle es, aber wir können diesen Schmerz nicht noch einmal ertragen. Vor allem Tarik verheimlicht uns etwas und versucht, uns zu manipulieren.«

Ich konnte die Trauer in ihrer Stimme verstehen, denn seit wir hier waren, war Tarik nicht der Mann, den wir kannten. Am Anfang wollte er wissen, wie es mir ging und für einen Moment hatte ich gedacht, er wäre wieder der Mann von damals. Aber dann hatte er versucht, mir einzureden, dass ich ihn aus seinem Käfig befreien müsste. Dass nur er mich hier rausholen könnte und dass ich ihm etwas schuldig sei.

»Wir sind ihm überhaupt nichts schuldig.«

Dario war nicht besser. Er hatte uns getäuscht und zu Ryan gebracht. Und Ryan, der Alpha, verwirrte mich umso mehr. In einem Augenblick lächelte er mich an und streichelte sanft über meine Wange, und im nächsten Moment packte er mich am Hals und knurrte mich an. Aber bevor irgendetwas passieren konnte, flüchtete er und kam erst Stunden später wieder zurück.

»Der Alpha verhält sich komisch, aber er ist allemal besser als Vlad.«

War das so? Denn damals, als ich Vlad kennenlernte, hatte er sich noch nicht wie ein Monster verhalten.

Was, wenn es bei Ryan genauso war?

»Wir müssen unsere Erinnerungen zurückbekommen. Wir müssen herausfinden, warum Ryan und auch seine Männer uns kennen.«

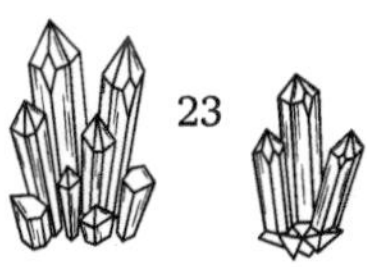

Ich konnte mich an das Jahr erinnern, in dem es mir miserabel ging, doch warum das so war, wusste ich nicht. Im selben Jahr hatte ich auch Vlad getroffen.

Es war, als würden mir die essenziellen Erinnerungen meiner Kindheit bis hin zum Tod meines Großvaters fehlen. Ich wusste nur, dass meine Eltern tot waren und mein Großvater mich aufgezogen hatte, mehr nicht.

Das war seltsam, denn normalerweise konnte sich ein Shade an alles erinnern. Jedes verdammte Detail brannte sich in sein Gedächtnis, nur bei mir nicht.

Früher ging ich einfach davon aus, dass Großvaters Tod mich so aus der Bahn geworfen hatte, schließlich klang das plausibel. Doch jetzt fragte ich mich, ob da mehr dahinter steckte.

»Wir halten Abstand und sobald wir unseren Riss geschlossen haben, werden wir von hier fliehen«, holte mich meine wahre Natur zurück ins Hier und Jetzt.

»Ganz genau, und bis dahin halten wir uns weiterhin von diesen Männern fern«, stimmte ich ihr zu.

Ein Klopfen an der Tür riss mich aus meinen Gedanken und kurze Zeit später trat Dario herein. Mit einem spitzbübischen Grinsen schweifte sein Blick über meinen Körper.

Sofort stieg eine Wärme in meinen Wangen empor, während mein Blick auf seine tätowierten Arme fiel, die unterhalb der hochgekrempelten Ärmel seines dunkelblauen Hemds zu sehen waren.

»Du siehst wunderschön aus, Prinzessin«, sagte er und sein Grinsen verwandelte sich in ein sanftes Lächeln. Eine dunkelblonde Strähne fiel ihm ins Gesicht und mit einer Hand streifte er sein gesamtes Haare nach hinten.

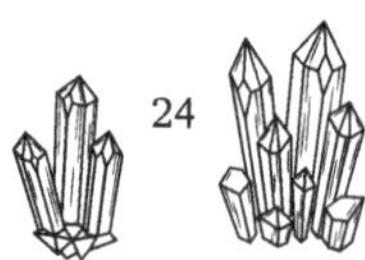

24

Augenblicklich fühlte ich wieder diesen Drang. Ich wollte zu ihm, mich seiner Nähe und der Wärme hingeben, nur für einen Moment. Stattdessen warf ich meine Haare zurück und hob meinen Kopf in die Höhe.

»Du hättest warten sollen, bis ich dich hereinbitte.«

»Hätte ich das?«, murmelte er, kam auf mich zu und blieb ein paar Zentimeter vor mir stehen. »Du kannst mir nicht ewig aus dem Weg gehen.«

Stimmt, das konnte ich nicht. Ich rang mit meiner Selbstbeherrschung und blickte in seine Saphir-Augen. Jene Augen, denen ich vertraut hatte und in denen ich meine Freiheit gesehen hatte, und doch war die Wahrheit eine andere. Diese tiefblauen Augen hatten mich in einen weiteren goldenen Käfig gelockt, dessen Schlüssel zur Freiheit weggeworfen worden war.

»Dario«, flüsterte ich und biss auf meine Unterlippe, als seine Hand über meine Wange strich und er eine lose Strähne hinter mein Ohr legte.

»Wie lange willst du mich noch ignorieren?«, wiederholte er seine Frage und noch immer lag seine Hand auf meiner Wange, als meine Natur mit einem Mal vor Wut kochte und ich ruckartig mehrere Schritte zurücktrat.

»Wir halten uns an unseren Plan, nur so kommen wir an unser Ziel!« Sie klang empört und doch konnte ich ihre Zweifel spüren. Sie sehnte sich genauso wie ich danach, endlich wieder das Gefühl von Wärme zu empfinden.

»Stimmt, das Gefühl fehlt mir. Aber ich will auch, dass wir endlich frei sind.«

»Ich auch«, gestand ich und atmete tief durch. Ich musste mich auf das Wesentliche konzentrieren und

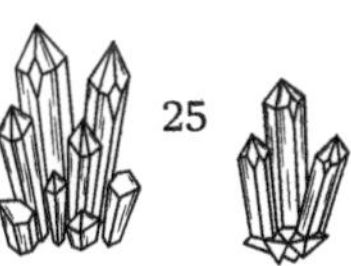

das würde nicht gehen, wenn sich einer der Männer in mein Herz schleichen würde.

»Emma ...«

»Du bist sicher wegen dem Abendessen hier, oder?«, unterbrach ich ihn und er seufzte ergebend, strich sich noch einmal durch die dunkelblonden Haare und nickte anschließend.

»Ja, ich bin wegen dem Abendessen hier.«

»Dann lass uns gehen«, war alles, was ich sagte, ehe ich an ihm vorbeiging und durch den Flur zur Treppe steuerte. Mein Blick fiel auf die vielen Bildern, die sich an den Wänden entlang reihten.

Ryans Haus – oder besser gesagt seine Villa – war riesig und umfasste unzählige Räumlichkeiten, die ich bis jetzt noch nicht alle gesehen hatte. Ich musste mir eingestehen, dass er einen guten Geschmack hatte. Mein Zimmer war mit modernen Möbeln, einem großen Bett und einem eigenen Bad ausgestattet. Alles war hauptsächlich in schwarzen, weißen und goldenen Farbtönen gehalten.

Trotz des imposanten Luxus', der kaum zu übersehen war, gefiel es mir hier. Die vielen Bilder, auf denen Ryan und sein innerer Kreis abgebildet waren, hatte etwas Familiäres und brachten Wärme in dieses Haus.

Dario holte mich ein. »Emma, du weißt, dass das keine Lösung ist. Du kannst uns nicht alle weiter ignorieren.«

Konnte ich das nicht, oder wollten sie es nicht? Was es auch war, im Endeffekt war es mir egal. Ich musste an mich denken und konnte keinen weiteren Schmerz ertragen.

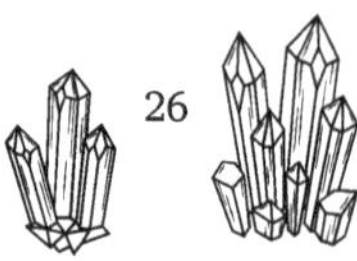

»Unser Herz wurde gebrochen«, flüsterte sie traurig.

So oft hatten wir unser Herz geöffnet, an das Gute geglaubt und waren in eine Dunkelheit gestoßen worden. Wir hatten in den letzten Jahren so viel verloren und so viel Schmerz erfahren, dass ich keinem einzigen mehr standhalten würde, ohne in eine tiefe, verzehrende Finsternis zu fallen. Und das, ohne jegliche Chance, jemals wieder herauszukommen.

»Wir werden das hier überleben.«

Sie hatte recht und ich würde weiterkämpfen. Tag für Tag.

Ich atmete tief durch, als wir im Essbereich ankamen, und sofort fiel mir auf, dass der Tisch nicht wie üblich mit dem Silberbesteck und den frischen Blumen gedeckt worden war. Genauso konnte ich keinen Kellner sehen, der in der Regel nur darauf wartete, bis wir uns hinsetzten und er uns duftenden Teller voller Köstlichkeiten servieren konnte.

»Mein Engel.« Lächelnd kam Ryan in seinem perfekt sitzenden, schwarzen Anzug auf mich zu und küsste meine Stirn. Ich konnte meinen Blick nicht von seiner markanten Narbe abwenden, die unterhalb seines rechten Auges, über seinen Hals führte und in seinem schwarzen Hemd verschwand.

Wie konnte sie immer noch so stark sichtbar sein? Wir Shades heilten normalerweise schnell und besaßen eine Magie, die unsere Heilung unterstützte, vor allem als Alpha, der Ryan eindeutig war.

Als ich sein tückisches Grinsen sah, schlug mein Bauchgefühl an, und augenblicklich fragte ich mich, was das alles zu bedeuten hatte.

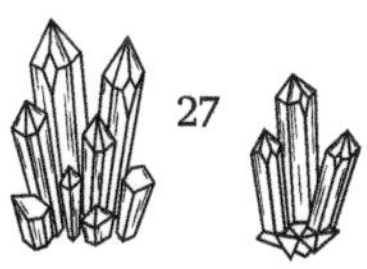

»Ich übernehme ab hier, Dario«, sagte Ryan, und Dario nickte kurz, bevor er aus dem Raum verschwand und mich mit dem Alpha allein ließ.

Schritt für Schritt kam er näher, umkreiste mich wie ein Raubtier seine Beute. Dann blieb er hinter mir stehen. Er strich über meine Schultern, bis hinab zu meinem unteren Rücken, ehe er mich mit Schwung an sich zog und seine Hand um meine Taille schlang. Er legte meine Haare nach hinten und seine Bartstoppeln kitzelten meine Wange, als er mit seiner tiefen Stimme in mein Ohr flüsterte.

»Es wird Zeit, dass du dich erinnerst.«

Sofort fühlte ich diesen Drang, mich enger an ihn zu schmiegen, seinen betörenden Duft einzusaugen und mich ihm hinzugeben, und doch hielt ich mich zurück. Ich blieb starr und bewegte mich keinen Millimeter. »Ryan.«

Warum fühlte ich in seiner Nähe keine Angst? Ich konnte seine mächtige und vor Dominanz strotzende Alpha-Aura wahrnehmen und ich wusste doch, was er in Chicago getan hatte und wozu er fähig war.

»Du musst dich erinnern«, sagte er und drehte mich zu sich, legte seine Hand auf meine Wange und glitt hinab zu meinem Hals, strich mit seinem Daumen über meine leicht geöffneten Lippen und entlockte mir ein zartes Keuchen.

»Das ist nicht gut«, murmelte meine Natur und fühlte meine Zerrissenheit.

Doch anstatt einen Schritt zurückzugehen, reckte ich ihm meinen Kopf entgegen. »Ryan …«

Geh von mir, lass mich los. Hör auf, diese Gefühle in mir zu wecken!, schrie ich innerlich.

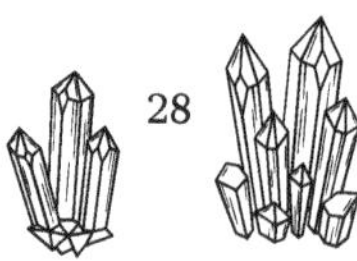

Aber mehr als seinen Namen, brachte ich nicht über meine Lippen.

»Wir beide machen heute einen Ausflug.«

»Jetzt?«, quietschte ich beinahe und wurde in die Realität zurückkatapultiert. Denn auch wenn er mich seit unserer Ankunft in San Francisco kein einziges Mal vergewaltigt oder angefallen hatte, blieb die Tatsache die gleiche: Ich war noch immer seine Gefangene.

Diese Erkenntnis ließ mich hart schlucken. So gesehen hatte sich nichts verändert, ich war wieder eine Gefangene eines Alphas. Doch es blieb die Frage, wer schlimmer war ... Ryan oder Vlad? Beide nahmen sich, was sie wollten und während der eine seine Ziele ausschließlich mit Gewalt verfolgte, entschied sich der andere für Zuckerbrot und Peitsche. Es war verrückt und wieder einmal war ich die Marionette der Mächtigen.

»Wir werden ein Stück fahren müssen, also komm.«

Ich blinzelte mehrmals und nickte.

Als wir aus der massiven, zweiflügeligen Haustür traten, atmete ich die kühle Luft ein und sah mich um. Der Garten sah atemberaubend aus. Überall waren Bäume gepflanzt worden und um den Brunnen und den Pool waren einzigartige Verzierungen aus bunten Blumen gestaltet worden. Das Grundstück glich einem beeindruckenden Schlossgarten. Ryan zog mich an meiner Hand durch die duftenden Blumen zu der riesigen Garage, in der zahlreiche Autos und Motorräder standen. Wir steuerten einen schwarzen Maserati mit dunklem Interieur an. Ich musste unwillkürlich grinsen, denn das Auto passte irgendwie perfekt zu Ryan.

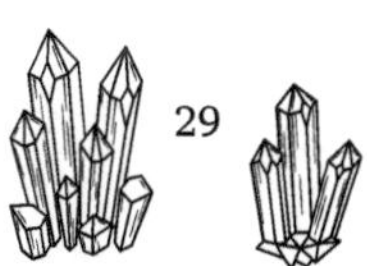

Wir stiegen ein und Ryan ließ den Motor aufjaulen.

»Wohin fahren wir?«, fragte ich, als Ryan durch das Tor fuhr und ich im Außenspiegel dabei zusah, wie sein Grundstück hinter uns immer kleiner wurde.

»Lass dich überraschen.«

»Überraschungen sind nie gut … Wir sollten uns auf alles vorbereiten.«

Sie hatte recht. Vlad hatte uns immer mal wieder überrascht und meist endete das mit noch mehr Schmerzen und Demütigungen.

War Ryan genauso?

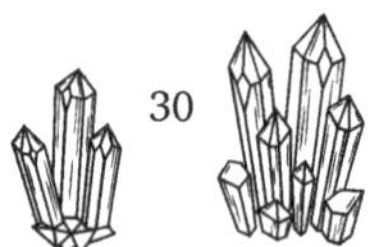

MEIN BLICK SCHWEIFTE IMMER WIEDER ZU EMMA, während sie hinaus aus dem Fenster blickte und die Umgebung beobachtete.

Ich hatte in der Versammlung mit Dario gesprochen und er war der Meinung, wenn ich Emmas Vertrauen zurückwollte, sollte ich sie nicht mehr so anfallen, wie ich es am Flugplatz und im Jet getan hatte. Und auch wenn ich es anfangs nicht einsehen wollte, gab ich ihm recht. Emma konnte sich nicht an unsere gemeinsame Zeit erinnern und auf keinen Fall wollte ich sie verlieren. Also hielt ich Abstand, auch wenn es mich meine gesamte Selbstbeherrschung kostete, nicht in ihr Zimmer zu schleichen oder mich nach ihrem Blut zu verzehren.

Stattdessen verbrachte ich viel Zeit in meiner Bibliothek und durchsuchte sie nach brauchbaren Informationen über Emmas verlorene Erinnerungen und möglichen Lösungen, wie sie sie zurückerlangen konnte.

»Das, was am Flugplatz passiert ist, darf nicht wieder vorkommen.«

Ich wusste, dass sie recht hatte, und doch fragte ich mich, wie sie so ruhig bleiben konnte.

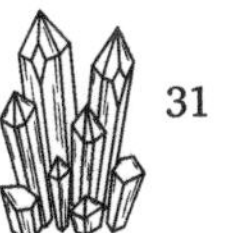

»Wir müssen uns auf das Wesentliche fokussieren. Dario hat recht und er hat sie uns zurückgebracht, wir können ihm vertrauen.«

Dario war mein Beta und ich vertraute ihm blind, genauso wie den anderen Männern aus meinem inneren Kreis.

Wieder blickte ich zu ihr und konnte mein Lächeln nicht verkneifen. Ich hatte den perfekten Abend für uns beide geplant und danach würde sie sich wieder erinnern können.

»Kannst du mir nicht sagen, wohin wir fahren?« In ihren Augen flackerte etwas auf, was mich knurren ließ.

»Sie hat Angst!«, fauchte meine wahre Natur und ich hasste es. Zu gern würde ich wissen wollen, was Vlad ihr angetan hatte, doch ich wusste, dass Emma mir das nicht einfach sagen würde.

Ich schüttelte diese Gedanken weg und hielt auf einem privaten Parkplatz vor einem Restaurant, stieg aus und öffnete ihr die Tür.

Sie sah sich um und runzelte ihre Stirn.

Ich konnte mein Grinsen nicht verbergen, als ich ihre Hand nahm und losging, während ich meinen Blick umherschweifen ließ.

Mittlerweile war es abends geworden und die letzten rötlichen Streifen des Sonnenuntergangs waren am Himmel zu sehen, während vereinzelte Lichter in der Stadt angingen und einige Menschen in den Gassen umherliefen.

»Komm, es wird dir gefallen.«
»Wo sind wir?«

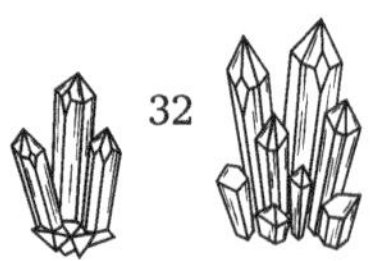

Ich antwortete nicht, sondern ging mit Emma an meiner Hand in das großes Glasgebäude vor uns. Wir gingen am Empfang, genauso wie an den edel gedeckten Tischen und den Kellern in vornehmen Anzügen vorbei, die den Gästen herrlich riechende Gerichte servierten und steuerten einen gold eingerahmten Aufzug an, der sich am anderen Ende des Nobelrestaurants befand.

Während die leise Musik im Aufzug unsere Stille durchbrach, fuhren wir gemeinsam nach oben. Als sich die Tür öffnete, wurden Emmas Augen größer und meine Mundwinkel zogen sich in die Höhe.

»Wir sind auf einem Dach?«

»Ja.« Und wie es aussah, hatten meine Angestellten alles umgesetzt, was ich geplant hatte. Mehrere Fackeln umrahmten das Dach, deren Flammen im Wind tanzten, und auf dem gedeckten Tisch befanden sich Rosenblüten. Der atemberaubende Blick über San Francisco war die perfekte Ergänzung dazu.

»Es sieht genauso aus wie damals.«

Das war mein Plan. Ich dachte, wenn ich ihr etwas Vertrautes zeigen würde, könnte ich ihre Erinnerungen wecken. Und dieses Bild, dass sich vor uns bot, glich unserem ersten Date, nur dass wir damals in Chicago waren und nicht in San Francisco. »Und?«

»Es sieht sehr schön aus, aber ich verstehe das alles nicht.«

Mit einem Lächeln drehte ich sie zu mir und legte meine Arme um ihre Taille. »Erinnerst du dich?«

Doch als sie ihren Kopf schüttelte, sackten meine Mundwinkel nach unten und die Dunkelheit in meinem Inneren fing an zu brodeln.

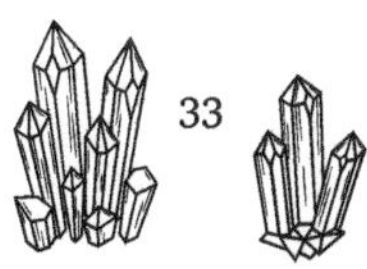

33

»An was sollte ich mich erinnern?«

»An das alles! Genau das hatten wir schon einmal.«

»Was meinst du?«, fragte sie verwirrt und mein Herz schmerzte.

»Unser erstes Date … Ein Essen über der Skyline mit Kerzenschein und Rosen. Wir hatten das alles, Emma.«

Ich hatte mir so sehr gewünscht, dass mein Plan funktionieren würde, dass sie sich wenigstens an irgendetwas erinnern würde. Aber dass sie rein gar nichts von dem wiedererkannte, machte mich unfassbar wütend und ich trat einen Schritt zurück.

Ich ballte meine Hände zu Fäusten und stieß die angestaute Luft aus, fühlte, wie sich die Dunkelheit in mir immer mehr ausbreitete und meine wahre Natur tobte. Als Emma instinktiv zwei Schritte zurücktrat, brach ein ohrenbetäubendes Brüllen aus meiner Kehle, während ich sie mit leuchtenden Smaragd-Augen fixierte.

»*Wir müssen ruhig bleiben*«, sagte meine Natur. Aber was sollte ich gegen diese Wut tun? Sie kam und riss mich Stück für Stück in die Dunkelheit.

»Du erinnerst dich wirklich nicht?«, presste ich zwischen zusammengebissenen Zähnen hervor und ging auf sie zu, bis uns nur noch ein paar Zentimeter voneinander trennten.

»Es tut mir leid«, wisperte sie.

Ich griff nach vorn, umfasste ihren Hals mit meiner Hand und zog sie näher an mich heran. »Es tut dir leid?«, blaffte ich und drückte immer fester zu.

Doch anstatt sich zu wehren, hielt sie ihren Blick aufrecht und sah mir tief in die Augen, während ihre Hand auf meiner Brust landete. »Ryan.«

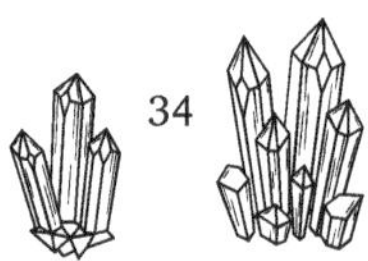

Ihre ruhige Stimme verwirrte mich. Warum schrie sie nicht? Warum kämpfte sie nicht gegen mich an und warum zur Hölle legte sie ihre Hand auf meine Brust?

Ein bedrohliches Geräusch kam über meine Lippen, ehe ich sie losließ, ihr den Rücken zudrehte und mir durch die Haare strich.

»Wir müssen uns zusammenreißen.«

Sie hatte leicht reden, denn die Dunkelheit zerfraß mich jeden Tag ein Stückchen mehr.

»Was denkst du, versuche ich?« Tief atmete ich durch und zischte die angestaute Luft aus, als mich sanft etwas am Oberarm berührte und mein Kopf sofort in dessen Richtung schnellte.

»Bitte, wende dich nicht ab.«

»Dreh dich zu ihr!«, befahl sie und mit einem Mal stand ich wieder vor meinem kleinen Engel, und ehe ich mich versah, lag meine Hand auf ihrer Wange und ich strich mit meinem Daumen darüber, bis ich ihre vollen Lippen erreicht hatte. »Mein kleiner Engel.«

»Sie ist wunderschön«, flüsterte meine wahre Natur. Und ja, Emma war die schönste Frau, die ich jemals gesehen hatte, und jetzt, als meine Hand auf ihrer Wange und mein Daumen auf ihren sagenhaft vollen Lippen ruhte, war ich wie hypnotisiert.

»Alpha«, hauchte sie und wir kamen uns immer näher, während unsere Blicke auf unseren Lippen hängen blieben.

»Spürst du das? Die Anziehung ist noch immer da.«

Das lag an unserm Gefährtenband. Man könnte uns Jahrhunderte voneinander trennen, doch sobald wir uns wieder sehen würden, würde das Band uns zeigen, dass wir zusammengehörten und eine Anziehung

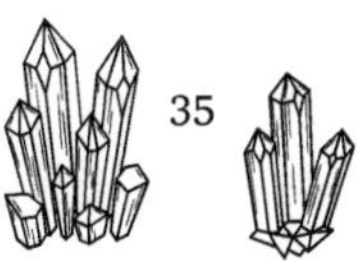

zwischen uns erzeugen. Dieses Band war unzerstörbar und jeder Shade besaß nur einen einzigen Gefährten, der von den Göttern selbst ausgesucht wurde. Wären da nur nicht Emmas verlorene Erinnerungen, die uns einen Strich durch die Rechnung machten.

Meine Mundwinkel zuckten nach oben, als kurz darauf unsere Lippen aufeinanderprallten. Unsere Zungen umkreisten und liebkosten sich, während alles um uns herum in den Hintergrund geriet. Meine Hände umfassten ihren Arsch und ich drückte Emma enger an mich, sodass kein Blatt mehr zwischen uns passte. Als ein zartes Stöhnen aus ihrem Mund drang, konnte ich nicht anders, als zu grinsen. Ich setzte vereinzelte Küsse auf ihren einen Mundwinkel, dann auf den anderen. Als sie ihren Kopf in den Nacken legte, glitt mein Mund wie von selbst nach unten und machte an ihrem Hals weiter. Ich legte ihre Haare beiseite und verspürte einen immer größeren Drang, dem ich nicht widerstehen konnte. Ich biss tief in ihr Fleisch hinein, doch sie schrie nicht auf, wehrte sich nicht. Alles, was ich vernahm, war ein leichtes Keuchen zwischen ihren Lippen.

Mit gestillter Gier leckte ich über den blutenden Biss, um ihn zu schließen, und anschließend über meine Lippen. Als sich unsere Augen trafen, sah sie mich geschockt und zugleich verwirrt an.

»Dass du meins bist, war nicht nur so dahingesagt. Emma, du bist meine Gefährtin.«

Sie war mein kleiner Engel, mein Licht in dieser Dunkelheit. Sie war alles. Und meins.

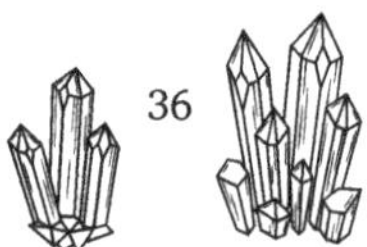

Kapitel 2

EMMA

Du bist meine Gefährtin, hallten seine Worte in meinem Kopf wider. Das Schlimmste war, dass ich diese Worte schon so oft gehört hatte und doch war es das erste Mal, dass ich ihnen Glauben schenkte. Denn die Anziehung zwischen uns ließ meine Knie schwach werden und der Biss hatte nicht wehgetan.

»Das ist unmöglich.«

War es das wirklich?

»Er hat uns auch im Jet gebissen«, flüsterte sie und ich wusste, was sie meinte. Aber hatte ich da wirklich Schmerzen gehabt oder war es der Schock gewesen, der mich hatte aufschreien lassen? Ich konnte es nicht sagen und starrte noch immer in seine Smaragd-Augen.

»Vlad hatte uns auch als seine Gefährtin bezeichnet.«

Seine Bisse hatten wie die Hölle gebrannt, sie waren anders gewesen.

Aber dieser Kuss mit Ryan … Verdammt! Ich war sowas von erledigt. Ich wollte mich doch von den Männern fernhalten und was tat ich? Ich küsste Ryan und genoss jede seiner Berührungen und sogar den Biss.

»Das heißt noch gar nichts. Das war nur ein Moment der Schwäche, mehr nicht«, sagte sie eindringlich und

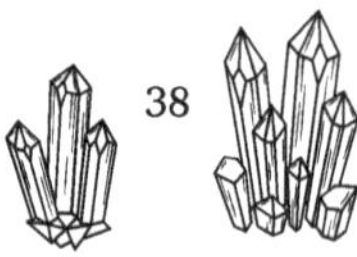

ich versuchte, ihr zu glauben. Aber wir beide wussten, dass da mehr war als nur der Drang nach Nähe, und genau das verwirrte uns. Ich schüttelte diese Gedanken weg, biss auf meine Unterlippe und trat einen Schritt zurück.

»Emma«, sagte er und ich konnte die Sehnsucht in seiner Stimme deutlich vernehmen.

»Bitte nicht.« Ich konnte das in diesem Moment nicht, vielleicht würde ich dazu auch niemals mehr bereit sein.

»Wir müssen nachdenken.«

Sie hatte recht. Wir brauchten einen klaren Kopf, um unseren Riss zu schließen und unsere Flucht zu planen, und das würde nicht funktionieren, wenn ich mich von diesen Männern ablenken ließ.

»Genau, halten wir uns unseren Plan vor Augen.«

Wenn das doch nur so einfach wäre. Seufzend strich ich mir durch die Haare und als sich unsere Blicke erneut trafen, fragte ich mich, ob das alles stimmte. Konnte dieser Mann mein Gefährte sein? Hatten wir so ein Date wirklich schon einmal erlebt und wenn ja, was war geschehen, dass wir uns aus den Augen verloren hatten? Denn ich hatte gehört, dass das Gefährtenband über einzigartige Kräfte verfügte und dass sich die dadurch Verbundenen immer wieder finden würden, wenn ihre Liebe einmal entfacht wurde.

»Es gibt nur diesen einen Gefährten«, flüsterte sie.

Aber wenn er es schon immer war, wo war er gewesen, als wir in den Abgrund gestoßen wurden? Die Antwort konnte mir nur der Mann vor mir geben.

»Willst du lieber zurück nachhause oder hier etwas essen?«

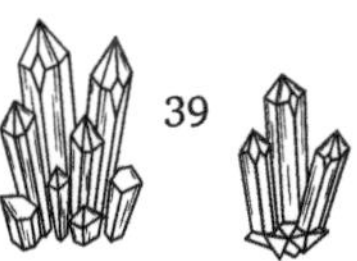

»Bitte sei mir nicht böse, aber ich muss über das alles nachdenken.«

»Das kann ich verstehen, du hast deine Erinnerungen verloren und ich habe dir gerade offenbart, dass ich dein Gefährte bin.« Verständnisvoll nickte er und nahm meine Hand in die seine.

Ich brachte keinen einzigen Ton heraus und in meinem Kopf herrschte das reinste Chaos. Selbst, als wir in Ryans Maserati saßen und wieder auf seinem Grundstück ankamen, ging ich schweigend neben ihm ins Haus.

Ich erblickte Tarik, der mich besorgt aus seinem Käfig ansah, bevor ich oben in meinem Zimmer verschwand und mich auf mein Bett setzte. Ich wusste genau, was er mich das nächste Mal fragen würde, wenn ich an dem Käfig vorbeikommen würde.

»Mach dir darüber keine Gedanken, Tarik ist eingesperrt und vorerst unser geringstes Problem.«

Stimmt, aber wie sollte das alles nur weitergehen? Tarik war alles für mich gewesen und ich hatte das Gute in ihm gesehen. Jedes seiner Worte war wunderschön, und doch vergiftet gewesen.

»Vielleicht lag es daran, dass er gefangen war. Oder er war schon immer eine manipulative Person.«

Nein, das konnte ich nicht glauben. Dann hätte Dario recht und Tarik hätte mich damals in dem Fabrikgebäude die ganze Zeit über manipuliert.

»Warum muss das alles nur so kompliziert sein?«, flüsterte ich und ließ mich zurückfallen. Ich musste an den besorgten Blick von Tarik denken. Doch das, was er jetzt von mir verlangte, war falsch, und ich vertraute ihm nicht mehr. Er wusste sicher, was passieren

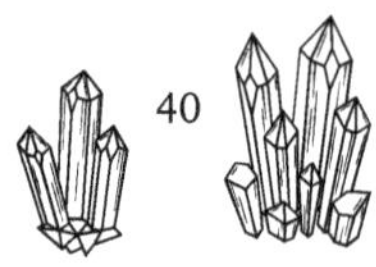

würde, wenn ich ihn befreien würde, welche Konsequenzen auf mich warten würden, und doch versuchte er, mich zu überreden. Genauso wie er mir einredete, dass ich ihm etwas schuldig wäre.

Welcher Mann würde so etwas tun, wenn er ernsthaft lieben würde? War Tarik überhaupt noch der Mann, in den ich mich verliebt hatte und der mir Hoffnung geschenkt hatte? Oder war alles nur ein Spiel und ich die Figur auf seinem Schachbrett? Was, wenn ausgerechnet die Monster, bei denen ich hier gefangen war, die Guten waren und ich es nur nicht sehen konnte?

»Ryans Männer haben uns kein einziges Mal falsch angesehen und sie waren immer nett.«

Es schien beinahe so, als würden sie uns kennen – wie Freunde aus alten Zeiten. Scheiße! Ich brauchte meine Erinnerungen zurück, und zwar schnell, denn ohne sie konnte ich das alles nicht einschätzen. Weder Tarik, noch Dario und erst recht nicht Ryan.

IN DEM MOMENT, ALS ICH EMMA AN MIR VORBEI gehen sah, erhob ich mich in meinem Käfig und umfasste die kühlen Gitterstäbe.

»*Wir verlieren sie*«, maulte meine wahre Natur aufgebracht und ich wusste ganz genau, was sie meinte. Denn mit jedem Wort, das ich ihr sagte, und mit jedem Blick, den ich ihr zuwarf, wich sie weiter von mir zurück.

»*Wir dürfen sie nicht verlieren!*« Aber was hatte ich bitte falsch gemacht? Ich war der Grund, warum sie all die Jahre an Vlads Seite überlebt hatte – genau das waren ihre Worte. Doch jetzt schien es so, als hätte sie mich völlig vergessen und das schürte meine Wut mit jedem Tag.

Als Ryan näherkam und mich mit einem wahnsinnigen Grinsen ansah, wich ich einen Schritt zurück und fuhr mir mit der Hand angespannt durch die Haare.

»Siehst du das, Tarik? Emma entgleitet dir jeden Tag ein bisschen mehr aus den Fingern, und du kannst rein gar nichts dagegen unternehmen.«

Die Genugtuung in seiner Stimme ließ mich knurren und meine Hände klammerten sich wieder um die Gitterstäbe.

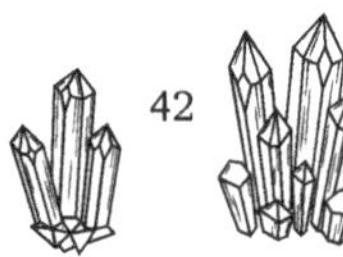

Die Kälte des Metalls schoss durch meine Handflächen bis hinauf in meine Arme und meine Natur wurde unruhiger.

»Nicht! Denke an unsere Vereinbarung.«

»Was ist los? Willst du mich angreifen?« Ryan lachte spöttisch und seine Smaragd-Augen leuchteten auf.

»Du könntest mich rauslassen, dann sehen wir, wer stärker ist, falscher König!«

»Lass das. Wir müssen uns an unseren Plan halten und die Männer gegenseitig ausspielen und nicht selbst zum Opfer werden, Tarik, verdammt!«, schrie meine wahre Natur und ich konnte darüber nur lachen. Unser Plan ging schon seit Monaten nicht auf und es machte keinen Sinn mehr. Warum sollte ich mein Schicksal nicht einfach akzeptieren, anstatt ihnen zu zeigen, wozu ich fähig war? Wieso sollte ich mein Geheimnis weiter hüten, wenn ich dadurch alles verlor? Ich sah keinen Grund dafür und meine Geduld neigte sich dem Ende zu.

»Das ist es, was du willst? In einem Kampf gegen mich sterben?«, rissen mich Ryans Worte aus meinen Gedanken und ich blickte finster zu ihm.

»Hast du Angst, zu verlieren?«

Lachend schüttelte er seinen Kopf. »Auch wenn du mich besiegen würdest, was ich nicht glaube – denkst du wirklich, du würdest hier lebend rauskommen?«, sagte er, kam näher und strich sich durch seine dunklen Haare. »Meine Männer würden dich töten. Sie würden sich an dir rächen, auch wenn ich gefallen wäre. Und diese Rache wäre mein Vermächtnis.«

Seine Worte verpassten mir eine Gänsehaut und ich stolperte zurück, da ich genau wusste, dass er die

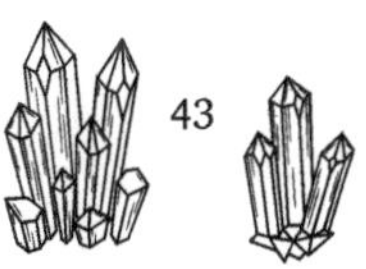

Wahrheit sagte. Seine Männer waren anders als die von Vlad. Sie würden Ryan bis in den Tod verteidigen und seinen Namen auch darüber hinaus in Ehren halten. Diese Männer waren, so sehr ich es auch hasste, loyaler als alle anderen, denen ich jemals begegnet war. Sie waren sein innerer Kreis.

»Wir werden es hier rausschaffen und mit Emma fliehen. Aber bis dahin müssen wir die Füße stillhalten und verdammt noch mal unser Geheimnis hüten, hast du verstanden!«, brodelte meine Natur, und ich stimmte ihr stumm zu.

»Was? Hat es dir die Sprache verschlagen?«, versuchte Ryan mich zu provozieren und lachte dunkel.

»Du wirst schon sehen, früher oder später werde ich hier rauskommen«, war alles, was ich sagte, ehe ich mich an den hinteren Gitterstäben auf den Boden sacken ließ.

»Das glaube ich kaum. Sieh es ein, Tarik: Ich habe gewonnen. Ich habe Vlad in die Knie gezwungen. Emma ist wieder hier bei mir und du steckst wieder einmal in einem Käfig fest. Du, Tarik Valdor, bist nichts weiter als ein Bauernopfer.«

Ich wollte ruhig bleiben, seine Worte einfach ignorieren, aber es wurde immer schwieriger.

»Du bist ein Niemand, selbst Vlad bist du egal«, hetzte er weiter und in diesem Moment war es um mich geschehen. Ich hielt es nicht mehr aus, raste auf ihn zu und stach mit meinen Krallen durch die Gitterstäbe, aber er war schneller und wich mir aus, bevor er mich mit einem noch breiteren Grinsen angaffte.

»Du verdammter Idiot.«

»Sieh an, da ist deine Natur wieder.«

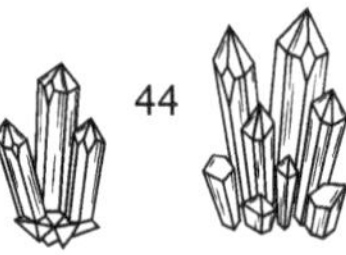

Fuck! Sofort trat ich zurück, ließ meine Krallen verschwinden und setzte mich wieder auf den Boden.

»Du lässt dich viel zu leicht provozieren«, meckerte meine Natur, was mir jetzt auch nicht weiterhalf.

»Irgendwann wirst du es nicht mehr kontrollieren können, Tarik.«

»Ich weiß nicht, was du meinst.«

Spöttisch lachte er auf. »Ich weiß, dass du etwas verheimlichst und auch wenn ich deine Natur spüren kann, fühle ich da noch etwas ganz anderes«, sagte er und kam näher. »Nur bestimmte Shades können ihre Aura verbergen.«

Das war nicht gut. Er kam meinem Geheimnis immer näher und das nur, weil ich mich nicht zusammenreißen konnte.

»Ich werde herausfinden, wer du tatsächlich bist. Das ist mein Versprechen an dich«, sagte er und trat aus dem Raum.

»So weit hätte es niemals kommen dürfen.«

In all den Jahren hatte ich meine Aura verdeckt, den Zauber dafür immer wieder aufgefrischt und die Kontrolle darüber niemals verloren. Doch jetzt drohte mir alles aus den Fingern zu gleiten und langsam bereute ich es, dass ich Dario und Emma damals zum Flugplatz gefolgt war, anstatt in eine andere Richtung gegangen zu sein.

»Ich habe dich gewarnt. Ich habe dir gesagt, dass wir nicht mit zu Ryan gehen sollten.«

Half es mir, jetzt über vergangene Entscheidungen nachzudenken? Ich konnte meine Lage nicht mehr ändern.

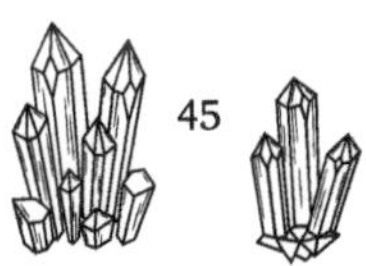

»*Wir sollten unsere Priorität ändern*«, sagte meine wahre Natur, aber ich konnte ihr nicht folgen.

»*Was schlägst du vor?*«

»*Wir sollten unser Geheimnis schützen und alle auf eine falsche Fährte führen. Erst, wenn wir das geschafft haben, sollten wir uns wieder Gedanken um Emma machen.*«

»*Du willst Emma hintanstellen?*«, fragte ich.

»*Sie ignoriert und entgleitet uns immer mehr. Wir sollten uns jetzt auf unser Geheimnis fokussieren, denn sollten sie herausfinden, wer wir tatsächlich sind, wäre das unser sicherer Tod, und das weißt du.*«

Sie hatte recht, und wenn wir tot wären, würden wir Emma auch nicht mehr helfen können. Doch wie genau sollten wir eine falsche Fährte legen? Wir steckten noch immer in diesem bescheuerten Käfig fest, und Ryan oder seine Männer kamen, wann immer sie wollten, in den Käfig und fügten uns neue Wunden zu, sodass wir nie komplett heilen konnten.

»*Auch das werden wir schaffen, wir dürfen uns nur nicht provozieren lassen.*«

Wenn das so einfach wäre. Ich wollte mich nicht provozieren lassen, aber diese Männer machten mich wahnsinnig und ich hatte alle Mühe, ihnen nicht meine verdammte Aura um die Ohren zu klatschen, und ihnen zu zeigen, wie mächtig ich in Wirklichkeit war.

Denn unsere Aura war etwas Besonderes und vor allem die Adeligen und Mächtigen in unserer Welt besaßen eine außergewöhnliche Art. So hatte ich Dario erkannt, als er mir seine Aura gezeigt hatte.

»*Wir könnten uns etwas zur Beruhigung überlegen*«, schlug meine Natur vor und ich lachte bitter auf. Aber

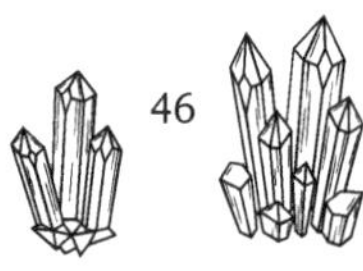

sicher doch, am besten zählte ich langsam runter oder
suchte meine innere Mitte, wenn ich das nächste Mal
kurz vor einem Ausraster stehen würde. Ich schüttelte
meinen Kopf und lehnte mich an die Gitterstäbe.

*»Wir tun das Richtige, Tarik. Wir müssen nur durch-
halten.«*

Ich konnte nur hoffen, dass sie damit recht behalten
würde.

EINE ZEITLANG LAG ICH IN MEINEM BETT, STARRTE die Decke an und sprach mit meiner Natur. Als ich auch Stunden später keinen Schlaf gefunden hatte, stand ich auf und zog mir über mein dünnes Seidenkleidchen eine schwarze, lange Stoffjacke darüber.

Ich atmete tief durch und blickte mich in meinem Zimmer um. Tatsächlich mochte ich es sehr gern.

Das Bett war riesig und die dunkle Bettwäsche kuschelig weich. Der große, weiße Kleiderschrank und die graue Kommode waren voller extravaganter Kleidungstücke, die Ryan für mich hatte kaufen lassen. Selbst einen Schminktisch mit einem großen Spiegel hatte er arrangieren lassen und das kleine angrenzende Bad lud zum Wohlfühlen ein.

Ryans Villa glich einem verdammten Schloss aus der modernen Neuzeit.

Ich blickte zu der Uhr, die auf meiner Kommode stand, und stellte fest, dass es mittlerweile weit nach Mitternacht war.

»Der Kuss hat uns einfach aus der Bahn geworfen«, maulte meine Natur und ich musste ihr zustimmen. Aber das war nicht das Einzige, was uns irritierte, denn auch der Biss war anders, als ich es bisher kannte. Er

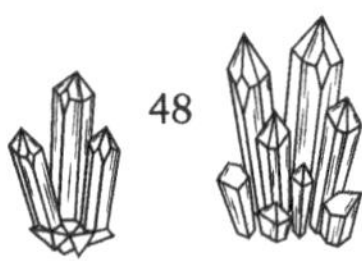

48

hatte nicht wehgetan, er hatte uns sogar gefallen, und das warf noch mehr Fragen auf.

»Bei Vlad war es eine Qual, wir haben es gehasst. Bei Ryan fühlte es sich beinahe schon zärtlich an.«

Das war doch nicht normal. Wie konnte das sein?

»Vielleicht stimmt es ja, und wir sind seine Gefährtin«, überlegte meine Natur angestrengt und ich stöhnte auf. Vlad hatte uns all die Jahre eingeredet, dass wir die Seine seien, und jetzt sagte Ryan das Gleiche. Wem sollte ich trauen und wer sagte die Wahrheit? Ich hatte keine Ahnung.

»Aber uns hat der Biss gefallen, er tat nicht weh.«

»Das weiß ich doch!«, zischte ich zurück, denn genau da war das Problem. Wir wollten uns darauf konzentrieren, unseren Riss zu schließen und von hier wegzukommen. Aber was geschah? Wir hatten nicht nur den Kuss genossen, sondern auch den Biss und die Nähe zu Ryan.

»Er ist so anders als auf dem Flugplatz«, wisperte meine Natur und ich seufzte.

Tief atmete ich durch, bevor ich die Tür öffnete und den Flur entlang ging. Vorsichtig nahm ich jede Stufe der Treppe und drehte mich immer wieder um, doch ich konnte niemanden sehen oder hören.

Als ich unten ankam und durch das Wohnzimmer in die Küche gehen wollte, spürte ich sofort, wie sich Tarik erhob und jeden meiner Schritte beobachtete. Eine Gänsehaut zog sich über meine Arme.

»Wir hätten durch die andere Tür gehen sollen.«

Ich hatte nicht darüber nachgedacht und angenommen, Tarik würde um diese Uhrzeit schlafen. Abgesehen davon war das der schnellste Weg.

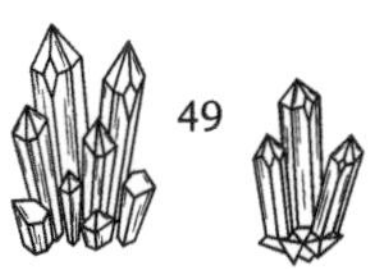

»Emma«, brachte er flüsternd über seine Lippen und ich blieb vor seinem Käfig stehen. Schluckend blickte ich zu jenem Mann, dem ich vor ein paar Monaten noch mein Leben anvertraut hatte, für den ich alles getan hätte.

»Emma«, sagte er erneut.

Auch wenn er ab und an frische Kleidung in den Käfig geworfen bekam, konnte ich durch das hereinleuchtende Mondlicht deutlich das getrocknete Blut seiner Verletzungen darauf erkennen.

»Hör auf, mich zu ignorieren«, keifte er wütend und kam so schnell an die Gitterstäbe heran, dass ich reflexartig zurückstolperte.

»Warum hast du Angst vor mir?« Zornig umfasste er die Gitterstäbe und seine Augen leuchteten in ihren Bernsteinfarben auf.

Ich wollte so viel sagen, ihn anschreien, warum er sich so verändert hatte und doch blieb ich stumm.

»Emma!«, brüllte er und schlug mit seinen flachen Händen gegen die Stäbe, die uns trennten.

»Ich … Du bist anders«, brachte ich leise hervor und er lachte dunkel auf.

»Wie soll ich denn sein? Ich stecke in diesem Käfig und du bist dir zu fein, etwas dagegen zu unternehmen«, blaffte er mir entgegen. »Hast du vergessen, was ich alles für dich getan habe? Wer für dich da war, als du nicht mehr weiterwusstest?«

»Tarik …«, setzte ich an.

»Nein! Du bist mir etwas schuldig. Du solltest auf mich hören, denn ohne mich wärst du schon längst tot.«

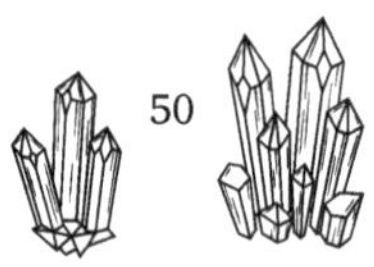

Seine Worte verankerten sich immer tiefer in meiner Seele und die erste Träne drängten sich an die Oberfläche.

Wie konnte sich der Tarik, der immer für mich da gewesen war und mir in den dunkelsten Momenten meines Lebens das Licht gezeigt hatte, so verändern? War das wirklich meine Schuld? Hatte ich ihn zu diesem Mann gemacht?

Ehe ich etwas erwidern konnte, wurde ich von zwei starken Armen nach hinten gezogen und sofort drang ein bekannter Geruch in meine Nase.

»Wie kannst du nur so mit der Prinzessin reden!« Dario baute sich vor dem Käfig auf und sein gesamter Körper spannte sich an.

»Wie ich mit ihr rede, geht dich einen Scheißdreck an, Dario.«

»Ich hätte dich damals an dem Gift verrecken lassen sollen«, bruddelte Dario und schob mich immer weiter zurück, bevor er meinen Körper nach Verletzungen untersuchte. »Hat er dich irgendwo getroffen?« Besorgt drehte er meine Arme umher und suchte meine Taille ab.

»Nein, alles gut.« Wenn ich mein Herz nicht miteinrechnete, war mir nichts passiert.

»*Tarik ist nicht länger unser Freund*«, sagte meine Natur mit einer Eiseskälte, die mich zusammenzucken ließ.

»Emma.«

Mit Tränen in den Augen sah ich zu Dario, der mich aus dem luxuriösen Wohnzimmer und aus Tariks Blickfeld in die großräumige Küche brachte.

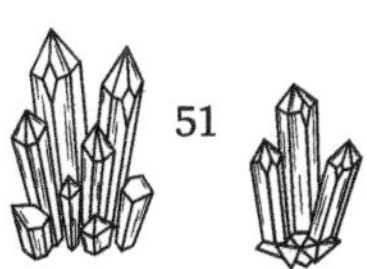

Die auf Hochglanz polierten schwarzen Oberflächen spiegelten im hereinfallenden Mondlicht und in der Mitte des Raumes thronte eine graue Kücheninsel.

Ich setzte mich auf einen der dunkelrot gepolsterten Barhocker, atmete einmal tief durch und versuchte verzweifelt, meine Tränen in den Griff zu bekommen.

»Bist du dir sicher, dass er dir nichts getan hat?«

»Ja … Ich verstehe nur nicht, warum er so mit mir redet«, brachte ich über meine bebenden Lippen.

»Es ist nicht deine Schuld.« Liebevoll strich er eine lose Strähne hinter mein Ohr und lächelte mir sanft entgegen.

»Bist du dir sicher? Denn ich habe das Gefühl, dass ich diesen Mann aus Tarik gemacht habe.«

»Niemals. Er ist selbst für sein Handeln verantwortlich, nicht du.«

Schluckend nickte ich, als ich mich anschließend von ihm löste und zu dem edlen Side-by-Side-Kühlschrank trat.

»Prinzessin …«

Meine Hand lag auf dem kalten Griff des Kühlschrankes und ich spürte, wie Dario dicht hinter mir stand und sein warmer Atem meine Nackenhärchen zu Berge stehen ließ.

»Beweg dich, mach irgendetwas – aber gehe weg von diesen Saphir-Augen, die gerade auf uns kleben!«

Doch alles, was ich tat, war meine Augen zu schließen und tief einzuatmen, während ich mich fester an den Griff des Kühlschrankes klammerte.

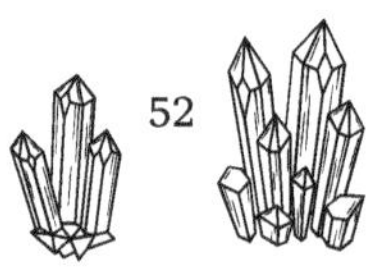

Kapitel 3

DARIO

Ich war zum Wachdienst eingeteilt und kurz vor Schichtende ein letztes Mal auf meinem Balkon gewesen, um eine Zigarette zu rauchen. Die Müdigkeit war über mich gekommen und ich wollte nur noch ins Bett und schlafen. Als ich zurück vor Emmas Zimmer kam und mich noch einmal versichern wollte, dass sie schlief, stand ihre Tür offen und sie war nicht mehr im Raum. Alarmiert war ich sofort nach unten gelaufen, um sie zu suchen. Und gerade noch rechtzeitig war ich in das Wohnzimmer gekommen, um Emma vor Tariks Angriff zu schützen. Meine Natur wütete und wollte ihm am liebsten die Kehle herausreißen, doch mit aller Kraft drängte ich sie zurück und brachte Emma in Sicherheit.

Sie tat mir unfassbar leid und ich hasste es, sie so zu sehen. Ich konnte mir gar nicht vorstellen, wie sie sich wegen Tariks ständigen Anfeindungen und der Tatsache, dass sie wieder die Gefangene eines Alphas war, fühlen musste. Ich wollte ihr Trost spenden und für sie da sein. Und plötzlich war ich ihr so nahe, dass ihre Haare meine Nase kitzelten und ihr Duft mich umhüllte. Ich konnte nicht anders, stemmte meine Hände gegen den Kühlschrank und atmete ihren herrlich süß riechenden Duft tief ein, der etwas so Kraftvolles hatte. Emma war so verflucht verführerisch und das machte mich wahnsinnig.

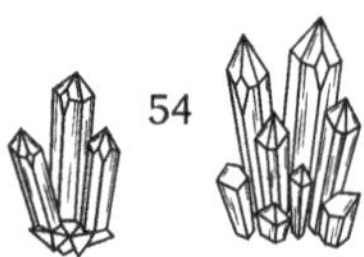

»Sie riecht so gut«, nuschelte meine wahre Natur und ich fühlte mich wie in Trance. Scheiße! Das war gar nicht gut, ich sollte einen Schritt zurückgehen und den Abstand wahren und doch verharrte ich in meiner Position. »Du hast keine Ahnung, wie schwer du es mir machst«, sagte ich mit rauer Stimme. Vorsichtig strich ich mit meiner rechten Hand ihre Haare hinter ihre Schulter und starrte auf einen frischen Biss. Auch, als sie sich ruckartig zu mir umdrehte, konnte ich meinen Blick nicht von dem Biss lösen, und die Gefühle, die er in mir auslöste, verabscheute ich.

»Er hat sie markiert«, flüsterte meine Natur.

»Dario …«

Kurz trafen sich unsere Blicke und ich wollte etwas sagen, doch dann hörte ich die Haustür ins Schloss fallen, sprang sofort mehrere Schritte zurück und knallte in dem Moment mit dem Rücken gegen die Kücheninsel, als Ryan pfeifend den Raum betrat.

Als er uns erblickte, hielt er inne und trat mit zusammengekniffenen Augen näher.

»Das war viel zu knapp«, meckerte meine Natur und ich musste ihr recht geben. Niemals hätte ich so nahe bei ihr stehen und es auch noch genießen dürfen.

»Was geht hier vor sich?«, fragte Ryan in misstrauischem Ton und trat zu Emma, die noch immer vor dem Kühlschrank stand.

»Ich konnte nicht schlafen und dachte, ich sehe mal in die Küche.«

Log sie gerade oder war das die Wahrheit? Denn seit ich meine Position vor ihrem Schlafzimmer eingenommen hatte, war kein Mucks daraus zu hören gewesen.

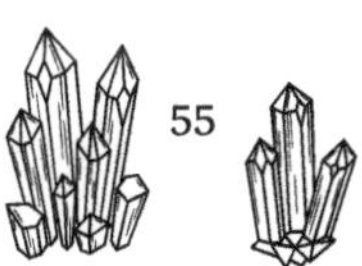

»Verstehe«, sagte Ryan, blieb vor Emma stehen und strich ihr sanft über die Wange, als mit einem Mal ein ohrenbetäubendes Brüllen aus seiner Kehle drang und die Luft schlagartig dünner wurde.

»Das ist gar nicht gut«, gab meine Natur ihren Senf dazu.

»Und warum hast du geweint?«, zeterte der Alpha und ich atmete beinahe erleichtert aus. Er war nicht wegen mir aufgebracht, sondern wegen ihren Tränen, die dank Tarik über ihre Wangen gelaufen waren.

»Das war Tariks Schuld. Er hat sie gesehen und hat sie mal wieder angesprochen.« Ich unterdrückte mein Grinsen, denn ich wusste, dass Ryan Tarik dafür bluten lassen würde, und verdammt, ich liebte es, diesen Bastard leiden zu sehen.

»Und wie! Er verdient es nicht, zu leben«, gab meine Natur hinterlistig von sich und kicherte.

»Ryan …«, riss mich Emmas Stimme aus meinen Gedanken und ich sah, wie er mit leuchtenden Smaragd-Augen ins Wohnzimmer laufen wollte, als Emma nach seiner Hand griff, um ihn aufzuhalten.

»Bitte, Ryan.«

»Du verteidigst ihn immer noch?«, brüllte er und ich wusste nicht, was ich tun sollte. Hilflos stand ich an der Kücheninsel und blickte zwischen den beiden hin und her.

»Nein, aber ich würde gern eine Kleinigkeit mit dir essen und darüber reden, was du auf dem Dach zu mir gesagt hast.« Ihre Worte verblüfften mich und anscheinend ging es Ryan nicht anders, denn er blinzelte mehrmals, ehe er wieder sein typisches, vor Selbstbewusstsein strotzendes Grinsen auflegte und sagte:

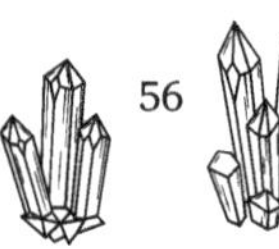

»Ja, natürlich, mein Engel.«

Überrumpelt sah ich Ryan dabei zu, wie er Oliven, etwas Käse und Schinken aus dem Kühlschrank holte, alles mit einem aufgeschnittenen Baguette auf einen Teller legte, nach Emmas Hand griff und mit ihr durch die Tür verschwand.

»Er war mit ihr auf dem Dach.«

»Das habe ich auch gehört!«, motzte ich meine Natur an. Ich war nicht schwerhörig, und wenn er mit ihr wirklich auf dem Dach war, wusste ich ganz genau, was er damit bezwecken wollte. Denn damals, als sie sich kennenlernten, hatte Ryan uns alle tagelang, wenn nicht sogar wochenlang damit genervt, wie er sein erstes Date mit Emma verbringen sollte, bis wir alle auf die Idee mit dem Dach gekommen waren. Danach ging alles ziemlich schnell – aus einem Date wurden zwei, dann drei und am Ende waren sie ein Paar. Voller Stolz hatte Ryan uns Emma vorgestellt.

»Er versucht, so ihre Erinnerungen zu wecken.«

Wahrscheinlich war dort auch der Biss entstanden und so, wie sie gerade miteinander umgegangen waren, war auf dem Dach auch sonst alles nach Plan verlaufen.

»Wir haben trotzdem noch eine Chance. Noch erinnert sie sich nicht.«

Darüber konnte ich nur lachen, denn das war Schwachsinn. Emma hatte Ryan damals geliebt, und er sie auch. Die beiden waren das Paar überhaupt gewesen und wir alle, sein gesamter innerer Kreis, hatten schon die Hochzeitsglocken läuten hören.

»Und? Jetzt ist es anders, sie erinnert sich nicht mehr.«

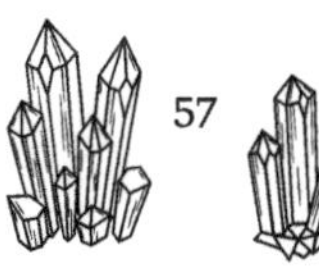

»Und wenn ihre Erinnerungen zurückkommen, was ist dann?«, fragte ich sie.

»Dann erobern wir ihr Herz. Nur, weil sie Ryan einmal geliebt hat, heißt das nicht, dass sie es jetzt wieder tun wird.«

Sie stellte sich das viel zu einfach vor, denn auch wenn sich Emma in mich verlieben würde, wäre da noch immer Ryan. Ich war sein Beta, sein bester Freund, und ich konnte ihm nicht so in den Rücken fallen. Am Ende hätte ich eh keine Chance in einem Zweikampf gegen ihn. Das Beste wäre, wenn ich mir Emma aus dem Kopf schlagen würden.

»Das wollen wir aber nicht.«

»Es ist das Beste, und das weißt du.« Mein Herz zog sich zusammen, denn schon damals mochte ich Emma und bei dem Gedanken, dass sie für mich nie mehr sein würde als die Gefährtin meines Alphas, musste ich hart schlucken.

»Lass uns nichts überstürzen. Warten wir ab, wie sich das Ganze entwickelt«, schlug meine Natur vor.

»Aber davor sollte sie uns wieder vertrauen.« Das war unser oberstes Ziel, denn obwohl mehrere Monate vergangen waren, redete sie nach wie vor nur das Nötigste mit mir und das musste ich ändern. Ich war noch immer der gleiche Mann und sie konnte sich auf mich verlassen.

»Sie braucht Zeit. Das alles muss schwer gewesen sein für sie. Aber ich bin guter Dinge, sie hat eben mit uns gesprochen.«

Ich hoffte, sie würde recht haben, denn Emma bedeutete mir viel und ich wollte ihr Vertrauen nicht missbrauchen. Und doch hatte ich genau das getan,

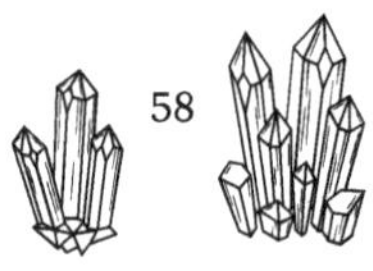

indem ich ihr die Freiheit versprochen und sie dann zu Ryan gebracht hatte.

Seufzend strich ich durch meine Haare, und ging aus der Küche und hinauf in den Flügel, in dem sich die Zimmer des inneren Kreises befanden. Auf dem Weg zu meinem Zimmer kam ich an Noels vorbei und blieb davor stehen. Vielleicht hatte er Lust, in einen der Clubs zu gehen? Eigentlich war ich hundemüde, aber was wäre eine bessere Ablenkung, als bei ein paar Drinks mit einem der Jungs zu quatschen und den Frauen beim Tanzen zuzusehen?

Außerdem war Noel nicht nur ein hervorragender Kämpfer, sondern der Playboy schlechthin, und sicher würde er zu einem Männerabend nicht Nein sagen.

»Ich finde die Idee perfekt, und wenn uns Eine gefällt, nehmen wir sie uns und lassen den Druck raus.«

Ich klopfte und nur wenige Augenblicke später öffnete Noel seine Tür. In kurzer Jogginghose und oberköperfrei stand er mit einem Kelch vor mir, aus dem ich eindeutig Blut riechen konnte. Lässig lehnte er sich gegen den Türrahmen, und ich konnte nicht anders, als meine Augen zu verdrehen.

Noel könnte als ein verdammtes Model durchgehen. Seine dunklen Haare fielen ihm meist lässig ins Gesicht und dadurch wirkt er nicht nur frech, sondern auch wild, ganz zu schweigen von seinem tätowierten und durchtrainierten Körper, den er nur allzu gern präsentierte. Wir sahen alle gut aus und die Ladys fuhren total auf unsere Clan-Tätowierungen ab, die unsere Loyalität gegenüber Ryan ausdrückten, aber Noel war mit Abstand der Schlimmste von uns, was die Frauen anging.

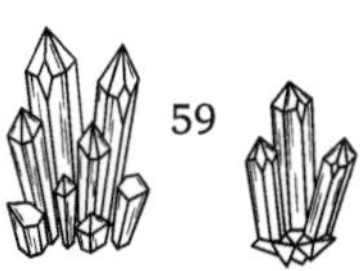

»Dario, ich dachte du wärst heute für die Wache eingeteilt gewesen?«

Nur der innere Kreis war von Ryan damit betraut worden, Emma zu bewachen. Und sollte sie irgendwo hinwollen, dann nur mit mir an ihrer Seite. Ryan war der Auffassung, dass sie mir vertrauen müsste, schließlich hatte ich sie zum Flugplatz gebracht. Ich konnte von Glück sprechen, dass ich seit ein paar Tagen nicht mehr allein die Wache übernehmen musste, sondern mich mit den anderen Jungs abwechseln konnte, denn Emmas Nähe machte mich wahnsinnig, und die Distanz zu ihr zu halten, fiel mir verdammt schwer.

»Ryan denkt, durch euch würden ihre Erinnerungen wieder zurückkommen.«

Da sie den inneren Kreis schon lange und sehr gut kannte, war sein Plan in meinen Augen nicht verkehrt und ich befürwortete ihn.

»Dario?«, riss Noel mich aus meinen Gedanken.

»Emma war wach und anscheinend redet sie jetzt mit Ryan.«

Sofort hellte sich sein Gesicht auf und er strich sich durch seine schwarzen Haare. »Endlich, die beiden gehören einfach zusammen«, sagte er. »Weißt du, wie er das geschafft hat?«

»Er war mit ihr auf dem Dach«, murmelte ich und steckte meine Hände in die Hosentaschen meiner Jeans. Wie sollte ich mich bitte ablenken, wenn Noel jetzt über Emma und Ryan sprach?

»Ah, verstehe. Er hat das allererste Date mit Emma wiederholt.«

»Ja, kann sein … Was hältst du von einem Männerabend? Wir könnten in einen unserer Clubs gehen.«

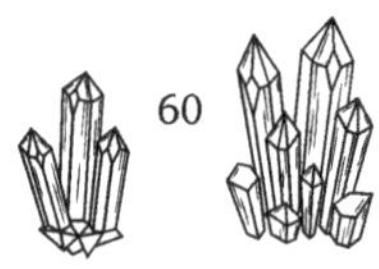

Irritiert sah er zu mir und zog seine Augen zu Schlitzen zusammen. »Dario, du weißt, dass Emma und Ryan wie füreinander geschaffen sind. Und das nicht nur, weil sie Gefährten sind ...«, warnte er mich, und ich konnte nicht anders, als zu brummen.

»Das ist mir bewusst, wieso sagst du mir das immer?« Langsam ging mir das auf die Nerven. Wir mochten uns alle und standen zueinander wie Brüder, aber ich war weder blind noch blöd. Ich wusste, dass Ryan Emma liebte und auch, dass sie Gefährten waren.

»Was nicht zwangsläufig heißt, dass sie zusammen- kommen müssen«, erinnerte mich meine wahre Natur und ich drängte sie schnell zurück.

»Gut. Und ja, wir können gern noch in einen der Clubs fahren. Treffen wir uns in zwanzig Minuten in der Garage?«

Erleichtert darüber, dass Noel das Thema fallen ließ, nickte ich ihm zu und machte mich auf den Weg. Und doch konnte ich nicht anders, als kurz in die Richtung zu blicken, in der sich Ryans Flügel befand.

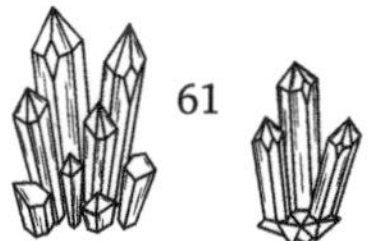

61

NOCH IMMER KONNTE ICH ES NICHT FASSEN. SIE wollte tatsächlich mit mir reden und etwas essen, das war mehr, als ich mir für den Moment hätte erträumen können. Und es war der einzige Grund, warum ich Tarik nicht augenblicklich für die Tränen in den wunderschönen, braunen Augen meiner Frau zur Rechenschaft gezogen hatte.

Wir standen in meinem Zimmer und ich beobachtete jeden von Emmas Schritten, wie sie vorsichtig mit den Fingern über meine dunklen Möbel strich und sich umsah.

»Ich war noch nie hier.«

»Dieser Flügel gehört mir allein. Er ist ungefähr wie die Anderen aufgebaut, nur habe ich hier meine Ruhe.« Auch wenn ich meinen inneren Kreis liebte, und die Männer für mich wie eine Familie waren, konnten sie ziemlich anstrengend werden. Dann brauchte ich einen Ort, an dem ich mich zurückziehen konnte. Hier hatte ich mein Schlafzimmer und ein separates Büro und einen Gemeinschaftsraum, der ruhiger war als der im unteren Stock mit den vielen Angestellten.

Emma könnte hier mit mir leben, sich eines der Zimmer so einrichten, wie sie es gern hätte, dachte

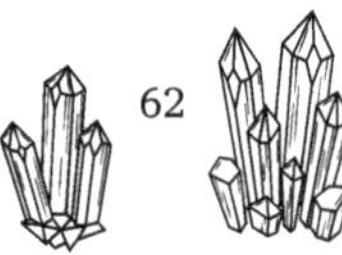

ich mir. Damals hatte sie es geliebte, zu dekorieren und hatte eine Schwäche für Kleider und Schuhe gehabt, die jede Menge Platz gebraucht hatten. Platz, den sie hier haben könnte. Gott, wie sehr ich diese Zeit zurückwollte, in der wir uns bedingungslos geliebt hatten und sie mich nicht als das Monster sah, zu dem ich geworden war.

»Ryan?«, riss sie mich aus meinen Gedanken. Ich blinzelte mehrmals, trat auf sie zu und musste hart schlucken, denn sie hier in meinem Schlafzimmer zu sehen, machte mich nervös … Fuck, mir würde einiges einfallen, was wir hier machen könnten.

»Wenn es nicht passt, können wir auch wann anders reden.«

»Reiß dich zusammen, sie will reden und genau das machen wir«, maulte meine wahre Natur und ich stieß die angestaute Luft aus. So schwer konnte das doch nicht sein, schließlich war ich soeben noch in der Stadt gewesen und hatte mir eine der menschlichen Frauen geschnappt und mich an ihrem Blut gelabt, um auf Nummer sicher zu gehen, dass ich nicht doch über Emma herfallen würde.

»Worüber wolltest du reden?«, fragte ich und stellte den Teller mit den Snacks auf dem kleinen Glastisch vor mir ab, setzte mich auf das Sofa und forderte sie auf, es mir gleichzutun.

»Stimmt es, dass wir Gefährten sind?«

»Ja«, sagte ich. Ich konnte ihre Verunsicherung deutlich sehen. Sie rieb sich über ihre Arme und wich meinem Blick immer wieder aus. »Warum zweifelst du an meinen Worten?«

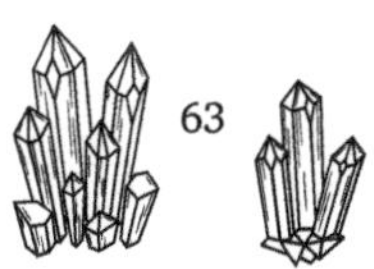

»Vlad hatte das Gleiche behauptet.«

Ich sprang auf, riss meine Augen auf und ein Knurren, das einem Donnerschlag glich, drang aus meiner Kehle. Dieser verdammte Alpha! Er wollte ihr weismachen, dass sie seine Gefährtin war? »Warst du deswegen bei ihm?«, wollte ich wissen.

Sie erhob sich und blickte mich an. »Nein, das mit dem Gefährtenband hatte er mir erst später gesagt, nachdem ich schon einige Zeit bei ihm gewesen war ... Ich weiß, dass irgendetwas zwischen dir und mir ist, ich sehe es in deinem Blick und daran, wie die Anderen mich ansehen. Aber ich brauche Klarheit, Ryan.«

Ich konnte sie verstehen, Vlad hatte sie belogen. Dass sie sich nicht an uns erinnerte und mir nicht vertraute, machte mich jedoch wahnsinnig. Ich wollte doch nur meinen kleinen Engel zurück und im Gegenzug sah sie mich an, als wäre ich ein Fremder. Der Schmerz war unerträglich und ich versuchte, ihn zu verdrängen. Doch stattdessen wandelte ich ihn in Wut um und griff nach vorn, packte Emmas Hals und zog sie näher an mich, sodass uns nur noch Zentimeter voneinander trennten.

Doch anstatt zusammenzuzucken, reckte sie ihren Kopf höher und gewährte mir dadurch einen noch besseren Zugriff auf ihren Hals, den ich mit leuchtenden Smaragd-Augen annahm.

»Ryan ...«

»Warum fühlst du es nicht? Warum kannst du es nicht sehen?«, brüllte ich, aber sie zeigte einfach keine Angst und als sie auch noch ihre Hände auf meine Brust legte, war meine Natur genauso verwundert darüber wie ich.

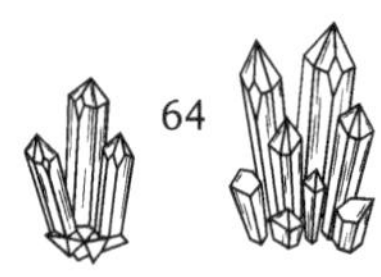

»Sie beruhigt uns, selbst wenn wir so aufgebracht sind.«
Ich konnte es spüren, ihre Hände auf meiner Brust und die Wärme, die sie ausstrahlte, genauso wie das Licht. Dass sie nach all den Jahren immer noch diese Wirkung auf mich hatte, war faszinierend und erschreckend zugleich und ich lockerte augenblicklich meinen Griff.

»Ich möchte es nicht spüren. Ich möchte das alles nicht. Und doch wäre es eine Lüge, wenn ich sagen würde, dass ich rein gar nichts spüre, denn genau das tue und hasse ich«, flüsterte sie und in ihren braunen Augen lag so viel Schmerz, dass ich meine Hand fallen ließ und mehrere Schritte zurücktrat.

Emma war eine unfassbar starke Frau und ihr Feuer loderte noch immer in ihr. Doch es war ihre Zerbrechlichkeit, die mich in die Knie zwang. Ich wollte sie halten, beschützen und ihr den Mann von damals zeigen. Einen Mann mit einem Herzen und Gefühlen, doch der war ich schon lange nicht mehr.

»Emma«, raunte ich mit rauer Stimme und drehte mich leicht von ihr weg, dann stellte sie sich vor mich und nahm mein Gesicht in ihre Hände, bevor sie meinen Kopf anhob und mir in die Augen blickte. Als ihre Finger meiner Narbe immer näherkamen, verkrampfte ich mich und spürte, wie meine wahre Natur unruhig wurde und meine Augen in ihren Smaragden aufleuchteten. »Nicht«, presste ich gequält zwischen mahlenden Zähnen hervor. Ich wollte diese Schwäche vor ihr nicht preisgeben, und vor allem wollte ich nicht, dass sie das Monster in mir sah.

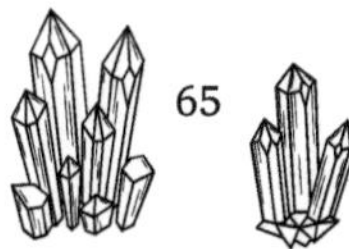

Aber sie hörte nicht auf mich und strich so sanft, wie ich es noch nie erlebt hatte, über meine Narbe und ich war unfähig, mich zu rühren.

»Das ist unsere Emma, unser Engel«, flüsterte meine Natur ehrfürchtig.

»Du hasst sie, oder?«

»Sie macht mich zu einem Monster.«

Lächelnd blickte sie in meine Augen und strich erneut über meine Narbe, ehe sie meinen Lippen näherkam und mir entgegen hauchte. »Nein, du bist kein Monster.« Als sie mir einen sanften Kuss auf meine Lippen gab, hielt ich es nicht mehr aus, nahm meinen Kopf zur Seite und trat von ihr weg.

»Ich bin kein Monster?« Ohne sie anzusehen, lachte ich bitter auf.

»Was tust du? Es war so perfekt«, brüllte meine wahre Natur aufgebracht.

»Ryan …«

»Nein, Emma. Ich weiß nicht, ob du deine Erinnerungen jemals wiedererlangen wirst, aber solltest du dich erinnern, wirst du feststellen, dass ich ein Monster geworden bin.«

»Warum sagst du sowas?«

»Sieh mich an!«, brüllte ich und stürzte auf sie zu, packte ihre Oberarme und drückte eisern zu.

»Das glaube ich dir nicht.«

Wieder konnte ich nur darüber lachen und spürte, wie meine Natur sich Stück für Stück von ihren Ketten losreißen wollte. »Ich bin ein Monster, und nicht einmal du kannst etwas daran ändern.« Mit diesen Worten raste ich aus meinem Zimmer und aus meinem Flügel. Ich konnte das nicht. Wie sollte ich der

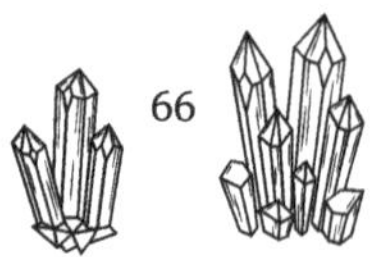

Mann sein, der für sie kämpfen und gewinnen würde, wenn ich meinen eigenen Kampf gegen die Dunkelheit verlor?

»Ryan!«, schrie sie, doch ich ignorierte meine wahre Natur und spürte eine heiße Träne über meine Wange laufen. Ich wischte sie weg, rannte von meinem Grundstück und verschwand in der tiefschwarzen Nacht.

Kapitel 4

EMMA

Mein Kopf ratterte und ich hatte das Gefühl, er würde gleich explodieren und doch war ich mir bei einer Sache sicher: Ryan war kein Monster. Auch wenn es verrückt klang, nachdem was er auf dem Flugplatz und im Jet getan hatte, zeigte mir die Zeit hier eine andere Seite von ihm. Eine Seite, die mich verwirrte und wahnsinnig machte, aber in der ich auch so etwas wie Hoffnung sah. Er war so besessen davon, ein Monster zu sein und gleichzeitig sah ich den tiefen Schmerz in seinen Augen, der mich an meinen eigenen erinnerte.

»Ich weiß, was du meinst. Und er hat uns hier kein einziges Mal vergewaltigt«, flüsterte meine Natur.

Er war anders. Jedes Mal, wenn er mir näherkam und ich mich wappnete, seine brutale Seite zu Gesicht bekommen, flüchtete er mit leuchtenden Augen und tauchte erst am nächsten Tag wieder auf. Ich konnte mir keinen Reim auf all das machen und ich musste unbedingt herausfinden, wieso sie mich alle kannten und vor allem wollte ich mehr über Ryan wissen. Auch wenn ich es hasste, spürte ich eine Anziehung zwischen uns, die so anders war als die damalige zu Tarik und Vlad. Diese Anziehung ging tiefer und wenn es stimmte, war ich seine Gefährtin und wir kannten uns schon lange. Doch was war der Grund dafür, dass wir uns verloren hatten?

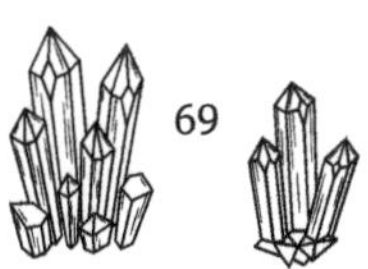

»Das interessiert mich auch, auch wenn unser Plan ein anderer war.«

Seufzend setzte ich mich auf Ryans Bett und sah mich in seinem Zimmer um. Es war dunkel gestaltet, nur ein paar goldene Akzente waren an seinen Möbeln zu finden. Etwas anderes hatte ich kaum erwartet, und doch zeigten die Bilder seines inneren Kreises an den Wänden, dass er etwas für die Jungs empfand und sie tatsächlich eine Familie waren.

»Es passt zu ihm.«

Ryan war mir ein Rätsel, das ich lösen wollte, nur wie, war die Frage. Ich atmete tief durch und legte mich zurück. Sofort drang Ryans holziger, kraftvoller Duft in meine Nase, der in der Bettwäsche hing. Je länger ich dort lag, desto schwerer wurden meine Augen, bis ich einschlief und erst am nächsten Tag in den späten Vormittagsstunden wieder wach wurde.

Ich erhob mich und trat aus Ryans Zimmer, blieb aber noch einen Moment in seinem Flügel stehen und sah mich um. Er unterschied sich wirklich kaum zu dem Flügel, in dem mein Zimmer lag. Auch hier standen große, weiße Skulpturen in den Gängen und an den Wänden hingen Landschaftsbilder oder welche von San Francisco. Allerdings waren hier keine frischen, duftenden Blumen arrangiert worden im Gegensatz zum anderen Flügel.

Wehmütig durch die Erinnerungen an gestern, ging ich in mein Zimmer und stellte mich unter die geflieste Dusche, zog mir danach ein dunkelblaues, knielanges Kleid an und setze mich vor den Spiegel meines Schminktisches. Ich trug etwas Rouge und einen leichten Lipgloss auf und machte mich auf den Weg zum Aufzug.

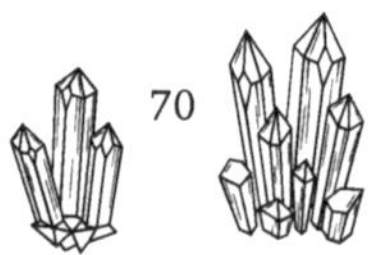

Als sich die Türen hinter mir schlossen, betrachtete ich die goldenen Details an den Wänden und der Decke des Fahrstuhls. Wieder einmal war ich beeindruckt davon, in welchem Luxus Ryan lebte, denn so wie ich das verstanden hatte, war das nicht immer so gewesen und die Villa, in der ich mich befand, zeigte nicht nur, wie steinreich er sein musste, sondern auch, wie er aus dem Nichts eine unfassbare Macht erlangt hatte.

Durch eine der hinteren Glastüren trat ich hinaus in den Garten und sah mich um. Vereinzelte Angestellte pflanzten, gossen oder schnitten Blumen zurecht, und erst jetzt wurde mir bewusst, dass die meisten von ihnen einfache Menschen waren.

Ich sog die frische Luft ein und stellte mir vor, wie herrlich es hier sein würde, wenn die Sommerhitze einbrach … Oh Gott, was dachte ich da nur? Ich war schließlich immer noch eine Gefangene. Aber ich musste mir eingestehen, dass ich mich hier wohl fühlte, und dieser Garten der Wahnsinn war.

Ich lauschte dem Plätschern der imposant verzierten Brunnen und setzte mich anschließend auf eine Steinbank. Ganz in der Nähe entdeckte ich Noel, der immer mal wieder in meine Richtung blickte. Ich musste schmunzeln über die Art, wie er mir meinen Freiraum gab, und dennoch auf mich aufpasste.

»Vielleicht könnten wir mit den Männern reden. Sie kennen Ryan gut und sind in seinem inneren Kreis.«

»Und du denkst, sie würden mit uns reden?«, fragte ich meine wahre Natur.

»Ein Versuch wäre es wert. Sie behandeln uns zumindest gut, wir müssen keine Angst vor ihnen haben.«

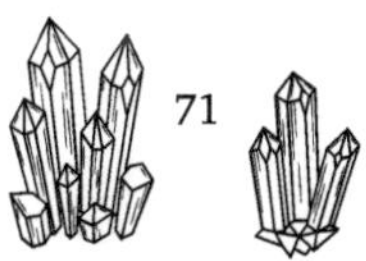

Sie hatte recht. Diese Männer waren anders als die von Vlad und mehr als ein Nein konnte ich nicht bekommen. Ich drehte mich in Noels Richtung, beobachtete, wie er eine Zigarettenpackung aus seiner Lederjackentasche herausholte und gesellte mich zu ihm. »Darf ich auch Eine haben?«

»Sicher, Kleines.« Er reichte mir eine Zigarette und gab mir Feuer und ich lehnte mich an die Wand, ehe ich nach den richtigen Worten suchte.

»Ist alles gut?«, ergriff er das Wort und sofort sah er mich besorgt an.

»*Siehst du, sie sind anders*«, flüsterte meine wahre Natur.

»Ja. Ich denke nur darüber nach, dass ihr anders seid.«

»Anders?«, fragte er und zog seine Stirn kraus.

»Ihr seid nicht so grausam wie die Männer von Vlad und ich habe keine Angst vor euch.«

Die Männer, die Vlad angestellt hatte, hatten sich genommen, was sie wollten. Und auch wenn es ein paar Ausnahmen gegeben hatte, so war der Großteil gewalttätig gewesen.

Sofort änderten sich Noels Gesichtszüge und er blickte traurig zu mir. »Emma, ich weiß nicht, was du erlebt hast, aber du musst vor uns keine Angst haben, niemals. Wir alle würden für dich, genauso wie für Ryan bis in den Tod gehen.«

Wow! Warum sollten sie das tun? »Weil ich seine Gefährtin bin?«

Er lachte auf und schüttelte seinen Kopf, ehe er mich wieder ernst ansah.

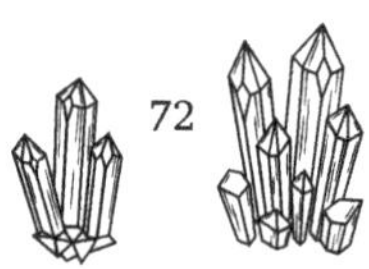

»Nein, weil du unsere Prinzessin bist und wir dich alle mögen. Das hat nichts mit Ryan zutun, jedenfalls nicht direkt.«

Seine Worte klangen so ehrlich, dass ich mein Schmunzeln nicht verbergen konnte. Sie alle waren etwas Besonderes, was ich von Vlad und seinen Männern nicht behaupten konnte.

Ich zog an meiner Zigarette, blies den Rauch aus und blickte zu ihm. Jetzt wäre ein guter Zeitpunkt, um ihn etwas über Ryan zu fragen und so aufgeschlossen, wie er wirkte, könnte er mir tatsächlich etwas verraten.

»Darf ich dich etwas fragen?«, setzte ich an.

»Klar.«

»Woher kennt ihr Ryan?« Ich konnte schlecht mit der Tür ins Haus fallen und ihn direkt ausquetschen, da war diese Frage doch ein guter Anfang.

»Wir, sein innerer Kreis?«

Als ich nickte, strich er sich durch seine schwarzen Haare und sah nachdenklich zu mir. »Das ist eine gute Frage. Wir alle kennen Ryan schon ziemlich lange. Ein paar von uns sind mit der Zeit dazugekommen, andere kennen ihn schon als Jugendlichen oder gar als Kind.«

Dario gehörte sicher zu den Letzteren, dachte ich.

»Und du? Woher kennst du ihn?«, wollte ich wissen.

»Meine Eltern haben damals für seine gearbeitet und so kam eins zum anderen. Wir freundeten uns eng an, und irgendwann meinte Ryan, ich gehöre in seinen inneren Kreis«, sagte er Gedankenverloren. »Seitdem war ich bei ihm, bis eben …« Abrupt hörte er auf, zu reden und schüttelte seinen Kopf.

»Bis was?«

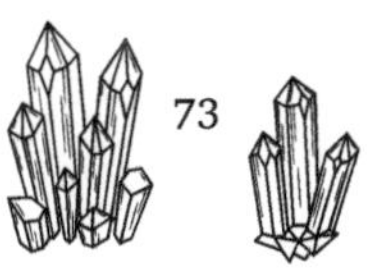

73

»Das sollte dir Ryan selbst erzählen.«

»Warum, was ist passiert?« Meine Neugierde war geweckt und ich fragte mich, was geschehen war, denn so, wie sein Gesichtsausdruck aussah, musste es etwas Schlimmes gewesen sein.

»Emma, sei mir nicht böse … Dir fehlen deine Erinnerungen und du könntest diese Geschichte falsch auffassen. Aber Ryan redet sicher gern mit dir.«

Super, jetzt war ich genauso schlau wie vorhin. Seufzend drückte ich meine Zigarette in dem auf dem Boden stehenden Aschenbecher aus und lehnte mich zurück an die Hauswand.

»Wenn du willst, können wir etwas machen«, schlug Noel vor und lächelte mich sanft an.

»Er will das Thema wechseln.«

»Ach was!«, giftete ich meine Natur an. Als ob ich das nicht selbst bemerkte.

»Ich meine ja nur«, sagte sie beleidigt und verkroch sich wieder.

»Emma?«, riss mich Noel aus meinen Gedanken.

»Entschuldige.«

»Schon gut, hast du mit deiner Natur gesprochen?« Ich nickte und sein Grinsen wurde breiter.

»Alles wird sich fügen, du wirst schon sehen.«

Nachdenklich sah ich zu ihm und überlegte, woher ich sonst noch Informationen bekommen könnte …

Aber klar doch! Warum war ich da nicht früher draufgekommen? »Gibt es hier so etwas wie eine Bibliothek?«

»Ja, es gibt eine kleine Bibliothek, dort kannst du dich frei bewegen.«

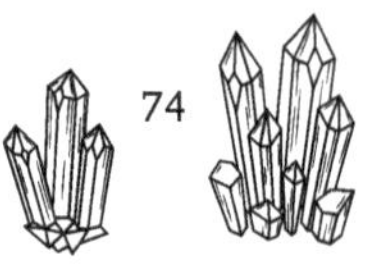

Überrascht riss ich meine Augen auf. »Und dort kann ich mich auch allein bewegen?«

»Ja. Mit den Jahren hat sich dort einiges angesammelt. Ryan ließ sogar ein paar Bücher reinbringen, die dir vielleicht gefallen könnten, wusstest du das nicht?«

Schuldbewusst blickte ich beiseite, denn bis zu diesem Zeitpunkt hatte ich mit Ryan nicht gerade viel gesprochen. Selbst bei den gemeinsamen Mahlzeiten saßen wir still am Tisch und mehr als ein *Wie geht es dir?* kam dabei nie rum. Und trotzdem hatte er an mich gedacht, und für mich Bücher beschaffte? Aber irgendwie überraschte es mich nicht, denn je länger ich hier war, desto mehr entdeckte ich eine andere Seite an Ryan.

»Die gute Seite. Er ist mehr als der Mann, den wir kennengelernt haben«, flüsterte meine Natur und sie hatte recht. Ryan war so viel mehr als das anfängliche Monster, das ich in ihm gesehen hatte und er überraschte mich immer wieder. Ich wollte unbedingt herausfinden, wer er wirklich war.

Meine Gedanken drifteten ab und ich musste an die gestrige Nacht denken, wie er mir seinen persönlichen Flügel und sein Zimmer gezeigt hatte. Er hatte ein Kribbeln auf meiner Haut ausgelöst und war im nächsten Moment aus dem Zimmer gestürmt, fest überzeugt davon, dass er ein Monster sei.

»Er leidet unter seinem inneren Kampf.«

Das hatte ich gespürt und ein kleiner Teil in mir wollte ihm beistehen, ihm helfen, diesen zu bezwingen. Oh Gott, das war verrückt. Konnte es wirklich sein, dass ich mich ausgerechnet in meinen Entführer verliebte?

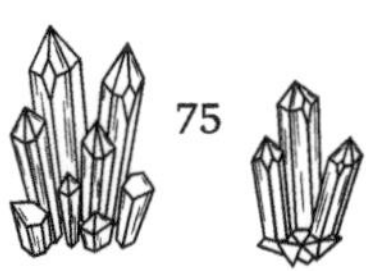

»*Wenn es stimmt, dass er unser Gefährte ist, liegt es daran.*«

»*Und wie bekommen wir darüber Gewissheit?*«, fragte ich. Ich spürte zwar eine Anziehung, aber fühlte sich so das berüchtigte Gefährtenband an?

»*Sobald unsere Seelen wieder im Einklang schlagen, müssen wir dieses Band deutlich spüren.*«

Wenn es doch nur so einfach wäre …

»Emma?«, riss mich Noel aus meinen Gedanken und ich blinzelte mehrmals, bevor ich ihm in die Augen blickte.

»Ich hatte gefragt, ob du die Bibliothek sehen möchtest?«, sagte er mit hochgezogener Augenbraue.

»*Oh ja! Wer weiß, was Ryan dort alles angesammelt hat.*«

»Sehr gern.« Ich lächelte Noel an, drückte mich von der Wand ab und wir ließen die Terrasse hinter uns.

Wir marschierten weit nach hinten in das Grundstück und als wir die traumhafte Gartenanlage hinter uns gelassen hatten, sah ich mich irritiert und zugleich erstaunt um. Hier war ich zuvor noch nie gewesen und es sah anders aus als in der Parkanlage, die ich bisher kannte. Bäume und Büsche wuchsen wild durcheinander und nur vereinzelte, wilde Blumen krochen aus der Erde empor. Der Rasen war nicht so penibel gemäht wie im vorderen Bereich, und doch hatte dieser Ort seinen ganz eigenen Charme. Er war wilder und auf meiner Seele legte sich automatisch ein Gefühl der Freiheit.

»Gehört das alles noch zu dem Grundstück?«

»Ja, das Areal ist riesig. Neben dem eigentlichen Wohnabschnitt, den du bisher kennengelernt hast, gibt

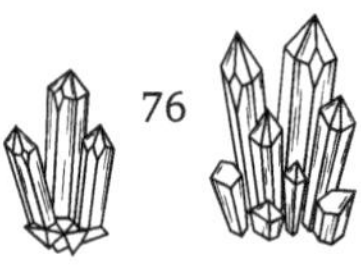

es noch diesen versteckten Bereich und dazu den angrenzenden Wald.«

Oh, wow! Ich hatte das Grundstück ohnehin schon als opulent empfunden, aber das, was ich hier sah, eröffnete neue Dimensionen. War Ryan größenwahnsinnig?

Als ob Noel meine Gedanken lesen konnte, fuhr er fort.

»Ryan ist der Ansicht, dass ein Wald praktisch ist, wenn wir unserem Bedürfnis nachgehen wollen, mit unserer Natur zu laufen. Und da das Waldstück eingegrenzt ist und ihm gehört, können wir das ohne Bedenken tun.«

»*Das ist genial! Sobald wir uns verwandeln können, werden wir laufen, so schnell und so weit wir können. Wir werden das Gefühl der Freiheit spüren*«, sagte meine Natur und jaulte vor Freude auf.

»Das klingt schön.«

»Oh ja, es ist perfekt. Und du wirst das auch wieder können.«

Wir blieben vor einem länglichen Gebäude stehen, das sich tief in den Wald erstreckte und mehrere Stockwerke hoch war. Ich betrachtete es und meine Augen wurden immer größer. Es war einzigartig und wunderschön, so etwas hatte ich noch nie gesehen. Die Außenfassade war absolut beeindruckend; an den dunkelgrünen Wänden wuchsen bunte Blumen empor und das Moos hatte sich dazwischen seinen Weg gesucht. Dieses Gebäude war wie aus einer anderen Welt, magisch und verwunschen.

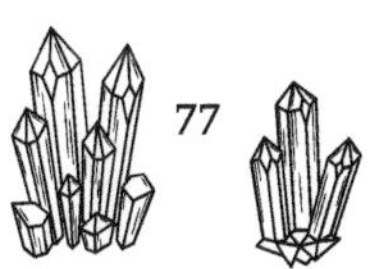

»Es sieht wunderschön aus«, flüsterte meine Natur ehrfürchtig, während ich wie gebannt auf das Gebäude zuging und vorsichtig über die Fassade strich.

»Ryan wollte, dass dieses Gebäude nicht wie die langweiligen Bauten der Menschen aussieht, und unsere Magie hat das daraus erschaffen.«

»Es ist atemberaubend.«

»Warte ab, bis du es von innen siehst.«

In dem Moment, als er die Tür aufschloss und wir hineintraten, wusste ich sofort, was er meinte. Soweit das Auge reichte, standen überall Regale in verschiedenen Formen und Farben, voll mit Büchern, Schriftrollen und vereinzelten Papierstapeln. Wo ich auch hinsah, waren unzählige Vasen mit Blumen verteilt und auch aus den Wänden selbst ragten sie heraus. Bunte, duftende Blumen. Ich war sprachlos.

Mit einem Lächeln drehte ich mich um meine eigene Achse und nahm das Plätschern von Wasser wahr. Ich folgte dem Geräusch und entdeckte mitten im Gebäude einen kleinen Fluss, der sich seinen Weg an den Seiten entlang bahnte und den vereinzelten Wasserpflanzen zierten. Ich kam aus dem Staunen nicht mehr heraus.

»Das ist so beeindruckend.«

Erst jetzt fiel mir die Treppe auf, die nach oben führte und selbst dort plätscherte das Wasser auf idyllische und friedvolle Art herunter und endete unten angekommen wieder in dem Fluss. Es war ein perfekter Ort, den Ryan und seine Männer geschaffen hatten.

»Wow! Einfach unglaublich«, flüsterte ich.

»Das ist es, und irgendwann kannst du diese Art von Magie auch wieder praktizieren.«

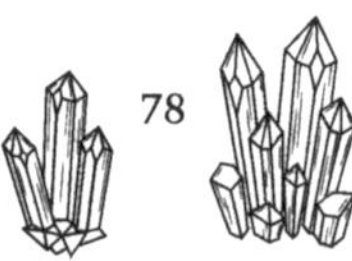

Sein Lächeln ließ mich hoffen. Eines Tages würde ich wieder den Zugang zu meiner Magie finden, die uns Shades ausmachte, und ich würde sie wieder in meinen Venen fließen spüren.

»Sie fließt bereits. Wir können nur noch nicht darauf zugreifen.«

»Wir müssen mehr herausfinden«, sagte ich entschlossen.

»Das werden wir. Und dann wird der Riss geschlossen und unsere Macht zurückkommen«, antwortete meine Natur und kicherte. Irgendwie hatte ich das Gefühl, dass meine wahre Natur etwas plante, und ich war mir nicht sicher, ob das gut oder schlecht war.

»Ich bin deine Natur und ich werde dich niemals wieder verlassen.« Das hatten wir uns geschworen. *»Aber Emma, wir sind mehr als nur ein Spielball und es wird Zeit, dass wir unsere Macht entfalten. Es wird Zeit, dass wir uns erinnern.«* Wieso hörte sich das so an, als wüsste sie etwas, was ich nicht wusste?

»Das tue ich nicht, aber ich spüre unsere Macht. Ich kann sie in unseren Adern spüren, genauso wie unsere Aura. Ich möchte endlich raus, ich möchte mit dir laufen, ich möchte frei sein.«

Und genau das wollte ich auch, mehr als alles andere.

»Dann vertraue mir, ich werde dich immer beschützen.«

»Ich vertraue dir«, sagte ich zu ihr und meinte es auch so. Egal, wie oft wir uns damals gegenseitig die Schuld an den Kopf geworfen hatten, weil wir uns voneinander entfernten hatten und der Riss entstanden war, am Ende blieb eine Tatsache bestehen: Wir waren eins.

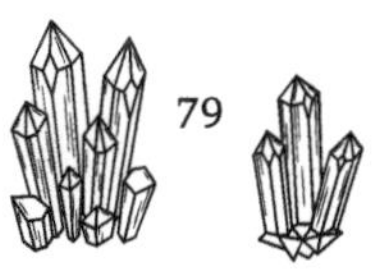

Eine Einheit und ein Leben. Wir brauchten uns und wir würden uns niemals wieder verlieren.

»Du kannst gern hierbleiben, und wenn etwas ist, dann rufe einfach nach mir.« Noel war die ganze Zeit ruhig gewesen und holte mich jetzt aus meinen Gedanken zurück.

»Ich darf wirklich allein hierbleiben?«

»Ich hole mir aus dem Haupthaus nur eine Kleinigkeit zu essen. Aber hier ist es sicher und du kannst dich frei bewegen. Du wirst hoffentlich wissen, dass du nicht einfach von dem Grundstück fliehen kannst. Sieh es als einen Vertrauenstest.« Er zwinkerte mir zu, ging lächelnd aus dem Gebäude und ließ mich allein.

Ich wusste, dass er recht hatte und wenn ich ehrlich zu mir war, wollte ich gar nicht fliehen – jedenfalls nicht, solange ich den Riss nicht geschlossen hatte.

Neugierig sah ich mich um, ging durch die einzelnen Regalreihen, strich vorsichtig über die Blumen und ließ das Wasser zwischen meinen Fingern hindurchgleiten.

Die Textwerke boten unzählig viele Rubriken. Von Biografien, über zeitgenössische Romane, bis hin zu Sachbüchern war alles dabei.

Als ich die Treppe hinaufging, stellte ich fest, dass es hier oben mehr Schriftrollen gab und die Bücher anders aussahen. Ihre Umschläge wirkten alt und waren eingestaubt, einige waren befleckt und abgenutzt.

»Ich glaube, wir haben gefunden, wonach wir gesucht haben.«

Eine Gänsehaut breitete sich auf meinem Körper aus, als ich immer weiter nach hinten ging und über die alten Bücher strich. Und als ich vereinzelte Titel

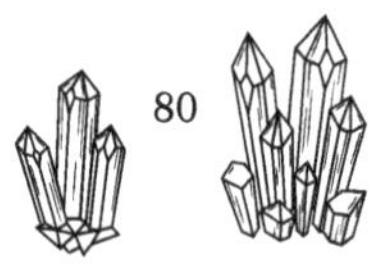

auf den Bücherrücken entziffern konnte, wusste ich, dass meine Natur recht besaß. Da gab es zum Beispiel die Bücher *Shades und ihre Geschichte* und *Menschen und Shades*. Anscheinend hatte Ryan all die Werke über die Shades und ihre Entwicklung, aber auch über das Verhältnis zwischen ihnen und den Menschen gesammelt, und sie hier aufbewahrt.

»Es ist beeindruckend, wie viel er davon besitzt«, staunte meine wahre Natur.

Ich blickte mich weiter um, bis mir ein Regal neben einem kleineren Fenster ins Auge stach.

»Shades, ihre Natur und ihre Fähigkeiten«, las ich leise vor, was in das Holzschild des Regals geschnitzt stand.

»Das ist es!«, schrie sie fast vor Aufregung.

»Und wo fangen wir an?«, fragte ich und zog eines der dicken Bücher hervor und wischte den Staub weg.

»Wie wäre es mit dem? Dort steht einfach nur ›Shades‹ darauf.«

Das war definitiv kein schlechter Anfang. Vielleicht würden wir darin mehr über uns erfahren.

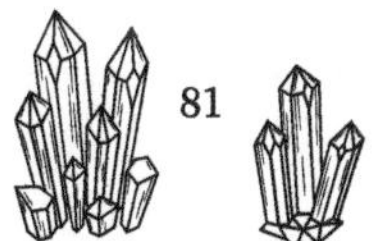

Kapitel 5

DARIO

Verflucht. Mein Kopf dröhnte unaufhörlich und ich bereute es, gestern zu tief ins Glas geschaut zu haben. Und das, obwohl wir Shades ziemlich trinkfest waren und der menschliche Alkohol uns nicht viel anhaben konnte.

»Außer wir trinken deutlich zu viel, so wie gestern«, murrte meine Natur, die den Kater genauso fühlte wie ich. Sogar die menschliche Bedienung hatte uns irritiert angesehen, bei der Menge an Flaschen, die wir geordert hatten.

Ein Blick auf die Uhr verriet mir, dass es bereits mittags war. Grummelnd stand ich auf, stieg unter die Dusche und zog mir ein kariertes Hemd und eine Jeans an.

Als ich mich im großen Speisesaal auf einen Stuhl fallen ließ, kam Noel mit einem breiten Grinsen auf mich zukam.

»Wenn das nicht Dario ist.«

Herr im Himmel, warum sprach er so laut? Seine Stimme durchbohrte meinen Kopf. Ich blickte grimmig zu ihm, was den Idioten auch noch lachen ließ, ehe er sich mit seinem vollen Teller setzte und anfing, sein Steak zu verspeisen. Mit vollem Mund blickte er wieder zu mir. »Wenn Blicke töten könnten … Was kann ich dafür, dass du gestern zu viel getrunken hast?«

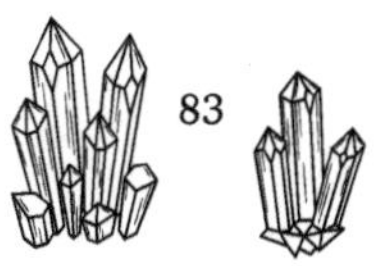

Gar nichts. Ich hatte mich von Emma ablenken wollen und die Menge an Alkohol unterschätzt. Und ehe ich reagieren konnte, waren aus einem Glas zwei, drei und mehr geworden und am Ende war ich sternhagelvoll gewesen.

»Was für uns Shades wirklich eine Leistung ist«, mischte sich meine wahre Natur ein und ich drängte sie genervt zurück. Ich ließ mir ein deftiges Frühstück servieren. Als ich mich dabei erwischte, wie ich wieder an Emma dachte, riss ich meine Augen auf. »Wo ist Emma?« Denn hier im Speisesaal war sie nicht und sicher auch nicht bei Ryan, denn ich glaubte, ihn auf meinem Weg hierher telefonieren gehört zu haben.

»Beruhig dich, ihr geht es gut«, winkte Noel ab.

»Gut? Wir sollten auf sie aufpassen.«

Verflucht noch mal. Ich hatte völlig die Zeit vergessen und jemand musste doch wissen, wo sie war und was sie tat. Dieser verdammte Alkohol! Meinen Verstand hatte ich wohl gestern Nacht im Club liegen lassen.

»Dario, Emma ist in der Bibliothek, liest vermutlich einen der Romane, die Ryan angeschafft hat, und verbringt dort ihre Zeit. Außerdem kam Ryan heute morgen zu mir und sagte, dass er ihr mehr Freiraum gewähren will und sie sich innerhalb des Grundstücks allein bewegen darf. Also alles gut.«

Ich atmete erleichtert aus und nickte. Emma hatte Bücher schon immer geliebt, und als klar geworden war, dass wir sie aus Vlads Fängen befreien würden, beauftragte Ryan uns damit, verschiedene Romane in unsere Bibliothek zu schaffen, damit sie hier etwas haben würde, womit sie sich wohlfühlen konnte.

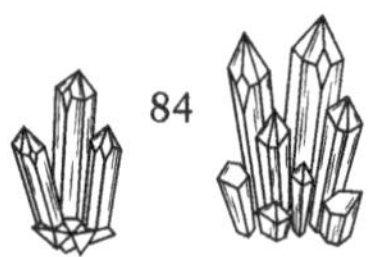

»Sie hat sich kaum verändert.«

Das stimmte. Emma besaß das größte Herz, das ich jemals gekannt hatte. Und wenn auch tief in ihr verborgen, so brannte immer noch das temperamentvolle Feuer in ihr und sie hatte immer noch die einzigartige Gabe, stets in jedem und allem das Gute zu sehen.

»Dario?«, riss Noel mich aus meinen Gedanken und ich sah zu ihm.

Was war denn jetzt schon wieder? »Was denn?«

»Ich habe gesagt, dass Ryan heute Pawals erste Befragung durchführen wird, und dich gefragt, ob du dabei sein willst? Oder soll es jemand anderes übernehmen?«

Mist, dass hatte ich nicht mehr auf dem Schirm gehabt.

Seit dem Moment, als wir Pawel in Vlads Schloss aufgegriffen und mit hierher genommen hatten, hielten wir ihn in unserem Keller gefangen und versorgten ihn nur mit dem Nötigsten, damit er nicht starb.

Und offensichtlich wollte Ryan ihn heute befragen. Normalerweise war es egal, ob jemand von uns dabei war, wenn Ryan folterte. Doch nicht, wenn es um Pawel oder jemand anderen aus Vlads innerem Kreis ging. Sollte Ryan nicht mehr zu sich selbst finden, oder komplett ausrasten und den Gefangenen töten wollen, würde einer von uns einschreiten müssen.

»Ich mache das schon.«

»Bist du dir sicher? Wir könnten Vinz fragen.«

Vinzenz war ein Krieger und genauso ein Teil des inneren Kreises. Allerdings fehlte ihm das Feingefühl und oft wirkte er kalt und unnahbar, auch wenn er ein gutes Herz besaß.

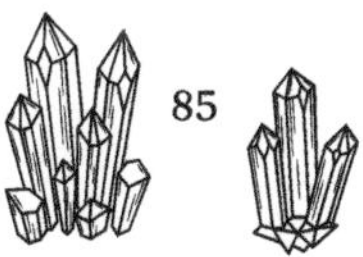

»Noel, ich habe nur einen Kater. Ich bin nicht tot«, knurrte ich und er zuckte mit seinen Schultern.

»Ich meine es nur gut. Außerdem weiß ich nicht, wie dein Magen heute auf eine Folter reagiert.«

»Wie witzig er heute wieder ist«, motzte meine Natur, während ich nur meine Augen verdrehte.

Ich würde Ryan nicht im Stich lassen, nur weil ich es gestern übertrieben hatte. »Ich werde dabei sein, und aufpassen, dass alles gut verläuft.«

»Gut. Wir alle wissen, was passieren kann, wenn er seine Fähigkeiten einsetzt und es noch dazu etwas Persönliches ist.«

Und das war es auf jeden Fall, etwas Persönliches. Nicht nur wegen Emma, sondern auch wegen dem, was Vlad Ryan angetan hatte. Pawel war genauso wie die anderen aus Vlads innerem Kreis immer anwesend gewesen, und keiner von uns konnte sich vorstellen, welche Qualen unser Alpha und König erlitten haben musste.

»Ryan wird diesen Schmerz überstehen, er ist stark.«

Daran zweifelte ich nicht. Aber wer wusste schon, wie viel eine Seele aushalten konnte, ehe sie komplett zerbrechen oder von der Dunkelheit zerfressen werden würde.

Seufzend schüttelte ich den Kopf, als Noel mir seine Hand auf die Schulter legte.

»Du weißt, dass es nicht deine Schuld war. Du hättest damals nichts für ihn tun können.«

»Vielleicht, aber wir hätten früher etwas merken und ihn dort befreien müssen.«

»Schwachsinn. Wir haben sofort gehandelt, als wir Bescheid wussten, und wir brauchten einen Plan, sonst

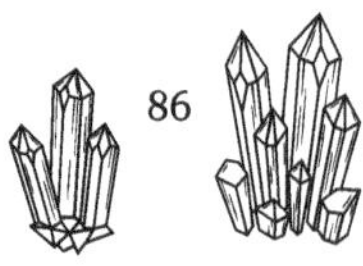

wären wir damals alle gestorben und das weißt du«, sagte er mit Nachdruck und ich wollte ihm glauben, aber ein Teil von mir hasste es.

Ich hasste es, Ryan halb tot gefunden zu haben. Ich hasste es, dass wir rein gar nichts hatten unternehmen können, und noch mehr hasste ich es, ihm täglich bei seinem Kampf gegen die Dunkelheit zuzusehen und ihm keine Stütze sein zu können. Denn egal, wie Ryan auch rüberkommen mochte, welcher Ruf ihm vorauseilte und wie viele Ausraster er haben mochte … am Ende war er noch immer der gleiche Mann, mit dem ich aufgewachsen war. Der Mann, der mir schon mehrmals den Arsch gerettet hatte.

»Du sagst es, und deswegen ist es auch so schwer.«

»Was meinst du?« Verwirrt wartete ich die Antwort meiner Natur ab.

»Wir mögen Emma, und das mehr, als wir sollten. Aber Ryan war schon immer unser Alpha, sogar mehr als das.«

Wie oft ich ihn auch verfluchte und wir uns stritten, letztendlich würde er immer mein Bruder bleiben und das war keine leere Floskel. Aber genau das brachte mich an meine Grenzen und die Balance zwischen all dem zu finden, wurde immer schwieriger.

»Weißt du, wo er ist?«, fragte ich Noel, um aus meinen Gedanken zu flüchten.

»Soweit ich das heute Morgen mitbekommen habe, wollte er in unsere Bibliothek in der Stadt fahren. Und anschließend war er unten in seinem Büro.«

Nachdem ich meinen Teller leergegessen hatte, erhob ich mich, verabschiedete mich von Noel und ging aus dem Speisesaal und in die Richtung, wo sich Ryans Büro befand. Doch kurz vor meinem Ziel hörte ich

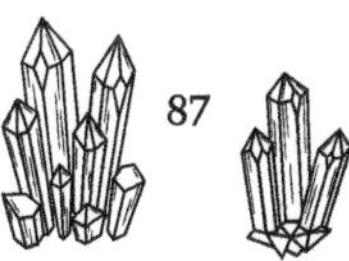

ein schmerzerfülltes Stöhnen, was mich sofort innehalten ließ.

»Das kommt aus dem Wohnzimmer«, stellte meine Natur fest und ich folgte dem Geräusch, bis ich Tariks Käfig sah. Und dann konnte ich mir ein Lachen nicht verkneifen.

Ryan ragte mit ausgefahrenen Krallen über ihm und der Geruch von frischem Blut drang in meine Nase.

»Hast du jetzt genug?«, bellte Ryan und holte mit den Krallen aus, was Tarik erneut stöhnen ließ.

»Willst du mich töten?«, krächzte er und umfasste mit seiner Hand eine seiner frischen Wunden.

»Nein, noch nicht.«

»Stimmt, ohne mich wirst du Emma verlieren.« Der Verräter lachte schmerzverzerrt und mein Herz setzte aus. Sofort wollte ich nach vorn preschen, etwas unternehmen, bevor Ryan die Kontrolle verlieren würde.

Doch als er ein letztes Mal lachend ausholte und Tarik erneut tiefe Schnittwunden zufügte, um dann mit beherrschter Haltung aus dem Käfig zu treten und ihn zu schließen, blieb ich irritiert stehen. Warum rastete er nicht aus? Wieso lachte er nur?

»Falsch. Ich brauche dich nicht mehr, was Emma angeht. Ich will lediglich wissen, wer du genau bist.«

»Oh, verdammt.«

War das gut, dass er nicht ausrastete und Emma offensichtlich nähergekommen war? Oder war es schlecht, weil es bedeutete, dass ich niemals eine Chance bei der Prinzessin haben würde? Ich hatte keine Ahnung und stand wie zu einer Salzsäule erstarrt mitten im Raum, als sich Ryan zu mir drehte und mich mit hochgezogenen Augenbrauen musterte.

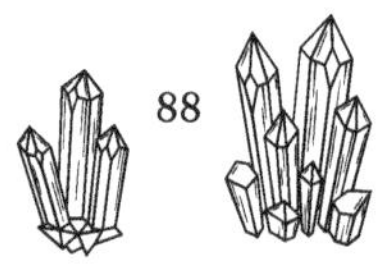

»*Sag was, irgendwas. Sonst fliegt es auf, dass wir in Emma mehr als nur eine Freundin sehen!*«, brüllte meine wahre Natur und ich versuchte es. Ich suchte nach den richtigen Worten, aber selbst als ich meinen Mund öffnete, kam kein einziges Wort über meine Lippen.

»*Dario, komm zu dir, verdammt!*«, schrie meine Natur und wurde immer unruhiger, während Ryan bedrohlich langsam einen Schritt nach dem anderen auf mich zukam.

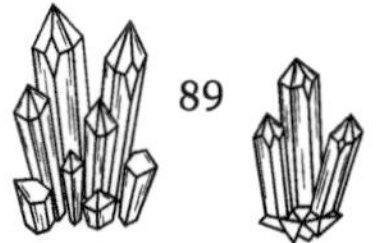

ICH WOLLTE RYAN ODER JEMAND ANDEREN AUS seinem inneren Kreis sicher nicht provozieren und noch mehr Wunden kassieren, und doch war meine Klappe mal wieder schneller gewesen als mein Kopf, was mir meine wahre Natur lautstark vorhielt. Doch als Dario in den Raum trat und bei Ryans Worten über Emma wie erstarrt stehenblieb, atmete ich tief durch, verdrängte meine Schmerzen und fokussierte mich auf die beiden. Mein Grinsen, wenn auch schmerzverzerrt, konnte ich kaum unterdrücken. Denn für mich war das der Beweis, dass Dario noch immer auf Emma stand.

»Wir werden Dario ans Messer liefern. Wir werden dafür sorgen, dass sie sich nach und nach alle gegenseitig töten werden«, jaulte meine Natur voller Schadenfreude auf, und die Idee gefiel mir gut.

Vorsichtig hievte ich mich ans andere Ende des Käfigs, lehnte mich an die Gitterstäbe und beobachtete, wie Ryan direkt vor Dario stehen blieb.

»Alles gut?«, fragte der Alpha Dario, der sich nach wie vor keinen Millimeter bewegte und wie es aussah, wusste er auch nicht, was er sagen sollte.

»Wir sollten Ryan auf die Sprünge helfen, lass uns das Feuer ein bisschen schüren.«

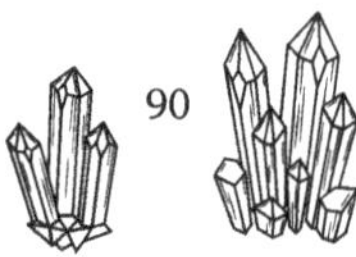

Was hatte ich schon zu verlieren? Emma hatte Angst vor mir und redete kaum noch mit mir. Ich schien meine Schöne zu verlieren. Also was konnte schon passieren? Noch mehr Schläge und Wunden? Das war mir egal, wenn ich zwischen Ryans Männern Misstrauen und Hass sähen konnte.

»Dario?«, riss mich Ryans Stimme aus meinen Gedanken, ehe ich tief Luft holte und sagte: »Los Dario, sag dem Alpha was du zu verheimlichen hast.«

Sofort schnellte Ryans Kopf in meine Richtung und endlich reagierte auch Dario, der ein Knurren von sich gab.

»Sag ihm, was du für sie empfindest, wie du sie in dem Fabrikgelände angesehen hast.«

Ich war nicht dumm und ich hatte schon damals seine Blicke gesehen, die er auf Emma geworfen hatte.

»Was meint er damit?«, schäumte Ryan vor Wut in Darios Richtung und ich konnte nicht anders, als immer breiter zu grinsen. Oh ja, das würde ein Spaß sein, wenn sie sich alle gegenseitig in der Luft zerfetzen würden, dachte ich.

»Keine Ahnung, Ryan.«

»Natürlich, das sieht sogar ein Blinder«, hetzte ich weiter und Ryan brodelte immer mehr, ehe er Dario packte und mit sich hinaus aus dem Raum zog.

Lachend lehnte ich mich zurück. Dann zog ich vorsichtig mein Shirt hoch und begutachtete meine Wunden.

»Das wird wieder, jetzt haben wir erstmal Zwietracht zwischen Dario und Ryan gesät.«

»Hoffentlich bringt das etwas«, murmelte ich und zog mir unter Schmerzen das Shirt aus, griff nach dem

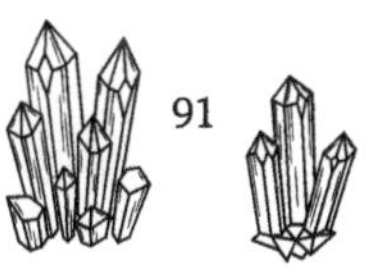

frischen, das neben den Käfig hingelegt worden war, zog es mir über und schloss meine Augen. Ich atmete tief durch und versuchte, meinen Schmerz auszublenden, abzuschalten und auf andere Gedanken zu kommen.

Doch plötzlich sah ich Vlads Grinsen vor meinem geistigen Auge. Erschrocken riss ich meine Lider auf und spürte meinen Herzschlag, der wild gegen meine Brust hämmerte.

»Was zur Hölle …«, murmelte ich und blinzelte mehrmals. Ich hätte schwören können, dass ich sein Gesicht gesehen hatte und das mehr als nur deutlich.

»Beruhig dich, das hast du dir sicher eingebildet.«

»Hast du das nicht gesehen?«

»Doch, aber das war sicher nur ein Hirngespinst. Wir haben seit Monaten nichts Richtiges mehr gegessen.«

Alles, was wir bekamen, war Brot und Wasser, nur selten gab es mal eine Abwechslung. Aber als Shade machte uns das nichts aus, wir würden dadurch nicht sterben. Hunger hatten wir dennoch.

»Und wenn es doch Vlad war?«, fragte ich nach einer längeren Pause.

»Schwachsinn. Wie sollte er das angestellt haben? Mach dich nicht verrückt, Tarik. Wir haben lange für Vlad gearbeitet und waren auch mit ihm befreundet. Es ist normal, dass wir uns in unserer beschissenen Situation die alte Zeit zurückwünschten, und dazu gehörte nun mal auch Vlad.«

War das so oder steckte mehr dahinter und es war tatsächlich Vlad gewesen, den ich gesehen hatte? Scheiße, mein Bauchgefühl schlug an und das gefiel mir ganz und gar nicht. Vor allem, weil ich damit allein war … niemand würde mir helfen.

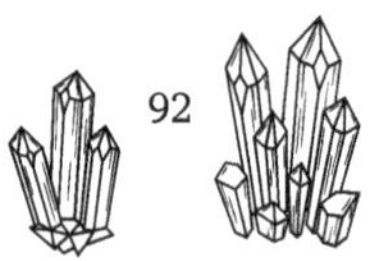

»Hör auf damit, du machst dir einfach nur zu viele Gedanken. Wir sollten das Brot essen, etwas trinken und zusehen, dass wir schlafen. Danach wird es uns besser gehen.«

Tief atmete ich durch. Sie hatte ja recht, ich war verletzt und mental nicht ganz auf der Höhe. Ich hatte mir das sicher nur eingebildet, auch wenn mein Bauchgefühl, mir keine Ruhe ließ.

RYAN

ICH SCHUBSTE DARIO IN DEN NÄCHSTLIEGENDEN Versammlungsraum und schloss die Tür hinter uns, atmete mehrmals tief durch und versuchte, die aufkommende Wut zu ignorieren. Tarik wollte uns provozieren, uns gegenseitig ausspielen und mir somit entkommen. Ich musste verdammt noch mal einen klaren Kopf bewahren.

»*Außerdem würde Dario uns niemals in den Rücken fallen*«, stimmte mir meine wahre Natur zu und doch blickte ich angespannt mit hell leuchtenden Smaragd-Augen in seine blauen.

»Ryan?«, holte Dario mich mit dünner Stimme aus meinen Gedanken.

»Ich frage dich genau einmal … Lief etwas zwischen dir und Emma?«

»Ryan!« Entsetzt riss er seine Augen auf und ich schnaubte, packte meinen Beta am Kragen und presste ihn gegen die Wand.

Er wehrte sich nicht, und sah mir tief in die Augen.

»Wie lange kennen wir uns jetzt schon?«, fragte er und starrte mich weiter an, aber ich verstand seine Frage nicht. Was hatte das eine mit dem anderen zu tun?

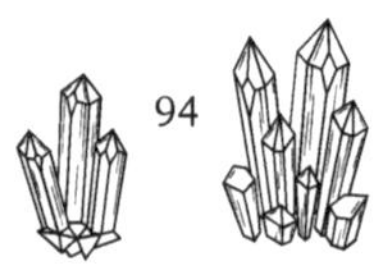

»Wie lange, Ryan?«, sagte er mit Nachdruck und meine Brust hob und senkte sich schwer.

»Seit wir Kinder sind.« Und das stimmte. Seit wir beide laufen konnten waren wir beieinander, hatten unseren Eltern viele graue Haare bereitet und zusammen einiges an Scheiße gebaut.

»Genau. Du kennst mich wie kein anderer und ich kenne dich. Denkst du wirklich, ich würde dir jemals in den Rücken fallen? Verdammt, Ryan, du bist wie ein Bruder für mich.«

»*Er hat recht*«, nuschelte meine wahre Natur und ich ließ Dario endlich los und trat mehrere Schritte zurück.

Wir alle, mein innerer Kreis und ich, standen wie Brüder zueinander, aber bei Dario war das etwas anderes. Deswegen war er auch mein Beta und ich wusste, dass ich ihm blind vertrauen konnte. Keiner meiner Männer, die hier mit mir lebten, würden mir in den Rücken fallen und erst recht nicht Dario.

»Tarik spielt sein Spiel mit uns, du darfst dich nicht provozieren lassen.«

»Normalerweise klappt das auch. Ich habe ihm nur eine Lektion erteilt, weil er Emma gestern zum Weinen gebracht hat.«

»Das kann ich verstehen.« Er grinste mir entgegen, klopfte mir auf die Schulter und gemeinsam gingen wir aus dem Raum und in Richtung Keller.

»Es läuft gut zwischen euch, oder?«, fragte er mich währenddessen.

»Ja, besser als erwartet und ich bin froh, dass sie nicht vor Angst wegläuft. Aber wir haben noch einen langen Weg vor uns.« Und was für einen, dachte ich.

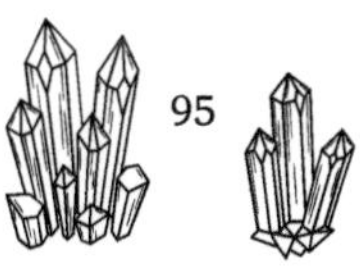

95

Noch immer hatten wir nichts von Vlad gehört und Emma fehlten nach wie vor ihre Erinnerungen, aber ich war guter Dinge und ich glaubte tatsächlich, dass wir das alles schaukeln würden.

»Das wird schon, ich glaube daran. Und dass wir uns nicht mehr verstecken müssen, ist der erste Schritt. Jeder Shade weiß, dass wir wieder zurück sind.«

Da hatte er recht. Jeder wusste von uns und jeder kannte unseren Ruf. Wir konnten uns wieder frei bewegen und in den Zeitungen unserer Welt jagte eine Schlagzeile die nächste. Jeder fragte sich, wie ich überlebt hatte, wie ich so viele Männer um mich versammelt hatte, wo wir uns die ganze Zeit versteckt gehalten hatten und was unser nächster Plan war. Aber all das war zweitrangig für mich. Das Wichtigste war, dass meine Frau sich wieder an mich erinnern würde, und dass Vlad im Gegenzug alles verlieren würde, bevor er durch meine Hand sterben würde. Doch bis dahin mussten wir mehr über Vlad herausfinden und Pawel war das Mittel zum Zweck. Ich fragte mich, wieso Vlad ihn zurückgelassen hatte, schließlich gehörte er zu seinem inneren Kreis, wenn sich das zwischenzeitlich nicht geändert hatte.

»Bist du bereit?« Ich nickte zustimmend, auch wenn ich am liebsten nach meiner Frau sehen würde … Fuck. Wieder musste ich an gestern denken. Daran, wie ich es nicht mehr ausgehalten hatte und aus dem Gebäude gerannt war. Noch während ich geflüchtet war, hatte ich schon ihre sanfte Berührung auf meiner Narbe vermisst. Ich war der festen Überzeugung gewesen, dass sie sich ekeln würde – aber genau das Gegenteil war passiert, oder hatte ich mir das nur eingebildet.

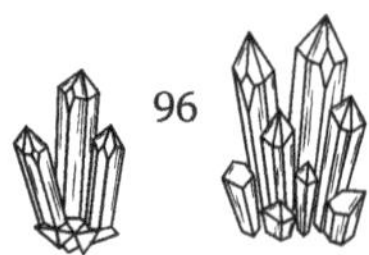

»Darüber können wir uns später Gedanken machen«, katapultierte mich meine wahre Natur in die Realität zurück, denn jetzt ging es erstmal um Pawel.

Ich atmete tief durch, als ich mit Dario an den leeren Zellen vorbei ging, während es immer kälter wurde. Die Lichter über uns flackerten und es hing ein modriger Geruch in der Luft. Ich konnte mein Grinsen nicht verbergen, denn dieser Keller war einfach perfekt für meine Zwecke. Der Steinboden und die massiven Wände sorgten dafür, dass kein Mucks von dem, was hier unten passierte, nach außen dringen konnte.

Am Ende des Flurs waren wir vor Pawels Verlies angekommen. Sofort schnellte sein Kopf in unsere Richtung und die schweren Eisenketten an seinen Händen rasselten. Ich öffnete die Tür und trat hinein, während Dario den Klapptisch und das Werkzeug aus dem Flur hineinschob und die Tür wieder verschloss. Bei Pawels Anblick zuckten meine Mundwinkel sadistisch in die Höhe. Als ich meinen Blick über seinen nackten Oberkörper schweifen ließ, konnte ich darauf deutlich die Blessuren der letzten Monate erkennen. An seinem aschblonden Haaransatz klebte getrocknetes Blut.

Ich ließ Pawel nicht aus den Augen, solange Dario den Tisch aufstellte und das Werkzeug darauf ausbreitete.

»Was wird das?« Die Panik in seinem Blick war deutlich zu sehen und seine Stimme zitterte, als er an seinen Ketten zerrte und vergeblich versuchte, zu entkommen.

»Das bringt nichts. Mein gesamter Keller und jede Zelle ist mit einem Zauber belegt«, sagte ich trocken und sah auf seine wunden Handgelenke. Ich war nicht

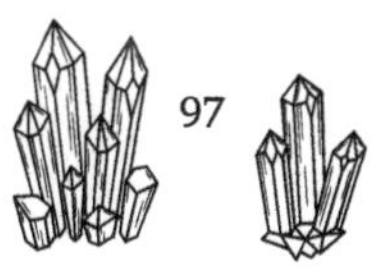

dumm und Pawel war kein Niemand, aber gegen diese Magie hatte nicht mal er eine Chance.

»Ryan, wir können das sicher anders klären«, versuchte er es, als ich zu Dario trat und er mich mit ruhiger Miene ansah. Ich wusste genau, was er dachte. Dass ich mich konzentrieren und es nicht zu nah an mich ranlassen sollte, sonst könnte das ziemlich schnell nach hinten losgehen, und das wollte ich definitiv nicht. Also atmete ich mehrmals tief durch, nahm eines der länglichen, dünnen Messer vom Tisch und trat vor Pawel. »Ich werde dir jetzt ein paar Fragen stellen und du wirst mir antworten. Solltest du mich anlügen oder mir die Antwort nicht gefallen, passiert genau das ...« Kaum, dass ich ausgesprochen hatte, schnitt ich in seine Brust.

Er schrie auf und sofort drang der Geruch von frischem Blut in meine Nase und meine wahre Natur brüllte vor Freude.

»Was willst du wissen?«, keuchte Pawel unter Schmerzen.

»Wo genau ist Vlad?«

»Keine Ahnung, vielleicht in seinem Anwesen in Frankreich?«

Ich setzte zum zweiten Schnitt an, dieses Mal tiefer, und sein Blut floss auf den kalten und dreckigen Steinboden. Es würde ihn nicht töten, denn der erste Schnitt verheilte bereits wieder.

»Wo ist er, Pawel?«

»Ich weiß es nicht. Er hat sich schon immer an vielen Standorten aufgehalten«, jammerte er und riss mit seinen Armen an den Eisenketten. Ein kurzer Blick zu Dario genügte. Er zog die Ketten durch eine Halterung

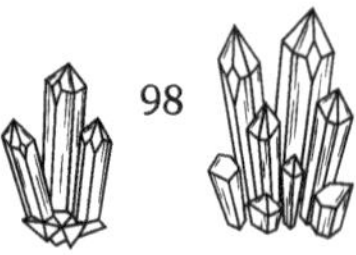

stramm und hakte sie an zwei Ecken fest, sodass Pawel mit ausgestreckten Armen ergeben vor uns hing.

»Und du willst mir noch immer nicht verraten, wo sich dein Alpha versteckt?«

»Ich weiß es nicht«, japste er.

Ich mahlte meine Zähne aufeinander. Jetzt hatte ich genug. Ich schnitt ohne Unterlass in sein Fleisch und sein Blut bildete eine immer größer werdende Pfütze unter ihm. Aber dieser Bastard schwieg weiterhin und beharrte darauf, dass er nichts wissen würde.

»Dann sag mir, warum er dich in Chicago zurückgelassen hat«, brüllte ich und rammte ihm das Messer in seinen Oberarm, was ihn aufschreien ließ.

»Ich … sollte Dokumente … vernichten«, brachte er stockend über seine Lippen und meine Mundwinkel zogen sich bösartig in die Höhe.

Endlich mal eine vernünftige Antwort. »Was für Dokumente?«

»Das … Ich weiß es nicht … Ich musste sie nur vernichten.«

Das Schlimme daran war, dass ich ihm glaubte. Vlad war alles andere als dumm, und als Emma von seinem Grundstück in Chicago verschwunden war, hatte er sicher schnell einen guten Plan gehabt, den er in die Tat umgesetzt hatte. Wie auch immer dieser Plan ausgesehen hatte.

Wütend über diese Erkenntnis schlitzte ich ihm beide Oberarme auf und trat zurück, warf das Messer auf den Tisch und sah vernichtend zu Pawel. »Du solltest reden, solange du noch kannst.«

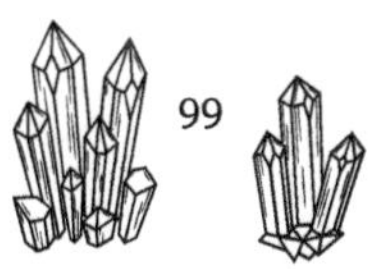

»Warum bringst du mich nicht einfach um?«, wimmerte er und sah auf seine Wunden, die sich langsam wieder zusammenschlossen.

»Warum sollte ich, wenn ich dich täglich foltern und dir beim Leiden zusehen kann?«

»Vlad wird mich befreien«, gab er in jämmerlichem Ton von sich.

Über seine Worte konnte ich nur lachen. »Das wird er nicht. Du bist nichts weiter als ein Bauernopfer, ein Kollateralschaden für deinen Möchtegern-Alpha.«

Doch ich wussten, dass es egal war, was ich jetzt noch sagen würde, denn Pawel würde Vlad niemals einfach so verraten.

Also gab es nur zwei Möglichkeiten: Entweder wir würden ihn brechen, oder ihn umbringen.

Kapitel 6

DARIO

Ich stand mit Ryan auf der Terrasse, zündete mir eine Zigarette an und zog das Nikotin tief in meine Lunge.

»Wir müssen mit den Nachforschungen genauer werden, Vlad darf uns auf keinen Fall entkommen«, sagte Ryan neben mir und lehnte sich an die Wand.

»Wir werden diesen Wichser schon noch finden.«

Ich konnte Ryan verstehen. Er hatte Angst, dass wir etwas übersehen hatten und Vlad sich aus dem Staub machen würde. Ich war stolz auf ihn, dass er bei Pawel nicht ausgerastet war und ihm stattdessen strategisch Fragen gestellt hatte. Das zeigte mir, dass wir auf dem richtigen Weg waren. Denn was würde es bringen, wenn wir uns am Ende in unserer Dunkelheit verlieren würden?

»Ich habe angenommen, dass Pawel wenigstens etwas weiß, aber er ist nutzlos«, brummte er und griff zu seiner Zigarettenpackung.

»Ryan, wir werden herausfinden, wo Vlad sich versteckt hält, und auch, welche Dokumente Pawel vernichten sollte.« Aufmunternd legte ich ihm meine Hand auf die Schulter. »Wir werden das schaffen«, sagte ich mit Nachdruck.

»Ich traue Vlad nicht und irgendetwas sagt mir, dass das noch lange nicht vorbei ist.«

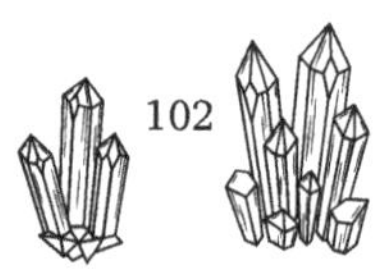

Ich wusste, was er meinte, aber es brachte nichts, wenn wir uns darüber den Kopf zerbrachen. Wir mussten taktisch vorgehen und das alles Schritt für Schritt angehen. »Pawel wird früher oder später reden und vielleicht wird uns Tarik den Rest liefern.«

Überrascht sah er zu mir. »Wie kommst du jetzt auf Tarik?«

Ich lachte und zog ich genüsslich an meiner Zigarette, strich mit meiner freien Hand durch meine Haare und sagte: »Ganz einfach, er versucht uns die ganze Zeit gegeneinander auszuspielen. Wenn wir Glück haben, wird er sich von ganz allein selbst verraten.«

Er würde schlampig werden und ehe wir uns versahen, würde er uns genau die Informationen liefern, die wir brauchten.

»Möglich, aber bis dahin möchte ich nicht tatenlos abwarten. Wir werden uns bei den Menschen umhören. Soweit ich weiß, ist Vlad genauso wie wir in deren kriminelle Machenschaften verwickelt.«

Aus unseren Kreisen beteiligten sich viele an den schmutzigen Geschäften der Menschen, und auch wenn niemand von unserer Spezies wusste, hatten wir uns dort einen Namen gemacht. Die Menschen hielten uns für irgendwelche Paten der Mafiaszene und das war auch besser so. Hauptsache wir bekamen den nötigen Respekt.

»Die Menschen könnten uns aktiv bei der Suche helfen«, schlug ich vor.

»Das ist gar keine schlechte Idee. Ich werde das Thema heute Abend ansprechen.«

»Findet heute ein Treffen statt?«

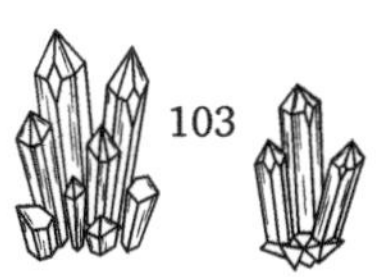

»Ja, ein paar Menschen, die denken, sie wären die Könige der Unterwelt, wollen Geschäfte mit uns machen.« Seine Mundwinkel zogen sich spöttisch nach oben und er drückte die Zigarette aus. »Aber sie haben Kontakte und die könnten ganz nützlich sein.«

Solche Clowns hatten wir in den letzten Jahren genügend gesehen. Männer, die irgendwelche Organisationen anführten, und dachten, ihnen gehöre die Welt. Aber mit der Zeit hatten wir gegenseitigen Respekt gewonnen und konnten immer wieder voneinander profitieren. Und wenn sie uns krumm kamen, zeigten wir ihnen unsere Macht. Spätestens dann kauerten sie auf dem Boden, winselten und bettelten um ihr Leben. So waren sie schon immer; spuckten große Töne und brüsteten sich mit ihren Machenschaften, und sobald es um Leben und Tod ging, verkauften sie selbst ihr eigenes Blut, nur um lebend davonzukommen.

»Sie sind erbärmlich, aber gutes Kanonenfutter.«

Wie recht meine wahre Natur doch hatte.

»Dario?«

Ich sah blinzelnd zu Ryan.

»Ich habe dich gefragt, wo meine Frau ist.«

»Sie ist in der Bibliothek, Noel hat sie dort hingeführt.«

Nachdenklich rieb er sich über sein Kinn. »Das ist gut, vielleicht findet sie dort Antworten und ich muss nicht mehr allein danach suchen.«

»Du hast ihr nichts davon gesagt, oder?«

So, wie er dreinblickte, wusste Emma nicht, dass Ryan seit unserer Ankunft täglich in eine unserer Bibliotheken fuhr, um nach Hinweisen zu ihren verlorenen Erinnerungen zu suchen.

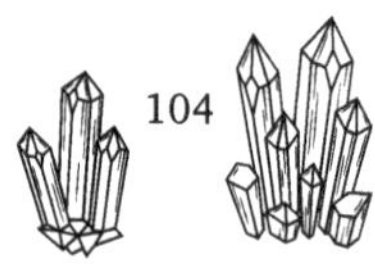

»Nein, ich kenne Emma und auch wenn sie sich nicht mehr erinnern kann, ist sie noch immer die Gleiche. Ich weiß, dass Druck nichts bringt.«

»Du beabsichtigst also, dass sie selbst danach sucht?«

Nickend seufzte er. »Ja, soweit der Plan. Ich möchte, dass sie von ganz allein merkt, wie sehr wir uns geliebt haben. Sie soll sich ihre Erinnerungen an unsere gemeinsame Zeit zurückwünschen. Ich weiß, sollte ich sie unter Druck setzen, fühlt sie sich nur eingeengt und zieht ihre Mauer hoch.«

Emma war schon immer so gewesen. Sobald ihr etwas zu viel wurde, schaltete sie auf stur, schottete sich ab und floh aus der Situation. Das war ihr Schutzmechanismus.

Die Idee, dass sie selbst ihre Erinnerungen an Ryan zurückwollte und dafür in Büchern nachforschte, war gut.

»Sobald sie sich wieder an Ryan erinnert, wird sie sich auch an uns erinnern«, flüsterte meine Natur und ich könnte schwören, Angst in ihrer Stimme gehört zu haben.

»Ich habe keine Angst. Aber wir beide haben keine Ahnung, was dann geschehen wird.«

»Gar nichts«, sagte ich und rieb wie zur Bestätigung über meine Schläfen. Was sollte auch passieren? Sie würde wieder mit Ryan zusammenkommen, und einsehen, dass sie uns allen blind vertrauen konnte und wir damals schon Freunde gewesen waren. Alles würde gut werden.

»Wir werden niemals eine Chance bei ihr haben.«

»Wir wollen keine«, maulte ich sie an.

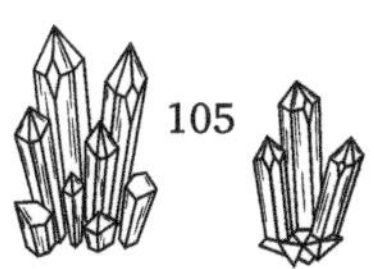

Wir konnten nicht mehr als Freunde für unsere Prinzessin sein und das sollten wir endlich einsehen. Wir würden von Glück sprechen können, wenn sie uns eines Tages wieder komplett vertrauen würde.

»Ich sehe mal nach meiner Frau«, verabschiedete sich Ryan und stieß sich von der Wand ab, bevor er in die Richtung der Bibliothek ging und ich allein zurückblieb.

»Vielleicht sollten wir uns eine Frau suchen?«

Aber natürlich, weil das ja so einfach klappte. Die erste Frau, die für mich in Frage gekommen war, hatte ich getötet und bei den anderen war ich kurz davor gewesen. Und egal, wie hart ich sie rangenommen hatte, die Ablenkung war nach wenigen Minuten abgeklungen gewesen. Am Ende blieb die Dunkelheit, die die Wut in meinem Bauch schürte.

»Wir können uns auch an Emma festhalten.«

Das war eine noch blödere Idee, als irgendwelche Huren zu ficken.

Scheiße! Ich hatte doch selbst keinen Plan, wie das alles weitergehen sollte. Aber es musste etwas passieren, sonst würde ich noch durchdrehen. Doch auf keinen Fall würde ich Ryan hintergehen.

»Wir haben aber auch das Recht darauf, glücklich zu sein«, jammerte meine wahre Natur.

»Aber nicht auf Kosten unserer Freundschaft zu Ryan.«

Niemals. Das durfte einfach nicht passieren und doch spürte ich die Zerrissenheit in meinem Inneren.

»Ich verstehe dich, das tue ich wirklich. Aber was sollen wir tun?« Das war die Frage aller Fragen und ich brauchte schleunigst eine Antwort. Sonst könnte mir das Ganze noch ordentlich um die Ohren fliegen.

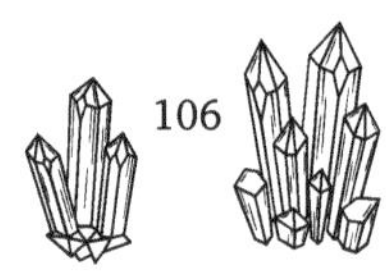

MEIN KOPF DRÖHNTE VOM VIELEN LESEN, ABER ich musste zugeben, dass das ziemlich interessant war. In diesem Buch stand zwar nichts, was mir in meiner momentanen Situation weiterhalf, aber es war schön zu erfahren, wie sich die Shades in der Welt der Menschen etwas aufgebaut hatten und sich dort entfalten konnten. Ich hatte nicht gewusst, dass weiblichen Shades erst mit einhundertfünfzig Jahren fruchtbar waren und dass wir uns an menschlichen Krankheiten nicht anstecken konnten.

»Wir sind also unsterblich.«

Uns würde weder das Alter noch irgendwelche Krankheiten das Leben kosten. Was uns aber umbringen konnte, waren Morde oder Gift.

»Wir sind den Menschen sehr ähnlich«, flüsterte meine wahre Natur, worauf ich zustimmend nickte. Wir bekämpften uns gegenseitig wegen Territorien oder Machtansprüche und genau dasselbe taten die Menschen. Der einzige Unterschied war, dass wir robuster waren und unsere besonderen Fähigkeiten besaßen. Aber egal, ob Mensch oder Shade, eine Tatsache blieb bestehen: Wir alle besaßen eine menschliche Seite und doch fehlte die Menschlichkeit in unserer Welt.

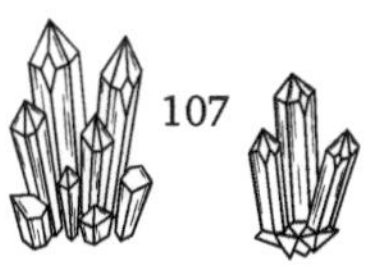

Ich atmete tief durch und klappte das Buch in meinen Händen zu, ehe ich aufstand und mich noch einmal umsah. Ich war dankbar für diesen einzigartigen Ort. Während ich die Stufen hinunterging, fragte ich mich, wie lange ich eigentlich hier gewesen war. Ich hatte Raum und Zeit vergessen.

Vor der Bibliothek kam mir Ryan entgegen und als er das Buch in meiner Hand sah, erhellte sich sein Gesicht. Hatte ich etwas verpasst?

»Emma … Wie ich sehe, gefällt dir die Bibliothek?« Er grinste über beide Ohren.

»Er wirkt entspannter als gestern«, stellte meine Natur fest.

Es war beinahe so, als wäre das gestern nicht passiert und er wäre nicht wie ein Verrückter abgehauen.

»Die Bibliothek ist wirklich einzigartig.«

»Das freut mich zu hören. Sie entstand mit viel Liebe zum Detail«, erklärte er und ging mit mir zurück ins Hauptanwesen.

Als wir im Flur standen und ich mit dem Buch hinauf in mein Zimmer gehen wollte, hielt er mich auf.

»Wir beide gehen heute Abend zu einem Treffen. Ich habe dir verschiedene Kleider in dein Zimmer bringen lassen. Also mach dich schick, kleiner Engel.«

Ein Treffen? Sofort musste ich an die etlichen Versammlungen mit Vlads Geschäftspartnern oder seiner Armee denken, denen ich hatte beipflichten müssen, und ich konnte meine Magensäure schmecken. Wie fremdgesteuert trat ich einen Schritt zurück.

»Muss ich mit?« Bitte sag nein, bitte lass mich einfach hier in diesem Haus mein Buch lesen, dachte ich. Doch sein Nicken war Antwort genug.

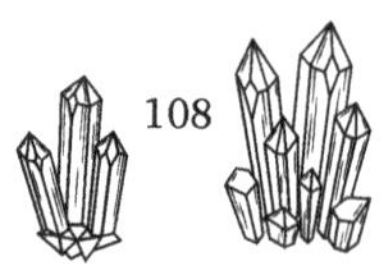

»Es ist nichts Großes, nur ein Treffen mit Geschäftspartnern. Wir werden gemeinsam essen, ein paar Drinks zu uns nehmen und geschäftliche Dinge besprechen, mehr nicht.«

Mein Herz hämmerte gegen meine Brust und immer wieder blitzten Bilder in meinem Kopf auf, denn genau das hatte Vlad auch immer behauptet, nur war die Wahrheit eine andere gewesen.

»Atme, ein und wieder aus. Ryan muss nicht wie Vlad sein«, versuchte meine Natur mir meine Panik zu nehmen.

Mechanisch stotterte ich nur die Worte: »Ich mache mich fertig.« Dann rannte ich in mein Zimmer hoch, schloss die Tür hinter mir und sackte dagegen, ehe ich auf dem Boden saß und meine Beine anzog.

Die Erinnerungen brachen wie eine Lawine über mich herein. Bilder blitzten auf und ich sah Vlad, wie er mich zu solchen Treffen mitschleifte und mich anschließend bestrafte, wenn ich in seinen Augen etwas falsch gemacht hatte. Ich hasste es und jetzt sollte ich ausgerechnet mit Ryan auf so ein Treffen gehen? Ich wollte und konnte das nicht.

»Ich bin bei dir, wir werden das zusammen schaffen«, sagte sie aufmunternd und ich versuchte, mich auf ihre Stimme zu konzentrieren. Ich wollte mich beruhigen, aber ich scheiterte und die ersten Tränen bahnten sich ihren Weg über meine Wangen.

Scheiße! Wie konnte ich wissen, dass Ryan nicht genauso war wie Vlad? Er hatte mir zwar seine fürsorgliche Seite gezeigt und wir sollten angeblich Gefährten sein, aber das hatte Vlad auch behauptet. Oh Gott, konnte es sein, dass ich den gleichen Fehler wie damals machte, und mich schon wieder von einem Mann täuschen ließ?

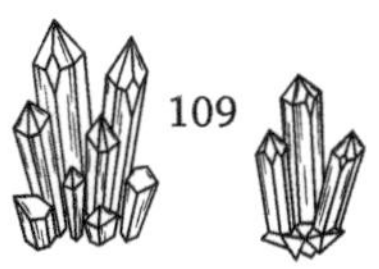

109

Ich schluchzte auf und spürte, wie die Luft zum Atmen immer knapper wurde. Mit dem Versuch, mich zu beruhigen, fächerte ich mir mit der Hand zu und schloss meine Augen.

»*Atme, tief ein und wieder aus, wir schaffen das. Tief ein und wieder aus*«, sagte sie in einem ruhigen Ton und ich gehorchte ihren Worten, bis sich meine Atmung wieder normalisierte und ich vorsichtig meine Augen öffnete. Mühsam erhob ich mich und legte das Buch auf meinen Nachttisch. Dann entdeckte ich den Kleiderständer, ging darauf zu und strich vorsichtig über den weichen Stoff der eleganten Kleider, die auf ihren Einsatz warteten. Eins war schöner als das andere und an einem der Kleiderbügel entdeckte ich einen kleinen Zettel. Ich riss ihn ab und las die Nachricht, die darauf stand.

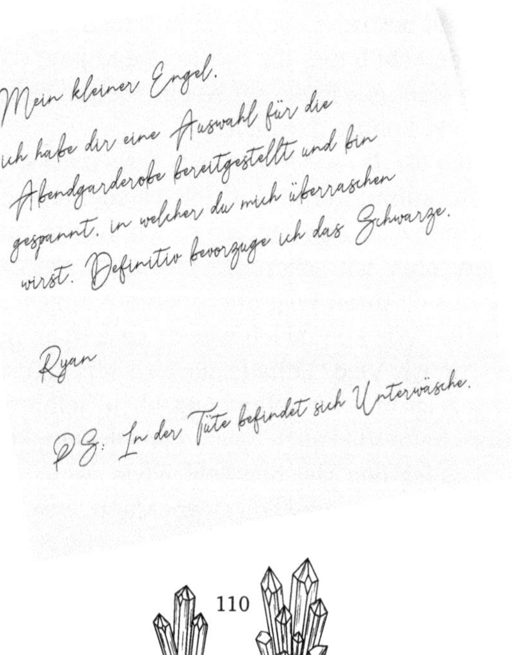

Mehrmals blinzelte ich, legte den Zettel auf die Kommode und nahm die Tüte, die neben dem Kleiderständer lehnte. Er hatte doch nicht ernsthaft Unterwäsche für mich besorgt? Als ich einen Blick in die Tüte warf und die schwarze Spitze darin sah, schoss mir sofort die Wärme in die Wangen. Oh doch, er hatte!

»Ryan hat Stil«, flüsterte meine Natur.

Ich atmete tief durch, legte die Unterwäsche auf mein Bett und betrat mein angrenzendes Bad, stellte mich unter die Regendusche und lehnte mich an die kühle, weiß gefliese Wand. Mein Herz hämmerte gegen meine Brust. Ich wusch mich, wickelte mir im Anschluss ein Handtuch herum und föhnte meine Haare vor dem großen Spiegel über dem Waschbecken. Ich fragte mich die ganze Zeit, wie dieser Abend verlaufen würde. Ryan hatte eine Seite an sich, die mich neugierig machte, und irgendetwas sagte mir, dass er nicht wie Vlad war.

Seufzend kämmte ich meine trockenen Haare und ging zurück ins Schlafzimmer, nahm mit leicht zitternden Händen die Unterwäsche aus der Tüte und zog sie an, ehe ich mich vor den länglichen Spiegel neben meinem Schminktisch stellte und mich betrachtete.

»Und wie er Stil hat! Wir sehen sexy aus«, posaunte meine Natur mit einem Kichern und ein Lächeln schlich sich auf meine Lippen.

Das Motto des Designers war bei diesem schwarzen Spitzen-BH und dem knappen Höschen definitiv ›Weniger ist mehr‹. Aber ich fühlte mich gut und wohl in meinem Körper und musste mir eingestehen, dass ein kleiner Teil in mir auch Ryan gefallen wollte.

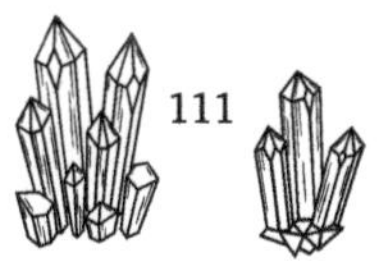

Mit einem Lächeln nahm ich Ryans Favorit vom Kleiderständer und schlüpfte hinein. Als ich mich im Spiegel sah, riss ich meine Augen auf. Vorsichtig strich ich mit meinen Fingern über den schwarzen Stoff des Kleids und kam aus dem Staunen nicht mehr heraus. Es war seidenweich und die feinen Stickereien und goldenen Akzente, die sich vom unteren Saum elegant nach oben arbeiteten, verpassten dem Kleid etwas Königliches.

»Ich sehe aus wie eine Prinzessin in Schwarz«, flüsterte ich ehrfürchtig zu meiner Natur.

»Wir sind eine Prinzessin und genau das haben wir verdient.«

Ich konnte nicht beschreiben, wie gut ich mich fühlte und obwohl das nur ein Kleid war, war es so viel mehr. Denn das erste Mal fühlte ich mich nicht nur wie eine Marionette der Reichen und Mächtigen, sondern wie eine starke Frau, und mein eigener Anblick ließ mein Herz höherschlagen.

»Wir sehen toll aus.«

Wäre da nur nicht der Grund für diesen Anlass. Doch ehe ich meine Gedanken weiterführen konnte, sagte meine Natur: *»Denk positiv, nicht alles muss schlecht sein. Ryan war bisher gut zu uns, das wird er auch heute sein.«*

Sie hatte doch recht und nur weil mein Kopfkino nicht aufhören wollte, hieß das nicht, dass alles in einer Katastrophe enden musste. Ryan war in jeder Hinsicht besser als Vlad und als ich gestern über seine Narbe gestrichen und er sich als Monster bezeichnete hatte, konnte ich das Gute in seinen Augen erkennen. Denn kein Monster würde so gegen sein Inneres

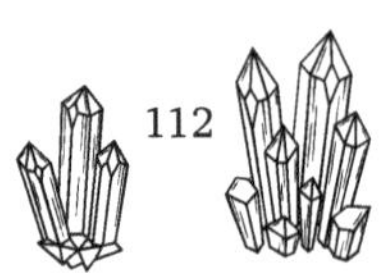

kämpfen, wie Ryan es tat. Dieser Kampf, den er vermutlich tagtäglich führte, zeigte mir, dass dieser Mann eine andere Seite besaß.

Ich atmete tief durch und ging aus meinem Zimmer, vorbei an dem Aufzug und bis zur Treppe. Als ich die ersten Stufen nach unten gegangen war, konnte ich Ryan in einem schwarzen Hemd mit goldenen Manschettenknöpfen und einer passenden dunklen Hose erblicken, der am unteren Ende auf mich wartete.

»Ryan … Vielleicht ist er wirklich der Eine«, flüsterte sie und ich musste schlucken, denn das würde bedeuten, dass ich niemals meine geplante Flucht in die Tat umsetzen konnte.

Aber wollte ich denn überhaupt noch weg? Wollte ich wirklich vor Ryan und seinen Männern fliehen?

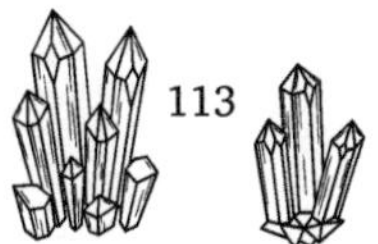

113

Kapitel 7

RYAN

Wie lange brauchte sie bitte, um sich fertig zu machen? Gerade, als ich nach oben gehen und nach meiner Frau sehen wollte, erblickte ich sie auf der Treppe und mir stockte der Atem. In eleganten Schritten kam Emma die Treppe herunter und ich konnte nicht anders, als sie anzustarren. Das schwarze Kleid mit den goldenen Akzenten ließ sie wahrhaftig wie eine Prinzessin aussehen, dazu noch das kleine Lächeln auf ihren Lippen … Fuck! Sie war die schönste Frau, die ich jemals gesehen hatte und meine königlichen Farben standen ihr perfekt.

»Und unsere! Emma gehört uns.«

Stimmt. Sie gehörte mir und ich würde sie nie wieder hergeben, so viel stand fest.

Als sie bei mir ankam, konnte ich nicht anders und strich ihr über ihre leicht gerötete Wange, streifte mit meinem Daumen sanft über ihre vollen Lippen und spürte, wie sich mein Herzschlag beschleunigte. Der Drang, Emma an mich zu ziehen und sie zu küssen, wurde beinahe unerträglich. »Du siehst wunderschön aus, kleiner Engel«, brachte ich mit rauer Stimme hervor.

»Du siehst auch gut aus«, flüsterte sie und nahm meine Hand in die ihre, was mich noch breiter grinsen ließ.

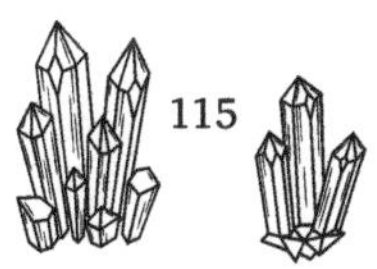

Ich zog Emma näher an mich, küsste ihre Stirn und führte sie stolz aus meinem Haus, wo mein Maserati bereitstand und ich ihr die Beifahrertür aufhielt. Mit einem zarten Lächeln rutschte sie auf den Sitz und ich schloss die Tür hinter ihr. Mit dem Grinsen eines verliebten Teenagers ging ich ums Auto und setzte mich hinter das Steuer. Vor uns öffnete sich das riesige schwarze Eisentor ehrfürchtig zu beiden Seiten und wir rollten vom Grundstück.

Ich konnte spüren, wie sie mich immer wieder ansah, ihren Kopf jedoch schnell wieder zum Fenster drehte, sobald ich in ihre Richtung blickte.

»Sie spürt es auch, ich kann es fühlen. Aber sie zweifelt an ihren Gefühlen.«

Nachdem, was sie alles erleben musste, war das selbstverständlich und ich hatte es mit meinem ersten Eindruck auch ziemlich vermasselt. Doch seit wir hier waren, versuchte ich der Mann zu sein, denn sie verdient hatte, auch wenn ich die Dunkelheit tief in meinem Inneren spürte. Sie breitete sich immer mehr in mir aus und der Kampf dagegen wurde von Tag zu Tag schwieriger. Emma musste sich erinnern, denn wenn ich mich in meiner Dunkelheit verlieren sollte und sie noch immer nicht wissen würde, wie perfekt wir damals waren, garantierte ich für nichts.

»So weit wird es nicht kommen, wir werden weiterkämpfen. Emma ist unser Licht.«

Aber was wäre, wenn ich wieder die Kontrolle verlieren würde und Emma dadurch noch weiter von mir wegtreiben würde? Was, wenn es am Ende zu spät war und der Kampf um sie bereits verloren war? Was, wenn mich die Dunkelheit längst überwältigt hatte?

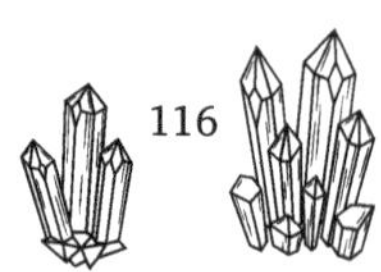

Ich wollte das nicht, ich wehrte mich gegen dieses dunkle Erbe, und doch spürte ich es in den letzten Tagen so stark wie noch nie.

»Das wird, wir nähern uns an«, versuchte meine Natur mir Mut zu machen.

Als ich einen kurzen Blick zu meinem Engel warf, konnte ich sehen, wie sie angespannt aus dem Fenster blickte.

»Was ist los?«, fragte ich und konzentrierte mich dabei auf die Straße.

»Welche Regeln gibt es bei diesem Treffen?«

Regeln? Wovon sprach sie?

»Was meinst du?«

»Welche Regeln muss ich beachten? Ich möchte vorbereitet sein.«

Mehrmals blinzelte ich, als die Erkenntnis wie ein Güterzug über mich hinwegrollte und ich meine Augen aufriss. Konnte es sein, dass …

»Ich möchte nicht bestraft werden, wenn ich aus Versehen etwas falsch mache«, sagte sie traurig und mir stockte der Atem, während meine Wut auf Vlad immer größer wurde.

Dieser Bastard musste sie so oft verletzt und es vermutlich fast geschafft haben, sie zu brechen, sodass sie jetzt alles zweimal hinterfragte.

»Es wird rein gar nichts passieren. Ich möchte, dass du einfach nur du bist.« Es kostete mich meine gesamte Selbstbeherrschung, nicht auszurasten und in einem ruhigen Ton weiterzureden.

»Das ist alles?« Überrascht sah sie zu mir und ich nickte.

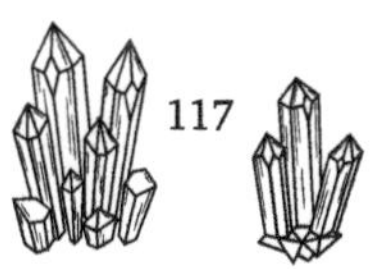

»Ja. Ich meine, natürlich möchte ich nicht, dass du einfach abhaust und mich in der Öffentlichkeit bloßstellst, aber solche Dinge muss ich dir nicht erklären, oder?« Denn auch wenn wir wussten, dass wir den Menschen weit überlegen waren, war es wichtig, dieses Bild in der Öffentlichkeit zu wahren.

»Ich weiß, wie man sich benimmt, und sowas ist für mich selbstverständlich.«

»Gut. Willst du sonst noch etwas wissen?«

Kurz sah sie nachdenklich zu mir, schüttelte anschließend aber ihren Kopf und sah wieder aus dem Fenster.

Seufzend fuhr ich weiter und registrierte die blinkenden Reklameschilder und leuchtenden Häuser, die das Nachtleben in San Francisco einläuteten.

Die restliche Fahrt legte sich eine angenehme Stille über uns, bis ich nach wenigen Minuten vor einem imposanten Neubau parkte und den Motor abstellte. Ich ging um meinen schwarzen Wagen und öffnete Emma die Tür. Mit einem scheuen Lächeln stieg sie aus, ich verflocht ihre Hand mit der meinen und wir gingen in das Gebäude, indem sich im Erdgeschoss ein Restaurant befand.

In einem großzügigen Gastraum standen mehrere runde Tische verteilt, auf denen kleine Vasen mit einzelnen Tulpen arrangiert waren. Die Angestellten trugen schlichte dunkelgrüne Poloshirts und liefen flink mit vollen Tabletts umher, um die Gäste zu bedienen. Die Bilder an den Wänden, die mit ihren bunten Farbklecksen vermutlich die moderne Kunst widerspiegeln sollten, waren definitiv Geschmackssache. Meins war es nicht.

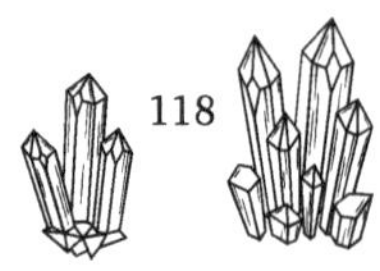

»Ryan Scott?«, riss mich ein Mann aus meinen Gedanken und ich drehte mich in seine Richtung.

Das dunkelgrüne Poloshirt ließ mich vermuten, dass er zu den Angestellten gehörte.

»Ja, der bin ich«, sagte ich mit einer Eiseskälte in meiner Stimme, denn jetzt ging es ums Geschäft und auch wenn Emma an meiner Seite war, musste ich meinem Ruf alle Ehren machen. Außerdem wollten die beiden Menschen mich hier mit dem Hintergedanken treffen, meine neuen Geschäftspartner zu werden, und nicht andersrum.

»Es freut mich, Sie hier willkommen zu heißen. Ich führe Sie und Ihre reizende Begleitung, in einen der hinteren und privateren Räume. Patrick und Simon warten dort bereits auf Sie.«

Mit einem kurzen Nicken zog ich Emma mit und folgte dem Mann. Ein kurzer Blick in ihre Richtung zeigte mir, dass sie sich unwohl fühlte, als wir in die hinteren Räumlichkeiten gelangten.

An einem gedeckten massiven Holztisch saßen bereits zwei Männer. Laut meinen Informationen, die meine Männer zusammengetragen hatten, musste es sich bei dem rothaarigen Mann in dem babyblauen Anzug um Patrick handeln. Der Wasserstoffblonde mit dem braunen Hemd und dem lilaschimmernden Jackett war Simon. Er sah meinen Engel für meinen Geschmack deutlich zu lange an und ein drohendes Knurren kam aus meiner Kehle. Ich könnte schwören, in dem Moment ein scheues, aber kleines Lächeln in Emmas Ausdruck gesehen zu haben.

»Es ist mir eine Ehre, dich persönlich kennenzulernen, Ryan«, säuselte Patrick und richtete seine

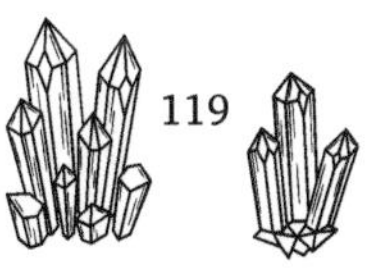

Krawatte, während Simon mit dem Stroh auf dem Kopf zustimmend nickte und weitersprach: »Ja, wir konnten es kaum erwarten. Und wer ist die bezaubernde Frau an deiner Seite?«

Meine Augen verengten sich zu Schlitzen, als ich meinen Arm besitzergreifend um Emma legte und sanft über ihre Schulter strich. »Das ist Emma, meine Frau«, sagte ich rasiermesserscharf. Auch wenn ich wusste, dass Emma noch immer mit Vlad verheiratet war, räumte ich mit dieser Aussage jeden Zweifel aus der Welt, dass sie mir gehörte.

»*Sehr gut, das sollte klar und deutlich angekommen sein*«, sagte meine wahre Natur zufrieden.

»Ich wusste nicht, dass du eine Frau hast.« Der Rothaarige strich sich durch seine Haare und nahm einen Schluck seines Whiskys.

»Ich wüsste nicht, dass es euch etwas angeht.« Abfällig blickte ich zwischen den beiden Männern hin und her. Sie saßen uns in ihren maßgeschneiderten Anzügen gegenüber und tranken aus ihren Gläsern, als seien sie bedeutende Größen. Gott, wie erbärmlich sie doch waren. Aber sie besaßen Kontakte und die brauchte ich. Abgesehen davon konnte ich nicht alle Menschen töten, die mich nervten.

»Lasst uns doch übers Geschäft sprechen«, schlug Simon vor und mein dämonisches Grinsen kehrte zurück.

»Endlich mal eine gute Idee.«
Der Blondschopf nickte und winkte einer Kellnerin zu, die wenige Augenblicke danach duftende Menüs vor uns abstellte und sofort wieder verschwand. Ich musste schmunzeln als mein Blick zu Emma fiel, die

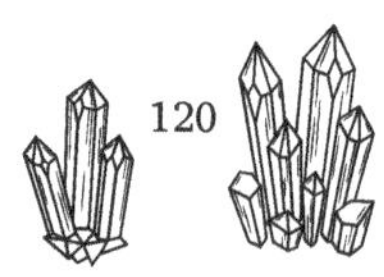

sich auf ihren Teller konzentrierte. Es gefiel mir, wie vornehm und edel sie sich in der Öffentlichkeit prä-sentierte.

»Also, ihr findet eine Zusammenkunft sinnvoll?«, ergriff ich das Wort.

»Ja, ich bin der Meinung, wir könnten uns gegen-seitig helfen, anstatt uns zu bekriegen.«

»Außerdem sind wir nicht hier, um einen Streit an-zufangen«, fügte Simon hinzu.

»Das möchte ich auch nicht. Allerdings beruht so etwas auf Vertrauen, und das habt ihr euch bis jetzt nicht verdient.«

Der Blonde schmatzte und wischte seinen Mund mit der Serviette ab. »Wie können wir uns erkenntlich zeigen?«

»Wir wäre es mit Informationen?«, schlug ich vor. Ich hatte meine Männer damit beauftragt, sich über die beiden schlau zu machen und beide führten eine kriminelle Bande an, die hauptsächlich für die Her-stellung und den Verkauf von Drogen, aber auch für die Organisation von Prostitution bekannt waren. Sie kannten sich in der kriminellen Welt der Menschen aus und hatten sich ein kleines, aber stetig wachsendes Geschäft aufgebaut und vielleicht wussten sie das ein oder andere über Vlad. Und soweit ich das mitbe-kommen hatte, hatten sie aktuell Probleme mit einer Gang, die sich in das Drogengeschäft einmischte, bei dem ich ihnen helfen konnte. So würde eine Hand die andere waschen.

»Und welche?« Irritiert sah der Rotschopf zu mir und ich blickte kurz zu meiner Frau.

»... Es geht um einen Russen, Vlad Koslow.«

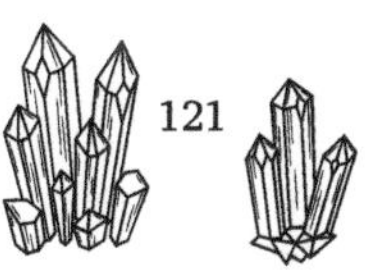

Emmas Augen wurden schlagartig größer. Sie blieb stumm, griff zu ihrem Glas und leerte ihren Weißwein in einem Zug.

»War das etwas zu forsch?«

»Woher soll ich das wissen?«, maulte ich meine wahre Natur an.

»Du möchtest etwas über diesen Mann herausfinden?«, riss Simon mich aus meinen Gedanken.

»Ja. Ich will wissen, welche Kontakte er hat und wo er sich aufhält.«

»Und dann stände unserer Zusammenkunft nichts mehr im Weg?«, hakte Patrick nach.

»Wenn ihr mir diese Informationen beschafft, ja.«

Beide wechselten Blicke aus, ehe Simon fragte: »Darf ich fragen, warum? Ich meine, es gibt zahlreiche Gerüchte über Vlad Koslow und sein Ruf soll dem deinen sehr ähnlich sein.«

»Das ist eine Frechheit!«, brüllte meine Natur.

»Ich bin vieles, aber sicher nicht wie Vlad«, brauste ich auf und bemerkte, wie die beiden Männer erneut Blicke austauschten und sich kaum merklich zunickten.

»Es war nur eine Frage, Ryan.«

»Und das meine Antwort!«, donnerte ich erbost.

»Schön, ich habe ein paar Unterlagen hinten in meinem Büro, die könntest du dir ansehen. Vielleicht ist da schon etwas Brauchbares dabei.«

Was sollte das denn jetzt?

»Wir haben uns schon vor diesem Treffen erkundigt und einiges herausgefunden. Vielleicht sind wir auf Dinge gestoßen, die Vlad betreffen. Vielleicht geht es dabei aber auch um dich. Wie gesagt, euer Ruf ähnelt sich sehr.«

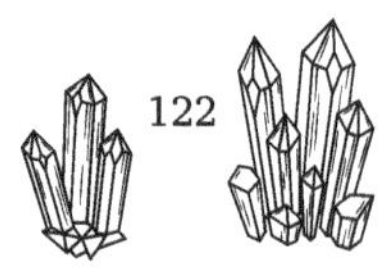

Sie hatten also Nachforschungen betrieben und wussten nicht, ob diese auf Vlad oder auf mich zutrafen? Sie hatten leider recht; was Menschen anging waren wir beide sehr vorsichtig und ließen sie nur das Nötigste wissen. Dass sie uns deswegen miteinander verglichen, konnte ich ihnen also nur bedingt übelnehmen.

»Vielleicht finden wir ja etwas.«

Ein Versuch war es auf jeden Fall wert.

»Komm, ich zeige dir die Unterlagen«, sagte Simon während er sich erhob.

Patrick stand ebenfalls auf und fuhr fort: »Und ich sehe mal, ob wir später noch einen schönen Platz an der Bar bekommen und auf unsere Zusammenarbeit anstoßen können.« Dann verschwand er und mein Blick fiel auf Emma.

»Geh ruhig. Ich bleibe hier und warte.«

»Bist du dir sicher?«

Sie nickte und lächelte mir entgegen.

Ich atmete tief durch und küsste ihre Stirn, ehe ich mit dem blonden Typ den Raum und meine Frau verließ.

»So lange kann das ja nicht dauern«, gab meine Natur von sich und ich stimmte ihr stumm zu.

Wir würden uns nur kurz die Unterlagen ansehen und sollte etwas dabei sein, würde ich ein Foto machen und es meinen Männern schicken. Ich würde schnell wieder bei meinem wunderschönen Engel sein.

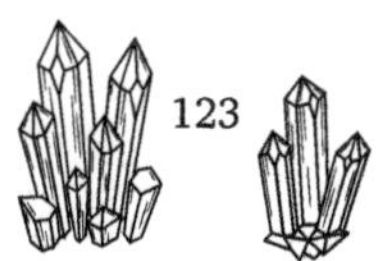

ICH WAR WIRKLICH ÜBERRASCHT. DIESES TREFFEN war so anders als jedes mit Vlad. Ryan packte mich kein einziges Mal grob an oder behandelte mich wie eine wertlose Puppe, sondern war fürsorglich und auf mein Wohl bedacht und ich fühlte mich wohl an seiner Seite. Deshalb war es auch kein Problem für mich, allein auf ihn zu warten. Ich hatte noch eine Flasche Weißwein und würde also auf keinen Fall verdursten. Außerdem wollte ich nicht dabei sein, wenn sie über Dinge sprachen, die Vlad betrafen.

»Siehst du, ich habe doch gesagt, dass das Treffen nicht schlimm sein wird.«

Aber sicher, sie hatte natürlich nie Zweifel daran gehabt. Lächelnd schenkte ich mir noch ein Glas ein, als der Rothaarige wieder zurückkam und sich kurz umsah, bevor er die Tür schloss und auf mich zukam.

»Die beiden sind noch nicht wieder da?«

»Nein.« Es war doch offensichtlich. Warum fragte er mich sowas?

»Weißt du, Emma … es ist faszinierend, wie du es aus dem Schloss und bis hierher nach San Francisco geschafft hast.« Grinsend blieb er neben meinem Stuhl stehen und blickte auf mich herab.

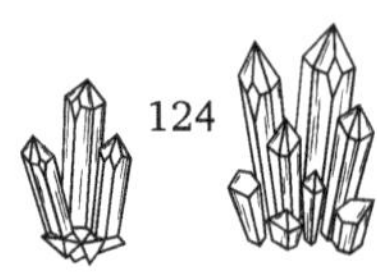

Seine Worte hallten in meinem Kopf wider, als mich die Erkenntnis mit voller Wucht traf und ich aufsprang. Scheiße, dass durfte nicht wahr sein! Alles, was ich wollte, war sofort aus diesem Raum zu entkommen und in Ryans schützender Nähe zu sein, aber der Mann war schneller. Er griff nach meinen langen Haaren und zog mich ruckartig zurück, räumte mit seiner anderen Hand den Tisch ab und drückte mich mit meinem Oberkörper darauf.

»Er kennt ihn, er muss Vlad kennen!«, brüllte meine wahre Natur und ich versuchte, aus seinem Griff zu entkommen.

Doch er hielt mich eisern fest und die Kälte von der Tischplatte bohrte sich in meine Wangen, als er mein Kleid hochschob und meine Beine gewaltsam spreizte.

»Vlad wird mir danken. Ich habe seine entlaufene Hure wiedergefunden.« Er lachte und in meinen Augen sammelten sich Tränen, als er mein Kleid zerriss und ich das Öffnen seiner Gürtelschnalle hörte.

»Ryan … Er wird dich umbringen«, stotterte ich und meine Panik wurde größer, als er auflachte und mich an der Hüfte zu sich zog. Dann versenkte er sich mit einem gewaltsamen Stoß in mir.

Ich schrie. Spürte, wie immer mehr Tränen über meine Wangen liefen und versuchte, mich zu wehren, doch mit jedem Versuch ihm zu entkommen, wurde er härter und schlug zu.

»Nein, nein!«, jaulte meine wahre Natur vor Schmerz auf und ich spürte, wie sie kämpfte, schrie und meinen Schmerz mit mir fühlte, als der Mann keuchend immer kräftiger zustieß. Obwohl der Schmerz mit jedem Stoß schlimmer wurde, hörte ich nicht auf, zu kämpfen,

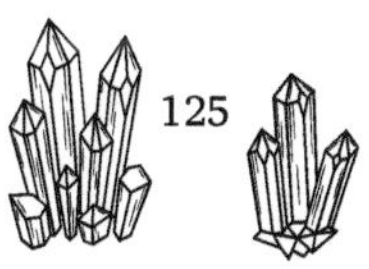

denn alles in mir bäumte sich auf und ich wollte mich dem nicht beugen.

Als er stöhnend sagte. »Gleich … spritze ich ab«, passierte etwas, was ich niemals für möglich gehalten hatte.

Ich konnte förmlich spüren, wie meine Augen zu glühen begannen und in dem Moment, als er sich aus mir zog, einen Schritt zurücktrat und abspritzte, drehte ich mich um und rammte ihm ohne nachzudenken das Messer in den Bauch, das auf den Stuhl gefallen war. Sofort kam er ins Taumeln.

»Ja, zeigen wir es ihm, ich will sein Blut!«, brüllte meine Natur und ich stürzte mich auf ihn.

Es war mir egal, dass mein Kleid zerstört war und ich halb entblößt dastand, während dieses Schwein mich mit weit aufgerissenen Augen anstarrte. Alles, was ich wollte, war sein Blut. Ich brachte ihn zu Fall, setzte mich auf ihn und stach immer wieder zu, während mir Tränen über meine Wangen liefen.

»Ich bin keine Hure!«, schrie ich und holte wieder und wieder aus.

Blut floss aus seinen Stichwunden, befleckte den Boden und spritzte mir ins Gesicht. Aber ich hörte nicht auf, meine wahre Natur lechzte nach mehr. Ich schrie auf und hörte im selben Moment, wie die vielen kleinen Kristalle des Kronleuchters über mir zu vibrieren begannen. Doch meine gesamte Konzentration galt dem mittlerweile toten Bastard unter mir. Immer noch stach ich auf ihn ein.

Plötzlich erklang ein lauter Knall, ehe der Leuchter über mir zersprang und unzählige Glassplitter auf den Boden prasselten. Doch kein einziger davon traf mich

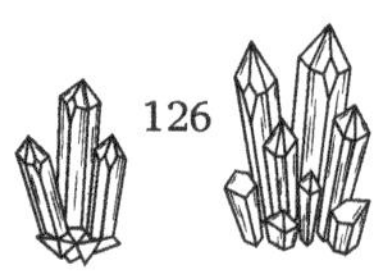

und als ich meinen Blick hob und in Ryans leuchtenden Smaragde blickte, wusste ich, dass meine Augen noch immer in ihren tiefroten Farben der Rubine leuchteten.

»Kannst du das spüren? Der Riss ist kleiner geworden.«
Ich nahm ihre Worte noch wahr, als ich die Magie durch meine Adern fließen spürte und mir schwindelig wurde.

»Ryan …«, flüsterte ich, als ich zur Seite kippte und gerade noch spürte, wie mich jemand auffing und hochhob. Dann wurde alles um mich herum schwarz.

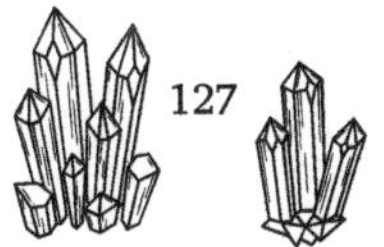

GEMEINSAM MIT SIMON BETRAT ICH SEIN BÜRO, ehe er die Tür hinter uns schloss und ich mich umsah.

Das Büro war einfach eingerichtet. Vor uns befand sich ein weißer Schreibtisch, daneben weiße Möbel, und an der Wand hing eine Karte von dem Viertel in San Francisco, in dem wir uns gerade befanden. Eine kleine amerikanische Flagge steckte in einem verwelkten dunkelblauen Blumentopf, der in einem der Regale stand.

Simon trat zu seinem Schreibtisch und ich verschränkte meine Arme vor meiner Brust, als er davor stehen blieb und sein Blick auf einer gelben Mappe hängen blieb.

»Wie gesagt, es könnte sich auch um dich handeln«, sagte er und nahm die gelbe Mappe in die Hand.

»Das sagtest du bereits, also darf ich?«, brummte ich und ging einen Schritt auf ihn zu.

»Ich wollte es nur noch mal erwähnen.«

Ich nahm ihm die Mappe aus der Hand und schlug sie auf. Darin stand alles Mögliche, aber nichts, was mich oder Vlad betraf.

Und das war der Moment, in dem mein Bauchgefühl anschlug.

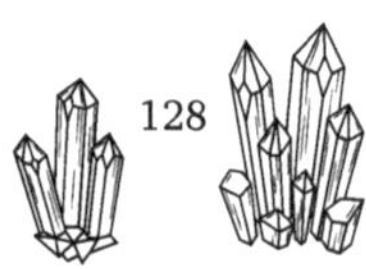

»Was soll das?«, motzte ich und kniff meine Augen zusammen.

»Ich sagte doch, dass es sich auch um dich handeln könnte.«

»Willst du mich verarschen?«, brüllte ich und klatschte die offene Mappe auf den Schreibtisch. Darin befanden sich nur Rechnungen für Restaurantzubehör.

»Das muss die falsche Mappe sein, ich kann noch mal nachsehen«, murmelten Simon.

Ich schüttelte meinen Kopf. »Kein Interesse.«

Das war eine Frechheit, doch als ich zur Tür gehen wollte, packte er mich allen Ernstes an meinen Arm. Sofort drehte ich mich, griff mit meiner rechten Hand um seinen Hals und drückte ihn gegen die Wand.

»Wir können darüber reden …«, stotterte er und ich lachte angewidert auf.

»Du mickriger, armseliger Mensch!«, brüllte ich und meine wahre Natur lechzte nach Blut. Meine Augen verwandelten sich in ihre leuchtenden Smaragde und ich legte meinen Kopf schräg zur Seite als Simon sich aus meinem Griff befreien wollt.

»Was … bist du?«, krächzte er vor Angst.

Ich grinste ihn nur an, griff fester um seinen Hals und spürte, wie meine Krallen sich langsam in seinen Hals bohrten, bis ich ihm seine Kehle herausriss und sein Blut mir entgegen spritzte. Ich warf seinen Leichnam abfällig zur Seite, sprach einen Zauber, der sämtliche Spuren von mir vernichtete und eilte aus der Tür.

Noch während ich durch den Flur rannte, hörte ich ein lautes Knallen und die Schreie meiner Frau.

Als ich die Tür aufriss, die unzähligen Glassplitter auf dem Boden sah und mich Emmas leuchtende

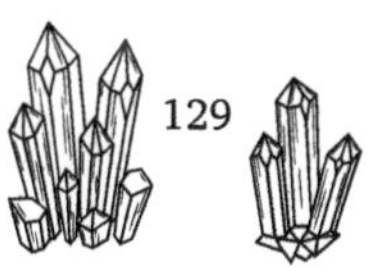

Rubin-Augen anblickten, stockte mir der Atem. Mein Blick fiel auf ihr zerstörtes Kleid und auf die Hose des toten Mannes, die auf seiner Kniehöhe hing. Das durfte nicht wahr sein! Meine scharfen Zähne ragten aus meinem Mund hervor, bereit, mich an diesem toten Bastard zu rächen. Aber ehe ich etwas tun oder sagen konnte, kippte Emma zur Seite und ich schaffte es gerade noch, sie aufzufangen. Ich nahm sie in meine Arme und richtete mich mit ihr auf.

»Ich habe dich, mein kleiner Engel«, flüsterte ich in ihren Haaransatz, trug sie eilig zu meinen Wagen und legte sie behutsam hinein, bevor ich losfuhr.

Während ich das Gaspedal durchdrückte, sah ich immer wieder sah zu ihr und spürte, wie meine Natur meine Wut, aber auch meine Schuldgefühle nachempfinden konnte.

Ich raste durch die Stadt und erreichte kurze Zeit später mein Grundstück. Hastig legte ich eine Vollbremsung hin, rannte um meinen Maserati, hob Emma wieder in meine Arme und ging mit schnellen Schritten in mein Haus.

Als ich die Treppe hinaufstürmte und Noel und Dario begegnete, rissen beide ihre Augen auf. Ohne ein Wort zu sagen, eilte ich an ihnen vorbei und steuerte in Emmas Zimmer. Dort angekommen, zog ich ihr das zerstörten Kleid aus und wusch vorsichtig das Blut von ihrem Körper ab. Dann trocknete ich sie ab, legte sie behutsam in ihr Bett und deckte sie zu. Ihr Anblick zerriss mir das Herz. Wie hatte ich sie nur allein lassen können? Die Wut brodelte in mir und ich ballte meine Hände zu Fäusten. Doch sie brauchte jetzt Ruhe und so machte ich mich auf den Weg in mein Zimmer.

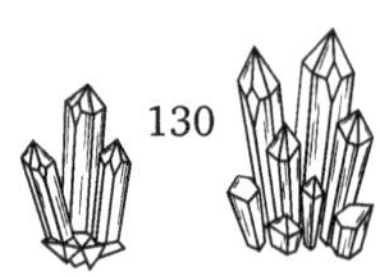

Als ich die Tür hinter mir schloss, ging in mein Badezimmer und machte mich selbst etwas frisch. Dabei schlug ich mit meinen Fäusten immer wieder gegen die Wand und ich musste mich zusammenreißen, um nicht komplett auszurasten. Ich musste für Emma da sein, sobald sie wieder zu sich kommen würde.

Als ich wieder auf den Flur trat, traf ich auf Noel und Dario, die sofort wissen wollten, was geschehen war.

Seufzend erzählte ich ihnen alles. Von den beiden Männern, dem Essen und den Gesprächen über Vlad und dem Hinterhalt, mich in ein anderes Büro zu locken. Und von dem Wichser, der währenddessen seelenruhig Emma vergewaltigt hatte. Als ich von dem zersprungenen Kronleuchter und ihren Rubin-Augen berichtete, wurden ihre Augen größer und ihre Münder standen offen, unfähig, etwas zu sagen. Ich konnte ihre Reaktion absolut nachvollziehen.

»Das … Ich weiß nicht, was ich sagen soll.« Noel fand seine Sprache wieder und sah völlig verblüfft zu mir. Wir beschlossen, uns in dem separaten Wohnzimmer weiter zu unterhalten und gingen gemeinsam nach unten.

»Aber das ist doch gut«, sagte Dario und ließ sich auf den schwarzen Sessel fallen, während ich mich an der Wand anlehnte und Noel sich auf das Sofa setzte.

»Nur warum kommen ihre Augen ausgerechnet jetzt zum Vorschein?« Ich konnte es mir nicht erklären.

»Vielleicht kann sie schon seit Längerem wieder mit ihrer Natur reden und die Verbindung zwischen den beiden wächst?«, schlug Noel vor und zuckte mit seinen Schultern.

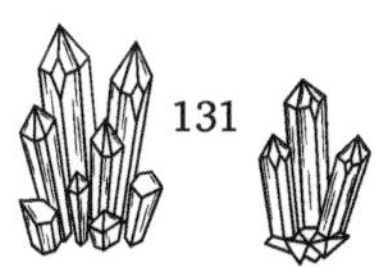

»Aber eigentlich ist es doch egal. Hauptsache, es geht voran.«

»Das, was dieses Dreckschwein ihr angetan hat, hätte dennoch nie passieren dürfen«, sagte ich und knurrte. Allein bei dem Gedanken, dass er meine Frau angefasst hatte, könnte ich sofort ausrasten. Fuck! Das war meine Schuld. Ich hätte sie nur nicht alleinlassen dürfen.

»Wir sollten diese Männer unter die Lupe nehmen«, sagte Dario ernst.

»Und wie? Soweit ich das richtig verstanden habe, sind beide tot?«

Ich nickte Noel zustimmend zu.

»Ganz einfach, wir durchforschen ihre Verbindungen und finden heraus, warum sie Ryan wirklich treffen wollten.«

Darios Idee klang nicht schlecht und irgendetwas mussten wir herausfinden. »Gut. Noel, du nimmst einen der anderen Männer mit und wirst diese beiden Männer noch mal durchleuchten. Familie, Freunde, Geschäftsbeziehungen, … einfach alles.«

»Klar, ich nehme Milo mit«, sagte er, stand auf und verließ den Raum.

Dario nahm die Whiskyflasche und zwei Gläser von der weißen Kommode und schenkte uns etwas davon ein.

Ich war froh, die Jungs bei mir zu haben. Ich konnte mich immer auf sie verlassen und ohne sie wäre ich schon längst verloren.

»Sie ist bewusstlos geworden, oder?«

»Ja. Ich glaube, sie hat die Magie gespürt, und das war zu viel für ihren Körper.«

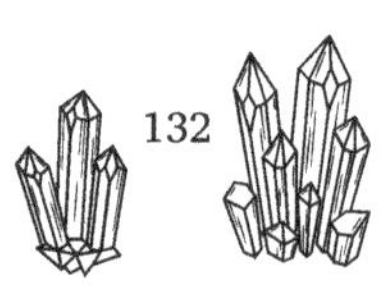

»Das ist verständlich«, flüsterte meine Natur besorgt. Wenn jemand so lange weder seine wahre Natur noch die Fähigkeiten und die damit verbundene Magie in sich spüren konnte, musste das ein überwältigendes Gefühl sein, wenn plötzlich alles auf einmal greifbar war. All diese Dinge pulsieren in unseren Venen. Wir Shades konnten das spüren. Es war wie eine wohlige Wärme, gepaart mit dem Gefühl unendlicher Macht. Aber genauso konnten wir fühlen, wie sich die Dunkelheit in uns ausbreitete und gegen das Licht kämpfte. Vielleicht war genau das unsere Bürde, die wir als Shades tragen mussten. Der immer wiederkehrende, unkontrollierbare Kampf mit der Dunkelheit und dem Licht. Und bei manchen war diese Dunkelheit stärker als bei anderen.

Ich schüttelte meinen Kopf um die Gedanken loszuwerden und trank mein Glas in einem Zug leer, dann erhob ich mich. »Ich sollte zu meiner Frau.«

»Mach das, ich werde Tarik mal sein Essen bringen.«

Als ich in Emmas Zimmer ankam und mich leise neben sie setzte, musste ich schlucken. Warum war ich nicht bei ihr geblieben? Ich hätte auf sie aufpassen und sie beschützen müssen.

»Wir konnten das nicht ahnen. Alles, was wir jetzt tun können, ist für sie da zu sein«, flüsterte meine wahre Natur und ich wollte ihr glauben, aber die Schuld brach wie eine Lawine über mich herein.

»Es tut mir so leid«, flüsterte ich. Ich ließ meine Hand über ihrem Körper entlang schweben und sprach den Zauber, der ihre Wunden heilen würde. Dann saß ich eine Weile da und beobachtete sie still.

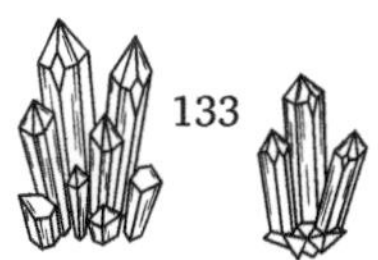

»Ich liebe dich, mein kleiner Engel.« Und damit hatte ich nie aufgehört. Emma war schon immer die Liebe meines Lebens gewesen, und das nicht, weil sie meine Gefährtin war, sondern weil sie hinter meine Fassade blicken konnte. Für sie war ich mehr als nur das Monster. Sie war die Einzige, die den Mann hinter all dem sah und die Einzige, die mir Licht und Frieden schenken konnte.

Kapitel 8

Nachdenklich stand ich in der Küche, klatschte mit einer Kelle den Eintopf auf einen Plastikteller und legte zwei Scheiben Brot auf den Rand, schnappte mir noch eine Wasserflasche und ging zu Tarik. Ich schob ihm die Mahlzeit in den Käfig und setzte mich anschließend auf das Sofa gegenüber. Tausend Gedanken schwirrten in meinem Kopf umher.

»Es ist doch gut, dass Emma endlich Fortschritte macht«, sagte meine Natur und sie hatte ja recht. Ich sollte mich freuen und verdammt noch mal nicht Trübsal blasen. Aber ich fragte mich, warum das Ganze ausgerechnet jetzt passierte und vor allem, was das Alles zu bedeuten hatte. Denn damals, als wir aus dem Schloss geflohen waren und Emma im Nebengebäude brutal vergewaltigt wurde, hatten sich ihre Augen nicht verändert. Auch nicht dann, als sie Ryan auf dem Flugplatz begegnet war. Was war also passiert, dass sie sich jetzt zu Rubinen verwandelt hatten?

»Vielleicht hat Noel recht und es liegt daran, dass sie schon eine Zeitlang mit ihrer Natur reden kann.«

Konnte das der Grund sein? Laut meines Wissens hatte sie zu ihrer Natur keine Verbindung dieser Art gehabt.

Stöhnend legte ich meinen Kopf in den Nacken und zündete mir eine Zigarette an. Mein Blick schweifte

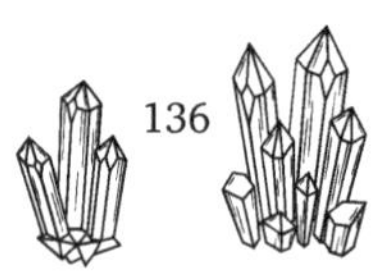

zu Tarik, der sich hungrig auf seinen Eintopf gestürzt hatte. Dann trafen sich unsere Blicke.

»Gibt es Probleme?«, fragte er mich.

»Selbst wenn, denkst du wirklich, ich würde dir irgendetwas erzählen?« Also bitte, was dachte er sich nur dabei?

»Nein, würdest du nicht, aber fragen kostet ja nichts.«

Schnaubend schüttelte ich meinen Kopf und spürte, wie meine Augen anfingen, in ihren Saphir-Tönen zu leuchten. Ich blies den Rauch meiner Zigarette aus und sagte: »Damit du noch mehr Unruhe stiften kannst? Dachtest du wirklich, dass Ryan oder jemand anders dir auch nur ein Wort glaubt und wir uns gegenseitig vernichten würden?«

»Denk was du willst, ich bin zufrieden. Und danke für den Eintopf.«

»Wir beide wissen, dass ich dir den Fraß nicht aus Höflichkeit hinstelle. Aber tot bringst du uns nichts.«

Lachend sah er zu mir und schob den leeren Teller aus seinem Käfig. »Du meinst so tot, wie Pawel es ist?«

»Höre ich da etwa Mitleid? War er dein Freund?«, fragte ich und lehnte mich etwas vor. Dass Pawel noch am Leben war, musste dieser Verräter nicht wissen.

»Pawel? Nein, er war nicht mein Freund.«

»Entschuldige, ich vergaß … Du hast keine Freunde.«

Sofort knurrte er und seine Augen blitzten kurz in leuchtenden Bernsteinfarben auf. »Ich hatte durchaus Freunde.«

»Vlad?«

»Er war …« Sofort hielt er inne und lachte dann, schüttelte seinen Kopf und lehnte sich wieder an die

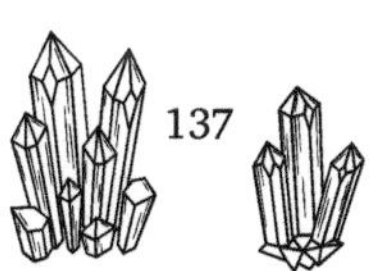

137

hinteren Gitterstäbe. »Netter Versuch, aber ich muss dich enttäuschen. Ich hasse Vlad.«

»Aber sicher doch.« Zufrieden lehnte ich mich wieder zurück.

»Das war gut, wir hätten ihn beinahe so weit gehabt.«

Stimmt, aber Tarik war kein Idiot und auch wenn er gern provozierte und uns allen auf die Nerven ging, war er definitiv alles andere als schwach. Und trotzdem stimmte irgendetwas mit seiner Aura nicht. Als er sich damals im Nebengebäude verwandelt hatte, um einen der Bastarde, die Emma vergewaltigt hatten, zu töten, war sie nicht präsent gewesen – jedenfalls nicht so, wie es normalerweise bei einer Verwandlung von Shades üblich war. Und nur besondere Shades konnten ihre Aura kontrollieren.

»Er muss seine Aura zur damaligen Zeit mit einem Zauber belegt haben.«

Daran hatte ich auch schon gedacht, aber warum konnte ich sie dann jetzt nicht spüren? Seit Monaten saß er in diesem Käfig und noch immer war seine Aura nicht vollständig zu erkennen. Nachbessern konnte er den vermeintlichen Zauber unmöglich, da der Käfig unter einem besonderen Bann stand und Tariks Magie und Fähigkeiten dadurch blockiert waren.

»Das ist verrückt. Wäre er ein außergewöhnlicher Shade, hätten wir doch längst etwas von diesem berühmt berüchtigten Tarik Valdor gehört. Aber eine Familie Valdor sagt uns nichts«, murrte meine Natur.

Außer, dass er zu Vlads Anhängern gehörte und dort einen guten Ruf genoss, wussten wir rein gar nichts über diesen Mann. *»Es bleibt nur die Erklärung mit dem Zauber«*, jammerte meine wahre Natur, als

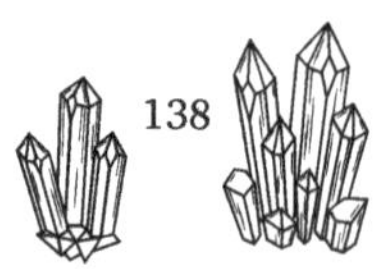

mir plötzlich eine Sache in den Sinn kam und meine Augen größer wurden. Das musste es sein!

Ich sprang vom Sofa auf und raste aus dem Haus, geradewegs in unsere Bibliothek, nahm jeweils zwei Stufen, bis ich im oberen Stock ankam und mich umsah.

»Was ist los? Wonach suchen wir?«

Ich antwortete ihr nicht, ging zielstrebig nach hinten und sah mir die einzelnen Buchrücken an. Doch ich fand nicht, wonach ich suchte.

»Dario, wonach suchen wir? Was ist dir in den Sinn gekommen?«

Als ich erneut nichts sagte, knurrte meine wahre Natur und brüllte. *»Dario!«*

Ich hielt sofort inne und blickte finster drein. *»Was soll das?«*

»Sag mir, wonach wir suchen. Ich kann dir helfen.«

»Als ich mit Ryan hier war, und wir nach Büchern bezüglich Emmas verlorener Erinnerungen gesucht haben, ist mir ein Buch über die Fähigkeiten von Shades aufgefallen«, erklärte ich ihr und suchte weiter, zog das ein oder andere Buch heraus und blätterte darin herum.

»Und weiter?«

»In diesem Buch standen auch Informationen über die Auren von Shades.«

Endlich machte es Klick und meine Natur hatte es auch verstanden. Sie war jetzt genauso aufgeregt wie ich. *»Das ist es! In diesem Buch könnten wir Antworten zu Tarik finden.«*

Ich atmete tief durch und sah mich weiter um, nahm systematisch ein Buch nach dem anderen in die Hand, befreite ein manches von Staub. Doch ich

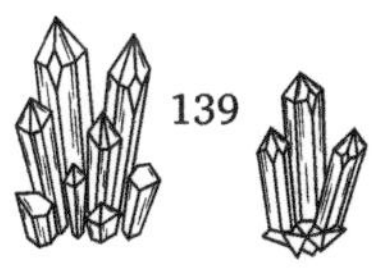

konnte dieses eine verdammte Buch nicht finden. »Es muss doch hier sein«, murrte ich und kratzte mich am Hinterkopf.

»Bist du dir sicher, dass es hier war und nicht in der Bibliothek in der Stadt?«, fragte meine Natur.

Ich war mit Ryan auch in der Stadtbibliothek gewesen, aber ich hätte schwören können, dass wir beide hier saßen, ich genau in diesem Buch geforscht hatten und anschließend im Wald eine Runde gelaufen war, um meinen Kopf freizubekommen.

»Dann suchen wir weiter, und wenn wir hier nicht fündig werden, fahren wir in die Stadt.«

Das klang nach einem guten Plan. Also fing ich bei den hinteren Regalen an und durchforschte ein Buch nach dem anderen.

DAS WARME ESSEN TAT MEHR ALS GUT, VOR allem, weil es eine Abwechslung zu Brot und Wasser war. Zufrieden lehnte ich mich zurück und schloss meine Augen, als sich meine Natur meldete.

»Das war knapp. Du musst besser aufpassen, was du sagst.«

Als ob ich das nicht selbst wüsste, aber noch schöpfte niemand Verdacht, und so wie Dario gerade rausgestürmt war, schien es eher so, als wäre er auf jemanden oder etwas anderes wütend, also konnte ich mich entspannen.

Ich atmete tief durch, genoss die Ruhe und auch, dass heute scheinbar keiner der Männer kam, um mir weitere Wunden zuzufügen. Ich driftete langsam in den Schlaf, doch als ich mich plötzlich mitten in einem dunklen Wald wiederfand, zuckte ich zusammen und war hellwach. Irritiert sah ich mich um, doch alles, was ich erblickte, war ein dunkler, dichter Wald und nur dank dem Mond, der über mir leuchtete, konnte ich etwas erkennen. Ich atmete die kühle Luft ein, während ich das Rascheln der Bäume wahrnahm und den Laut einer Eule hören konnte. Vorsichtig beugte ich mich hinunter, berührte das feuchte Gras und

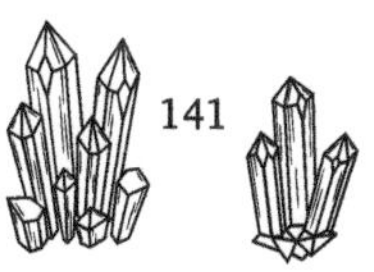

strich über das vereinzelte Moos, dass an den Bäumen empor wuchs, als mein Blick weiter durch den viel zu realen Wald glitt.

»Was ist das für eine Scheiße?«, fluchte ich und versuchte krampfhaft, aufzuwachen. Aber nichts geschah und das Merkwürdige war, dass ich mich sogar bewegen konnte.

»Irgendetwas stimmt hier nicht«, sagte meine Natur und ich spürte ein mulmiges Gefühl in meiner Magengegend. Noch nie hatte ich es erlebt, dass ich während eines Traums mit meiner Natur reden oder mich bewegen konnte.

Aber als plötzlich ein dunkles Lachen erklang, schreckte ich zusammen und starrte in zwei mir nur allzu bekannten Onyx-Augen.

»Fuck!«, schrie meine Natur und ich wich sofort zurück.

»Wach auf! Öffne deine verdammten Augen«, herrschte ich mich selbst an, aber nichts geschah und mein Blick landete auf Vlad, der in seinem unverkennbaren, klassischen Anzug in Schwarz vor mir stand.

»Wenn das nicht der kleine Verräter ist.«

»Du bist nicht real«, murmelte ich und zwickte in meinen linken Unterarm aber noch immer war ich in diesem beschissenen Wald und starrte geradewegs in Vlads Visage.

»Bin ich also ein Traum, ein Hirngespenst?«, gab er mit einem hässlichen Lachen zur Antwort und stürzte auf mich zu, packte meinen Kragen und schleuderte mich gegen einen Baum.

Keuchend vor Schmerz rappelte ich mich auf und blickte entsetzt in seine Richtung. Erneut raste er auf

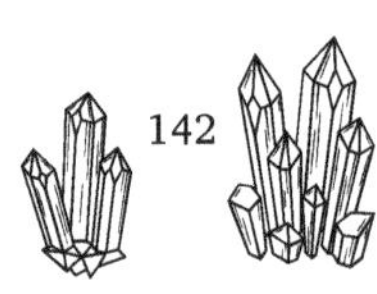

mich zu und ich stolperte mehrere Schritte zurück, wo ich mit dem Rücken gegen den nächsten Baum knallte.

»Das ist unmöglich, Vlad kann nicht hier sein.«

»Sag mir Tarik, spürst du den Schmerz und die kalte, feuchte Erde zwischen deinen Fingern?«

»Was ist das? Wo sind wir?«

Es fühlte sich verdammt real an und das gefiel mir überhaupt nicht.

»Wir sind in deinem Traum. Oder besser gesagt: Ich habe dich abgefangen, als du eingeschlafen bist.«

Abgefangen? Mein Kopf ratterte, bis ich schlagartig begriff, was hier los war und panisch meine Augen aufriss. Nein, das konnte unmöglich sein.

»Du … du hast die … Blaxro-Magie eingesetzt?«, brachte ich stockend über meine Lippen.

»Hundert Punkte für die richtige Antwort.«

»Das ist unmöglich«, flüsterte meine Natur entsetzt und ich wusste, was sie meinte.

Blaxro war eine mächtige und gefährliche, tödliche Magie. Eine Magie, die aus gutem Grund verboten worden war und sämtlichen Bücher und Schriftrollen darüber waren zum Schutz aller vernichtet worden. Es war schier unmöglich, dass Vlad diese Magie besaß und noch mehr, dass er sie beherrschen konnte.

»Weißt du, was du da tust? Die Blaxro-Magie ist verboten.«

Er lachte nur wahnsinnig und strich sich durch sein dunkles Haar. »Machst du dir wirklich Sorgen um mich?«

»Ganz sicher nicht«, schnaubte ich. Aber die Konsequenzen für sein Vergehen würden gigantisch sein und darüber machte ich mir tatsächlich Sorgen.

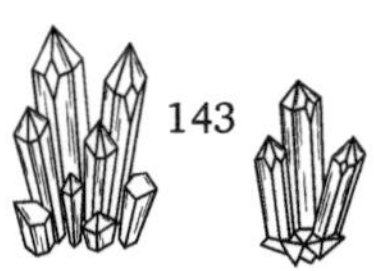

»Es ist schön zu hören, dass dir doch noch etwas an mir liegt.«

»Oh, ich muss dich enttäuschen, du bist mir egal. Aber dein Einsatz dieser Art von Magie wird nicht ungeachtet bleiben, und darüber solltest selbst du dir Gedanken machen.«

»Meinst du wirklich, der Rat kann mir etwas anhaben? Ich bitte dich, niemand hat den Schattenrat jemals gesehen.«

Damit hatte er nicht Unrecht. Aber nur, weil ihn noch nie jemand gesehen hatte, hieß das nicht, dass er nicht existierte. Der Schattenrat soll die Blaxro-Magie verboten haben und kurz darauf waren alle Informationen verschwunden, die es jemals darüber gegeben hatte. Der Schattenrat richtete über uns Shades und sorgte für das Gleichgewicht zwischen uns, so hieß es. Allerdings zweifelte ich an der Wahrheit. Schließlich gab es unter uns Shades etliche Kriege und Streitereien. Wo herrschten sie dann bitte über unser Gleichgewicht? Nein, diesen Schattenrat verstand ich beim besten Willen nicht. Und dennoch hatte jeder großen Respekt vor diesem Rat und hielt sich an die Regeln. Jeder, außer Vlad. Ich schüttelte meinen Kopf und sah erneut zu ihm. Wie konnte er diese Magie beherrschen? Sie zu erlernen würde sicher Jahre dauern und die Tatsache, dass ich gerade mitten in dieser Scheiße stecke, deutete darauf hin, dass er die Blaxro nicht erst seit gestern ausüben konnte.

»Vlad, der Rat ist gefährlich.« Ich wusste nicht, warum mich das kümmerte. Vielleicht lag es an den gemeinsamen Jahren, die wir verbracht hatten, oder einfach an meiner miserablen Situation.

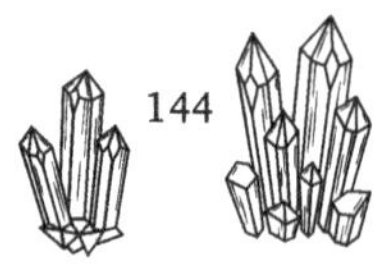

»Was interessiert dich das? Du hast mich verraten!«, brüllte er und blieb vor mir stehen. »Ich habe dir vertraut, Tarik. Ich habe dich in mein Schloss und in meinen inneren Kreis aufgenommen, und das war der Dank dafür?«

»Denkst du, das habe ich mit Absicht getan?«, fuhr ich ihn an.

»Sie war meine Frau.« Schnaubend strich er sich durch seine Haare und trat zurück.

»Du hast sie nicht wie deine Frau behandelt und das weißt du.«

Als er mich anblickte, hätte ich schwören können, so etwas wie Reue zu sehen, doch ehe ich mir sicher sein konnte, verschwand dieser Ausdruck aus seinen Augen und die Dunkelheit kehrte zurück.

»Du wusstest, was ich für sie empfinde, und hast sie dennoch hinter meinem Rücken angefasst.«

»Wir können doch nichts dafür, dass wir uns in sie verliebt haben«, flüsterte meine Natur und ich verfluchte die Schuldgefühle, die sie in mir auslöste.

»Und deswegen setzt du die Blaxro-Magie ein? Komm schon, nicht mal du bist so lebensmüde.« Ich kannte ihn so gut. Vlad war nicht als Monster geboren worden und auch wenn er einiges erlebt hatte, das hier war einfach nur krank.

»Ich habe keine Angst vor dem angeblichen Rat, Tarik.«

»Vielleicht solltest du das aber. Du kennst die Geschichten genauso wie ich und wir beide wissen, wie gefährlich das Ganze sein kann.«

Nachdenklich marschierte er auf und ab, ehe er mich wieder mit seinem finsteren Blick fixierte und

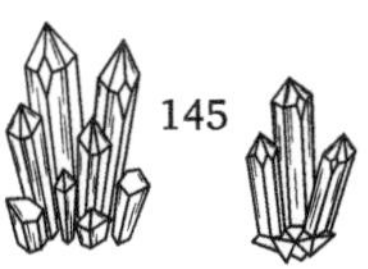

145

sagte: »Du wirst mein Sprachrohr sein. Und du wirst mir alles sagen, was ich wissen will.«

»Vlad.« Auch wenn ich ihn hasste für das, was er Emma angetan hatte, wünschte ich mir die Strafe selbst für ihn nicht, die der Schattenrat ihm auferlegen würde.

»Ich werde mich wieder bei dir melden und du wirst niemandem etwas davon erzählen.« Vlad raste auf mich zu und blickte mir in die Augen.

»Wir waren Freunde, Vlad. Und als dieser sage ich dir: Hör auf damit, lass es gut sein und benutze diese Magie nicht mehr.«

Ein kleines Lächeln spiegelte sich auf seinen Lippen wider, als er seine Hand auf meine Schulter legte.

»Es ist zu spät, Tarik.«

Das war alles, was er sagte, ehe er sich in Luft auflöste, ich keuchend meine Lider aufschlug und mich wieder in Ryans dunklem Wohnzimmer und in meinem Käfig befand.

»Wir können ihm nicht helfen«, sagte meine Natur nachdenklich und ich rieb über meine Schläfen.

Vlad sollte mir egal sein, er hatte so viele schreckliche Dinge getan. Aber warum wollte ich ihn dann vor dem Schattenrat bewahren? Wieso war er mir nicht egal?

»Weil wir ihn schon lange kennen.«

Das konnte gut sein und wir waren auch mal Freunde gewesen. Vlad hatte einst eine gute Seite gehabt, doch er hatte den Kampf gegen seine Dunkelheit verloren und war zum Monster geworden.

»Tarik, das war nicht unsere Schuld. Wir haben alles getan, um ihn zu retten. Letztendlich war es seine

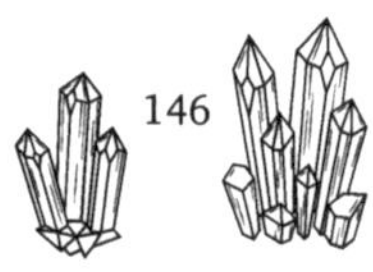

Entscheidung, die Dunkelheit anzunehmen und sich darin zu verlieren.«

Und was war, wenn uns das gleiche Schicksal ereilen würde? Was, wenn wir der Dunkelheit auch verfallen und in ihr untergehen würden? Schließlich kämpften wir schon seit Jahren dagegen an.

»Nein, das werden wir nicht. Wir werden kämpfen«, sagte meine wahre Natur ernst und ich wollte ihr glauben, aber meine Zweifel blieben.

Kapitel 9

VLAD

Ich brach die Verbindung ab und kam mit schwarzen Augen zu mir, setzte mich in meinem Bett aufrecht hin und strich durch meine Haare. Dabei musste ich an Tariks Worte denken. Verdammt, ich war nicht dumm. Ich wusste welche Konsequenzen mich erwarten konnten und trotzdem hatte ich diesen Weg eingeschlagen.

Die Blaxro-Magie war die einzige Möglichkeit, um mit Tarik und Emma Kontakt aufzunehmen, und doch breiteten sich Zweifel in mir aus.

»Das nutzt uns jetzt auch nichts mehr. Wir haben diesen Weg gewählt und jetzt gibt es kein Zurück mehr.«

Sie hatte recht, für einen Rückzug war es zu spät. Und ich würde sicher nicht kampflos aufgeben. Ryan hatte mir alles genommen, was ich mir aufgebaut hatte.

Emma gehörte mir, daran würde sich nichts ändern und wenn es den Einsatz verbotener Magie bedurfte, um sie wieder zurückzuholen, dann war ich bereit dazu.

Fluchend erhob ich mich und trat auf meinen steinernen Balkon, atmete die kühle Abendluft ein und sah von meinem Balkon hinunter in den Innenhof des Schlosses. Ich erinnerte mich noch daran, wie dort früher bunte Blumen gepflanzt worden waren. Doch

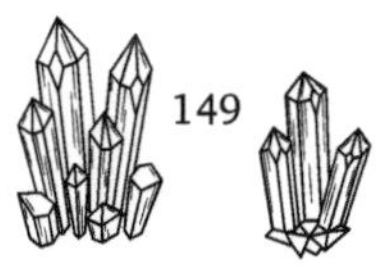

seit ich hierhergekommen war, hatte sich einiges verändert. Es versammelten sich immer mehr Männer im Hof, die in ihren dunkelblauen und silberbestickten Uniformen umherliefen. Verschiedene Trainingsgeräte waren aufgestellt worden, mit denen sie jede freie Minute trainierten. Von dem idyllischen Schlossgarten, mit Brunnen, bunten Blumen und Skulpturen aus Büschen war nichts mehr zu sehen. Rebellen und Feinde hingen am Rand aufgespießt. Die Männer tranken, zertrampelten die Beete und nahmen die Steinskulpturen für Schießübungen her. Alles wirkte düster und der schöne Schein war komplett verloren. Aber auch wenn ich das alte Bild vermisste, konnte es mir egal sein. Ich hatte das bekommen, was ich wollte: Die Zusicherung meines Vaters, dass er mich mit seiner Armee bei meiner Rache an Ryan unterstützten würde.

»Wir werden unsere Frau wiederbekommen«, sagte meine Natur und ich stieß mich von meinem Balkon ab und sprang hinunter in den Schlossgarten.

Sofort senkten die Männer ihre Köpfe und traten mehrere Schritte zurück, als ich an ihnen vorbei und zu dem angrenzenden Wald ging.

Ich rannte, spürte die kühle Luft, die mich wie etliche Rasiermesser schnitt, ehe ich schneller wurde und in den dunklen Wald verschwand.

Der Vollmond war das Einzige, was den Wald erhellte. Der Wind pfiff durch die Baumkronen und hier und da sah ich ein Nagetier und scheue Rehe, die sich flink in Sicherheit brachten. Erst als ich bei einer Lichtung ankam, drosselte ich mein Tempo und sah mich um. Der Mond schimmerte auf dem See und Wildrosen hatten sich ihren Weg durch das hohe Gras

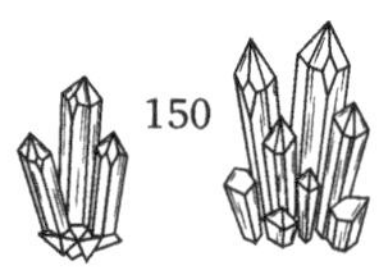

freigekämpft. Es war der perfekte Ort, um Ruhe zu genießen und Kraft zu tanken.

Ich trat näher an den See, der sich vor mir erstreckte.

Blinzelnd blickte ich auf mein Spiegelbild im Wasser, als sich alte, tief in mir verborgene Erinnerungen an die Oberfläche drängten. Bilder, die ich nie wieder ausgraben wollte, und doch sah ich sie. Erinnerungen an damals, wie ich hier mit meiner Mutter gestanden hatte, sie ein Papierboot gebastelt hatte und ins Wasser gleiten lassen hatte, während sie mich in den Arm genommen hatte.

»Es ist ok. Diese Erinnerungen sind nichts Schlechtes.«

»Ach ja?« Ich lachte verbittert und schüttelte meinen Kopf, blickte weiterhin auf das Wasser und konnte noch heute die Worte meiner Mutter hören …

Vlad, Macht bedeutet nicht, unsterblich zu sein und niemals Gefühle zuzulassen. Wahre Macht entsteht aus Liebe, Loyalität und dem Bewusstsein, dass alles von einem Tag auf den anderen vorbei sein kann. Wahre Macht ist nicht die reine Finsternis, sondern besteht aus beidem – dem Licht und der Dunkelheit.

Wütend griff ich nach einem Stein auf dem Boden und warf ihn in das Wasser. Ich wollte diese Erinnerungen nicht, genauso wenig wie die Liebe, die sie mir geschenkt hatte und den damit verbundenen Schmerz.

»Du warst schwach, du hast mich zu einem Schwächling gemacht!«, schrie ich und sackte auf meine Knie, stemmte meine Hände in das feuchte Gras. »Mutter …«, brachte ich über meine bebenden Lippen. Ich wollte mir einreden, dass ich sie hasste, dass sie die schwächste Person auf diesem gottverdammten Planeten und der Grund für all mein Versagen war. Und

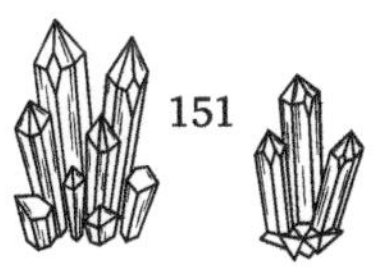

doch war die Wahrheit eine andere. Egal, wie oft ich es auch versuchte, am Ende blieb eine Sache bestehen: Ich konnte sie nicht vergessen und ich liebte sie nach wie vor.

»Das ist nichts Schlimmes.«

Hatte meine Natur denn gar nichts gelernt? Wie oft waren wir auf unsere Knie gefallen, hatten unseren Vater angebettelt, an das Grab unserer Mutter zu dürfen um uns zu verabschieden. Und wie oft waren wir wegen genau dieser Schwäche, die wir gezeigt hatten, verletzt im Kerker gelandet?

»Nein!«, brüllte ich schmerzverzerrt und schüttelte meinen Kopf, verdrängte diese Gedanken und auch die Gefühle tief in mir. Ich erhob mich und konnte das Glühen meiner Onyx-Augen fühlen.

Genau aus diesem Grund wollte ich nicht mehr nach Moskau zurückkehren. Ich wollte mein eigenes Ding machen und mich von meinem Vater abkapseln. Aber wie es aussah, konnte ich nicht mal das.

»Sobald wir das hinter uns haben, werden wir mit Emma nach Frankreich gehen«, versuchte meine wahre Natur mir Mut zu machen und ich fand die Idee gut. In Frankreich hatte ich das erste Mal so etwas wie eine Heimat gefunden und konnte so sein, wie ich wollte – ohne Regeln und Gesetze, die mir mein Vater aufzwang. Meiner Frau würde es dort sicher gefallen.

Ich atmete tief durch, drängte sämtliche Gefühle zurück und blickte ein letztes Mal zum Wasser, bevor ich dem See und auch der Lichtung den Rücken kehrte und mit der gleichen Geschwindigkeit, in der ich hierher gerannt war, zurück im Schlossgarten ankam. Ich beachtete die Männer kaum und ignorierte ihre Rufe

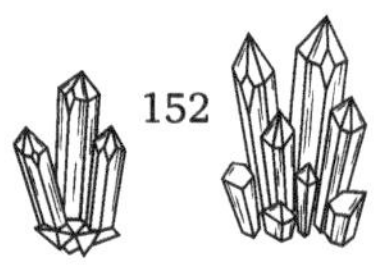

darüber, dass der Prinz endlich wieder zuhause sei.

Mit zügigen Schritten ging ich durch die große und schwere schwarze Eingangstür des Schlosses. Riesige Porträts hingen in goldenen Rahmen an den hohen Wänden. Alles war in dunkelblauen Tönen, gepaart mit Silber eingerichtet worden und verlieh dem Schloss eine unangenehme Kälte. Mein Geschmack war das definitiv nicht. Ich ging gern mit der Zeit und liebte das Moderne, doch mein Vater mochte eher die alten Traditionen und aus diesem Grund gab es nur vereinzelte zeitgemäße Räumlichkeiten.

Ich ging an den Angestellten und den adligen Shades vorbei, die sich im unteren Bereich des riesigen Schlosses aufhielten, und steuerte den Thronsaal an. Mein Vater wollte mich noch sehen, auch wenn es bereits zehn Uhr abends war.

Vor dem Thronsaal blieb ich stehen und atmete noch einmal tief durch, setzte eine ausdruckslose Miene auf und stieß die Tür auf.

Sofort haftete der Blick meines Vaters auf mir.

»Wir müssen einfach ruhig bleiben und dürfen seine Worte nicht an uns heranlassen, dann schaffen wir das.«

Aber so einfach war das nicht, denn Boris war nach wie vor mein Gott verdammter Vater.

»Mein Sohn.« Grinsend winkte er mich zu sich und ich sah irritiert die zwei Frauen an, die angespannt neben ihm standen und sich kaum rührten.

»Darf ich dir, Miroslawa und Polina vorstellen?« Er deutete auf die jeweiligen Frauen. Meine Augen verengten sich zu Schlitzen, als mich die blonde Polina anlächelte und die hellbraune Miroslawa scheu ihren Kopf senkte. Was zur Hölle sollte das werden?

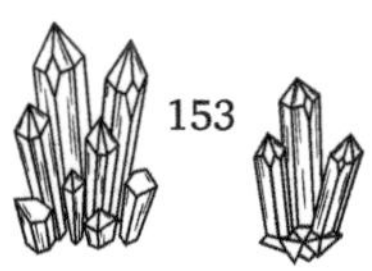

»Sind die beiden nicht eine Augenweide?«

»Vater, was soll das?« Ich dachte, wir würden den weiteren Plan für den Angriff auf Ryan besprechen und jetzt stellte er mir zwei Frauen vor? Echt nicht. Murrend blickte ich zu Polina, die einen Schritt näher an mich herantrat.

»Du bist mein Sohn, und das ist mein Geschenk an dich. Such dir Eine aus.«

Angewidert blickte ich zwischen den beiden Frauen hin und her. »Ich habe bereits eine Frau.« Mein Körper spannte sich an, als Boris lachte und Polina in meine Richtung schupste, sodass sie in meinen Armen landete, ich sie aber sofort wieder neben mich bugsierte.

»Wer ist schon diese Emma?«, bellte er und trat einen Schritt auf mich zu. »Polina ist die Tochter eines Politikers aus unserer Welt und Miroslawa die Jüngste aus einer angesehenen Adelsfamilie. Beide kennen sich in dieser Welt aus, sie haben reines, adliges Blut und sind einem Koslow würdig.«

Es war egal, was ich jetzt sagen würde, also blickte ich ein letztes Mal zwischen den Frauen hin und her, ehe mein Blick auf Polina hängen blieb.

»Dann die«, sagte ich mit eiskalter Stimme.

Zufrieden klatschte er in seine Hände und schob Polina wieder näher an mich heran, bevor er Miroslawa ansah und ihr über die Wange strich. »Du, meine Liebe, bleibst noch eine Weile bei mir.«

Mir wurde übel bei dem Gedanken, was er mit dieser Frau tun würde, und ich zog Polina hinter mir her, aber nicht ohne meinen Vater noch einmal rufen zu hören. »Morgen früh essen wir gemeinsam.«

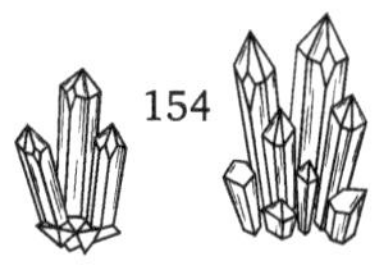

Als wir in meinem Zimmer ankamen und Polina unaufgefordert damit begann, sich auszuziehen, knurrte ich erbost auf.

»Was wird das?«

»Ich gehöre ganz dir, mein Prinz«, sagte sie, ließ ihr Kleid fallen und stand völlig entblößt vor mir.

Mein Blick schweifte über Polinas blonde Haare, die über ihre Schultern fielen, hinab zu ihrer kleinen Oberweite bis zu ihren Beinen. Ihre Haut war schneeschweiß und sicher würden manche sie für eine schöne Frau halten, aber ich empfand nicht mal den Hauch einer Erregung.

»Wir können ihr den Kopf abreißen«, schlug meine Natur vor.

»Ich habe bereits eine Frau.«

»Ein Prinz, wie ihr es seid, muss sich nicht auf eine Frau festlegen«, säuselte sie und trat näher, ging in die Knie und blickte unterwürfig zu mir nach oben.

»Ich warne dich! Diese Hure ist nichts im Vergleich zu unserer Frau.«

Ich ignorierte meine Natur, blickte zu ihr hinab und ließ zu, dass ihre Hände zu meiner Hose glitten.

Sie öffnete sie, holte meinen Schwanz heraus und umfasste ihn mit einem lasziven Blick. »Ich gehöre ganz dir, mein Prinz«, flüsterte sie und leckte sich über ihre Lippen, ehe sie meinen schlaffen Schwanz in den Mund nahm und daran leckte und saugte.

»Vlad!«

»Lass es uns für einen Moment genießen. Wir lassen nur den Druck raus«, sagte ich und meine Natur stimmte mir zu. Ich schloss meine Augen und stellte mir lange, schwarze Haare, volle Lippen und braune Augen

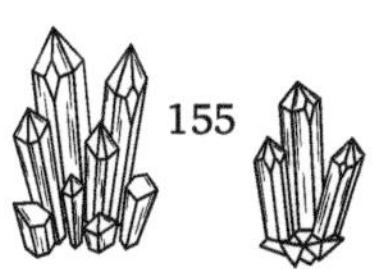

vor, die mich gierig anblickten. Sofort reagierte mein Schwanz und wurde steif. Na also, wer sagts denn. Ich wickelte Polinas Haare um meine Faust und drängte mich mit einem kräftigen Stoß in ihren Mund. Jedes Bild von Emma in meinem Kopf ließ mich härter zustoßen und ich dirigierte ihren Kopf. Erbarmungslos rammte ich mich rhythmisch in ihren Mund und spürte ihren Widerstand, als sie sich an meinen Oberschenkeln abstoßen wollte. Aber es war mir egal. Ich hämmerte immer härter zu und knurrte wie ein wild gewordenes Tier, als mein Orgasmus anrollte, ich in ihr abspritzte und sie zwang, alles zu schlucken.

Als ich meine Augen öffnete und anstatt Emmas schwarzem Haar blondes in meiner Faust hielt, wurde mein Knurren bedrohlich laut. Ich packte sie am Hals, zog sie auf ihre Beine und blickte mit verdunkelten Augen in ihre.

»Zieh dich an und verschwinde aus meinem Zimmer. Sollte ich dich brauchen, rufe ich dich. Hast du mich verstanden?« Ich warf sie wie ein Stück Dreck auf den Boden.

Polina senkte ihren Kopf, nickte und sammelte ihre Kleidung zusammen, ehe sie aus meiner Tür und in das gesonderte Zimmer verschwand, das extra für die Mätressen eingerichtet worden war. Ich zog meine Hose an und nahm mir eine Zigarette aus der Packung, die auf dem Tisch lag, trat auf den Balkon und zündete sie mir an. Mein Blick schweifte über den Schlossgarten und ich lauschte einer Eule, ehe ich in den dunklen Himmel blickte und mir eingestehen musste, dass Polina beim Verlassen meines Zimmers auch den jämmerlichen Moment meiner Befriedigung mitgenommen hatte.

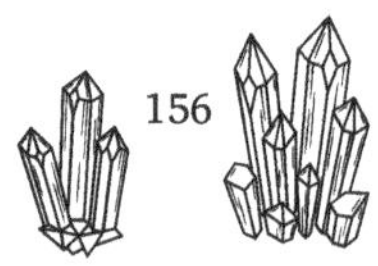

»Ich habe dir gesagt, dass es nichts bringt.«

»Es war dennoch eine kurze Erlösung.« Der Druck in meiner Jeans war weniger geworden und das war gut, denn noch war Emma nicht bereit, mich wieder zu sehen. Zuerst würde ich Tarik noch den ein oder anderen Besuch abstatten.

»Ich habe es ja verstanden«, maulte meine Natur.

»Polina wird unseren Druck lindern bis wir Emma wiederhaben.«

Auch wenn meine Natur nicht begeistert war, da sie ausnahmslos Emma wollte, stimmte sie mir zu und ich blies zufrieden den Rauch meiner Zigarettenzugs aus.

»Ich bin bald wieder bei dir, Ma Chérie.«

Und bis es so weit sein würde, musste ich Tarik zu meinem Spion formen.

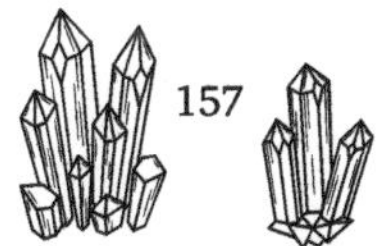

EMMA

ALS ICH ALLMÄHLICH ZU MIR KAM, FÜHLTE ICH mich so, als hätte mich ein Güterzug überrollt. Stöhnend berührte ich meine Stirn, setzte mich langsam auf und realisierte, dass ich in meinem Bett lag. Es musste früh am Morgen sein, denn die ersten Sonnenstrahlen bahnten sich ihren Weg in mein Zimmer. Ich blickte nach vorn und hätte vor Schreck fast laut geschrien. Ryan saß schlafend und in einer offensichtlich unbequemen Haltung in einem der Stühle. Mit großen Augen starrte ich ihn an, während die Erinnerungen an den gestrigen Abend zurückkamen und mein Magen rebellierte. Beruhigend strich ich mir über den Bauch und doch hatte ich nur eine Sache im Kopf: Ich hatte meine Magie gespürt und meine Augen hatten tiefrot geleuchtet.

»Ist das nicht großartig?«, begrüßte mich meine Natur freudig und ich konnte ihre Euphorie nachvollziehen. Doch der Auslöser war alles andere als schön gewesen. Dieser Mann … Er hatte Vlad erwähnt und mich so benutzt, wie er es wollte.

»Aber wir haben uns gerächt, wir haben ihn getötet.«

War das gut? Ich hatte nämlich keine Ahnung, wie das passieren konnte und noch weniger verstand ich, was das alles zu bedeuten hatte.

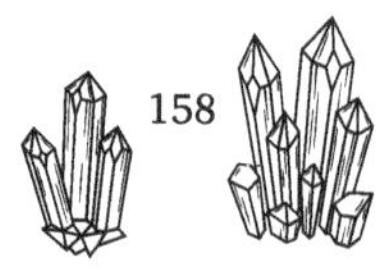

»Wir sind dabei, den Riss zu schließen. Er ist schon kleiner geworden.«

Völlig überfordert vergrub ich meinen Kopf in meine Hände, als sich kurze Zeit später die Matratze senkte und ich einen bekannten Duft einsog.

»Emma, alles ist gut. Du bist zuhause.«

Zuhause. Was für ein seltsames Wort. Wann hatte ich mich das letzte Mal wie zuhause gefühlt? Ich wusste es nicht und ohne, dass ich es wollte, lief eine Träne über meine Wange. Ohne aufzublicken, klammerte ich mich an Ryan, der augenblicklich näher zu mir ins Bett rutschte und mich einfach festhielt.

Es war verrückt. Ich hatte doch den Spieß umdrehen und mich von Ryan und seinen Männern fernhalten wollen. Ich hatte geplant, auf schnellstem Weg zu fliehen. Und jetzt lag ich hier in den Armen des nächsten Alphas und schmiegte mich an ihn heran.

»Alles ist gut. Ich bin da, mein kleiner Engel.«

Ich atmete tief ein und löste mich langsam von ihm. Als mich seine dunkelgrünen Augen trafen, konnte ich nicht anders und biss mir auf meine Unterlippe.

»Mach das nicht.«

»Was meinst du?«

Brummend schüttelte er seinen Kopf und erhob sich. »Ich sollte gehen.«

Verdammt, was war jetzt schon wieder los?

»Ryan ...« *Ich brauche das, ich brauche dich, bitte!*, schrie ich innerlich aber brachte kein Wort davon über meine Lippen.

»Nein«, sagte er gequält.

Als er von meinem Bett kroch und aufstehen wollte, griff ich nach seinem Arm und er drehte sich mit

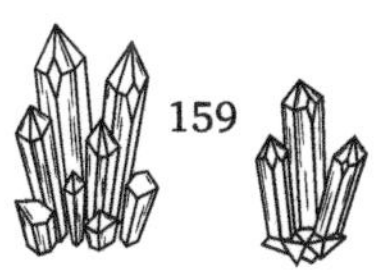

verdunkelten Augen voller Begierde zu mir um. Nicht mal einen Wimpernschlag später ragte er über mir und hatte mich im Bett fixiert. Seine Brust hob und senkte sich schwer, als er mir tief in die Augen blickte und meinen Lippen gefährlich nahekam.

»Du hast doch keine Ahnung, was du da anrichtest und wie viel Selbstkontrolle du mir abverlangst.«

»Dann lass los …«, flüsterte ich und ich wusste selbst nicht, warum ich das sagte.

»Glaub mir, kleiner Engel … Wenn ich das tue, wirst du schreien. Die Frage ist nur, ob vor Schmerz oder vor Lust. « Der Ton seiner rauen Stimme sorgte dafür, dass sich sämtliche Härchen auf meiner Haut aufstellten.

»Ryan …«

»Ich werde gehen, das ist das Beste für uns beide.«

Verdammt. Mit jeder Minute, in der er meine Handgelenke über meinen Kopf festhielt, mit seinem Gewicht auf mir saß und mich ins Laken drückte, wuchs die Sehnsucht nach diesem Mann ins Unermessliche.

»Ryan, bitte.« Meine Worte kamen heißer über meine Lippen, als ich meine Augen schloss.

Er lachte dunkel auf, ehe er sich zu meinem Ohr hinab beugte und flüsterte: »Bald wirst du mich anbetteln und ich werde dich zum Schreien bringen, kleiner Engel. Das ist mein Versprechen an dich.«

Keuchend riss ich meine Augen auf, als er von mir stieg und aus meinem Zimmer verschwand.

Scheiße, was war das eben und was zur Hölle stimmte nicht mit mir?

»Mit uns ist alles in Ordnung.«

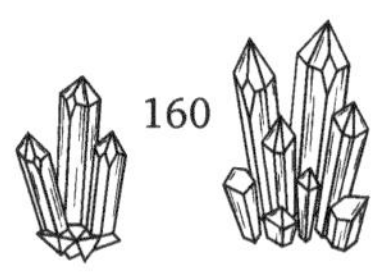

»Hast du vergessen, was gestern passiert ist?«, fragte ich sie ungläubig.

»Nein. Aber die traurige Wahrheit ist, dass wir sowas nur zu gut kennen und das Einzige, was wir tun können, ist weiterzukämpfen und zu leben.«

Dem war nichts hinzuzufügen. Für manch andere würde das sicher verrückt klingen, aber so war nun mal meine Leben und ich wollte nichts sehnlicher, als mich aus diesen Ketten zu lösen und endlich frei zu sein. Doch es gab noch etwas anderes, das mein Leben zu bestimmen schien … Ryan.

»Die Verbindung ist da, ich kann sie spüren, auch wenn ich noch nicht danach greifen kann.«

Die Anziehung zwischen Ryan und mir war stärker, als sie es bei Vlad und Tarik zusammen gewesen war. Sie reichte bis tief in meine Seele, und das jagte mir eine höllische Angst ein. Was war, wenn ich am Ende wieder fallen und dieses Mal in der Dunkelheit untergehen würde? Was, wenn ich das Licht nicht mehr finden würde?

»Das wird nicht passieren. Aber wenn es stimmt und Ryan unser Gefährte ist, können wir das nicht einfach ignorieren«, sagte meine wahre Natur und ich hasste es. Warum musste das alles immer so kompliziert sein?

»Ich weiß, was du meinst. Die Situation ist nicht einfach für uns, aber wer weiß, was war, als wir unsere Erinnerungen noch hatten.«

Ach verdammt, sie hatte doch recht. Wir konnten uns nicht erinnern und wussten demnach auch nicht, woher wir Ryan kannten. Vielleicht war das unsere perfekte Liebesgeschichte, nur dass ich sie vergessen hatte. Seufzend stand ich auf, stellte mich unter meine

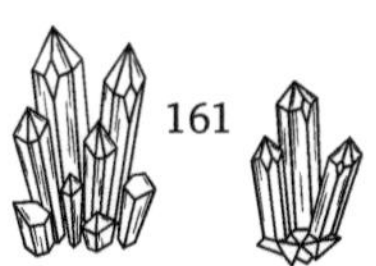

Dusche und lehnte mich an die kühle Wand, schloss meine Augen und fragte mich, wie ich das mit meiner Flucht noch durchziehen konnte. Denn der eigentliche Plan, Abstand zu den Männern zu halten, rückte immer mehr in den Hintergrund. Aber ich wollte meine Freiheit und endlich mehr erleben. Ich hatte von der Golden Gate Bridge und von großartigen Parks in San Francisco gehört. Aber bis auf vereinzelte Restaurants hatte ich von der Stadt noch nichts gesehen. Ich hoffte, dass sich das bald ändern würde, doch viel Hoffnung hatte ich nicht. Ryan hatte vermutlich viel zu viel Angst, dass ich abhauen könnte, wenn er mich allein in der Stadt umherlaufen lassen würde.

Seufzend stellte ich das Wasser ab und trat aus der Dusche, trocknete mich ab und föhnte meine Haare. Ich schlüpfte in ein schwarzes, knielanges Spitzenkleid und war froh darum, dass wir Shades die Kälte in dieser Jahreszeit dank unserer wahren Natur kaum spürten.

Nachdem ich meine Haare gekämmt hatte, setzte ich mich auf meinen Balkon. Ich atmete die morgendliche Luft ein und sah über das riesige Areal. Männer patrouillierten und sicherten das Grundstück, während vereinzelte Jungs aus Ryans innerem Kreis schon wach waren und beim Frühstück auf der Terrasse saßen. Alles war ruhig und friedlich.

»Bevor wir uns mit Ryan und dem möglichen Gefährtenband auseinandersetzen, sollten wir unsere Erinnerungen und auch unsere Kräfte zurückerlangen.«

»Das ist eine gute Idee.« Schließlich musste ich mich bei all dem Chaos nicht nur schleunigst wieder erinnern, sondern vor allem auch verteidigen können.

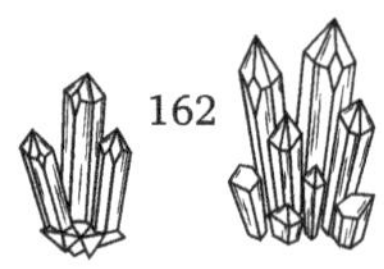

Ich holte tief Luft und starrte auf meine Handflächen, denn ich wusste, dass einer der einfachsten Zauber darüber erzeugt werden konnte, und wenn ich es schaffen würde, eine kleine Flamme zu erschaffen, wäre das Goldwert. Ich konzentrierte mich auf die gleiche Magie wie gestern, doch nichts geschah. Ich fühlte rein gar nichts.

»Spürst du etwas?«, fragte ich und strengte mich an.

»Nein, nicht so wie gestern. Aber ich weiß, dass wir die Magie besitzen.«

Super, dass wusste ich auch. Aber ich wollte sie jetzt spüren, sie kontrollieren. Nur wie es aussah, sollte das nicht sein.

»Denke nicht immer negativ, wir werden das schon schaffen.«

»Und wie?«, fragte ich, denn ich hatte keine Ahnung, was ich tun sollte.

»Die Magie ist da, gestern hat sich sogar unsere Augenfarbe verändert. Vielleicht finden wir etwas in diesem Buch?«

Das war keine schlechte Idee.

Zielstrebig ging ich wieder hinein, nahm das Buch, das ich aus der Bibliothek mitgenommen hatte, von meinem Nachtisch und ging damit in das separate Wohnzimmer. Hier hatte ich mehr Platz als auf dem Balkon und war weniger abgelenkt. Außerdem hatte ich zwischenzeitlich bemerkt, dass niemand mehr vor meiner Tür Wache hielt. Offensichtlich hatte Ryan seinen inneren Kreis abgezogen, sodass ich mich freier bewegen konnte.

Ich setzte mich auf das schwarze Samtsofa und atmete tief durch. Das separate Wohnzimmer gefiel

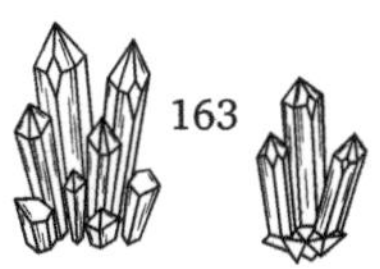

mir sehr gut. Neben den vielen Bücherregalen aus dunklem Holz standen mehrere Bilder von Ryan und seinen Jungs auf dem weißen Kamin. Der Clan war eine Familie und ich fühlte mich hier wohl.

Mit einem Lächeln auf den Lippen schlug ich das Buch auf. Vielleicht würde ich darin Hinweise finden, wie ich meine Magie hervorrufen und einsetzen konnte. Und wenn nicht, gab es immer noch die Bibliothek, die voller Bücher und Schriftrollen dieser Art war.

Kapitel 10

RYAN

So schnell, wie ich nur konnte, rannte ich aus ihrem Zimmer und in mein Bad, stellte mich unter die Dusche und presste meine Fäuste gegen die Wand. Beinahe hätte ich die Kontrolle verloren und sie gefickt, aber nach dem gestrigen Vorfall war das alles andere als eine gute Idee.

Frustriert starrte ich auf meinen Ständer. Eigentlich sollte die Dusche mir dabei helfen, meinen Freund zu schrumpfen, aber solange ich ununterbrochen an Emma denken musste, war das nicht möglich.

Tief atmete ich ein, schloss meine Augen und umfasste meinen Schwanz mit einer Hand. Sofort blitzten Bilder in meinem Kopf auf und ich fing an, zu pumpen. Stellte mir Emma vor, wie sie auf ihre Unterlippe biss, mich mit ihren braunen Augen lüstern ansah und sich an mich schmiegte, ich über ihren Körper strich und über die Feuchte zwischen ihren Beinen. Wie sich ihre Atmung beschleunigte und ich ihre Perle stimulierte und ihr ein Stöhnen entlockte, das mit steigendem Druck auf ihrer Knospe immer lauter wurde. Ich stellte mir vor, wie ich ihre Handgelenke am Kopfende des Bettes fixierte und ihre Hüfte anhob, immer wieder auf ihren vollen Arsch schlug, bis sich eine Röte darauf ausbreitete und ich mich mit einem Stoß in ihr versenkte. Ich konnte förmlich hören, wie Emmas

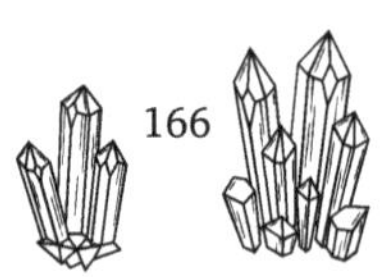

Stöhnen von den Wänden widerhallte und beinahe fühlen, wie ich mit jedem Stoß härter wurde und ihren Arsch glühen ließ, bis sie laut schreiend kam und ich ihr über die Klippe folgte.

Keuchend spritzte ich in meine Faust und öffnete meine Augen.

Fuck, was machte ich da eigentlich?

»Ich fand das angebracht. Wir fühlen uns erlöst und mussten Emma dabei nicht anfallen«, sagte meine Natur zufrieden, während ich mich säuberte, aus der Dusche stieg und mir ein Handtuch um die Hüfte wickelte.

So unrecht hatte sie nicht. Ich hatte Emma nicht wehgetan, war zu meinem Höhepunkt gekommen und verdammt – das Kopfkino war einfach nur geil gewesen.

Nur ein Problem zog das Ganze nach sich.

»Und das wäre?«

Wie lange sollten wir das noch tun? Ich hatte sowas von Lust, dieses Kopfkino in die Realität umzusetzen.

»Wir brauchen Geduld.«

Das war leichter gesagt als getan, aber immerhin machten wir Fortschritte. Emma hatte ihre Magie gestern wieder gespürt und noch besser war, dass sie sich mir anvertraute. Davon ging ich zumindest aus, denn sie hatte sich vorhin ganz von selbst in meine Arme geschmiegt. Das hätte ich vor wenigen Monaten noch für unmöglich gehalten und doch war es jetzt so.

»Eben. Es wird alles gut werden und bis dahin sind wir für sie da.«

So würden wir ihr Herz gewinnen, und das war alles, was ich wollte.

Ich zog mir eine schwarze Jeans und ein passendes

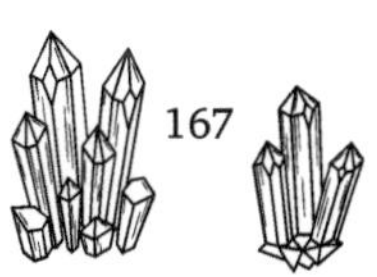

schwarzes Hemd über, knöpfte es zu und legte meine gold-silberne Uhr an, ging durch meinen Flügel und zum Aufzug, wo ich direkt daneben Dario entdeckte, der an der Wand lehnte. Sein Gesichtsausdruck sprach Bände.

»Wow, du hattest wohl nicht viel Schlaf heute Nacht?«, fragte ich grinsend.

Als er sich grimmig und mit zerzausten Haaren in meine Richtung drehte, konnte ich deutlich die Müdigkeit in seinen blauen Augen erkennen.

»Okay, er sieht aus, als hätte er den Kater des Jahrhunderts.«

»Ich brauche einen Kaffee, danach können wir uns gern unterhalten«, sagte er und trat gähnend mit mir in den Aufzug.

Ich drückte den Knopf für das Erdgeschoss und die Tür schloss sich. »Hast du schon wieder gesoffen?« Soweit ich wusste, war er letztens mit Noel auf der Piste gewesen, aber gestern? Nein, davon wusste ich nichts.

»Ich wünschte, ich hätte … Aber nein, ich war die ganze Nacht in der Bibliothek.«

Wir hatten vor Monaten damit angefangen, in den alten Büchern nach Hinweisen über Erinnerungslücken von Shades zu suchen, und so, wie er aussah, hatte er gestern die Zeit aus den Augen verloren.

»Hast du wenigstens etwas gefunden, das Emmas verlorene Erinnerungen und das mangelnde Gespür für ihre Natur erklären konnte?«

Irritiert kratze er sich am Hinterkopf. »Deswegen war ich nicht in der Bibliothek …«

»Weswegen denn dann?«, fragte ich mit zusammengekniffenen Augenbrauen.

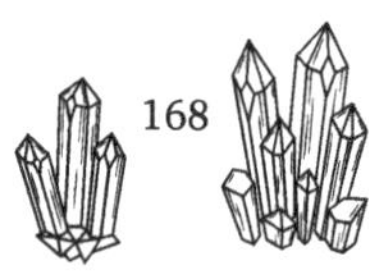

»Ich glaube, ich weiß, warum wir bei Tarik nicht weiterkommen.«

Meine Augen wurden größer, als wir in der Küche ankamen, doch ohne zu antworten, steuerte Dario geradewegs zur Kaffeemaschine. In ihr sah er heute wohl seine Rettung.

»Dario?«

»Wir konnten doch seine Aura nie spüren, jedenfalls nicht so, wie es üblich ist. Ich denke, er hat sie mit einem Zauber belegt«, sagte er und blickte kurz zu mir, ehe er seinen Kaffee nahm und sich an die nächste Wand anlehnte.

»Daran habe ich auch schon gedacht. Aber dann müsste er den Zauber regelmäßig erneuern und in meinem Käfig kann er das nicht.« Mit meinem Bann auf dem Käfig war er unfähig, überhaupt irgendwas da drin auszurichten.

»Genau das dachte ich auch. Aber wenn er mächtig genug ist, könnte sein Zauber über Monate, wenn nicht sogar Jahre hinweg wirken, ohne ihn laufend erneuern zu müssen«, sprach er meine Vermutung aus, die mir überhaupt nicht gefiel. »Ich meine, was wissen wir wirklich über ihn?«

»*Dario hat recht*«, stimmte meine Natur ihm zu und ich konnte mich nur anschließen. Alles, was wir über Tarik wussten, war sein Name und dass er lange Zeit hinter Vlad gestanden und sich dort einen guten Ruf erarbeitet hatte. Mehr nicht.

»Und du denkst, in den Büchern etwas zu finden?«

»Wir haben wegen Emma Massen an Büchern und Schriftrollen durchgeforscht. Und ich bin mir sicher, ich habe auch etwas über die Auren unserer Spezies gelesen.«

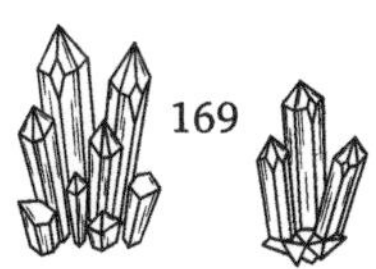

»Und?«

»Ich war gestern Stunden dort, aber konnte nichts finden.«

Na super, also standen wir wieder bei null.

»Weißt du wenigstens noch, wie das Buch ausgesehen hat?« Vielleicht würden wir der Sache so näherkommen.

»Staubig? … Ich habe keine Ahnung mehr.«

Seufzend strich ich durch meine Haare und machte mir einen Espresso, ehe ich den Kühlschrank aufriss und hineinblickte. »Wir könnten Milo fragen, er hat doch letztens ein paar neue Exemplare eingeräumt, vielleicht weiß er etwas«, schlug ich vor.

»Sicher, soll ich ihm Bescheid sagen?«

»Ich mache das schon«, sagte ich und starrte immer noch in den Kühlschrank.

Dario stellte sich neben mich. »Suchst du etwas?«

»Ich dachte, ich mache Emma und mir ein Frühstück.« Aus dem Augenwinkel konnte ich ein kurzes Zucken auf seinem Gesicht erkennen, was mich knurren ließ.

»Spar dir deinen Kommentar.«

Doch Dario konnte sich nicht zurückhalten und klopfte mir brüderlich auf die Schulter. »Also, wenn du nicht vorhast, euch beide zu vergiften, würde ich einen Lieferservice anrufen oder du überlässt das deinen Angestellten.«

»Sehr witzig«, murrte ich, als sich meine wahre Natur auch noch zu Wort meldete.

So unrecht hat er nicht, wir können weder kochen noch irgendwas anderes, was man in der Küche für gewöhnlich macht.«

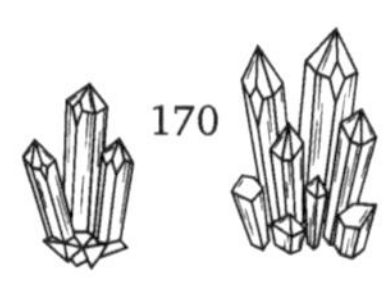

Ich schüttelte meinen Kopf, warf die Kühlschranktür zu, zog mein Smartphone heraus und ging zur Tür, die in das angrenzende Wohnzimmer führte. Dort hatte ich Emma in den letzten Tagen ein paar Mal angetroffen.

»Sie meidet die Nähe zu Tarik. Hier ist sie ungestört.«
Und dagegen hatte ich nun wirklich nichts einzuwenden.

Tief atmete ich ein, öffnete die Tür und sah meinen kleinen Engel auf dem Sofa sitzen, mit der Nase tief in einem Buch versunken.

»Es ist schon fast wie früher.«
Ich erinnerte mich, wie sie damals oft auf meiner Fensterbank gesessen hatte, ein Buch in der einen Hand und ihren Kakao in der anderen. Sie hatte es geliebt, dort stundenlang zu lesen. Einmal hatte ich währenddessen ein Foto gemacht. Fuck ... wie sehr ich mir diese Zeit zurückwünschte und doch wusste ich, dass es nie wieder so werden würde wie damals.

»Warum nicht?«, fragte meine Natur.

»Weil wir nicht mehr die Gleichen sind, sieh uns doch an.« Die Narbe entstellte uns und wir hatten verlernt, zu lieben oder Gefühle zu zeigen. Wir waren zu einem Monster geworden.

»Emma, hat unsere Narbe berührt. Sie sieht in uns mehr als das Monster. Sie schenkt uns Hoffnung und auch das Licht.«

»Vielleicht.« Aber sicher war ich mir dabei nicht. Wie sollte sie mich jemals wieder so lieben wie damals, wenn ich hasste, was aus mir geworden war?

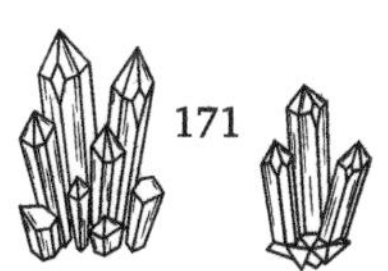

171

»Ryan?«, riss sie mich aus meinen Gedanken und ich blickte zu ihr, sah ihr kleines Lächeln auf ihren Lippen und näherte mich ihr.

»Geh schon, küss sie.«

Ehe ich etwas unternehmen konnte, übernahm meine wahre Natur die Führung, schubste mich nach vorn und ich landete über ihr, mit meinem Mund nur wenige Millimeter von ihren Lippen entfernt. Wir waren uns gefährlich nahe, was meine wahre Natur dazu verleitete, teuflisch zu kichern.

»Los, küss sie!«

Meine Hände umfassten ihre Hüften und ich zog sie näher an mich heran. Ihre Wangen färbten sich knallrot, doch sie wehrte sich nicht.

Meine Natur hielt es nicht mehr aus, übernahm die Kontrolle über meinen Körper und küsste sie.

Ich konnte spüren, wie sich Emmas Herzschlag beschleunigte, als unsere Lippen aufeinanderprallten und ich mit meiner Zunge in ihren Mund drang. Unsere Zungen liebkosten sich und mein Engel presste sich fordernd an mich. Als ein kleines Stöhnen über ihre Lippen kam, war es um mich geschehen und ich drückte sie in das Sofa, während ich sie unnachgiebig küsste. Ich strich ihre Haare beiseite und bedeckte ihren Hals mit vereinzelten Küssen.

Dann wurden meine Zähne spitzer und ich biss zu. Unaufhaltsam vergrub ich sie tief in ihrem weichen Fleisch. Ich nahm einen Schluck nach dem anderen von ihrem kostbaren Blut, während ein Stöhnen über ihre Lippen kam. Grinsend leckte ich über den Biss, woraufhin er sich schloss und ich ihr eine lose Strähne hinters Ohr strich.

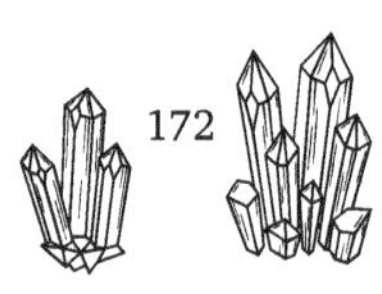

Als ich mit meinen glühenden Smaragden in ihr wunderschönes Gesicht blickte, leuchteten mir ihre rubinroten Augen wie zur Bestätigung entgegen.

Sanft legte sie ihre Hand auf meine Wange und berührte meine Narbe. Ich verkrampfte mich augenblicklich.

»Wie ist das nur möglich?«, flüsterte sie, als ihre Augen wieder ihren Braunton annahmen.

»Was meinst du?«

»Warum tut der Biss nicht weh? Wieso verändert sich meine Augenfarbe? Und warum ausgerechnet bei dir?«

Der Schmerz, der in ihrer Stimme lag, riss mir den Boden unter den Füßen weg. »Warum willst du es nicht einsehen? Zusammen sind wir perfekt, Emma.«

»Ryan …«

Verdammt, ich verstand es einfach nicht. Warum wehrte sie sich so gegen unsere Verbindung? Wieso konnte sie es nicht einfach akzeptieren und sich dem hingeben? »Nein! Warum willst du es nicht? Ich weiß, dass du es auch spürst«, fauchte ich und sie wollte unter mir flüchten, doch ich hielt sie fest. Spürte, wie sich meine Dunkelheit, tief in mir meldete.

»Ryan, bitte«, flehte sie.

»Sag mir, wieso du es nicht willst, warum du dich so dagegen wehrst!« Meine Stimme wurde lauter und die Finsternis nahm mich mehr in Besitz.

Doch sie antwortete nicht, sondern schüttelte ihren Kopf, versuchte erneut, unter mir wegzukommen und da setzte die Kontrolle in mir aus. Ich packte ihre Hüften, brachte sie längs unter mich und umfasste ihren Hals, während meine andere Hand auf ihrem Bauch ruhte.

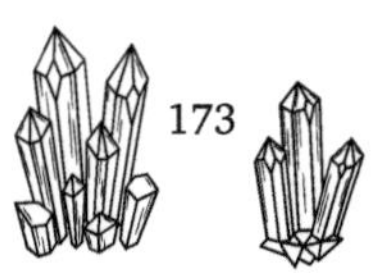

»Warum, Emma?«

»Bitte, lass das.«

»Du bist doch mein kleiner Engel, du bist meine Gefährtin«, brüllte ich und drückte meine Hand um ihren Hals fester zu.

»Du willst wissen, warum ich das nicht einfach akzeptieren will?«, schrie Emma so gut sie konnte, meine Hand noch immer eng um ihren Hals fixiert.

»Sag es mir.«

»Weil ich es hasse, Ryan. Ich hasse es, dass du mich aus Chicago entführt hast. Ich hasse es, wie du mich einfach beanspruchst. Und ich hasse diese Gefühle, die du in mir auslöst. Und hasse es, und ich wünschte, sie wären nicht da.«

Der Schmerz, der sich mit ihren Worten in meinem Herzen ausbreitete, versetzte mir einen Stich. Aber ich ließ es nicht zu, ich drückte meine Hand fester um ihren Hals, spürte, wie sie sich unter mir aufbäumte und ihre Hände sich darum festkrallten. Doch die Wut und die Dunkelheit in mir rollten wie eine Lawine über mich hinweg und rissen jegliche Kontrolle mit sich mit, bis ich vor Schmerz brüllte. »Du gehörst mir, Emma.«

Außer mir vor Zorn, griff ich mit meiner freien Hand unter ihr Kleid und umfasste ihren Oberschenkel, während Emmas Augen größer wurden und sich die pure Panik darin widerspiegelte. Gewaltsam spreizte ich ihre Beine und strich über ihr Höschen.

Meine Augen glühten, als ich mit einem Mal von ihr gerissen wurde und Dario mit geweiteten Augen vor mir sah. »Was fällt dir ein!«, schrie ich ihm entgegen.

Sofort hob er seine Hände unschuldig in die Höhe.

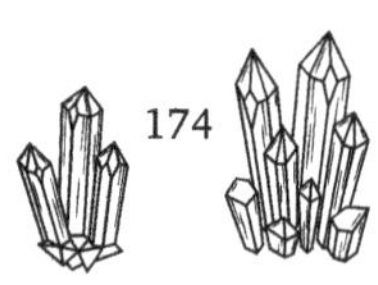

»Ryan, ich …«

Doch weiter kam er nicht, denn ich holte aus, schlug meinem Beta mit meiner Faust gegen seinen Kiefer und brüllte: »Misch dich nie wieder in meine Beziehung ein!«

Schluckend senkte er seinen Kopf, als ich ohne mich noch einmal umzudrehen aus dem Raum und aus meinem Haus raste, immer mehr an Geschwindigkeit zunahm und in den angrenzenden Wald verschwand.

Wie konnte das eben so eskalieren? Warum verlor ich mich täglich ein Stückchen mehr in der Dunkelheit? Wieso konnte ich diesen Kampf in mir nicht gewinnen? War das mein Schicksal? War ich dafür bestimmt, mich in der Dunkelheit zu verlieren?

ICH WUSSTE NICHT, WIE AUS EINEM SO SCHÖNEN Kuss und dem Gefühl von Geborgenheit mit nur einem Wimpernschlag Verzweiflung und Hoffnungslosigkeit werden konnten. Es war doch alles gut gewesen. Meine Augen hatten sich in ihre Rubine gefärbt und die Magie hatte in meinen Venen pulsiert. Aber das war nicht von langer Dauer gewesen.

Doch das Schlimmste war der Schmerz in seinen Augen gewesen, den ich nach meinen Worten hatte erkennen können. Selbst meine Natur hatte es gespürt und doch musste es einmal gesagt werden. Ryan hatte mir keine Wahl gelassen und auch wenn er alte Erinnerungen an uns besaß, gab es ihm noch lange nicht das Recht, mich einfach so zu beanspruchen und mir meine Freiheit zu nehmen.

»Emma?«, holte mich Darios Stimme vorsichtig ins Hier und Jetzt zurück und ich schüttelte meinen Kopf.

»Bitte geh.« Ich konnte jetzt nicht reden und ich wollte allein sein.

Als er einen Schritt auf mich zutrat, schrie ich ihn an. »Nein, verschwinde.«

Seufzend drehte er sich um und raste, genauso wie Ryan, aus dem Raum, wo ich allein zurückblieb und

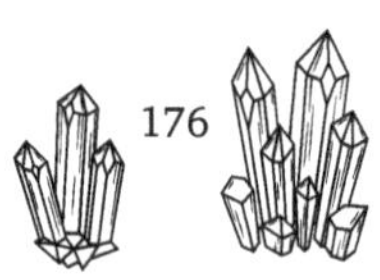

weinend zusammenbrach. Was war nur los? Warum tat es so weh und wieso musste ich ausgerechnet Ryan gegenüber so empfinden?

»Ich wünschte, ich wüsste es. Aber diese Verbindung, die wir haben, können wir nicht mehr ignorieren.«

Sie sollte die Klappe halten, ich wollte das nicht hören.

»Das weiß ich, aber was ist, wenn …«

»Nein!«, unterbrach ich sie und zog meine Beine an. Ich hielt all das nicht mehr aus, und ich musste hier raus. Ich brauchte die frische Luft, um wenigstens einmal so etwas wie Freiheit zu spüren. Also erhob ich mich und ging mit Tränen in den Augen aus dem Haus und lief einfach los. Ich wusste, dass ich nicht aus dem Areal kommen würde, also nahm ich den einzigen Weg, den ich kannte und der führte in den angrenzenden Wald.

Immer mehr Tränen liefen über meine Wangen, während ich die Äste unter meinen Füßen knacksen und das Rascheln der Bäume im Wind hörte.

Ich atmete tief ein, konnte den Geruch von feuchtem Moos und Harz wahrnehmen und ging mit ausgestreckten Armen an den Bäumen vorbei. Ich spürte die Rinde unter meinen Fingerspitzen und allmählich trocknete der Wind meine Tränen.

Ich blinzelte und blickte hinauf in den Himmel, beobachtete die Vögel, wie sie in diesen Mittagsstunden ihre Freiheit genossen und zwitscherten und lehnte mich an einem Baum, woraufhin ich langsam zu Boden sackte. Mit geschlossenen Augen stemmte ich meine Hände in den feuchten Boden und atmete tief ein und wieder aus. Ich spürte, wie sich meine

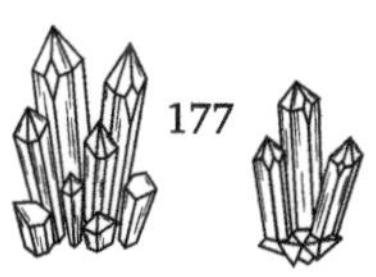

Atmung normalisierte und mein Herzschlag wieder gleichmäßiger wurde. Hier herrschte eine Stille, die mir unbeschreiblich guttat. Nichts, außer die Natur wahrzunehmen, war wie Balsam für meine Seele.

»Es ist so friedlich«, flüsterte meine Natur.

»Ja, es fühlt sich nach Freiheit an.«

Ich erwischte mich dabei, wie ich mit der Hand vorsichtig über meinen Hals und den Biss strich. Ich hatte es genossen und wenn das Ganze nicht so eskaliert wäre, hätte ich vermutlich nicht mal Nein gesagt, wäre es zu mehr gekommen.

»Vielleicht ist es gut, dass es so gekommen ist.«

Wie konnte sie so etwas sagen?

Ich legte meinen Kopf an die Baumrinde und blickte erneut hinauf in den Himmel, um meine Gedanken zu ordnen.

»Es ist nichts Schlimmes dabei, Gefühle zu entwickeln.«

»Mag sein. Aber es ist nicht in Ordnung, dass es Gefühle für Ryan sind. Oder hast du vergessen, wie diese Situation überhaupt zustande gekommen ist?«

»Nein, aber ich möchte herausfinden, was das alles zu bedeuten hat.«

»Ich doch auch. Aber ich habe das Gefühl, immer dieselben Fehler zu machen und das schaffe ich einfach nicht mehr.«

»Falsch. Vlad hat uns manipuliert und uns das Gute vorgetäuscht, bis wir das Böse hinter allem erkannt haben. Und Tarik war da, als wir nichts hatten, er war unsere Hoffnung in dieser dunklen Zeit. Ja, vielleicht haben wir Fehler gemacht, aber genau das macht uns menschlich.«

Ich war froh, dass ich bei all dem Erlebten meine Hoffnung und auch den Glauben an das Gute nicht

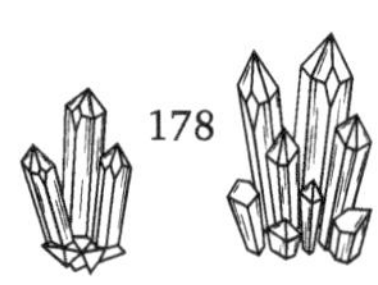

verloren hatte. Doch auf bestimmte Dinge hätte ich getrost verzichten können.

Wieder musste ich an Vlad denken. Als wir uns kennengelernt hatten, hätte ich niemals gedacht, dass das mal so enden würde. Denn selbst Vlad hatte anfangs eine Seite gehabt, die einzigartig gewesen war. Liebevoll, zärtlich und sogar lustig. Ich fragte mich, wie sich das alles hatte so verändern können. Wo war das Gute in Vlad hin und warum war er zu einem Monster geworden?

»Das weiß wohl nur er. Aber ich verstehe dich, ich habe es gespürt – wir haben ihn geliebt. Vlad hat uns aufgefangen, als wir in eine Dunkelheit gefallen sind.«

Und dann hatte sich herausgestellt, dass er unsere tiefste Finsternis war. Doch was war, wenn die Dunkelheit gar nicht unser Feind war? Was, wenn sie schon immer ein Teil unseres Lebens war und wir sie einfach nur annehmen mussten? Konnte sie uns in eine andere Art des Lichts führen? Uns die Freiheit und so etwas wie Geborgenheit schenken?

Denn wenn ich eins wusste, war es, dass Gut und Böse manchmal näher beieinander lagen, als man glaubte.

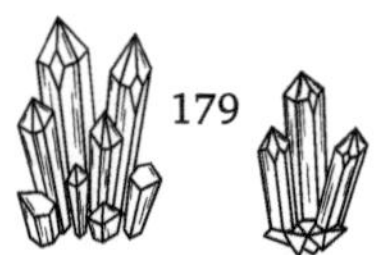

Kapitel 11

RYAN

Das war genau das, was ich gebraucht hatte. Einfach mal abschalten, laufen und die Natur genießen, ohne Lärm oder irgendwelche nervigen Störfaktoren.

»Du sagst es«, stimmte meine wahre Natur mir zufrieden zu und ich machte mich auf den Rückweg zu meinem Haus.

Doch dann hörte ich ein Murmeln. Sofort sprang ich auf einen der Bäume, um unentdeckt zu bleiben und ging dem Geräusch nach. Als ich weiter kletterte und nach unten blickte, konnte ich mein Grinsen nicht verkneifen.

Emma saß unter einem Baum und redete allen Anscheins frei heraus mit ihrer Natur und irgendwie war das ziemlich amüsant.

»Ach sei doch leise«, flüsterte sie, doch ich konnte alles haargenau verstehen. »Ich möchte aber nicht darüber nachdenken.«

»Es wirkt so, als hätte sie vergessen, dass sie mitten im Wald ist.«

Oder es war ihr einfach egal, und sie dachte, sie sei allein und könne ungestört mit ihrer Natur quatschen. Manchmal, wenn auch selten, tat ich das auch.

»Wir sollten zurück.«

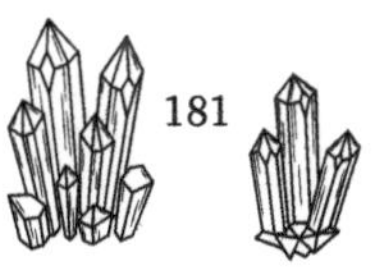

Ich wollte ihr diesen Raum geben und setzte bereits zum Sprung an, als sie erneut etwas sagte und ich innehielt.

»Ryan ist dennoch ein Alpha.«

Meine Neugierde war geweckt und ich beschloss, doch noch kurz zu bleiben.

»Wollten wir nicht weg?«

»Sie redet über uns«, murmelte ich. Vielleicht würden wir jetzt endlich erfahren, was sie über uns dachte.

»Ich möchte einfach nicht wieder denselben Fehler machen«, flüsterte sie und ich horchte weiter gespannt zu.

Welchen Fehler meinte sie und worum ging es?

»Was ist, wenn er uns am Ende genauso verletzen wird wie Vlad? Was ist, wenn Ryan nur der nächste grausame Alpha ist?«

Mein Herzschlag setzte kurz aus. Das dachte sie? Dass ich genauso war wie Vlad? Aber irgendwie konnte ich es ihr nicht verübeln.

»Ich weiß es doch auch, aber ich möchte nicht nur ein Eigentum sein.«

Schluckend strich ich durch meine Haare und erhob mich vorsichtig.

»Vielleicht hast du recht, aber ich möchte endlich frei sein.«

»Mir war nie bewusst, dass sie so mit sich kämpft und sich eingesperrt fühlte.«

Woher sollten wir das auch wissen? Ich meine, ich war nicht blöd – die Art und Weise, wie wir uns am Flugplatz getroffen hatten, war alles andere als schön gewesen, und ich hasste es, ihr so wehgetan zu haben. Aber was tief in ihr vorging, war mir nicht bewusst gewesen.

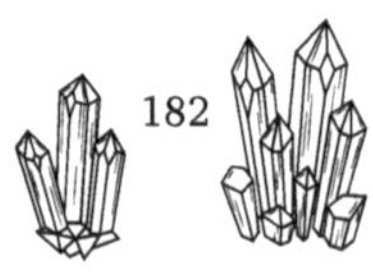

»*Die Sache am Flugplatz war nicht unsere Schuld, wir wollten nur das Beste.*«

Das Beste? In dem Moment, als sie uns nicht erkannt hatte, hatte etwas in uns ausgesetzt und ich hatte mich in der Dunkelheit verloren. Und ehe ich es hatte realisieren können, hatte ich sie bis zur Bewusstlosigkeit gewürgt. Aber seit sie hier war, bemühte ich mich jeden Tag aufs Neue und wollte sie ernsthaft glücklich machen.

»*Aber das tun wir doch, höre hin.*«

Irritiert blickte ich hinunter zu meinem kleinen Engel. »Ich bin nicht dumm, ich kann es spüren. Aber wenn das alles stimmt, warum ist das dann so ein Hin und Her? Warum kann ich mich dann noch immer nicht erinnern?« Kurz war sie ruhig und fuhr dann fort »Ich glaube ihm. Ich spüre, dass er die Wahrheit sagt und genau das hasse ich.«

Ihre Verzweiflung war greifbar, sodass sich mein Herz immer mehr zusammenzog und ich seufzend meinen Kopf an den Baum lehnte und mehrmals tief durchatmete. Emma so mit ihrer Natur reden zu hören schmerzte in meiner Brust. Ich wusste, dass sie manchmal unglücklich war und doch hatte ich angenommen, dass ein Teil von ihr, wenn auch ein kleiner, bei mir sein wollte.

»*Sie kämpft mit sich, das muss nicht zwangsläufig bedeuten, dass sie weg möchte. Sie hat bis jetzt kein einziges Mal versucht, zu fliehen.*«

Aber bedeutete das auch, dass sie niemals daran gedacht hatte? Fuck. Wie sollte ich das alles weiter durchziehen, wenn ich sie am Ende zerbrechen würde? Wäre ich dazu bereit? Könnte ich mit diesem Gewissen leben?

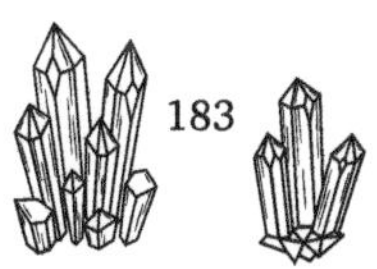

183

»Du weißt, dass wir sie brauchen«, flüsterte meine wahre Natur und ich hasste es, dass sie ständig recht hatte.

Ich konnte Emma nicht mehr gehen lassen und alles, was mir übrigblieb, war zu hoffen, dass sie sich eines Tages an meine Nähe gewöhnen und freiwillig an meiner Seite bleiben würde. Denn egal, wie sehr ich sie glücklich machen, ihr das Gefühl der Liebe und Geborgenheit schenken wollte – eine Tatsache blieb bestehen: Ich war süchtig nach ihr. Ich konnte mich nicht von ihr fernhalten und egal, wie sehr ich es auch versuchte, die tobende Dunkelheit tief in mir sehnte sich nach dem Licht, das Emma mir gab.

»Es wird nicht so weit kommen, sie wird sich wieder erinnern und wir werden der Mann sein, den sie von ganzem Herzen liebt.«

Was blieb mir auch anderes übrig, als geduldig darauf zu hoffen? Die Frage war nur, wie lange das noch dauern würde und was ich noch tun konnte, um das zu beschleunigen.

Ich schüttelte meinen Kopf, erhob mich vorsichtig und setzte zum Sprung an, ehe ich von einem Baum zum anderen sprang und Emma allein zurückließ.

Ich kam an der Bibliothek vorbei und rannte zielstrebig weiter zu meinem Haus. Ich wollte einfach hinauf in meinem Flügel und in Ruhe über alles nachdenken.

Als ich im Flur um die Ecke bog, erhaschte ich einen Blick auf Milo, der Noel gerade noch etwas in die Hand gab, bevor er in die Richtung seines Bereichs verschwand. Ich starrte ihm hinterher und sofort schlug mein Herz schneller. Hatten die beiden etwas

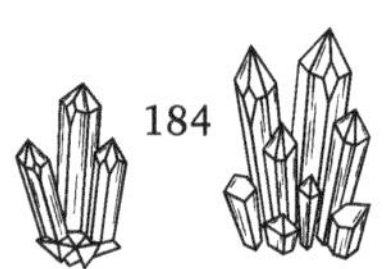

184

über Patrick und Simon herausgefunden? Und wenn ja, was?

»Ryan, hast du kurz Zeit?«, fragte Noel, der auf mich zugekommen war und mich alles andere als erfreut ansah.

»Warum ist Milo nicht bei dir?«

»Er hat gefragt, ob er seinen Vater anrufen kann.«

Soweit ich wusste, ging es seinem Vater gesundheitlich nicht besonders gut und Milo rief ihn regelmäßig an, um auf dem neuesten Stand zu sein. Ich hatte nichts dagegen, die eigene Familie war ein besonderes Gut. Außerdem kannten wir seinen Vater alle und hofften, dass es nichts Schlimmes war und es ihm bald besser gehen würde.

»Wollen wir in dein Büro?«, riss er mich aus meinen Gedanken und ich nickte.

Dort angekommen ließ ich mich hinter meinem Schreibtisch auf den Sessel fallen. Noel nahm gegenüber Platz und ich zündete mir eine Zigarette an, als er ein paar Bilder auf meinem Schreibtisch auslegte.

»Das sind doch die beiden Männer von unserem Treffen.«

Die Bilder zeigten tatsächlich die beiden Idioten, die jetzt tot waren. Als Noel weitere Bilder auf den Tisch legte, runzelte ich meine Stirn. Die Personen, die darauf zu sehen waren, kannte ich nicht. Doch beim letzten Bild blinzelte ich mehrmals und starrte ungläubig darauf. Mein Herzschlag beschleunigte sich und mein Körper spannte sich an, ehe ein ohrenbetäubendes Knurren aus meiner Kehle drang und ich das hämmernde Pochen meiner Halsschlagader spürte.

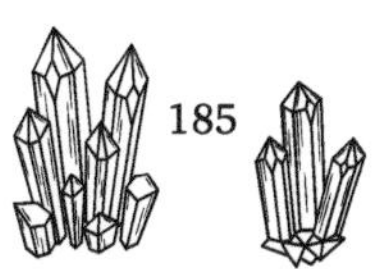

185

»Was hat dieser Bastard damit zu tun?« Es kostete mich meine gesamte Selbstbeherrschung, nicht sofort auszurasten und jedes Möbelstück in meinem Büro zu Feuerholz zu zerschlagen.

»Wir waren genauso überrascht wie du, aber als wir die Wohnungen der beiden Toten durchsucht haben, haben wir einen Ordner gefunden«, fing er an, und ich zog tief an meiner Zigarette, in der Hoffnung mich dadurch beruhigen zu können.

»Und?«

»Es war ein Bild von Emma drin, genauso wie von dir, den beiden Toten und den zwei Fremden … und das Bild von Jegor Sokolow.«

Als er den Namen aussprach, klebte mein Blick immer noch auf dem braunhaarigen Bastard, der nicht nur zu Vlads innerem Kreis gehörte, sondern neben Grigorij einer der gefährlichsten Killer war. Noch heute hörte ich ihr Gelächter und sah deren widerliches Grinsen, während sie Vlad dabei geholfen hatten, mich zu foltern.

Erinnerungen wurden in mir wach. Ich sprang auf und schlug mit der Faust mit voller Wucht gegen die Wand, sodass meine Knöchel aufplatzten und der Putz an der Stelle abbröckelte. Die schlagartige Wut war kaum auszuhalten und während meine Knöchel wieder verheilten, blitzten immer mehr Bilder meiner Gefangenschaft vor meinem geistigen Auge auf. Wie Vlad ausgewählte Männer zu mir geschickt hatte, sie ihren Krallen mit einem wahnsinnigen Grinsen in mich gerammt hatten und Vlad das Gift gereicht hatten.

»Ryan, du musst dich beruhigen«, versuchte meine Natur mich zur Vernunft zu bringen, aber ich hörte

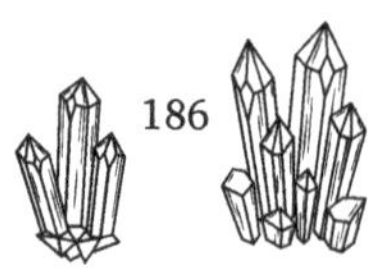

ihr nicht zu. Die Wut in mir wurde immer größer. Die Dunkelheit griff nach meiner Seele und flüsterte mir ins Ohr, dass ich ihr die Kontrolle abgeben solle, um mich zu rächen.

»Ryan?« Noels Stimme geriet in den Hintergrund, als meine Augen in ihren Smaragden aufleuchteten und meine Natur meinen Zorn immer mehr zu spüren bekam.

»Oh Scheiße«, war das Letzte, was ich von Noel hören konnte, ehe meine Krallen ruckartig aus meinen Fingerspitzen herausschossen und meine Zähne innerhalb von Sekunden lang und spitz aus meinem Mund ragten. Grüne Schuppen zogen sich über meinen gesamten Körper und meine Sinne waren gestochen scharf.

Außer mir vor Zorn, warf ich meinen Schreibtisch um, blickte vor mich und sah meinen inneren Kreis.

Milo und Noel standen an der Tür und sahen kampfbereit in meine Richtung, als Dario und Vinzenz Schritt für Schritt auf mich zukamen.

»Blut, ich will Blut sehen«, schrie meine wahre Natur und ich brüllte laut auf.

Es war zu spät. Die Dunkelheit hatte mich im Griff und ich verlor meine Selbstbeherrschung.

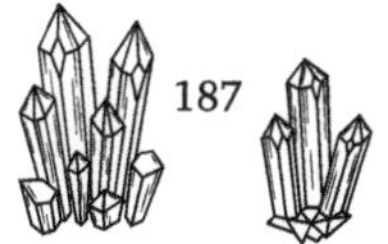

187

DARIO

NACHDEM DER VORMITTAG SO MISERABEL gelaufen war, wollte ich einfach nur in meinem Zimmer bleiben und später vielleicht noch in unserem Trainingsraum ein paar Magazine verschießen. Doch als Noel lautstark durch den Flur rannte und Alarmstufe Rot ausrief, änderten sich meine Pläne schlagartig und ich stürmte wie die anderen aus dem inneren Kreis in Ryans Büro. Als ich ihn darin wüten sah, wusste ich sofort, was los war.

»Das ist nicht gut.«

Ich hasste es, ihn so von der Dunkelheit zerfressen zu sehen. Ryan war mein Alpha und mein Freund seit Kindheitstagen und niemals hätte ich gedacht, dass der Kampf gegen seine Finsternis einmal so stark werden würde. Trotz der Auseinandersetzung heute Morgen und seinem Schlag, den ich kassiert hatte, wollte ich für ihn da sein und ihn bei diesem Kampf unterstützen.

Ich atmete tief durch und blickte kurz zu Milo und Noel, die die Tür bewachten, damit Ryan nicht verschwinden konnte. Dann gingen Vinzenz und ich langsam, aber bestimmt auf Ryan zu.

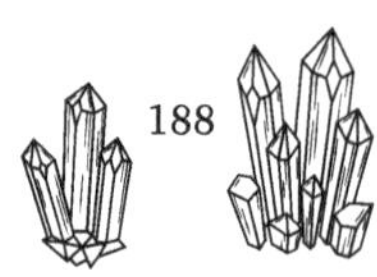

188

Er brüllte uns wie eine wild gewordene Bestie an, seine Augen leuchteten und seine grünen Schuppen zeigten deutlich, dass er sich verwandelt hatte und jetzt nicht mehr Herr seiner Sinne war.

»Ryan …«, setzte ich an, aber wieder brüllte er nur und die nächste Kommode wurde zweigeteilt.

»Ryan, wir sind es … deine Freunde«, sagte nun Vinzenz, mit dem Versuch, zu ihm durchzudringen.

»Komm schon, sieh uns an. Du kennst uns.« Ich wollte ihn nicht lahmlegen und erst recht nicht mit ihm kämpfen, aber Ryan war nicht er selbst und als das nächste Möbelstück zu Bruch ging und er an uns vorbei rasen wollte, warf ich einen schnellen Blick zu den Männern und nickte ihnen zu. Wir alle wussten, was wir jetzt zu tun hatten, denn das war nicht der erste Ausraster unseres Alphas. Wir hassten es jedes Mal aufs Neue.

Vinzenz und ich stürmten gleichzeitig auf Ryan los, während Noel die Spritze aus dem Regal holte und fertig machte und Milo die Tür bewachte, sodass Ryan uns nicht entwischen konnte. Doch unser Alpha war alles andere als schwach und sein erster Fausthieb traf Vinzenz in die Seite, ehe er erneut ausholte und diesmal mit seinen Krallen meine Schulter erwischte.

Ich fluchte laut und sofort bildete sich Schweiß auf meiner Stirn, doch ich versuchte, den Schmerz zu ignorieren. »Milo, Noel!«, brüllte ich, während ich Ryan trotz seiner Angriffe gemeinsam mit Vinzenz zu Fall brachte. Mit aller Kraft konzentrierten wir uns darauf, ihn auf dem Boden zu fixieren.

Immer wieder holte er dabei aus und ließ seine schier unbändige Aura durch den Raum schnellen.

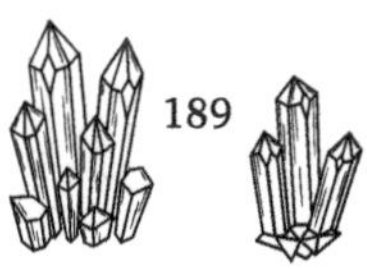

»Jetzt!«, herrschte ich Noel an, während Milo zu uns gerannt kam und wir Ryan umklammerten wie ein wildes Krokodil.

Noel rutschte zu uns auf den Boden, zog die rettende Spritze und rammte sie Ryan geradewegs in den Hals. Selbst als das Serum, mit dem jeder normale Shade sofort sein Bewusstsein verlor, sich schon in Ryans Körper ausbreitete, kämpfte er noch weiter. Es verging eine gefühlte Ewigkeit, bis seine Bewegungen langsamer und seine Hiebe unkontrollierter wurden, seine Augen nach hinten kippten und er bewusstlos auf dem Boden lag.

Erschöpft, durchgeschwitzt und mit zahlreichen Wunden erhoben wir uns nacheinander.

Zusammen trugen wir unseren Alpha in seinen Flügel und legten ihn in sein Bett, damit er sich ausruhen und wieder zu sich kommen konnte.

Entkräftet schlurften wir in den oberen Gemeinschaftsraum. Ich nahm die Whiskyflasche von der Kommode, schenkte uns allen ein Glas ein, reichte es den Männern und ließ mich auf das Sofa fallen. Sie taten es mir gleich und auch wenn sich unsere Wunden schon wieder schlossen, waren wir völlig fertig und genossen die Ruhe.

»Ich habe das Gefühl, dass es immer schlimmer wird«, sagte Milo und unterbrach damit die Stille. Er strich sich kopfschüttelnd durch seine dunkelbraunen Haare.

»Das meine ich auch. Der Kampf gegen die Dunkelheit ist noch nie so stark gewesen«, stimmte Noel mit einem Nicken zu. Ich lehnte mich mit meinem Glas in der Hand zurück und trank es nachdenklich in einem Zug aus.

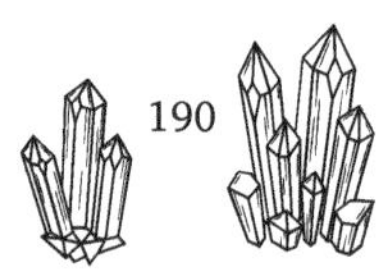

»Ich wünschte, wir könnten ihm helfen«, seufzte Vinzenz.

»Das tun wir, indem wir für ihn da sind«, sagte ich und fragte ich mich gleichzeitig, ob das genügte. Ich kannte Ryan schon so lange und früher, als wir noch Kinder waren, hatten wir uns darüber lustig gemacht. Wir hatten das mit der Dunkelheit in uns nie ernst genommen und hielten diesen Kampf für Schwachsinn, doch jetzt war genau das Gegenteil eingetreten und ich vermisste diese unbeschwerte Kindheit.

»Das wird wieder. Wir alle kennen Ryan und wissen, wie stark er ist. Er wird die Dunkelheit besiegen«, sagte Noel entschlossen und sah in die Runde. »Er ist unser Alpha, und wir sind für ihn da.«

Ich wollte ihm glauben, aber ich sah die Veränderung in Ryan. Er kämpfte mit seiner Vergangenheit und verschwand fast jeden Abend – vermutlich, um seine Blutgier zu stillen. Aber darüber redete er nicht mit uns und das machte es für mich noch schwieriger, zu glauben, dass alles gut werden könnte.

»Außerdem haben wir Emma hier, sie wird ihm dabei helfen.« Als Milo das sagte, musste ich sofort wieder daran denken, wie Ryan sie auf dem Sofa gewürgt und seine Hand unter ihrem Kleid geschoben hatte und ich dazwischen gegangen war.

»Es war das Richtige, auch wenn wir einen Schlag dafür kassiert haben.«

Dass Emma uns danach weggeschickt hatte, schmerzte mehr in meiner Brust, als ich jemals zugeben würde. Schnell schüttelte ich diese Gedanken weg, denn das war das Letzte, worüber ich jetzt nachdenken wollte.

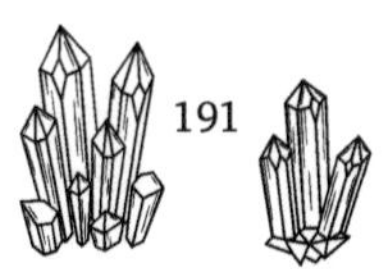

191

Als ich wieder vor mich blickte, bemerkte ich, dass Milo und auch Noel den Gemeinschaftsraum verlassen hatten und nur noch Vinzenz hier war.

»Du weißt, dass es nicht deine Schuld war, oder?«

»Vinz.« Bitte, das wollte ich jetzt nicht schon wieder hören.

»Nein, Dario. Wir alle kennen dich und wissen, dass Ryan und du seit eurer Kindheit unzertrennlich seid. Aber das, was er erlebt und erlitten hat, war nie deine Schuld.« Eindringlich sah er mich mit seinen braunen Augen an und auch wenn er grundlegend wenig Feingefühl besaß, versuchte er dennoch, mir meine Schuldgefühle zu nehmen. Er sagte das nicht zum ersten Mal, und ich wusste, dass Milo und Noel der gleichen Meinung waren, aber ich sah das Ganze anders.

»Dario, komm schon. Du hättest weder damals, als er gefangen genommen wurde, noch jetzt etwas anders machen können. Wir haben gehandelt und stehen hinter ihm, aber mehr können wir nicht tun.«

»Denkst du das?« Mehr konnte man doch immer tun, oder nicht?

»Ja. Wir alle würden ihn niemals im Stich lassen, stehen damals wie heute hinter ihm und helfen, so gut wir können. Aber letztendlich muss er den Kampf mit seiner Dunkelheit allein meistern.«

Ich war nicht blöd. Ich wusste, dass ich ihm dabei nicht so helfen konnte, wie ich es gern würde. Denn dieser Kampf fand mit seiner wahren Natur in ihm statt. Und doch wollte ich mehr tun, auch wenn ich meine eigene Dunkelheit tief in mir spürte.

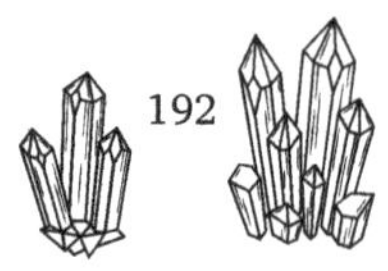

»*Aber unser Kampf ist nichts im Vergleich zu Ryans.*«
Und genau das war der springende Punkt. Wie stark
der Kampf mit der Dunkelheit war, hing von der Blutlinie ab, der wir Shades angehörten. Jemand mit adli-
gem Blut hatte mehr zu kämpfen als ein rangniedriger
Shade. Und ein Alpha, durch dessen Adern königliches
Blut floss, hatte es am schwersten von uns allen.

»Das ist leichter gesagt als getan.«

Traurig sah Vinzenz zu mir. »Ich weiß. Aber ich
weiß auch, dass Ryan das schaffen wird. Vielleicht
nicht sofort, aber ganz bestimmt in Zukunft«, sagte
er, ehe er brüderlich auf meine Schulter klopfte, mich
mit einem letzten Blick bedachte und aus dem Raum
verschwand.

Ich wünschte, ich hätte seinen Optimismus.

Kapitel 12

EMMA

Erst am späten Nachmittag war ich wieder ins Haus gegangen und lag in meinem Bett, wo ich die Decke anstarrte. Der Spaziergang und auch das Gespräch mit meiner Natur hatte mir ohne Zweifel gutgetan.

Seufzend schloss ich meine Augen und musste an Ryan denken, an unseren Kuss, wie er mich berührt hatte … Verdammt! Ich schüttelte meinen Kopf und setzte mich aufrecht hin.

Dieses Hin und Her ging so nicht mehr weiter. Ich wollte wissen, wie wir uns kennengelernt und warum wir uns aus den Augen verloren hatten. Ich brauchte endlich Klarheit, also erhob ich mich und trat hinaus in den Flur.

»Du willst also zu ihm?«

»Hast du nicht gesagt, wir müssen endlich herausfinden, was damals geschehen ist?«, konterte ich und meine wahre Natur stöhnte auf.

»Ja, aber ich dachte eigentlich, dass wir selbst darauf kommen.«

»Wir versuchen es seit Monaten und haben nichts erreicht. Aber der Kuss … Unsere Augen haben sich dabei verändert und wir konnten die Magie spüren.« Das musste doch etwas zu bedeuten haben. Warum sonst passierte das ausgerechnet bei Ryan und warum fühlte ich mich

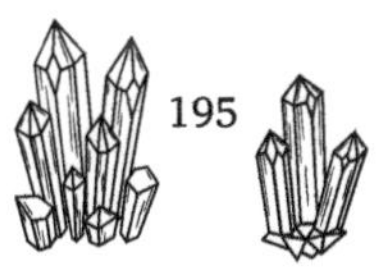

so zu ihm hingezogen? Außerdem war er der Einzige, der mir sagen konnte, was damals geschehen war und ich brauchte Gewissheit.

»Schön, dann gehen wir eben zu ihm.«

Ich atmete tief durch und machte mich auf den Weg in seinen Flügel. Als ich vor seiner Tür ankam und klopfte, reagierte niemand. Einen Moment wartete ich noch und wollte gerade wieder gehen, als ich doch beschloss, vorsichtig die Tür zu öffnen.

Die Vorhänge waren zugezogen und ließen zartes Licht in den Raum fallen. Ich blickte mich um und entdeckte Ryan, wie er tief und fest schlafend in seinem Bett lag. Leise näherte ich mich ihm und musste schlucken. In diesem Moment sah er beinahe friedlich aus. Die Anspannung in seinem Gesicht war verflogen und auch seine selbstzerstörerische Art, die ihn sonst ausmachte, konnte ich nicht erkennen.

»Wir sollten später wiederkommen«, flüsterte meine Natur und ich wusste, dass sie recht hatte.

Nur noch einen Moment, dachte ich, und setzte mich zu ihm, strich vorsichtig mit einer Hand über seine Wange und spürte eine starke Anziehung, als er im nächsten Moment seine Lider aufschlug und flink mein Handgelenk packte. Vor Schreck japste ich kurz nach Luft, denn darauf war ich nicht gefasst gewesen, und ehe ich mich versah, landete ich mit einer ruckartigen Bewegung unter Ryan in seinem Bett.

»Emma …«, murrte er und mein Kopf schrie, ich solle sofort von ihm weggehen, denn ich wusste, wie gefährlich Ryan sein konnte.

Aber diese Intensivität, mit der er mich ansah, brachte mich um den Verstand und der Teil in mir,

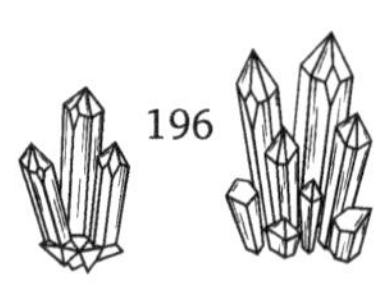

der sich an ihn schmiegen und seine Nähe spüren wollte, siegte.

»Das ist nicht gut.«

Nein, das war es nicht, aber ich konnte nicht anders. Alles in mir schrie, als er über mir ragte, mich in das Laken presste und seine leuchtenden Smaragd-Augen die meinen trafen.

»Du hättest nicht hierherkommen sollen.«

»Ich weiß«, brachte ich heißer hervor, als unsere Lippen aufeinanderprallten und seine Hände sich unter mein Kleid schlichen. Aber anstatt mich zu wehren, ließ ich es zu, drängte mich näher an ihn und wollte nur den Moment spüren. Ich konnte es nicht beschreiben, aber alles, was ich in diesem Augenblick wollte, war er.

Mit einem teuflischen Grinsen zog er mir mein schwarzes Spitzenkleid über den Kopf und warf es zu Boden, gefolgt von seinem dunklen Hemd, seiner Jeans und meiner roten Unterwäsche.

Schwer atmend und völlig entblößt lag ich vor ihm. Ryan war wie die anderen Shades, die ich kannte, voller Tätowierungen. Sie stellten sein Königreich dar, zeugten von seiner Stärke und der Verbundenheit zu seinen Männern. Erst jetzt fiel mir auf, wie groß und tief seiner Narbe war, die sich von seiner rechten Brust über seinen Hals erstreckte und unter seinem Auge endete.

Ich blickte in seine Augen, bevor er sich zu mir beugte und meine Finger den Teil der Narbe in seinem Gesicht berührten. Sofort spannte er sich an, doch er ließ es zu, dass ich sie sanft mit meinen Fingerspitzen nachfuhr.

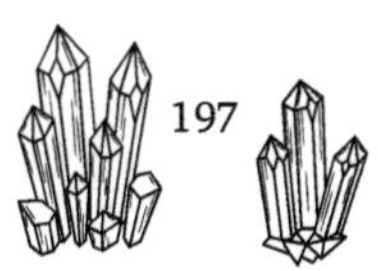

»Du bist kein Monster«, flüsterte ich. Dann trafen sich unsere Lippen erneut und ich spürte, wie meine Augen zu leuchten begannen.

»Mein wunderschöner Engel«, sagte er mit rauer Stimme. Er griff kurz neben das Bett und legte etwas Kühles um meine Handgelenke, was mein Herzschlag beschleunigte. Kurz darauf war ein Klicken zu hören. Handschellen … Die Erkenntnis ließ meine Wangen glühen.

Er hängte sie am Kopfgestell des Bettes ein und drehte mich mit einer geschickten, spielend leichten Bewegung auf alle Viere. »Du hast ja keine Ahnung, wie lange ich auf diesen Moment gewartet habe«, raunte er mir ins Ohr und sämtliche Härchen auf meinem Körper stellten sich auf.

Er griff zu einer schwarzen Lederpeitsche und mein Herz hämmerte gegen meine Brust. Langsam strich er damit zwischen meinen Beinen hinauf, über meinen Hintern und meinem Rücken. Dieses Gefühl ließ mich kurz zusammenzucken und doch empfand ich keine Angst. Es fühlte sich nach reinem Verlangen an.

Als er die Peitsche auf meine Haut schnellen ließ, vermischte sich mein Keuchen mit dem Knallen der Peitsche und hallte an den Wänden wider. Ich fühlte einen Schmerz an der Stelle, der etwas mit meinem Körper machte … Er trieb die Lust und die Hitze zwischen meinen Beinen voran und ich verlangte nach mehr. Mehr Schmerz, mehr Verlangen und mehr Lust. Ich wollte das alles und so viel mehr.

Erneut schlug er mit der Peitsche auf meinen Hintern und das Klatschen erfüllte den Raum, während das Brennen auf meiner Haut stärker wurde. Doch das

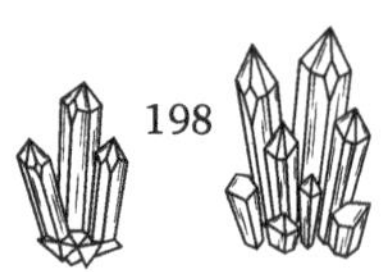

reichte mir nicht, ich brauchte das Gefühl, am Leben zu sein. Ich wollte mich völlig hingeben und streckte ihm lüstern meinen Hintern entgegen, was ihm ein Knurren entlockte, ehe er erneut ausholte.

»Mein freches, kleines Ding.« Seine Stimme nahm etwas Dunkles an, als er meine Beine spreizte und mit seinen Fingern über meine feuchte Mitte strich, anschließend mit seinem Finger in mich eindrang und mir ein Stöhnen entlockte. Noch nie hatte sich das so gut angefühlt und ich drückte mich gegen seine Hand und konnte mein Stöhnen nicht mehr aufhalten, ließ es raus und fühlte mich so frei wie schon lange nicht mehr. Mein Herzschlag beschleunigte sich, je mehr Druck er auf meine Perle ausübte, doch als ich meinen Höhepunkt kommen spürte, schien er es zu ahnen und zog seine Hand sofort weg.

Mit leuchtenden, rubinroten Augen knurrte ich ihn frustriert an und ein tiefes Lachen war seine Antwort. Er machte mich wahnsinnig.

»Na, na … Wer ist denn da so gierig?«, sagte er, als das nächste Klatschen erklang, ich mich aufbäumte und Ryan hemmungslos mit einem harten Stoß in mich eindrang. Er füllte mich mit seinem Schwanz aus und mir entrann ein Keuchen.

Grob packten seine Hände meine Hüfte und er stieß schnell und kräftig zu. Ich hatte das Gefühl, mein Körper stünde in Flammen und ich ließ mich fallen, spürte wie er mich ausfüllte und perfekt zu mir passte, als er mich mit einem Ruck auf meinen schmerzenden Rücken drehte und mit seiner Hand meinen Hals umfasste. Selbst jetzt war die Angst wie weggeblasen und ich sah mit glasigen Augen zu ihm, sah seine

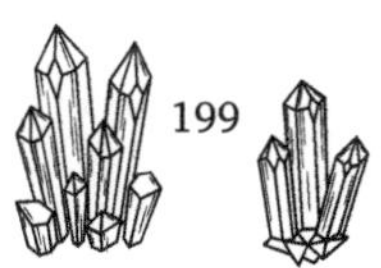

leuchtenden Augen und den Schweiß, der sich auf seine Stirn bildete, während er mit seinem Schwanz immer härter in mich hämmerte und den Druck um meinen Hals erhöhte. Ich reckte ihm meinen Hals entgegen und genoss den Schmerz, als er meinen Hals fester zudrückte. Erbarmungslos und keuchend fickte er mich in dieser Position weiter, bis er meine Handgelenke kurz vor meinem Höhepunkt befreite und die Handschellen aus dem Bett warf.

Wie aus dem Nichts fuhren meine Krallen aus den Fingerspitzen hervor. Ich zog sie über seinen Rücken und die muskulösen Oberarme, krallte mich darin fest, als er mich über die Klippe der Erlösung stieß, mich in den Hals biss und mir folgte.

Einen kurzen Moment verharrten wir keuchend übereinander, dann zog er mich in seine Arme und schlang die Decke um uns.

Noch immer spürte ich das Beben meines Körpers und die Hitze auf meinen Wangen.

»Du gehörst mir, mein Engel«, raunte er in mein Ohr, als ich mich zur Seite drehte und mehrmals blinzelte.

Oh mein Gott, wir hatten gerade Sex, und zwar von der außerordentlichen Sorte. Ich hatte es bei meinem Höhepunkt gespürt – das Verlangen und auch die tiefe Liebe, die bis in meine Seele gelang und daran zerrte. Das Spiel und der andauernde Kampf zwischen Dunkelheit und Licht.

Das war der Beweis: Ryan war mein Gefährte.

»Ich habe es auch gespürt, seinen Kampf mit der Dunkelheit, die grenzenlose Liebe und die erbitterte Wut in ihm.«

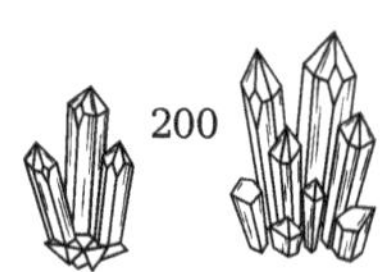

Ich wusste, dass sie recht hatte. Nur wahre Gefährten konnten das spüren, was für alle anderen verborgen blieb.

»Er ist es, er war es schon immer.«

Aber wenn das alles stimmte, wo war er dann gewesen, als ich meinen Großvater verloren hatte und in die Dunkelheit gestürzt war?

Ich wollte jetzt nicht darüber nachdenken, aber mit dem Bewusstsein, dass Ryan wirklich mein Gefährte war, häuften sich die Fragen in meinem Kopf nur noch mehr und der Schmerz, den ich so sehr verdrängen wollte, drängte sich an die Oberfläche und ich hatte alle Mühe, meine Tränen zu verbergen.

»Jetzt haben wir unseren Beweis und den Riss werden wir auch noch vollends schließen«, versuchte meine wahre Natur mir Mut zu machen, als mich Ryan zu sich drehte und mir sanft über meine Wange strich.

»Du hast es gespürt, oder?«

»Ja, du bist es wirklich.«

»Dein Gefährte, ja.«

»Wo warst du dann?«, flüsterte ich und er schüttelte schluckend seinen Kopf.

»Nicht jetzt. Ich werde dir alles sagen, aber nicht jetzt.«

»Ryan …«

»Nein! Ich sagte nein!«, brüllte er und ich zuckte zusammen, als er aus dem Bett sprang und zu seinem Schrank raste, sich eine Boxershorts anzog, in seine Hose sprang und mit seinem Hemd in der Hand aus dem Raum verschwand.

Ich wollte nicht weinen, ich wollte das doch genießen. Aber in dem Moment, als die Tür ins Schloss

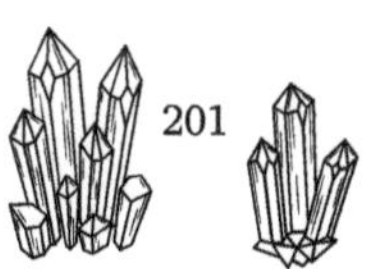

fiel, zog sich mein Herz schmerzhaft zusammen und ich legte die Beine eng an meinen Körper. Von dem wunderschönen und perfekten Sex war nichts mehr übrig. Alles, was blieb, war das Gefühl, schmutzig und benutzt zu sein.

Ich schluchzte und eine Träne nach der anderen lief über meine Wangen und mein Herz schmerzte entsetzlich. Ich schrie laut auf und krallte mich in das Laken.

RYAN

SCHEISSE! WIE KONNTE DAS NUR SO NACH HINTEN losgehen? Gerade war noch alles gut – wir hatten unglaublichen Sex und sie hatte endlich eingesehen, dass ich ihr Gefährte war. Mit unserem Höhepunkt konnte sie in meine Seele blicken, das konnte ich spüren. Denn das war eines der Dinge, die das Gefährtenband ausmachte. Doch ein Wimpernschlag hatte ausgereicht und alles war den Bach runtergegangen.

Ich wollte sie nicht allein lassen, vor allem nicht, nachdem wir Sex hatten, und doch rannte ich jetzt die Treppe hinunter und zog mir währenddessen mein Hemd über. Unten angekommen stieß ich auf Dario, der gerade Tariks leeren Teller in die Küche räumte. Ich bemerkte seinen Blick, als ich die letzten Knöpfe meines Hemds zumachte. Vermutlich hatte er die Kratzspuren auf meiner Haut erkannt, auch wenn sie schon verheilten.

Ich holte eine Flasche Whisky aus dem Alkoholvorrat und stellte sie auf dem Tresen ab.

»Wie ich sehe, geht es dir und auch Emma gut«, sagte er und ging mit mir zurück in das mittlerweile dunkle Wohnzimmer.

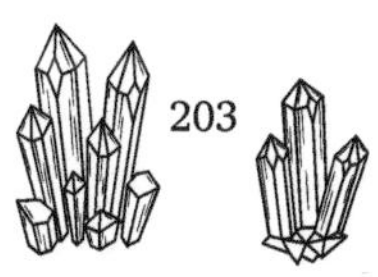

Ich drückte auf den Lichtschalter und ließ mich auf das Sofa fallen, schenkte mir etwas von dem Whisky ein und lehnte mich mit dem Glas in der Hand zurück. »Sie hat eingesehen, dass ich ihr Gefährte bin.«

Sofort wurde Tarik aufmerksam und blickte aus seinem Käfig zu uns.

»Das ist doch gut, endlich geht es vorwärts«, sagte Dario, holte aus seiner Jackentasche eine Schachtel Zigaretten hervor, zündete sich eine an und grinste in Tariks Richtung.

»Stimmt das?«, wollte Tarik wissen.

»Dass Emma meine Gefährtin ist?« Sein Nicken ließ mich siegessicher durch meine Haare streichen und grinsen. »Ja, auch wenn es dich nichts angeht, aber das ist die Wahrheit.«

Schluckend rutschte er an das Ende seines Käfigs und lehnte sich an die Gitterstäbe. »Das ist faszinierend«, murmelte er.

»Warum? Bist du neidisch, dass sie die Gefährtin meines Alphas ist und nicht deine?«

Als er lachte, verengten sich meine Augen zu Schlitzen. Ich stellte mein Glas auf dem schwarzen Wohnzimmertisch vor mir ab und stemmte meine Hände auf meine Oberschenkel, bevor ich mich etwas nach vorn beugte. »Was ist daran so witzig?«, brodelte ich.

»Vlad hat das Gleiche behauptet und ihr weisgemacht, dass sie seine Gefährtin sei.«

»Nun, das mag sein. Aber im Gegensatz zu Vlad bin ich kein Lügner. Sie ist tatsächlich meine Gefährtin.«

Warum rechtfertigte ich mich? Es war verdammt nochmal egal, was Tarik dachte und doch war meine Neugierde geweckt und Dario schien es gleich zu gehen.

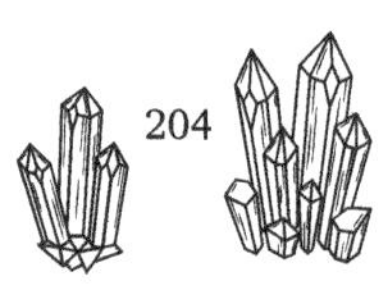

»Und sie hat es geglaubt?«, wandte er sich an Tarik.

»Dass sie Vlads Gefährtin ist? Ja, und Vlad hat seine Lüge irgendwann sogar selbst geglaubt.«

Das würde erklären, warum sie so lange dagegen angekämpft hatte und es vermutlich immer noch tat. Doch dass Vlad seine eigene Lüge glaubte, war krank. Wie lange musste er sich das selbst eingeredet haben, bis er letztendlich daran glaubte? Und wozu das Ganze? Ich war mir sicher, dass Vlad mit ihr geschlafen und auch von ihrem Blut getrunken hatte. Er müsste seine Lüge jedes Mal gespürt haben und doch hielt er daran fest.

»Aber du wusstest es die ganze Zeit?«, hakte ich nach.

»Ich habe angenommen, dass es stimmt, bis ich irgendwann die Wahrheit herausgefunden habe«, gestand Tarik.

»Und dennoch hast du ihr niemals die Wahrheit gesagt?«, stellte Dario die Frage, die in meinem Kopf herumschwirrte.

»Ich weiß, dass ich vieles falsch gemacht habe, aber Vlad sollte niemals unterschätzt werden.«

Ich fragte mich, ob ich mir den warnenden Ton in seiner Stimme nur einbildete oder ob das etwas zu bedeuten hatte. Monate waren vergangen und er hatte öfters versucht, meine Männer und mich gegeneinander aufzuhetzen. Und plötzlich redete er wie ein Wasserfall? Da war doch irgendetwas faul.

»Und warum sagst du uns das?«, fragte Dario, der offenbar auch misstrauisch war.

»Vielleicht will ich euch helfen.«

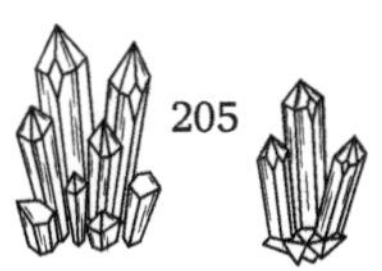

Darüber musste ich lachen und schüttelte meinen Kopf, lehnte mich wieder zurück und verschränkte die Arme vor meiner Brust. »Schwachsinn. Alles, was du möchtest, ist aus diesem Käfig zu entkommen.«

»Ich würde lügen, wenn ich das nicht wollen würde. Aber ich könnte euch etwas über Vlad erzählen.«

»Ach ja?«, grinste Dario.

»Los, sprich. Wir sind ganz Ohr«, sagte ich. Was könnte er uns schon erzählen, was wir nicht eh schon längst wussten. Abgesehen davon vertraute ich diesem Mann kein bisschen.

»Ihr habt sicher schon von der Blaxro-Magie gehört. Vlad beherrscht diese Art der Magie«, sagte er und Dario und ich sahen uns grinsend an. Jetzt wollte er uns doch verarschen. Niemand wäre so dumm, diese Magie zu nutzen. Geschweige denn, dass sie jemand beherrschen konnte. Es dauerte Jahre, um sie zu perfektionieren und dann war da immer noch das verdammt hohe Risiko, vom Schattenrat erwischt zu werden.

»Sehr witzig, Tarik«, unterbrach Dario unser schweigendes Grinsen und ging in ein Lachen über.

»Nicht einmal Vlad wäre so dumm und würde den Zorn des Schattenrates auf sich ziehen«, spie ich die Worte aus und schnaubte verächtlich. »Bist du wirklich so verzweifelt, dass du uns solche Lügen auftischst?«

»Es ist die Wahrheit, Vlad hat mich …«, fing er an und augenblicklich zuckte er zusammen und hustete so stark, dass er nach Atem ringen musste. Er starrte auf seine Hände und für einen Moment glaubte ich, dass Vlad etwas mit diesem seltsamen Anfall zu tun hatte, doch diese Zweifel schüttelte ich schnell beiseite.

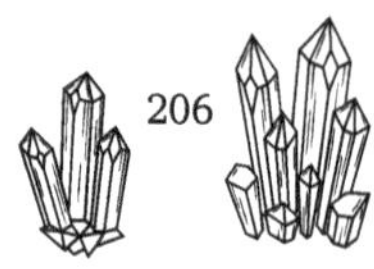

»*Das ist Schwachsinn, niemals könnte Vlad die Blaxro-Magie praktizieren*«, mischte sich meine wahre Natur ein und ich wusste, dass sie recht hatte. Königsblut hin oder her – nicht einmal Vlad konnte die Möglichkeit haben, an die Schriftrollen und Bücher zu kommen, die etwas über diese Magie lehrten. »Hast du noch etwas anderes anzubieten, oder war das schon alles?«

»Dann glaubt mir eben nicht.« Seine Stimme war leiser als zuvor und seine Augen geschlossen.

Genervt erhob ich mich und ging zusammen mit Dario hinaus in den Garten, atmete tief durch und blickte kurz in den dunkeln Nachthimmel, um meine Gedanken zu sortieren. Dann gingen wir gemeinsam durch den von Lampen erleuchteten Garten und er ergriff das Wort.

»Du glaubst ihm doch nicht, oder?«

»Nein. Er will aus dem Käfig und weil er bemerkt hat, dass er uns nicht gegenseitig ausspielen kann, versucht er es jetzt mit Lügen.« Das war die einzig logische Erklärung, die ich hatte.

»Das glaube ich auch, aber warum erzählt er uns dann ausgerechnet davon?«

»Dario.« Woher sollte ich wissen, was in Tariks krankem Kopf vor sich ging?

»Ich meine ja nur. Tarik hätte uns alles Mögliche erzählen können, aber entlarvt ausgerechnet Vlads jahrelange Lüge gegenüber Emma und dann auch noch die Sache mit der Blaxro-Magie? Ich versuche nur, den Sinn hinter all dem zu verstehen.«

»Denkst du, mich wunderte das nicht? Vielleicht denkt er, wenn wir die eine Lüge glauben, dann auch automatisch die andere.«

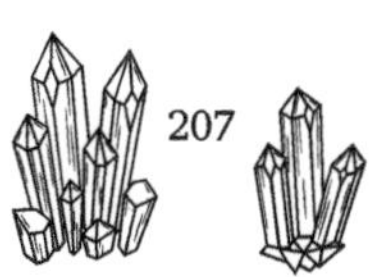

»Kann sein ...«, murmelte Dario und strich sich nachdenklich durch die Haare.

»Ich glaube ihm sogar, dass Vlad Emma die ganze Zeit die Lüge über das Gefährtenband aufgetischt hat und es am Ende selbst geglaubt hat. Aber auch nur, weil sich dadurch die Reaktionen meiner Frau besser erklären lassen.«

»Das glaube ich auch, aber die Sache mit der Blaxro-Magie ... das ist unmöglich.«

»Du sagst es. Nicht einmal Vlad hätte die Möglichkeit, diese Magie zu beherrschen – und das in so kurzer Zeit.«

»Und er hätte es damals, als wir ihn kennengelernt haben, definitiv erwähnt und sich damit gebrüstet.«

Wir blieben neben den leicht beleuchteten Obstbäumen stehen, zwischen denen sich ein kleiner, mit Rosen geschmückter Pavillon befand. Ich konnte spüren, wie Dario krampfhaft über irgendetwas nachdachte.

»Sag schon, was denkst du?«

»Sein Hustenanfall ... Er kam so plötzlich, als er gerade etwas sagen wollte.« Daran hatte ich auch schon gedacht, aber vielleicht war es einfach nur ein Zufall gewesen. Ich zuckte mit meinen Schultern. »Er hat sich verschluckt, mehr nicht.«

»So oder so: Wir sollten ihn im Auge behalten«, sagte Dario ernst und ich stöhnte auf. Er machte sich eindeutig zu viele Gedanken, aber so war er schon immer gewesen.

»Von mir aus. Aber er steckt in einem Käfig mitten in meinem Wohnzimmer und kann dort weder raus noch seine Magie einsetzen«, erinnerte ich ihn an den Bann, unter dem der Käfig stand.

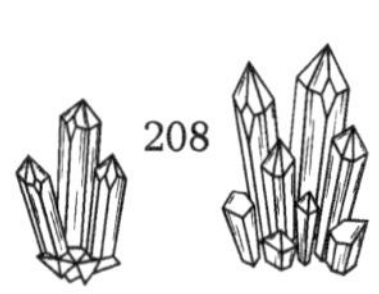

Ich glaubte nicht daran, dass Vlad diese Art der Magie beherrschte und noch weniger, dass Tarik die Wahrheit sagte. Sein Ziel war es, seine Freiheit zurückzubekommen und wir alle wussten, dass man dafür bereit war, einiges zu riskieren.

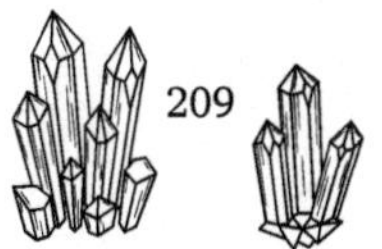

Kapitel 13

TARIK

Was zur Hölle war das eben? Ich wollte den beiden die Wahrheit sagen in der Hoffnung, sie würden mir glauben und wir würden gemeinsam gegen Vlad vorgehen, denn die ganze Sache mit der Blaxro-Magie machte mir eine Scheißangst. Noch immer hatte ich weiche Knie und schweißnasse Hände. Und als ich ihnen sagen wollte, dass Vlad mich in meinem Traum abgefangen hatte, hatte ich plötzlich husten müssen und das Gefühl gehabt, daran zu ersticken. Was war nur los mit mir?

»Ich weiß es nicht, aber ich habe es auch gespürt. Es war, als wurden wir blockiert.«

Ich wollte ihr gerade antworten, als mir unbeschreiblich schummrig wurde. Mehrmals blinzelte ich, bis meine Augen zufielen und ich spürte, wie mich etwas immer weiter wegzog und ich in einem kalten, stickigen Raum zu mir kam.

»Ich weiß, warum ich dir einen Maulkorb verpasst habe«, sagte Vlad mit einem Fauchen und trat aus einer dunklen Ecke.

Ich konnte meinen Augen nicht trauen, aber er war es wirklich. Wie immer trug er seinen makellosen schwarzen Anzug. Doch etwas war anders – ich erkannte eine Müdigkeit in seinen Augen.

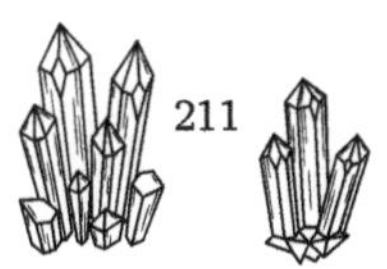

»Einmal Verräter, immer Verräter«, spuckte er die Worte aus und blieb vor mir stehen.

»Dann warst du das?«, fragte ich. Ich konnte mir nicht erklären, wie er es geschafft hatte, mich an diesen Ort zu ziehen.

»Wer sonst?«

»Wir sollten ihn nicht provozieren«, flüsterte meine wahre Natur.

Was dachte sie bitte, was ich tat? Ich wollte nur ein paar Antworten und Vlad war der Einzige, der sie mir geben konnte.

»Jedes Mal, wenn du zu weit gehst und versuchst, mich auffliegen zu lassen, werde ich dafür sorgen, dass du nicht mehr in der Lage bist, zu sprechen. Solltest du es jedoch übertreibst«, er trat grinsend auf mich zu und bohrte seinen Finger in meine Brust, »dann stirbst du langsam und qualvoll, bis nichts mehr von dir übrig bleibt.«

»Wir waren mal Freunde, Vlad.«

»Ja, wir müssen es auf diese Schiene versuchen.«

Doch als er dunkel auflachte, verblasste die Hoffnung, dass ihm unsere Freundschaft jemals etwas bedeutet hatte.

»Freunde verraten einen nicht, Tarik.«

»Du hast Emma an deine Seite gezwungen, sie so oft verletzt und sie angelogen. Es musste etwas getan werden.«

Wütend holte er mit seiner Faust aus und mit einem Hieb flog ich gegen die faulige Wand. Keuchend rappelte ich mich auf und blickte mit bernsteinfunkelnden Augen in seine Richtung.

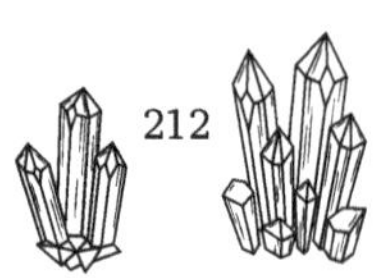

»Ich weiß, dass ich vieles falsch gemacht habe – vor allem, was Emma angeht.«

Überrascht über sein Eingeständnis legte ich meinen Kopf schräg.

»Was denn? Sie hätte niemals so leiden sollen – aber ich habe nie behauptet, perfekt zu sein, Tarik. Du müsstest wissen, dass ich nicht von Grund auf böse bin, dass ich mit der Dunkelheit kämpfe.« Vlad schüttelte seinen Kopf. »Als mein Freund hättest du mich aufhalten können, du hättest an meiner Seite kämpfen und mir beistehen müssen. Aber anstatt das zu tun, fällst du mir in den Rücken und ziehst meine Frau in deine Arme«, sagte er mit einer Eiseskälte in seiner Stimme, was mich schlucken ließ.

Hatte er recht? Hätte ich mehr für ihn da sein müssen?

»Das waren wir, jahrelang! Und es hat nichts geholfen, seine Dunkelheit war zu mächtig.«

Ich hatte zusehen können, wie sie Vlad Tag für Tag immer mehr von innen heraus auffraß.

»Du hast auf unsere Freundschaft gespuckt, du hast mich verraten!«

»Und deswegen tust du das alles? Komm schon, ich kenne dich – das kann nicht der Weg sein, den du wirklich gehen willst.« Das war der reine Wahnsinn und niemals könnte er mit den Konsequenzen leben.

»Ich werde meine Frau wiederbekommen und du wirst meine Marionette sein, bis ich mein Ziel erreicht habe.«

Ich wollte ihm widersprechen und doch wusste ich, dass ich keine Chance gegen ihn haben würde. Er hatte mich schließlich hierhergebracht und ich hatte keine

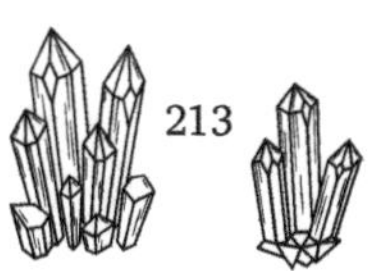

213

Ahnung, wie das möglich war. Ich brauchte Antworten. »Wie hast du das geschafft?«, fragte ich und zeigte mit meinen Händen um mich.

»Ganz einfach, mit deinem Zauber hast du nicht nur deine Aura eingeschränkt, sondern auch deine Macht.«

Moment, was?

»Sieh mich nicht so an, ich bin weder blind noch dumm. Ich weiß, dass du deine Aura mit einem Zauber verbergen willst. Aber genau dadurch bist du anfällig. Ein Vorteil für mich« Er lachte bitter und strich sich durch seine Haare. »Du hast dich nicht nur geschwächt, sondern dich auch noch angreifbar gemacht, und wegen was? Weil du Angst vor deiner wahren Natur und deiner Dunkelheit hast?«

Ich wusste nicht, was ich sagen sollte. Tausende von Fragen schwirrten in meinem Kopf umher, doch ich stand einfach nur mit geweiteten Augen und halb geöffnetem Mund vor ihm. Denn es stimmte – ich hatte nicht nur meine Aura verschleiert, sondern damit auch meine Macht eingeschränkt, um nicht zu einem Monster zu werden und diejenigen zu verletzten, die ich liebte.

»Er hat es gewusst. Die ganze Zeit«

»Ja. Und wir haben uns damit unser eigenes Grab geschaufelt.«

Die Erkenntnis traf mich wie ein Blitz. Ich lehnte mich an die Wand in der Hoffnung, dadurch etwas Halt zu finden. Wie konnte ich nur so dumm sein? Aber er hatte voll ins Schwarze getroffen, ich hatte Angst vor unserer Bestimmung, vor unserer Dunkelheit und davor, die Kontrolle darüber zu verlieren. Und deswegen hatte ich mir selbst den Zauber auferlegt.

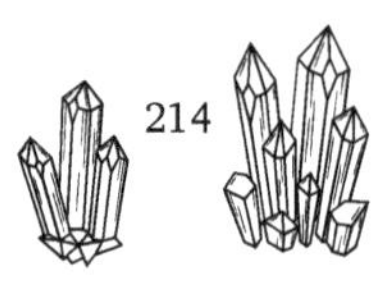

»Ich hätte dir ja von der Nebenwirkung erzählt, aber du hast nie mit mir darüber gesprochen.«

Schnaubend blickte ich in seine Onyx-Augen. »Du warst für mich das beste Beispiel, was die Dunkelheit anrichten kann.«

»Denkst du wirklich, die Dunkelheit ist unser Fluch?« Vlad stieß seine Luft aus und trat zurück, ehe er sich immer weiter entfernte, doch bevor er sich in Luft auflöste, sagte er: »Das hier war nur eine Warnung an dich. Eine kleine Erinnerung daran, dass du mich besser nicht verraten solltest. Wir werden uns bald wieder sehen, Tarik.«

Dann war er verschwunden.

Mehrmals blinzelte ich und die kalten und schimmligen Wände wurden immer unschärfer. Kurz darauf nahm ich wieder den Käfig in Ryans Wohnzimmer um mich herum wahr, in dem ich die letzten Monate gefangen war. Fassungslos starrte ich auf meine Hände. Die Warnung hatte gesessen.

»Die Dunkelheit ist unser Laster, unser Fluch«, murmelte ich und meine Natur stimmte mir zu. Das war die Bürde eines Shades. Auch wenn ich das Gefühl hatte, dass Vlad genau das Gegenteil dachte, lag er falsch. Es war richtig, diesen Zauber anzuwenden, auch wenn ich jetzt angreifbarer war.

»Wir dachten, es wäre das Richtige.«

Wir wollten nicht wie Ryan oder Vlad enden. Diese Dunkelheit durfte uns auf keinen Fall beherrschen und als wir vor langer Zeit deren Auswirkungen gesehen hatten, hatten wir beschlossen, mit dem Zauber einen Sicherheitsriegel vorzuschieben. Wir durften uns auf keinen Fall darin verlieren.

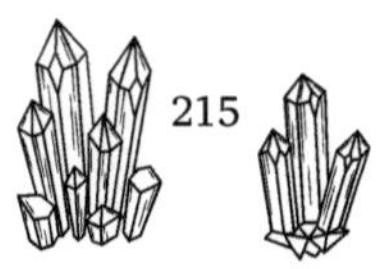

215

»Und das werden wir auch nicht.«

Ich konnte nur hoffen, dass meine wahre Natur recht besaß.

Seufzend lehnte ich mich zurück und musste an Emma denken, meine Schöne. Wie sehr ich sie doch vermisste und sie endlich wieder in meine Arme nehmen wollte. Aber wer hätte ahnen können, dass das mal so enden würde. Hatte ich wirklich alles zerstört? Denn wenn man es so betrachtete, hatte ich nichts mehr. Meinem Clan und Königreich, zu dem ich einst gehört hatte, bedeutete ich nichts mehr. Ich war nur noch eine austauschbare Spielfigur, ein Kollateralschaden. Und die Frau, der mein Herz gehörte, sah mich nicht mal mehr an.

Wen hatte ich noch, und wohin sollte ich gehen, wenn ich jemals aus diesem Käfig rauskommen würde?

VLAD

FREUNDE? DASS ICH NICHT LACHTE. TARIK WAR schon lange nicht mehr mein Freund und er konnte von Glück sprechen, dass ich ihn noch brauchte.

Knurrend stellte ich mich auf meinen Balkon und atmete die kühle Abendluft ein. Ich musste mich beruhigen und einen klaren Kopf bewahren, um meinen Plan durchzuziehen, denn ich glaubte noch nicht daran, dass mein Vater so schnell angreifen oder ernsthaft etwas gegen Ryan Scott unternehmen würde.

Zumindest war er gestern alles andere als erfreut gewesen, als ich einfach aufgestanden war und den Speisesaal verlassen hatte. Aber ich hatte einfach die Nase voll gehabt.

Polina war sicher nicht meine Frau und alles, zu was diese Nutte zu gebrauchen war, war eine schnelle Nummer, um Druck abzulassen.

»Du sagst es. Schade, dass wir sie nicht töten können.«

Daran hatte ich tatsächlich schon gedacht, doch dann würde ich den Zorn meines Vaters nur noch mehr anstacheln und darauf konnte ich getrost verzichten. Ich schüttelte diese Gedanken weg, atmete tief durch und versuchte, an das Wesentliche zu denken.

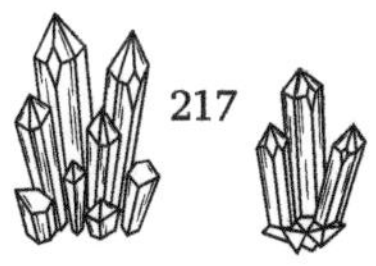

217

»Genau, konzentrieren wir uns auf unser Vorhaben. Bald müssten Jegor und Grigorij wieder im Schloss sein und sie werden sicher Neuigkeiten für uns haben.«

Darauf freute ich mich schon. Endlich würde ich meinen inneren Kreis wieder an meiner Seite haben. Jegor und Grigorij, kannte ich schon seit ich ein kleiner Junge war und ihnen vertraute ich wirklich blind.

»Das können wir auch. Tarik hat unser Vertrauen nicht mehr verdient und Pawel wusste, worauf er sich einlässt, als wir ihn nach Chicago geschickt haben.«

Meine Natur hatte recht.

Ich musste wie so oft in den letzten Monaten an meine Frau denken. Die Zeit, in der ich hier war, brachte mich zum Nachdenken und ich sah alte Erinnerungen vor meinem inneren Auge aufblitzen, die ich nie wieder sehen wollte. Doch das war diesem Schloss und der damit verbundenen Vergangenheit geschuldet. Ich konnte mich nicht davor verstecken und noch weniger konnte ich mit Stolz in den Spiegel blicken, denn ich hatte Emma so oft verletzt und sie angelogen und das alles nur, weil ich sie brechen wollte. Ich war der Ansicht, nur so könnte ich sie an meiner Seite halten – schließlich hatte ich es so gelernt und genau das war der Fehler gewesen.

»Es war aber nicht immer so«, flüsterte meine Natur und wir beide erinnerten uns an die Anfangszeit, in der wir Emma kennengelernt hatten. Voller Liebe hatte sie uns angesehen. Diese Zeit war perfekt, bis …

Sofort brüllte ich, schüttelte meinen Kopf und verdrängte diese Erinnerungen. Gleichzeitig spürte ich, wie meine Augen pechschwarz wurden. Ich durfte keine Schwäche zulassen und erst recht nicht daran

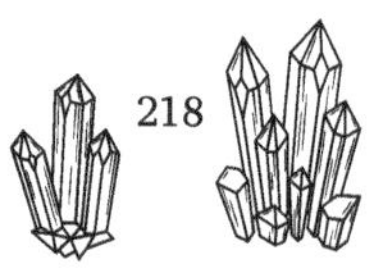

denken. Ich würde Emma wieder bei mir haben, aber bis dahin musste ich an meinem Plan festhalten.

Ich stieß meine angestaute Luft aus und drehte meinen Ehering umher, während die Wut in meinem Bauch immer größer wurde. Die Dunkelheit breitete sich in meinem Inneren aus und flüsterte mir bösartig lachend ins Ohr, dass sie sich nach Blut sehnte, und ich ihr nachgeben sollte.

Meine Mundwinkel hoben sich an, als ich in meiner menschlichen Form vom Balkon hinuntersprang und in der Hocke auf dem Rasen landete. Ich spürte meine wahre Natur, wie sie an der Oberfläche kratzte und rauswollte. Und genau das würde ich ihr jetzt geben.

Mit schnellen Schritten verließ ich das Grundstück und rannte los, bis ich mitten in der Stadt ankam.

Ich lief nicht offensichtlich durch die Gegend wie die erbärmlichen Menschen, sondern nutzte meinen Schatten in den dunklen Gassen um unbemerkt zu bleiben, bis ich von weitem mein heutiges Opfer erblickte.

Ihre langen dunkelblonden Haare fielen über ihre graue Felljacke und ihre Absätze klackerten auf dem Asphalt, während mich ihr kurzes, dunkelgrünes Kleid einen Blick auf ihre langen Beine erhaschen ließ.

Ich näherte mich wie ein Raubtier von hinten an, presste ihr ruckartig meine Hand auf den Mund und zog sie in die Dunkelheit der Gasse, wo ich sie gegen die Hauswand drückte und ihr tief in die blauen Augen blickte. Mit weit aufgerissenen Augen stand sie vor mir und ich konnte ihre Angst förmlich riechen. »Du wirst weder sprechen noch schreien und schön brav stehen bleiben«, befahl ich ihr und nahm meine Hand

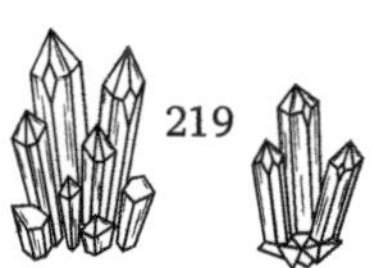

von ihrem Mund. Sie starrte mich an und ich konnte pure Panik in ihren Augen erkennen. Doch egal, wie oft sie ihren Mund aufriss und versuchte, zu schreien, es kam nichts heraus außer warme Luft.

Teuflisch zogen sich meine Mundwinkel in die Höhe, als ich über ihre Wange strich und ihr dunkelblondes Haar um meine Finger wickelte. Ich spürte, wie meine Zähne spitzer wurden und sich schwarze Schuppen entlang meiner Haut ausbreiteten, während meine Augen in ihren Onyxen leuchteten.

»So eine schöne kleine Bluthure«, raunte ich ihr ins Ohr und ihr Zittern wurde immer stärker.

»*Lass es uns tun!*«, jaulte meine wahre Natur und ich gab mich meiner Dunkelheit hin. Ich drehte ihren Kopf zur Seite und rammte meine rasiermesserscharfen Zähne in ihren Hals, saugte einen süßen Schluck nach dem anderen aus ihren Venen und dachte nicht mal daran, aufzuhören. Ich trank immer mehr, stieß meine Krallen in ihren zerbrechlichen Körper und brachte mein Opfer zu Fall. Ich ragte über ihr, biss in ihr Fleisch, labte mich an ihrem Blut und stach immer wieder zu. Das Knacksen ihrer Knochen war wie Musik in meinen Ohren und erst, als ich ihren Körper in Einzelteile zerrissen und mich an ihrem Blut satt getrunken hatte, erhob ich mich und blickte mit einem grausamen Lachen in den dunklen Himmel. Blut tropfte aus meinen Mundwinkeln und landete auf dem kalten Asphalt von Moskau.

»*Das war ein Gaumenschmaus*«, säuselte meine wahre Natur zufrieden, ehe ich meine Krallen und die scharfen Zähne verschwinden ließ und mit einem Zauber sämtliche Spuren vernichtete.

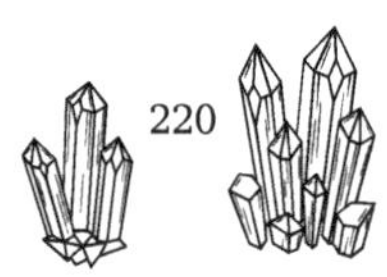

Im Schutz der dunklen Gassen verschwand ich und kehrte in meiner menschlichen Gestalt zum Schloss zurück.

Als ich gerade die große Eingangstür hinter mir zuwarf, erblickte ich meinen Vater, wie er wutentbrannt auf mich zu gelaufen kam und ein paar Meter vor mir zum Stehen kam.

»Wie ich sehe warst du außer Haus.« Sein Blick landete auf meiner von Blut besudelten Kleidung. Er schloss die wenigen Meter zwischen uns, holte mit seinen Krallen ausholte und schlug mir mit enormer Kraft ins Gesicht. Mit verdunkelter Mine blieb ich stehen, fühlte den brennenden Schmerz der tiefen Schnitte in meinem Gesicht und nahm aus dem Augenwinkel wahr, wie sämtliche Angestellte und Adlige, die sich noch eben in unserer Nähe aufgehalten hatten, das Weite suchten. Tief atmete ich durch und konnte spüren, wie die Schnitte sich bereits wieder zusammenzogen und verheilten.

»Dir auch einen angenehmen Abend, mein König«, brachte ich zwischen zusammengepressten Zähnen hervor. Meine wahre Natur bebte in mir.

»Was fällt dir ein!«, blaffte mein Vater.

»Ich weiß nicht, wovon du sprichst.«

Finster blickte er zu mir und gab mir mit einem Fingerwink zu verstehen, dass ich ihm zu folgen sollte, was ich widerwillig tat.

»Ich verstehe dich nicht Vlad. Ich habe dir meine Unterstützung zugesichert und ich habe eine passende Frau für dich gefunden. Aber alles, was du tust, ist irgendeine Bluthure zu ficken?«

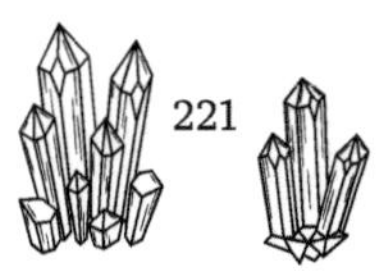

»Was ich tue, ist immer noch meine Sache, Vater.«

Abgesehen davon hatten wir diese menschliche Frau nicht gefickt, denn auf so etwas stand ich nun wirklich nicht.

»Wo ist das Problem? Du hast dir Polina ausgesucht, sie ist eine gute Frau und sehr gehorsam.«

Schnaubend schüttelte ich meinen Kopf, als wir im Thronsaal ankamen. »Du hast mir zwei Frauen vor die Nase gesetzt, die ich nicht wollte. Das ist keine Wahl und das weißt du.«

»Ich bitte dich, wer ist diese Emma schon?«

Seine Abfälligkeit Emma gegenüber brachte meine Wut zum Kochen. Ich raste auf meinen Vater zu, doch ehe ich auch nur in seine Nähe kam und ihm Schaden zufügen konnte, holte er gezielt mit seiner Hand aus und schleuderte mich durch den Raum.

Gerade so und nur mit Mühe schaffte ich es, mich abzufangen und rammte meine Krallen in den Boden.

»Du bist ein Koslow und ich erwarte eine Frau mit reinem Blut und tadellosem Benehmen an deiner Seite.«

»Emma ist meine Frau.« Schwer atmend erhob ich mich und trat Schritt für Schritt auf meinen Vater zu.

»*Emma ist mehr als nur irgendeine Frau*«, brauste meine wahre Natur auf.

Ich hatte meinem Vater niemals die Wahrheit über Emma gesagt und ich hatte es auch nicht vor.

»*Und das ist in Ordnung. Er muss nicht alles wissen.*« Da hatte sie verdammt noch mal recht.

»Dann mache sie zu deiner Mätresse.«

Nein. Ich war niemand, der mehrere Frauen brauchte.

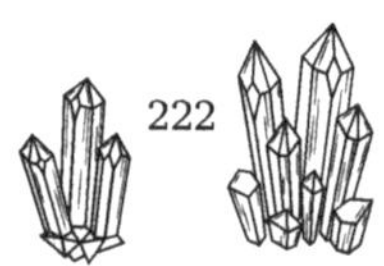

Alles, was ich wollte, war wieder meine Emma bei mir zu haben, und sobald sie hier sein würde, könnte ich diese Hure von Polina endlich loswerden. »Ich rede darüber nicht mir dir. Alles, worum ich dich gebeten habe, war mir zu helfen, meine Frau wieder zu bekommen und Ryan Scott zu vernichten«, sagte ich so ruhig, wie es mir nur gelang.

Er musterte mich, ehe er nickte und vor mir stehen blieb. Sofort spannte ich mich an, wartete auf den nächsten Hieb seiner Krallen, Gebrüll oder das Stechen seines Schwertes in meiner Seite. Doch er legte mir einfach nur seine Hand auf meine Schulter. »Und ich halte mein Versprechen. Aber dir muss endlich klar werden, dass ich dein Vater bin und nur das Beste für dich möchte.«

Das Beste? Er hatte meine Mutter vor meinen Augen getötet und mich so oft verprügelt und eingesperrt, bis ich das tat, was er verlangte. Und das sollte das Beste sein? Nein, mein Vater dachte nur an sich und versuchte, mich zu seinem Ebenbild zu formen.

Ich hasste es und ich hatte das Gefühl, dass er es geschafft hatte. Schnell schüttelte ich diese Gedanken weg, denn auf keinen Fall wollte ich jetzt in Selbstmitleid versinken oder den Schmerz meiner Vergangenheit empfinden. Also machte ich das, was ich gelernt hatte, um mich selbst zu schützen und meinem Vater keine Angriffsfläche zu bieten. Ich nickte, und sagte:

»Ja, ich weiß, Vater.«

»Ich hatte gehofft, dass ich dich zum Abendessen sehe oder wenigstens zum Frühstück, nachdem du gestern wie ein kleiner Junge aus dem Raum gerannt bist. Aber ihr beide wart kein einziges Mal im Speisesaal.«

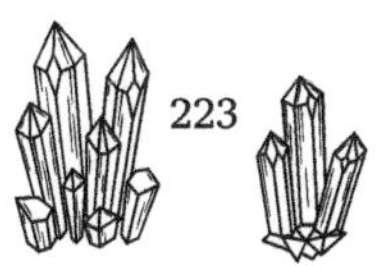

Polina schlief in ihrem Zimmer und ich ließ sie herkommen, wann ich es für richtig hielt. Ganz sicher würde sie nicht neben mir im Bett schlafen und noch weniger würde ich irgendetwas für diese Frau empfinden, außer Abscheu und Hass. Allein, wie sie sich mir an den Hals warf, zu allem Ja und Amen sagte und niemals ihre Meinung kundtat ... sie langweilte mich und nur mit den Gedanken an meiner Frau bekam ich einen Ständer. Polina war nichts, nur ein Insekt, dass früher oder später das Zeitliche segnen würde.

»Was völlig in Ordnung ist. Emma ist unsere Frau und nicht Polina«, sagte meine Natur und bevor ich ihr zustimmen konnte, sprach mein Vater weiter.

»Wir werden einfach jetzt eine Kleinigkeit zusammen essen und danach können wir über meinen Plan reden, was Ryan Scott angeht.«

Ungläubig blinzelte ich mehrmals. Er wollte mir endlich seinen Plan verraten? Konnte es etwa losgehen und Emma würde bald wieder in meinen Armen sein?

»Du hast einen Plan?«

»Natürlich habe ich den. Die ersten Schritte wurden bereits in die Wege geleitet.«

Moment, was? »Warum hast du mir nichts gesagt?«, fragte ich und spürte, wie mein Körper sich anspannte und meine Atmung schneller ging.

»Ich werde dir alles nach unserem gemeinsamen Essen erzählen.« Dann ging er an mir vorbei und ließ mich allein stehen.

»Wir müssen nur ein Essen überstehen und dann wissen wir, was los ist.«

Leider war das alles andere als einfach und was war, wenn Emma durch Boris' Plan etwas zustoßen

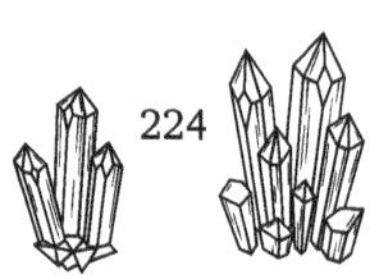

würde? Denn es war kaum zu übersehen, dass mein Vater sie nicht mochte und Emma vermutlich sofort opfern würde.

»Das wird nicht passieren. Weil er nicht die ganze Wahrheit kennt.«

»Und ich soll ihm diese sagen?«, fragte ich meine Natur.

»Nein, jedenfalls noch nicht. Es wäre zu riskant und bis jetzt haben wir keinen Anhaltspunkt. Aber wir sollten Tarik nach dem Essen einen kleinen Besuch abstatten.«

Meine Mundwinkel hoben sich an. Das war keine schlechte Idee und Tariks Angst war einfach zum Anbeißen schön.

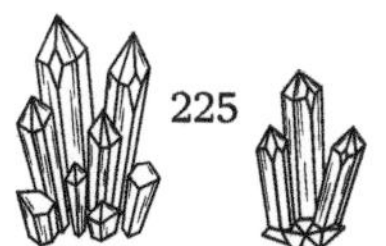

Kapitel 14

RYAN

In den frühen Morgenstunden, als die Sonne kurz vor dem Aufgehen war und der Boden noch von Tau bedeckt war, raste ich durch den Wald. Ich kontrollierte den Zauber um mein gesamtes Grundstück, um beschäftigt zu sein und mich auszupowern, ehe ich zurück ins Haus und hinauf in meinen Flügel ging.

Morgen würde ich mit Milo und Noel nochmal ein Gespräch führen. Ich wollte wissen, was sie abgesehen von den Bildern noch herausgefunden hatten. Dieses Mal musste ich ruhig bleiben.

»Das wird«, versuchte meine Natur mir Mut zu machen und doch musste ich daran denken, wie ich ausgerastet war, als ich das Bild von Jegor Sokolow gesehen hatte.

»Das war nur der erste Schock. Jetzt wissen wir, dass er auf einem der Bilder ist, und können das Ganze ruhiger angehen.«

Ich konnte nur hoffen, dass das stimmte. Noch immer gefiel mir nicht, dass Jegor darauf zu sehen war und ich fragte mich, ob er hier in San Francisco war.

»Lass uns keine voreiligen Schlüsse ziehen.«

»Wenn du das sagst«, murrte ich, während ich in mein Zimmer trat und die Tür hinter mir schloss. Als ich mich umdrehte, blieb ich wie erstarrt stehen.

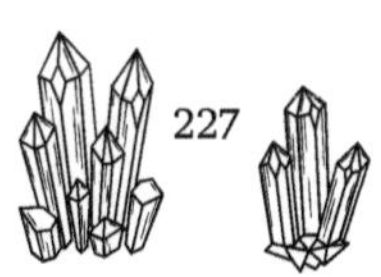

227

Emma lag nackt in meinem Bett und schien zu schlafen. Schluckend trat ich näher, stellte mich neben das Bett und ihr Anblick schmerzte in meiner Brust. Ihre langen schwarzen Haare lagen wie Seide auf dem Kissen und auf ihrem nackten Körper konnte ich das Kunstwerk meiner Peitschenschläge erkennen. Die Röte auf ihren Wangen verpasste meinem Herz einen Stich. Ich hätte sie nicht allein lassen dürfen, sondern sie in meinen Armen halten, an meine Brust ziehen und für sie da sein sollen. Aber anstatt dessen war ich geflohen, wie ein Feigling hinausgerannt. Und wegen was? Nur weil ich diese verdammte Dunkelheit in mir nicht kontrollieren konnte und ihre Frage, wo ich damals gewesen war, mir das Blut in den Adern hatte gefrieren lassen.

Wie sollte ich ihr sagen, dass ich nach ihr gesucht hatte, dass ich angenommen hatte, dass sie tot sei und ich damit geglaubt hatte, alles in meinem Leben verloren zu haben? Es war ein Wunder, dass sie mich wegen meiner Narbe nicht verabscheute und hasste, mich nicht als das Monster betitelte, das ich war. Doch ich schämte mich für meine Narbe und ein kleiner Teil dachte, dass Emma sie insgeheim genauso verabscheute wie ich.

»Weil sie uns kennt.«

»Sie erinnert sich nicht.«

Das war die traurige Wahrheit und vielleicht würde sie sich nie wieder erinnern.

»Sag sowas nicht, wir sind so nah dran. Emma kann ihre Magie wieder spüren und ihre Augen leuchten in ihren Rubinen. Das ist ein Fortschritt, der nicht zu unterschätzen ist.«

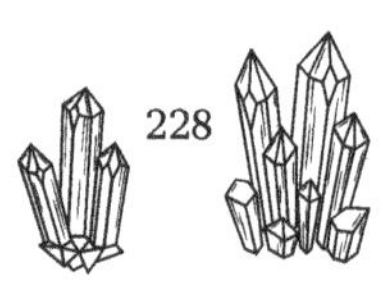

Okay, aber wie sollte es weitergehen? Sollte ich mit ihr über damals reden und wenn ja, würde sie mir überhaupt glauben? Fuck – auch wenn ich es niemals zugeben würde, hatte ich einfach Angst vor ihrer Reaktion.

Ich schüttelte den Kopf, um mich wieder auf das zu konzentrieren, was vor mir lag. Meine wunderschöne Emma. Vorsichtig legte ich mich neben sie und driftete in den Schlaf.

Ich wusste nicht, wie viel Zeit vergangen war, aber als ich ein gleichmäßiges Atmen hörte und etwas meine Nase kitzelte, öffnete ich gähnend meine Augen, und stellte fest, dass eine von Emmas Haarsträhnen auf meinem Gesicht lag.

Sie hatte sich an mich geschmiegt und ihren Körper an den meinen gedrückte. Was für ein schöner Moment.

Grinsend legte ich meinen Arm um sie.

Bemüht, mich nicht zu bewegen, griff ich zu meinem Telefon und blickte auf die Uhr.

Ach du Scheiße! Ich hatte tatsächlich mehrere Stunden geschlafen, das grenzte an ein Wunder. In letzter Zeit schaffte ich vielleicht mal eine Stunde, höchstens zwei, aber jetzt war es zehn Uhr morgens und ich fühlte mich so fit wie lange nicht mehr.

»Das liegt sicher an Emma.«

Ganz bestimmt sogar, dachte ich. Ich legte mein Smartphone zurück auf meinen Nachttisch und hielt meinen Engel in meinen Armen, als sie sich umdrehte und blinzelnd ihre Lider aufschlug.

Als sie mich erblickte, hielt sie inne und öffnete leicht ihren Mund, aber kein einziges Wort kam heraus.

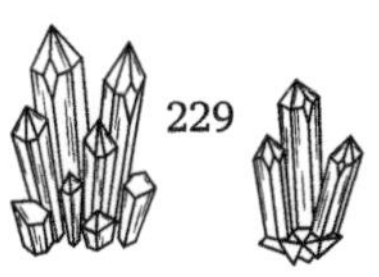

229

»Sie ist wunderschön«, flüsterte meine Natur ehrfürchtig. »Na, mein kleiner Engel, wie hast du geschlafen?«

»Ich … du«, stotterte sie und starrte noch immer in meine Augen, während ihre Hand auf meiner Brust ruhte und mein Herz schneller schlug.

»Du bist hier«, brachte sie leise über ihre Lippen und für einen Augenblick musste ich daran denken, wie ich nach unserem perfekten Sex einfach abgehauen war.

»Das bin ich.« Und ich wollte nicht mehr gehen, ich wollte bei ihr bleiben und ihr alles erzählen und erklären, aber ich wusste nicht wie und wieder war die Angst da, dass mich die Dunkelheit in ihren Bann ziehen und ich sie verletzen würde.

»Ich hätte zurück in mein Zimmer gehen sollen«, murmelte sie und löste sich vorsichtig aus meinen Armen, bereit aufzustehen.

Ich wollte das nicht und stöhnte auf. »Emma.«

»Nein, ich … das ist falsch.«

»Du bist meine Gefährtin.« Warum wehrte sie sich so dagegen? Wieso konnte sie es nicht einfach hinnehmen? Ich schob die Decke beiseite und erhob mich. Kurz schweifte mein Blick über ihren sündigen nackten Körper, den ich sofort wieder spüren wollte.

Aber stattdessen nahm ich ihre Hände in die meinen und blickte in jene Augen, die mir in dieser Welt das einzige Licht schenken konnten. Tief atmete ich ein und ihr Duft drang in meine Nase und umhüllte mich.

Ich schloss die letzten Zentimeter zwischen uns und strich eine lose Strähne hinter ihr Ohr.

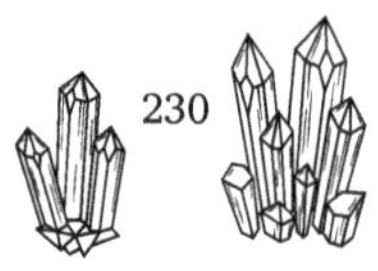

Ich legte meine Hand auf ihre Wange und sie schloss ihre Augen, lehnte sich förmlich hinein und für einen Moment schien die Welt stehenzubleiben.

»Geh nicht«, flüsterte ich.

»Erzählst du mir dann endlich, was geschehen ist?«

Ihre Frage ließ sich mein Herz zusammenziehen und ihre erwartungsvollen, braunen Augen gaben mir den Rest. Wie gerne ich Ja sagen würde und ihr alles erzählen wollte, aber ich schaffte es einfach nicht.

Sie schien es zu bemerken, löste sich von mir und verließ das Bett. Sofort fehlte mir ihre Wärme und ich wollte sie wieder an mich ziehen. Unfähig, mich zu bewegen, sah ich ihr stattdessen einfach nur zu, wie sie ihre Kleidung von gestern anzog und zur Tür schritt. Doch bevor sie hinaustrat, trafen sich unsere Blicke noch einmal.

»Ryan, egal was du denkst, ich werde die Wahrheit aushalten. Ich möchte … nein, ich brauche die Wahrheit.« Mit diesen Worten verschwand sie aus meinem Zimmer und ich ließ mich niedergeschlagen in meinem Bett zurück.

Wieso konnte ich nicht meinen verdammten Mund aufmachen und ihr einfach sagen, was geschehen war?

»Weil uns die Angst, dass sie uns endgültig hassen könnte, lähmt«, traf meine Natur den Nagel auf dem Kopf.

Eine ganze Weile saß ich noch so da. Dann erhob ich mich und stieg unter die Dusche. Während das warme Wasser über meinen Körper floss, presste ich meine Fäuste gegen die Duschwand, als könnten sich meine Gedanken dadurch lichten.

So konnte das nicht mehr weiter gehen und ich musste diese Angst bezwingen. Die einzige Tatsache,

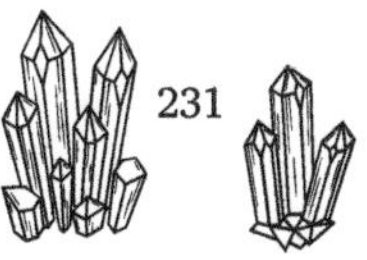

die mir Hoffnung gab, war, dass sie meine Narbe berührt hatte, anstatt abgehauen zu sein. Das bedeutete doch etwas oder bildete ich mir das nur ein?

Emma sah mich nicht als Monster. Sie sah den Mann, der dahintersteckte, und daran musste ich festhalten.

ICH WOLLTE NICHT IN RYANS BETT EINSCHLAFEN und doch war es geschehen und das Verrückte war, dass ich so gut wie schon lange nicht mehr geschlafen hatte. Doch das änderte nichts daran, dass ich die Wahrheit wissen wollte. Ich wollte wissen, was zwischen uns geschehen war und er weigerte sich noch immer, es mir zu erzählen.

Das alles kostete mich Unmengen an Kraft und erneut stiegen Tränen empor, als ich zurück in mein Zimmer lief und geradewegs in die Dusche steuerte. Ich sackte auf den kühlen Boden und zog meine Beine an, während das warme Wasser sich mit meinen Tränen vermischte.

»Alles wird gut«, versuchte meine wahre Natur mich aufzumuntern, doch sie schaffte es nicht. Wie sollte alles gut werden, nachdem er mich gestern nach dem Sex einfach allein gelassen hatte und mir immer noch nichts sagen wollte? Und wie zum Henker konnte sich das alles so verdammt richtig anfühlen und doch so falsch sein?

»Ich weiß es nicht, aber Ryan ist unser Gefährte.«
Das stimmte, auch wenn ich das alles nicht wollte.
Ich hatte doch einen Plan, den ich umsetzen wollte.

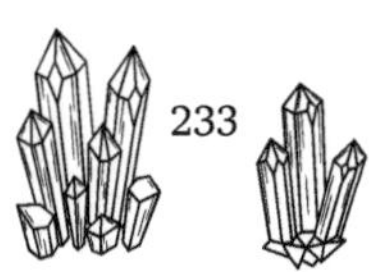

Doch der verblasste mit jedem Tag mehr, denn Ryan und selbst seine Männer wuchsen mir immer mehr ans Herz.

»Wir sollten das mit ihnen auf uns zukommen lassen und dennoch weiter an unserem Riss arbeiten.«

Das sollten wir. Außerdem hatten wir ziemliche Fortschritte gemacht und darüber freute ich mich. Ich konnte meine Magie wieder spüren, wie sie in meinen Venen pulsierte und auch meiner wahren Natur war ich so nah wie schon lange nicht mehr. Es ging vorwärts und daran musste ich mich festklammern, denn irgendwas sagte mir, dass ich auch das Thema mit den Männern noch schaffen würde.

»Das werden wir.«

Ich atmete tief durch, ehe ich aus der Dusche stieg und mir ein bordeauxfarbiges Kleid aus meinem Kleiderschrank nahm und es anzog. Mit dem Buch, das ich aus der Bibliothek mitgenommen hatte, setzte ich mich auf meinen Balkon und schlug die Rubrik über die Magie und die Fähigkeiten eines Shades auf.

»Was hast du vor?«

»Wir lenken uns von den Männern ab und was wäre da besser, als unsere Magie auszuprobieren und zu sehen, ob wir diese Verbindung wieder hinbekommen?«

»Das ist genial. Ich helfe dir so gut ich kann.«

Gestern beim Sex waren schließlich unsere Krallen zum Vorschein gekommen, also warum sollten wir dann nicht einen kleinen Zauber vollbringen können? Denn die Magie war da, ich musste sie nur irgendwie herauslocken.

Ich las mir die Zeilen durch, legte anschließend das Buch neben mich und atmete tief durch. So schwer

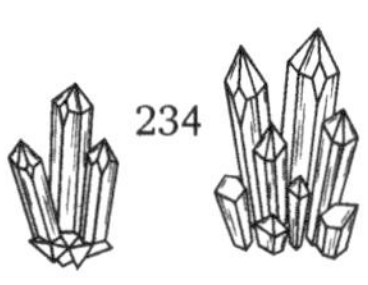

konnte das nicht sein. Ich schloss meine Augen und legte meine Hände in meinem Schoß so übereinander, dass die Innenflächen zu mir zeigten.

»*Und jetzt?*«, fragte meine Natur aufgeregt.

Ich erinnerte mich an das, was ich eben gelesen hatte. Ich musste mich auf meine Magie konzentrieren, sie spüren und mir eine lodernde Flamme vorstellen, bis die Magie stärker in meinen Adern pulsieren würde und ich die Wärme und ihre Kraft fühlen konnte. Und dann musste ich sie nur noch hervorholen. Jedenfalls stand das in dem Buch und ich versuchte es wirklich, doch als ich mein linkes Auge öffnete, und auf meine Handflächen schielte, passierte nichts. »Komm schon«, murmelte ich und presste meine Augen wieder zusammen, dachte an die wohlige Wärme meiner Magie und stellte mir vor, wie sie durch meine Venen floss.

Und dann war sie plötzlich da, ich konnte sie deutlich spüren. Sie war ein Teil von mir. Überrumpelt riss ich meine Augen auf und starrte wie hypnotisiert auf meine Handflächen. »Ach du Scheiße«, flüsterte ich.

Eine kleine Flamme flackerte in meinen Handflächen und ich schien nicht mal im Ansatz daran zu verbrennen.

»*Du siehst das auch, oder?*«, fragte ich meine Natur.

»*Ja! Wir haben es geschafft, wir haben die Magie in uns erweckt*«, jubelte sie, als die klitzekleine Flamme erlosch und ich vorsichtig über meine Handflächen strich. Ich konnte mein Grinsen nicht verbergen, ich hatte es tatsächlich hinbekommen.

Jetzt war mein Wissensdurst so richtig in Fahrt. Sofort nahm ich das Buch wieder in die Hand und las darüber, dass diese Art der Magie zu der einfachen

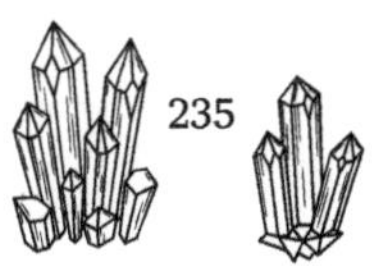

Sorte gehörte, ich aber mit dem Feuer, was ich soeben erschaffen hatte, Dinge formen konnte.

Die Freude darüber, dass ich meine Magie endlich wieder spürte und sogar eine kleine Flamme erschaffen hatte, war riesig und ich wollte es unbedingt jemandem zeigen. Also legte ich das Buch auf mein Bett, rannte aus meinem Zimmer und die Treppen hinunter, auf der Suche nach dem nächst Besten. Und na bitte schön, da war er. Noel saß draußen auf der Terrasse mit einer Tasse Espresso.

Ich ließ mich neben ihn auf die Lounge fallen und er blickte irritiert zu mir.

»Ist alles gut?«

»Ich habe gerade eine kleine Flamme erschaffen«, rief ich voller Stolz, worauf er seine Augen aufriss mich stürmisch in seine Arme zog.

»Wahnsinn! Das freut mich.«

»Willst du sie sehen?«

»Klar.«

In meiner Euphorie setzte ich mich aufrecht hin, legte wieder meine Handflächen übereinander und schloss meine Augen, strengte mich an, dachte an die Wärme und an das großartige Gefühl, was ich eben noch empfunden hatte. Aber nichts geschah.

»Wir schaffen das, wir werden Noel unsere kleine Flamme zeigen.«

»Was denkst du, was ich gerade versuche?«, motzte ich zurück und presste meine Augen zusammen. Ich war äußerst konzentriert und atmete tief durch, doch als ich sie öffnete und lediglich eine kleine Rauchwolke über meinen Händen aufsteigen sah, stöhnte ich auf. Das sollte jetzt wohl ein schlechter Witz sein.

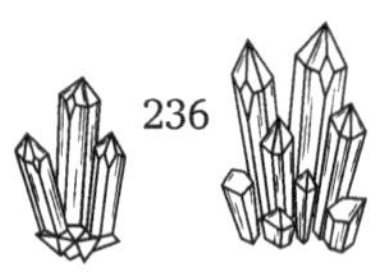

Ich wollte die kleine Flamme erschaffen und keine beschissene Mini-Rauchwolke. »Also vorhin war das nicht so«, murmelte ich frustriert und Noel räusperte sich in dem Versuch, sein Lachen zu schlucken. Ich funkelte ihn mit finsteren Augen an.

»Das wird schon. Du hast es einmal geschafft, also schaffst du es wieder.«

»Kannst du das denn aus dem Nichts heraus?«, wollte ich wissen.

Noel schnipste lässig mit seinen Fingern, woraufhin sofort eine Flamme über seinem Zeigefinger erschien. Lässig ließ er sie zwischen seinen Fingern hin- und hergleiten.

»Angeber«, murmelte meine Natur.

»Oh wow, dass ist echt cool!«, flüsterte ich, als er mich mit seinen violetten Amethyst-Augen ansah. Dann verschwand die Flamme und er grinste mich mit seinen wieder braun gewordenen Augen an wie ein beschissener Zauberkünstler. »Das wirst du auch noch können.«

»Glaubst du das wirklich?«

»Ich bin mir sicher. Sowas braucht Zeit und dass du deine Magie wieder spüren kannst, ist doch schon mal ein Anfang.« Er lächelte mir aufmunternd entgegen und ich lehnte mich frustriert zurück.

»Aber sag mal, wie kamst du darauf?«

»Was meinst du?«, wollte ich wissen.

»Auf die Magie. Woher wusstest du, wie du sie herbeirufen kannst?«

»Ich habe ein Buch aus der Bibliothek mitgenommen und ein paar hilfreiche Tipps gelesen.«

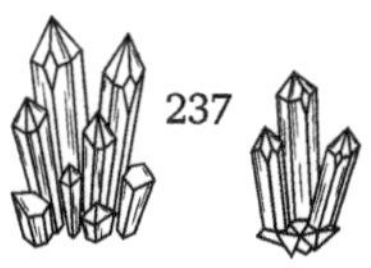

»Ich freue mich auf jeden Fall, dass du diese Fortschritte machst.«

Zufrieden sah ich mich um und genoss es, dass ich mit Noel darüber reden konnte. Es tat einfach gut und ich verstand mich prima mit ihm. Er, genauso wie die anderen Männer aus Ryans innerem Kreis, schienen zu meinen Freunden zu werden.

Unweigerlich blickte ich in die Richtung, wo Tariks Käfig stehen musste. Seit Tagen ging ich ihm so gut es ging aus dem Weg und doch blieben viele Fragen in meinem Kopf. Ich wollte wissen, warum er sich so negativ verändert hatte.

War er schon immer so und ich war einfach zu blind gewesen, um es zu sehen? Mich ihm mit meinen Fragen gegenüberzustellen traute ich mich nicht, denn jedes Mal, wenn ich auch nur in seine Nähe kam, traf er mit seinen Worten mitten in mein Herz.

»Was Tarik betrifft können wir uns Zeit lassen, bis wir gefestigter sind.«

Sie hatte recht. Ich wollte nicht schon wieder vor ihm anfangen zu weinen oder irgendwas dergleichen.

Ich atmete tief durch und sah mich im Garten um, beobachtete die Wachmänner, wie sie patrouillierten, und den inneren Kreis, der sich bei einem Mittagessen unterhielt.

Im selben Moment kamen Dario und Ryan durch die Terrassentür heraus und blieben neben der Lounge stehen. Beide zündeten sich eine Zigarette an und schienen ein ernsthaftes Gespräch zu führen.

»Wenn wir unsere Fähigkeiten hätten und darauf zugreifen könnten, würden wir verstehen, was die beiden miteinander reden.«

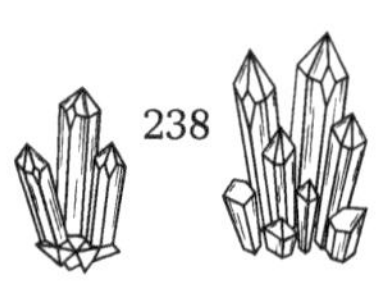

238

»Das haben wir aber nicht.«

Wie gern würde ich der Unterhaltung zuhören können, denn beide sahen immer wieder in meine Richtung.

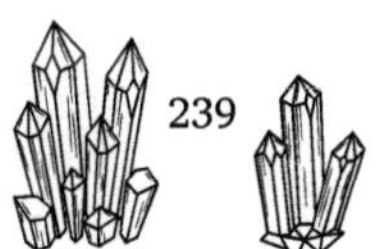

239

Kapitel 15

DARIO

Ich hatte wirklich gut geschlafen und stand jetzt mit einer Zigarette draußen bei Ryan auf der Terrasse. Wir wollten über die Sache mit Jegor reden, wie wir vorgehen sollten, da sein Bild aufgetaucht war. Aber genauso mussten wir entscheiden, was mit Pawel passieren sollte, denn noch immer hing er im Keller und saß seine Stunden ab.

»Ich habe überlegt, Emma alles zu erzählen«, riss Ryan mich aus meinen Gedanken und wir beide blickten zu ihr. Sie saß bei Noel und beide unterhielten sich allen Anscheins nach gut.

»Sie sollte uns wieder vertrauen«, murrte meine wahre Natur.

Ich wünschte mir nichts sehnlicher, aber so einfach war das nicht, denn ich hatte das Gefühl, Emma würde mir niemals verzeihen, dass ich sie reingelegt und zu Ryan geführt hatte. Und ich wusste auch nicht, wie ich sie darauf ansprechen und ihr ein Friedensangebot unterbreiten sollte.

»Dario?«

Verdammt. Ich zog an meiner Zigarette und drehte mich zu meinem Alpha. »Du willst ihr alles erzählen?«

»Ja, sie hat es verdient.«

Da hatte er Recht und doch konnte ich die Zweifel in seiner Stimme deutlich hören. »Wieso tust du es dann

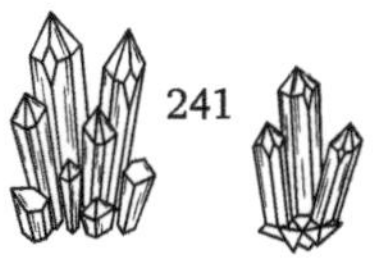

241

nicht?« Soweit ich es gesehen hatte, näherten sie sich immer mehr an. Emma war sogar regelmäßig in seinem Flügel und die Blicke, die sie sich immer wieder zuwarfen, konnten wir alle sehen. Scheiße, ich sollte mich freuen, für beide da sein und sie unterstützen. Aber so war es nicht. Ein kleiner Teil tief in mir verborgen hasste es, dass sie sich näherkamen und Emma mit mir nur das Nötigste redete.

»Warst du nicht der Meinung, dass wir uns zurückhalten müssen und, wenn überhaupt, nur so etwas wie Freundschaft für sie empfinden dürfen?«, maulte meine wahre Natur und am liebsten würde ich ihr eine reinhauen.

Ja, das waren meine Worte und noch immer stand ich dazu. Schließlich war sie Ryans Gefährtin. Ich wollte, dass sie glücklich war und die beiden waren einfach das perfekte Paar. Als Ryans Beta würde ich ihm nie in den Rücken fallen, niemals den Mann verraten, der wie ein Bruder für mich war.

»Ich dachte es wäre besser, wenn Emma allein darauf kommen würde, aber mittlerweile bin ich mir dabei nicht mehr so sicher«, holte mich Ryan ins Hier und Jetzt zurück und ich nickte zur Antwort.

»Würdest du ihr alles sagen?«

»Ich glaube schon. Wie du sagtest, sie verdient es. Und vielleicht würde sie sich dann schneller an alles erinnern.«

Wer wusste das schon …

Schluckend blickte ich erneut zu ihr und atmete tief durch. Ich musste das Thema wechseln, und zwar schnell.

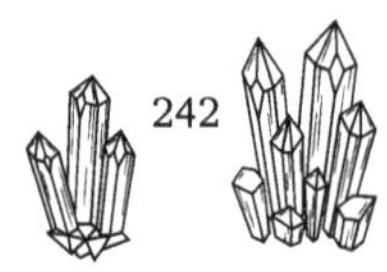

»Weißt du schon, was du mit Pawel machen willst?« Sichtlich überrascht über meinen schnellen Themenwechsel sah er mich an und zog seine Stirn kraus, ehe er sich durch die Haare strich. »Eigentlich könnten wir seinen Kopf an Vlad schicken, aber dafür müssten wir wissen, wo er sich aufhält.«

Oh, ja. Diese Idee gefiel mir gut. Aber in der Tat hatten wir keine Ahnung, wo dieser Bastard steckte und Pawel würde eher verhungern, als irgendwelche Informationen preiszugeben. Also machte es am meisten Sinn, ihn als Botschaft zu benutzen, sodass Vlad und auch sonst jeder sehen konnte, dass mit uns nicht zu spaßen war.

»Das war zumindest meine Überlegung, denn mit uns reden wird er niemals.«

»Da stimme ich zu. Pawel wird kein Wort über Vlad verlieren.«

»Vielleicht kann Tarik uns noch ein paar Hinweise geben.«

»Oder noch mehr lügen«, sagte ich.

Tarik vertraute ich nicht und dennoch wusste ich, dass Ryan recht hatte. Wenn uns jemand Informationen geben konnte, dann war es er.

»Wir haben keine andere Wahl und nachdem, was mit Simon und Patrick passiert ist, müssen wir schleunigst herausfinden, ob Vlad einen seiner Männer in unsere Stadt geschickt hat.«

»Und wie willst du das machen?«

»Wie wäre es, wenn wir Tarik etwas mehr Freiheiten gewähren?«

Meine Augen wurden größer. Er dachte doch nicht allen Ernstes daran, diesen Verräter freizulassen.

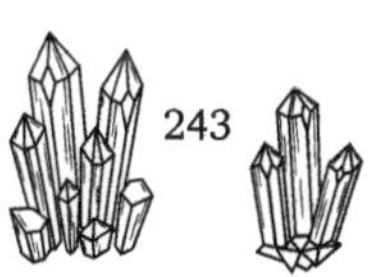

243

»Ryan … Tarik kann man nicht vertrauen, er hat uns wegen der Blaxro-Magie schon angelogen und er steht eindeutig auf Emma.«

»Denkst du, mir ist das nicht bewusst?«, brauste er auf.

»Aber sag mir, Dario: Welche Möglichkeiten haben wir sonst? Wir beide wissen, dass Tarik uns niemals die Wahrheit sagen wird, wenn wir ihn weiter in dem Käfig eingesperrt lassen.«

»Das ist verrückt. Ich würde ihn töten und damit Ende der Geschichte.« Dieser Mann verdiente nichts anderes und ich hasste ihn einfach.

»Und darauf hoffen, dass uns Hinweise in den Schoß fallen?«

Frustriet raufte ich meine Haare und rieb über meine Schläfen. Ich hasste es, wenn er recht hatte. »Was ist der Plan?«

»Erstmal rede ich mit Milo und Noel. Sollten sie etwas über Jegor herausgefunden haben und wissen, ob er hier ist, bleibt Tarik im Käfig. Wenn es keine neuen Informationen gibt, werden wir ihn zwar rauslassen, aber ihm ein magisches Halsband verpassen, damit er seine Magie nicht einsetzen kann.«

»Er wäre also wie ein gewöhnlicher Mensch, ohne jegliche Macht?«

»Genau.«

Auch wenn mir das alles nicht gefiel, war der Plan gut.

Als Emma aufstand und ins Haus verschwand, konnte ich nicht anders, als ihr hinterher zu blicken. Ich war froh, dass Ryan im selben Moment auf Noel zuging und meinen Blick offensichtlich nicht wahrgenommen hatte.

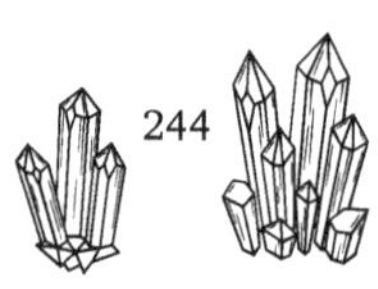

»Wir müssen besser aufpassen.«

»Wir machen doch gar nichts«, motzte ich und ging zügig ins Haus. Ich hatte verdammt noch mal nichts Verbotenes getan und doch fühlte ich mich so, als müsste ich mich rechtfertigen.

Wütend über mich selbst ging ich hinauf in mein Zimmer, um mir Trainingsklamotten anzuziehen. Ich wollte in unseren großen Fitnessraum gehen und mich auszupowern. Auf dem Weg dorthin sah ich Emma im Flur und blieb abrupt stehen. Am besten wäre es, wenn ich mich umdrehen und unbemerkt davonschleichen würde.

»Hast du nicht gerade noch gesagt, dass wir nichts Verbotenes tun?«

Konnte meine Natur einfach mal ihre Klappe halten? Bereit zu gehen, ertönte Emmas Stimme. Verdammt. Ich zog tief die Luft ein und bereute es sofort, denn ihr süßlicher, verführerischer Duft drang in meine Nase.

»Dario.«

Beinahe schon in Zeitlupe drehte ich mich zu ihr und schluckte hart. Warum musste sie so verdammt gut aussehen? Ihr dunkelrotes Kleid schmiegte sich an ihre sagenhaften Kurven. Ihre braunen Augen ließen mich all meine Sorgen vergessen und am liebsten würde ich sie packen und ihr zeigen, wie gut sie zu mir passte.

»… Dario?«, riss sie mich aus meinen Gedanken.

»Was, denn?«, antwortete ich.

»Ich habe dich gefragt, ob alles in Ordnung ist.«

Hatte sie das? Ihr Duft, der mich umhüllte, und ihr Anblick machten es mir unglaublich schwer, klar zu denken.

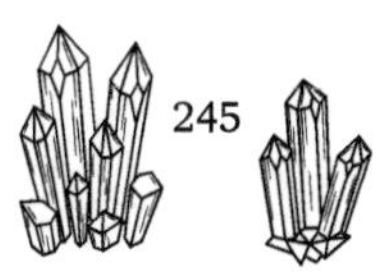

In meinem Kopfkino saß Emma auf mir und sah mich lüstern an – ich konnte mich kaum konzentrieren.

»Reiß dich zusammen!«, schrie meine Natur.

»Warum sollte nicht alles in Ordnung sein?«

»Du stehst verloren hier im Flur herum.«

Stimmt, weil ich von hier wegwollte und aufgehalten wurde.

»Ja.« Meine Stimme war rau und meine Augen färbten sich in ihre Saphire. Im nächsten Moment packte ich sie und drückte sie gegen die Wand.

Ihre Augen weiteten sich und meine Natur schrie mich laut an,, was die Scheiße sollte.

»Dario!«

»Emma, du …« Ich schüttelte meinen Kopf und trat sofort zurück. Was zum Teufel hatte ich getan? Wenn Ryan das gesehen hätte, wäre die Hölle los.

»Was … Was ist los?«

»Nichts, ich muss gehen«, presste ich zwischen meinen Zähnen hervor und raste in mein Zimmer, ohne Emma nochmal zu beachten. Ich schmiss die Tür hinter mir zu und lief mit geballten Fäusten wütend über mich selbst auf und ab. Mein Herz hämmerte wild gegen meine Brust und mein Puls rauschte in meinen Ohren.

»Kannst du mir mal sagen, was gerade in dich gefahren ist?«

»Nichts, alles ist gut«, brodelte ich vor Zorn.

»Nichts? Wir haben sie gegen die Wand gedrückt und beinahe geküsst – und das mitten auf dem Flur. Offensichtlicher ging es nicht!«

Als ob ich das nicht wüsste. Das alles war verdammt knapp gewesen und ich hasste mich dafür, dass ich

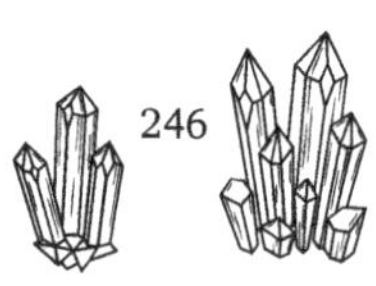

meine Selbstbeherrschung verloren hatte. Mit jedem Tag wurde es schlimmer und der Kampf in meinem Inneren schwieriger. Ich wollte diese Gefühle nicht und sagte mir immer wieder, dass sie falsch waren. Doch es kostete mich meine gesamte Selbstkontrolle, die ich eben beinahe verloren hatte.

»Wir müssen uns auf das wesentliche Problem mit Vlad konzentrieren.«

»Was denkst du, versuche ich die ganze Zeit?«, sagte ich angestrengt. Ich wollte den Abstand wahren und Emma als Freundin ansehen, und doch erwischte ich mich bei Gedanken, die mein Todesurteil bedeuten könnten, würde ich sie in die Tat umsetzen.

Frustriert schritt ich zu meinem Minikühlschrank, schenkte mir etwas von dem Blut, das ich dort aufbewahrte, in ein Glas und setzte mich damit auf meinen Balkon. Ich trank einen großen Schluck und verzog mein Gesicht. Dieses Blut war nichts im Vergleich zu frischem und warmem Blut, aber ich hatte definitiv keine Lust, jetzt in die Stadt zu fahren und mir solches zu besorgen. Die Gefahr, dass ich mich dabei in meiner Dunkelheit verlor, war zu groß, und einer musste hier einen klaren Kopf bewahren.

»Aber sicher. Wie klar unser Kopf ist, haben wir eben deutlich gesehen.«

Ich stöhnte auf und exte das Glas. *»Wir haben vereinbart, dass wir nur ab und zu frisches Blut trinken. Hast du das vergessen?«*

»Nein, wie könnte ich das vergessen und ich stehe dazu, aber diese Plörre beruhigt uns gerade nicht wirklich.«
Ich blieb eine ganze Weile auf meinem Balkon sitzen und versuchte, tief ein- und wieder auszuatmen, um

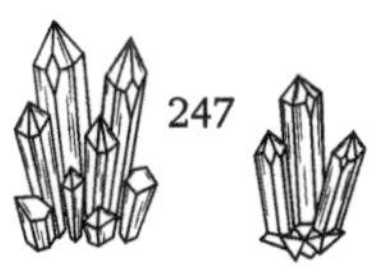

247

runterzukommen und die Dunkelheit in mir zu verdrängen.

Als ich wieder gefasst war, wandte ich mich an meine Natur. *»Siehst du, wir haben es geschafft.«*

Denn wir waren nicht wie Vlad. Unsere Dunkelheit würde uns niemals beherrschen.

WAS WAR DAS EBEN? ICH STAND MIT SCHNELL schlagendem Herzen und immer noch weit aufgerissenen Augen mitten im Flur, konnte Darios Duft noch riechen und verstand nicht, was gerade geschehen war. Er hatte mich gegen die Wand gedrückt und für einen Augenblick hatte ich wirklich gedacht, er würde mich küssen. Doch urplötzlich war er weggerannt.

Das alles erinnerte mich an den Moment in der Fabrik und es schien beinahe so, als würde Dario mit sich selbst kämpfen.

»Das habe ich auch gespürt.«

Aber warum? Dario war die rechte Hand von Ryan und sein Beta, die beiden standen sich nahe. Und doch konnte ich seine Blicke auf mir spüren. Sie waren anders als bei den restlichen Männern aus Ryans innerem Kreis. Während sie mich freundschaftlich ansahen, konnte ich etwas Verbotenes in Darios Saphir-Augen erkennen, dass nur so vor Sehnsucht und Leidenschaft überquoll. Und das Schlimme war, dass mein Herz jedes Mal schneller schlug und ich meine Reaktion dabei nicht verstehen konnte. Dario sah verdammt gut aus, aber das sahen die anderen auch – warum schlug mein Herz dann schneller? Sicher bildete ich mir das

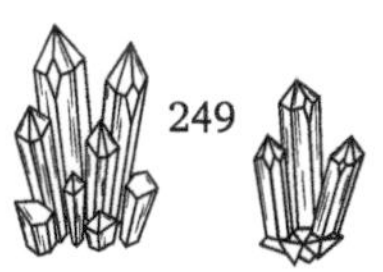

nur ein, denn die Anziehung zu Ryan stellte alles in den Schatten und das musste doch etwas bedeuten.

Ich schüttelte meinen Kopf und atmete tief durch, ging mit schnellen Schritten in Ryans Flügel und in sein Zimmer. Ich musste Dario vergessen, denn Ryan war mein Gefährte und er war der Einzige, der es geschafft hatte, dass sich meine Augen verfärbten und ich meine Magie spüren konnte. Ryan könnte meine Lösung für so vieles sein und daran hielt ich fest.

»So ist es. Über die anderen Männer machen wir uns Gedanken, wenn wir unseren Riss geschlossen haben und unserer Magie näherkommen.«

Das war sinnvoll, denn nur so konnten wir in dieser Welt überleben und uns verteidigen und das war das Wichtigste. Außerdem musste ich mir selbst eingestehen, dass die Gefühle, die Ryan in mir weckte, echt waren und nichts mit einem unfreiwilligen Aufenthalt zu tun hatten. Ich konnte sie tief in mir spüren und egal, wie sehr ich es hasste und die Zweifel mich in die Knie zwangen, sie blieben bestehen.

»Wir schaffen alles. Lass uns nur Schritt für Schritt gehen.«

Ich war dankbar für meine wahre Natur, die mir in jeder noch so verzwickten Situation beistand.

Ich trat in Ryans Schlafzimmer und schloss die Tür hinter mir. Mein Plan war einfach: Ich würde hier auf ihn warten und dann mit ihm reden und hoffentlich mehr über unsere gemeinsame Vergangenheit erfahren.

Das Warten machte mich nervös, mein Magen verkrampfte sich. Ich ging in seinem Zimmer umher in der Hoffnung, das würde mich beruhigen.

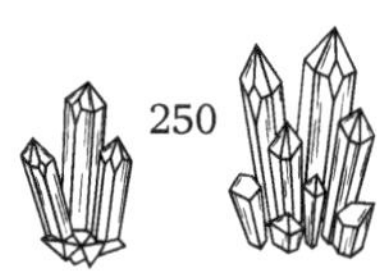

Im Vergleich zu den anderen Räumen in Ryans Anwesen, wo eindrucksvolle Bilder an den Wänden hingen und Vasen und Skulpturen dekorativ in Szene gesetzt waren, befand sich in seinem eigenen Zimmer nur wenig Dekoration. Auf der schwarzen Kommode entdeckte ich das einzige Bild, das zwischen mehreren alten Büchern stand. Neben dem schwarzen, grauen und vereinzelt weißen Möbelstücken gab es sonst keine Farben in diesem Raum.

»Irgendwie passt die Einrichtung zu ihm.«

Auch wieder wahr. Ryan war in vielerlei Hinsicht ein mysteriöser Mann und definitiv passte das schlichte und edle Interieur besser zu ihm als bunter Kitsch.

Lächelnd ließ ich meine Fingerspitzen über die Bücher gleiten, nahm eines davon heraus und strich über den Ledereinband.

Es sah ziemlich alt aus, weit älter als ich es war. Vorsichtig löste ich die Schnur darum und schlug die erste Seite auf. Plötzlich durchfuhr eine Art Elektrizität meinen Körper, mein Herz begann zu rasen und mein Puls dröhnte in meinen Ohren. Meine Atmung stockte und es war, als hätte jemand einen Schalter umgelegt, denn auf einmal kam mir dieses alte Buch so verdammt bekannt vor.

Das konnte nicht wahr sein, doch die handgeschriebenen Zeilen ließen keinen Zweifel. Ich blätterte das Buch durch, bis ich auf die erste Seite zurückschlug und fassungslos auf den Namen starrte, der dort geschrieben stand. Charles Hernandez.

Ich hatte keine Erklärung für das seltsame Kribbeln in meinen Fingerspitzen, als ich durch die Seiten blätterte, und erst recht nicht für die vielen Tränen, die

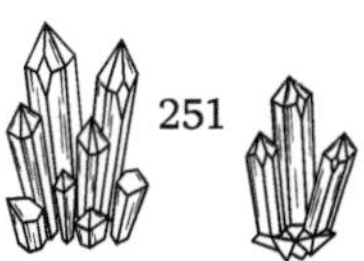

über meine Wangen liefen. Mit zitternden Händen sackte ich auf meine Knie, strich über das Handgeschriebene und las.

Heute ist der beste Tag meines Lebens. Ich kann es noch immer nicht fassen, aber unsere kleine Prinzessin hat das Licht der Welt erblickt, und das trotz all den Widrigkeiten. Eines Tages wird sie die Welt verändern.

Ich schluchzte und ein eiskalter Schauer lief über meinen Rücken, als ich weiterblätterte, meine Tränen wegwischte und die nächsten Zeilen las.

Unsere Prinzessin erstrahlt jeden Tag ein bisschen mehr und ihr Lachen erhellt jeden Raum. Ich habe es nicht für möglich gehalten, jemals Kinder zu haben. Und jetzt kann ich mir kein Leben mehr ohne meine Tochter vorstellen können.

Ich konnte deutlich spüren, wie eine Energie von dem Buch in meinen Körper gelangte. Mein Herz zog sich zusammen. Mir wurde heiß und wieder kalt und die Tränen ließen mich die Zeilen wie durch einen verschwommenen Schleier lesen. Mit zitternden Händen blätterte ich auf die letzte geschriebene Seite.

So viel Leid, so viel Blut. Ich habe mit allen Mitteln versucht, meine Familie zu beschützen, aber die Dunkelheit zieht sich ohne jegliches Erbarmen über diese Welt. Alles, was ich jemals wollte, war der Schutz meiner Familie. Niemals sollte meine Tochter die Dunkelheit in dieser Welt zu Gesicht bekommen, aber die Wahrheit ist eine andere. Alles, was mir bleibt, ist die Hoffnung, dass sie kämpfen wird, niemals vergisst, woher sie kommt, und sich an unsere Liebe erinnert. Denn ich liebe sie, vom ersten Atemzug bis hin zu den Sternen. Meine kleine Prinzessin, meine Emma.

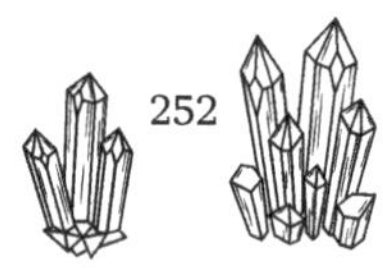

Ich wusste nicht, wie oft ich diese Zeilen las, wie oft ich meinen Namen sah und darüberstrich. Ich sagte mir, dass es nur ein Zufall sein musste. Noch vor ein paar Minuten, als ich das Buch in die Hand genommen hatte, hatte ich noch keinerlei Gefühl empfunden.

Aber jetzt war es anders. Die Energie floss durch meinen Körper und alles in mir schrie, dass das kein Zufall war. Ich weinte unaufhaltsam, mein ganzer Körper zitterte und während mein Herz wild gegen meine Brust hämmerte, dröhnte mein Kopf schmerzhaft.

Ich keuchte auf, als das warme und kribbelnde Gefühl zu einem Stromschlag wurde, der mich von meinen Fingerspitzen bis hinauf in meine Arme durchfuhr. Es war, als würde etwas n diesem Buch nach mir greifen und sich in mir ausbreiten. Plötzlich blitzten Bilder in meinem Kopf auf, die ich schon lange vergessen hatte. Jede Menge Erinnerungen. Ein älteres Paar hielt mich im Arm, gab mir einen Gutenachtkuss auf die Stirn und erzählte mir eine Geschichten zum Einschlafen. Sie waren einfach nur für mich da …

Zwischen Tränen und Sprachlosigkeit japste ich nach Luft, während die Energie in jede Faser meines Körpers drang und mich völlig einnahm. Das Buch fiel aus meiner Hand und neben mich, ehe ich meine Beine anzog und meinen Kopf darin vergrub. Mit all diesen wunderschönen Erinnerungen kamen auch die Schlimmen zurück. Jene, die ich nie wieder sehen wollte. Ich konnte den eisenhaltigen Geschmack von Blut auf meiner Zunge schmecken, die Schreie in meinen Ohren hören und die Kälte, die sich in meinem Körper ausbreitete, fühlen.

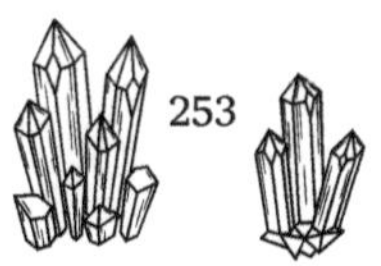

Meine wahre Natur schrie vor Schmerz auf, sehnte sich zurück zu jenem warmen Sommertag, als meine Eltern noch am Leben waren. Und doch gab es zwischen all dem Schmerz und der Verzweiflung eine Hoffnung – meinen Großvater. Er hatte mich nach dem Tod meiner Eltern gefunden, mich in seine Arme gezogen und von jenen Männern fortgebracht, die mich gefangen hielten. Er war es, der mich gerettet und mit seiner Liebe aufgefangen hat.

»Aber sie sind immer hier, sie bleiben in unserem Herzen.«
Das waren sie, und doch war der Schmerz von damals zu groß, sodass ich früh lernte, alles zu verdrängen und eine Mauer um mich zu bauen, die mit jedem Jahr ein Stückchen massiver wurde. Das war mein eigener Schutz – mein Urinstinkt, um zu überleben.

Ich atmete tief durch, hielt meine Augen weiterhin geschlossen und sah immer mehr Bilder. Meine Erinnerungen, die ich mir so sehr zurückgewünscht hatte, überrollten mich jetzt wie eine Lawine.

Ich konnte die Liebe spüren, die mein Opa mir geschenkt hatte. Sah meinen ersten Kuss.

Und dann sah ich ihn: Ryan Scott.

Er sah so anders aus. Die Narbe in seinem Gesicht war nicht da. Sein Lachen hallte in meinen Ohren wider wie Musik und in seinen grünen Augen lag keine Spur von Dunkelheit. Er war voller Licht und Hoffnung und brachte meine kaputte und dunkle Welt zum Leuchten. Ryan war meine erste große Liebe. Diese Art von Liebe, für die ich alles getan hätte und die so tief war, dass unsere Seelen im Einklang geschlagen hatten und ich nichts so sehr wollte wie eine Zukunft mit ihm. Ich war die glücklichste Person auf

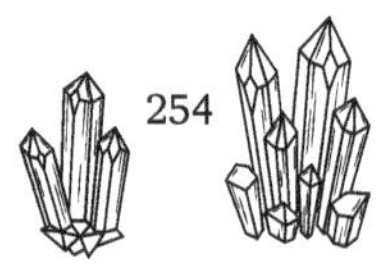

der ganzen Welt gewesen, doch von jetzt auf gleich war er verschwunden, hatte mich allein gelassen und ich war immer tiefer gefallen. Selbst als mein Großvater starb, war er nicht zur Beerdigung gekommen und alles, was geblieben war, war die Dunkelheit in meinem Herzen.

Mit wackligen Knien griff ich nach dem Buch und erhob mich und als ich mich umdrehte, sah ich in zwei grüne Augen. Es war Ryan und als er das Buch in meiner Hand entdeckte, wurden seine Augen größer und mein Herz setzte für einen Moment aus.

Ja, ich hatte meine Erinnerungen zurückgewollt, doch jetzt wünschte ich mir genau das Gegenteil. Der Schmerz in meiner Brust war kaum auszuhalten und die Frage, warum er einfach aus meinem Leben verschwunden war, brach einen Teil in mir.

»Emma.« Ryan kam auf mich zu und griff nach meiner Hand, aber ich wich ihm aus.

»Nicht … Ich kann das nicht.«

»Bitte, lass mich das erklären. Dieses Buch …«

»Gehörte meinem Vater«, unterbrach ich ihn.

»Du weißt es?«

»Ich kann mich jetzt erinnern, Ryan. Ich weiß, wie sehr meine Eltern mich geliebt haben, wie sehr ich meinen Großvater geliebt habe und er mich. Ich weiß, wie meine Eltern gestorben sind und was ich damals erlebt habe. Alles, ich weiß alles«, brachte ich mit zitternder Stimme hervor.

»Kannst du dich auch an uns erinnern?«

»Ja. Ich erinnere mich, dass wir glücklich waren. Ich erinnere mich, dass ich dich geliebt habe und nichts so sehr wollte wie eine Zukunft mit dir. Ich erinnere

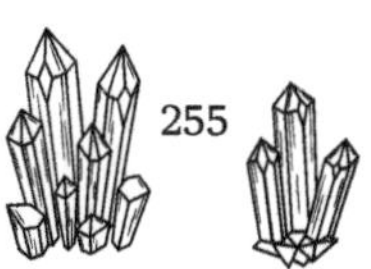

255

mich an jede einzelne Minute, die wir beide erlebt haben«, sagte ich und blickte mit Tränen in den Augen in seine. »… Und ich erinnere mich, dass du einfach verschwunden bist, und dass du nicht mal zu der Beerdigung meines Großvaters aufgetaucht bist.«

Meine Nerven lagen blank. Ich musste hier raus und wich seinem Versuch, mich an sich zu ziehen, aus. Ich drückte das Buch meines Vaters an meine Brust und rannte aus seinem Flügel, die Treppen hinunter und aus dem Haus.

Wie konnte das alles so schlimm sein? Ich wollte mich doch erinnern und jetzt, wo ich alles wusste, fühlte ich mich gebrochener als zuvor.

»Ich bin da, Emma. Ich werde dich nicht wieder allein lassen.«

Das tat gut, doch der Druck in meiner Brust war nicht auszuhalten. Ich rannte, wurde immer schneller, bis ich den Wald erreichte und wie ein Blitz zwischen den Bäumen hin und her raste. Als ich keine Kraft mehr hatte, sackte ich auf den Boden und schrie auf, so laut ich nur konnte. Ich gab dem Schmerz eine Stimme. Mit geschlossenen Augen kauerte ich auf dem erdigen Boden und spürte, wie sich meine Augen in ihre Rubine färbten. Dann schmiegte sich etwas Warmes und Weiches um meinen Körper und ich fühlte mich augenblicklich beschützt. Ich ließ meine Augen noch immer geschlossen, als meine wahre Natur mir zuflüsterte.

»Keine Angst, ich bin da. Ruhe dich aus. Ich werde über dich wachen.«

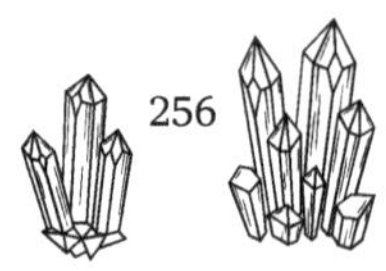

Kapitel 16

RYAN

Als ich den Schmerz in ihren Augen und das Buch ihres Vaters in ihrer Hand sah und sie mir auswich, zerbrach mein Herz.

Erst vor kurzem hatte ich mir das Buch nochmal angesehen und hatte darin nichts sehen können, außer leere Seiten alten Papiers. Ich hatte herausgefunden, dass darauf ein gut versteckter Zauber lag, und außer einer wagen Vermutung, dass dieser Emmas Erinnerungen zurückbringen konnte, hatte ich keine Ahnung, für was er gut war oder wie ich das Buch lesen konnte.

Doch jetzt war ich mir sicher: Der Zauber musste so etwas wie eine Rückversicherung sein, dass nur Emma das Buch lesen konnte. Und sollte sie jemals ihre Erinnerungen verlieren, war das Buch der Schlüssel, um sie wiederzuerlangen. Aber welche Art des Zaubers das war oder wie das Ganze funktionierte, wusste ich nicht.

Ich konnte nur mutmaßen, welchen Schmerz sie gerade durchlebte. Sie sollte das nicht allein durchstehen und ich wollte für sie da sein, sie auffangen. Doch sie war überzeugt davon, dass ich sie im Stich gelassen hatte und ohne mir auch nur die Chance zu geben, ihr die Wahrheit zu sagen, war sie verschwunden. Ich musste sie jetzt verdammt nochmal zurückholen. Ich rannte los zu ihrem Zimmer und riss mit schnell

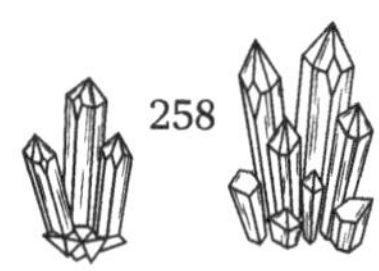

schlagendem Herzen die Tür auf, doch als ich hineintrat und mich umsah, konnte ich sie nicht sehen und meine Augen weiteten sich vor Panik. Schweiß bildete sich auf meine Stirn, als ich hektisch in ihr angrenzendes Bad sah und mein Herz sich zusammenzog. Der Gedanke, dass sie in ihrem Zustand allein war, riss mir den Boden unter den Füßen weg und ich wischte meine feuchten Hände an meiner dunklen Jeans ab, während das Dröhnen meines Pulses in meinen Ohren kaum auszuhalten war. Wo konnte sie sein?

Der Wald! Das musste es sein.

Ich raste aus dem Haus und ignorierte meine Männer, die mich irritiert ansahen.

Im Wald angekommen, rief ich immer wieder ihren Namen, sah mich zwischen den dicht bewachsenen Bäumen um und raufte meine Haare, während die Vögel durch meine lauten Rufe aus den Baumkronen flüchteten.

»Emma!«, rief ich immer wieder, doch die Antwort blieb aus und die Sorge um meinen kleinen Engel wurde mit jeder Sekunde größer. Ich raste weiter durch den Wald. Meine Atmung ging schneller und Schweiß lief über meine Stirn aber ich wurde nicht langsamer. Ich sprang auf die Baumkronen, um eine bessere Sicht zu haben und spürte die Tränen der Verzweiflung, die sich an die Oberfläche drängten. Nur mit Mühe konnte ich sie zurückdrängen.

»Wir werden sie finden und ihr die Wahrheit sagen«, sagte meine wahre Natur mit Zuversicht und ich wünschte, dass es so einfach wäre, aber ich glaubte nicht, dass die Wahrheit in diesem Fall noch eine Rolle spielte.

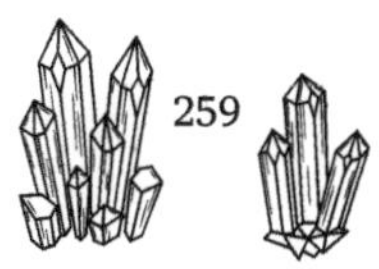

»Natürlich tut sie das. Emma wird es verstehen und sie wird wieder unsere Frau sein, so wie früher.«

Ich schüttelte den Kopf. So wie früher würde es nie wieder werden und ich konnte von Glück sprechen, wenn sie sich meine Seite der Geschichte überhaupt anhören würde. An mehr glaubte ich nicht mehr. Doch jetzt musste ich sie unbedingt finden.

Ich sprang von einem Baum zum nächsten und sah mich hektisch um.

Dann erblickte ich von Weitem etwas Dunkelrotes. Eigenartig … Zielstrebig, aber leise sprang ich vom Baum hinunter. Je näher ich kam, desto langsamer wurde ich, bis ich abrupt stehenblieb und meinen Augen kaum trauen konnte.

Vor mir lag Emma, eingehüllt in schützenden dunkelroten Flügeln.

»Das ist unmöglich«, flüsterte meine Natur.

Nach allem, was ich über unsere Gattung wusste, besaßen nur wenige Shades Flügel – nur diejenigen, die mit der Dunkelheit und dem Licht im Einklang waren. Aber ich hatte noch nie welche gesehen, gleich gar nicht bei Emma. Selbst ihre wahre Natur hatte sie damals nur selten gezeigt. Das hier war unmöglich und doch hatte ich den Beweis direkt vor meinen Augen.

Ich schluckte voller Ehrfurcht und ging neben Emma in die Hocke. Ich konnte nicht anders, als über ihre dunkelroten Flügel zu streichen, die bei meiner Berührung leicht zuckten und sich so weich anfühlten wie Seide. Ich war wie hypnotisiert. Vorsichtig nahm ich Emma in meine Arme, hob sie hoch und nahm mit der anderen Hand das Buch ihres Vaters, dass neben ihr lag. Vorsichtig ging ich mit ihr nach Hause.

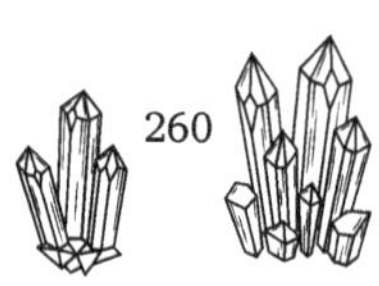

Als ich durch die Tür kam und mein innerer Kreis uns erblickte, rissen sie ihre Augen auf und blieben wie angewurzelt stehen. Ich trug sie weiter durch den Flur und konnte Tariks Augen auf uns spüren.

Mit schnellen Schritten ging ich in mein Zimmer, legte sie sanft ins Bett und schloss die Tür, um sicherzugehen, dass nicht noch mehr Augenpaare auf ihr hefteten. Ich legte das Buch auf den Nachttisch und beobachtete, wie ihre Flügel langsam verschwanden und sie ihre Augen öffnete, aus denen mich rote Rubine ansahen.

»Emma.« Ich hatte so viele Fragen, und doch wusste ich, dass ich ihr erstmal Antworten schuldig war. Doch als sie ihre Lider wieder schloss und abdriftete, seufzte ich niedergeschlagen. Dann würden wir das eben verschieben, bis sie wieder bei Kräften sein würde.

Ich deckte sie zu und strich über ihre Wange, küsste ihre Stirn und verließ mein Zimmer.

Das alles wird schon gut gehen, dachte ich und trat in mein separates Büro. Als ich dort unerwartet meinen inneren Kreis sah, stöhnte ich innerlich auf. Ich wusste genau, dass sie mit mir über das reden wollten, was sie eben gesehen hatten und auch wenn ich keine Lust darauf hatte, wusste ich, dass ich sie nicht so leicht abwimmeln konnte.

»Das waren Flügel, oder?«, fragte Vinzenz und ich gab ein Nicken zur Antwort, während ich mich auf meinen schwarzen Sessel hinter meinem Schreibtisch fallen ließ.

Vinzenz strich sich pfeifend durch seine braunen Haare und lehnte sich lässig gegen die Wand.

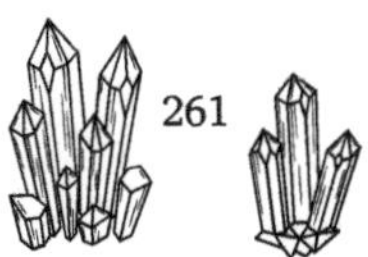

»Unmöglich! Ich habe in all den Jahren noch nie einen Shade mit Flügeln gesehen«, sagte Dario fassungslos und blieb mitten im Raum stehen.

»Emma war schon immer etwas Besonderes.«

Noel hatte recht.

»Vielleicht hat das etwas mit ihrem Blut zu tun, die Hernandez' waren schon immer anders«, sagte Milo und setzte sich zu Noel auf das graue Sofa.

Ich musste schlucken. Was war, wenn er recht hatte? Diese Familie war ein Rätsel und wir wussten kaum etwas über sie, außer das, was in den Geschichten über die Königsfamilien stand oder in Form von Gerüchten kursierte.

»Emma hat das Buch ihres Vaters in meinem Zimmer gefunden und mein Verdacht wurde bestätigt. Wir alle konnten darin nichts lesen, aber sie schon. Auf diesem Buch muss ein Zauber liegen der dafür gesorgt hat, dass sie ihre Erinnerungen wiedererlangt hat.«

»Einfach so? Welcher Zauber soll das sein?«, fragte Dario und setzte sich auf den grauen Hocker, der an der Wand stand.

Wenn ich das nur wüsste, denn von so einer Art hatte ich noch nie gehört oder etwas darüber gelesen.

»Es muss in jedem Fall ein mächtiger Zauber gewesen sein«, stellte Milo fest.

»Es könnte tatsächlich mit dem Blut der Hernandez' zu tun haben. Wenn ihr Vater diesen Zauber ausgesprochen hat, wusste er vermutlich, dass ihm dieses Buch abhanden kommen würde. Und er wollte, dass nur Emma es lesen kann«, schlug Vinzenz vor.

»Und warum haben wir den Zauber dann nicht gespürt?«

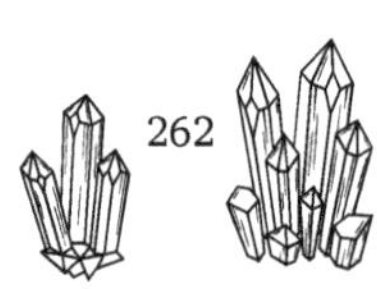

»Vielleicht ist nur Emma dazu in der Lage oder jemanden anderes, durch dessen Adern das Hernandez-Blut fließt. Jedenfalls ist das die einzig logische Erklärung, die ich habe.« Noel kratze sich nachdenklich an der Schläfe.

»Und warum hat Emma Flügel? Ich meine, das ist unmöglich. Niemand von uns hat verdammte Flügel«, ergriff Dario das Wort.

»… Weil niemand von uns mit dem Licht und der Dunkelheit im Einklang ist«, murmelte ich mehr zu mir selbst und eine Stille breitete sich aus.

»Aber wie soll das bitte gehen? Emma konnte ihre Natur angeblich jahrelang nicht mehr spüren und jetzt soll sie mit der Dunkelheit und dem Licht im Einklang sein?« Meine wahre Natur war genauso skeptisch wie ich und das Ganze war im Moment nicht logisch erklärbar. Aber ihre Flügel hatten meine Männer und ich uns definitiv nicht eingebildet.

»Wir könnten sie einfach fragen«, schlug Milo vor, was Dario mit einem Stöhnen quittierte.

»Aber klar doch! Einfach mal so, als wäre nichts dabei.«

»Ach, hast du etwa einen besseren Plan?«, zischte Milo.

»Sie unter Druck zu setzen bringt gar nichts!«, fauchte Dario und ich runzelte meine Stirn. Wieso war er so gereizt?

»Er macht sich eben Sorgen, so war er doch schon immer.«

»Um Emma?«, hakte ich nach.

»Ja, warum nicht. Sie versteht sich mit unserem inneren Kreis und daran ist auch nichts falsch.«

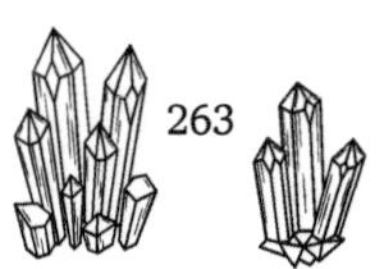

Meine wahre Natur hatte recht. Wir waren schon damals alle Freunde und ich hatte nie etwas dagegen gehabt. Außerdem wusste ich, dass Dario niemals etwas mit meinem Engel anfangen würde. Ich entspannte mich wieder und fuhr fort. »Niemand wird mit Emma darüber reden. Sie hat soeben erst ihre Erinnerungen zurückbekommen, das muss ziemlich schwer sein.« Ernst blickte ich in die Runde. »Erst wenn sie das verkraftet hat, werden wir uns über ihre Flügel Gedanken machen, verstanden?« Mein innerer Kreis nickte zur Bestätigung und ich verabschiedete mich.

Ich ging die Treppe hinunter und wollte mir in der Küche etwas von dem kalten Bier holen, das Noel in den Kühlschrank gestellt hatte. Als ich an Tarik vorbei ging, sah er mir mit großen Augen hinterher.

Ich öffnete die Bierflasche mit dem Feuerzeug aus meiner Hosentasche und nahm einen kräftigen Schluck daraus. Dann stellte ich die Flasche auf der Kücheninsel ab, stemmte meine Hände gegen die Arbeitsfläche und atmete tief ein und wieder aus. Ich würde diese komplizierte Situation schon meistern, schließlich war ich ein Alpha und hatte bis jetzt alles geschafft, was ich mir vorgenommen hatte.

»Das werden wir.«

Ich beschloss, mich an der positiven Einstellung meiner wahren Natur festzuhalten.

Aber jetzt musste ich dringend mit Milo und Noel über Jegor sprechen und wenn alles schief gehen würde, musste Plan B umgesetzt werden. Ein Plan, der simpel und in einem Wort zu beschreiben war: Tarik.

Fuck. Ich konnte nur hoffen, dass alles glatt ging und Vlad nicht bereits in San Francisco war.

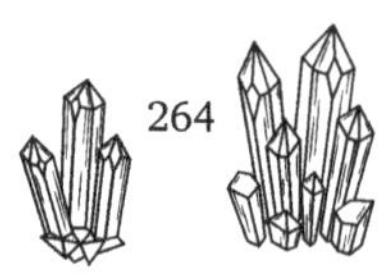

NOCH IMMER STAND ICH IN MEINEM KÄFIG, umfasste die Gitterstäbe und starrte in die Richtung, wo ich eben noch Ryan mit Emma auf seinen Armen gesehen hatte. Im ersten Moment dachte ich, das musste ein Trugbild sein, aber egal wie oft ich meine Augen rieb, mich kniff und blinzelte, das Bild blieb dasselbe. Sie hatte verdammt noch mal Flügel gehabt. Ich hatte keinen Schimmer, wie das möglich war und doch fügten sich nach und nach immer mehr Puzzleteile in meinem Kopf zusammen.

Vlad war wie besessen von Emma. Er glaubte, dass nur sie seine Gefährtin sein konnte und ich hatte lange nicht verstanden, warum er davon so überzeugt war. Aber jetzt, nachdem ich ihre Flügel gesehen hatte, wurde mir einiges klar, denn nur bestimmte Shades waren im Stande, solche zu besitzen und nur die Wenigsten zeigten sie in der Öffentlichkeit. Dennoch fragte ich mich, wie Emma in den außerordentlichen Besitz kam. Wie sollte diese Frau mit dem Licht und der Dunkelheit im Einklang sein? Hatten wir so viel übersehen? Denn für uns war Emma ohne Zweifel immer eine wunderschöne Frau, aber zerbrechlich und ohne jegliche Stärke. Wo war also der Sinn hinter all dem?

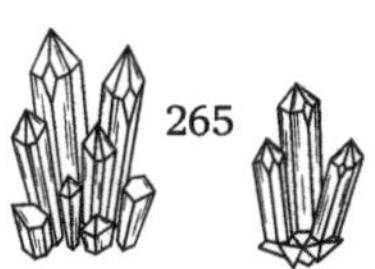

»Ich bin genauso ratlos wie du. Niemals hätte ich es für möglich gehalten, dass Emma Flügel besitzt.«

Aber es erklärte Vlads Sucht nach ihr. Sollte das alles stimmen, dann besaß sie eine Macht, die unfassbar stark war und jeder wusste, dass Vlad die Macht liebte.

»Womöglich will er sie deswegen und lässt darum nicht locker. Weil er von ihren Flügeln und der damit verbundenen Macht weiß«, überlegte meine Natur und ich nickte leicht. Aber das alles war reine Spekulation. Ich hatte im Grunde keine Ahnung ob Vlad darüber Bescheid wusste.

» Hast du vergessen, dass er die Blaxro-Magie einsetzte?«

Wie sollte ich das vergessen? Aber sollte Vlad trotzdem unwissend sein, musste ich alles daransetzen, dass das so bleiben würde – auch wenn ich keine Ahnung hatte, wie ich vor diesem Mann etwas geheim halten sollte, wenn er erneut die verbotene Magie einsetzen würde.

Mir wurde schlagartig schwindelig und ich musste mich hinsetzen, um nicht zu stürzen. Ich stöhnte auf, ehe meine Augen immer schwerer wurden und ich wegdriftete, bevor ich in Vlads Schloss in Chicago wieder zu mir kam.

Wenn man vom Teufel spricht, dachte ich, als er vor mir stand und sich durch seine schwarzen Haare strich.

»War mein Schloss nicht mal beeindruckend?«, sagte er und ich zog meine Stirn kraus. Das war doch eine Fangfrage, oder?

»Sehe ich auch so, wir sollten darauf nicht antworten«, stimmte meine wahre Natur mir zu.

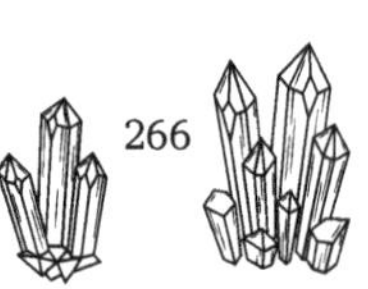

»Wir haben hier so vieles erlebt, so viele Erfahrungen gesammelt und jetzt sieh dir an, was Ryan Scott daraus gemacht hat.« Vlad hob seine Hand und dort, wo gerade noch Skulpturen und der Rest an übertriebener Dekoration stand und nur so vor Luxus strotzte, veränderte sich schlagartig alles. Die Wände rissen ein, altes, getrocknetes Blut befleckte den Boden und überall lagen Scherben, Holzsplitter und Schutt. Nichts war mehr von dem eindrucksvollen Schloss übrig und wir standen nur noch auf den Trümmern und der damit zerstörten Macht.

»Ich sage es nur ungern, aber Vlad hat recht. Das Schloss ist nicht mehr das, was es einst war«, flüsterte meine wahre Natur und das sah ich selbst. Doch eine wichtige Sache hatte er vergessen.

»Dir ist bewusst, dass dieses Schloss niemals dir gehört hat?«, sagte ich und traf seinen wunden Punkt.

»Ich bitte dich – an dem Tag, als ich gegen Ryan gewonnen habe, habe ich das Schloss zu meinem gemacht. Und du weißt doch, wie es läuft, Tarik …«

»Ach ja?« Was meinte er damit schon wieder?

»Der Stärkere gewinnt und der bin nun mal ich.«

»Er hat sich kein bisschen geändert, noch immer ist sein Ego viel zu groß.«

Richtig. Und genau das war die einzige Möglichkeit, ihn zu Fall zu bringen.

»Vlad, sag mir einfach, was du willst.«

»Es ist simpel, wir werden uns jetzt öfters sehen.«

Moment, was? Er könnte auch einfach die Blaxro-Magie einsetzen und darüber mit Emma in Kontakt treten. Warum ging er also den umständlichen Weg?

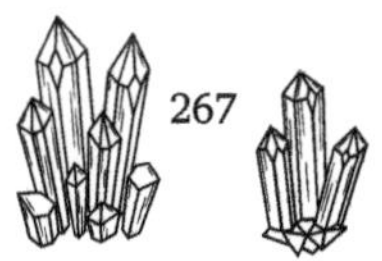

»Warum ich? Du benutzt diese Magie noch immer, es wäre ein Leichtes, Emma dadurch direkt zu besuchen.«

Seine Antwort war ein hässliches, krankhaftes Lachen, bei dem sich mir sämtliche Härchen auf meinem Körper aufstellten. Die ganze Sache gefiel mir überhaupt nicht. Ich ahnte, dass Vlad etwas im Schilde führte und er durfte niemals unterschätzt werden.

»Wo bliebe da der Spaß?«

»Ich spiele da nicht mit«, knurrte ich und mit einem Mal raste er auf mich zu und packte mich am Kragen, schleuderte mich durch die Luft und mit mehr Glück als Geschick schaffte ich es gerade so, nicht mit meinem Gesicht aufzuschlagen. Keuchend rappelte ich mich auf und spürte die Schmerzen, die sich in meinem Körper ausbreiteten. Ich verzog mein Gesicht.

»Ich glaube, du hast mich nicht richtig verstanden. Ich lasse dir keine Wahl, Tarik.« Mit schwarzen Augen kam er auf mich zu, drückte seine beiden Daumen schmerzhaft gegen meine Stirn und murmelte irgendetwas, ehe ich schlagartig meine Augen aufriss und in meinem Käfig in dem mittlerweile dunklen Wohnzimmer zurück war. Als ich aus dem Fenster in den Garten blickte, stellte ich fest, dass es spät am Abend war. Nur noch vereinzelte Lampen brannten und auch im Haus war es sehr still geworden. Ich tastete meinen Körper ab und atmete erleichtert auf. Ich war noch am Leben, und das heil und an einem Stück.

»Das war knapp!«

Und wie knapp, dachte ich. Doch was hatte das alles schon wieder zu bedeuten und was zum Teufel war plötzlich passiert, während er meine Stirn berührt hatte?

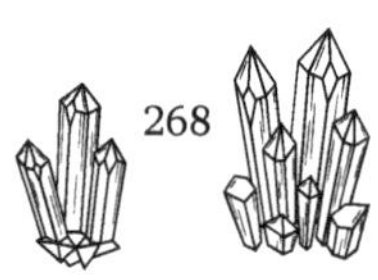

»Ich habe keine Ahnung, vielleicht wurde die Magie unterbrochen?«

War das möglich? Konnte das der Grund für diesen abrupten Abbruch sein? Ich hatte keine Ahnung, doch eins war sicher: Vlad plante irgendetwas und ich spielte in seinem Plan eine Rolle, was mir überhaupt nicht gefiel.

»Ich sage es ja nur ungern, aber wir sollten Ryan oder Dario Bescheid sagen. Sie könnten uns helfen.«

Über diesen Vorschlag konnte ich nur lachen. Wie sollten die beiden uns helfen und wobei? Laut Vlad konnten wir nicht mal ein ungewolltes Wort loswerden, ohne einen weiteren Hustenanfall mit Erstickungsgefahr zu erleiden. Darauf hatte ich wirklich keine Lust.

Seufzend atmete ich tief durch, als plötzlich Ryans gesamter innerer Kreis in das Wohnzimmer trat und vor meinem Käfig stehen blieben. Oh, verdammt. Was hatte ich jetzt wieder verpasst? Normalerweise kam niemand mehr um diese Zeit zu mir.

»Na endlich, er ist wach«, sagte Noel und Ryan trat vor.

»Ich habe ein Angebot für dich.«

Jetzt war ich ganz Ohr. So wie er dreinblickte und dabei kurz zu Dario sah, war keiner der Männer darüber erfreut, über das, was jetzt folgen würde.

»Ich höre …«, sagte ich und erhob mich.

»Du wirst aus dem Käfig gelassen, und wirst uns bei dem Kampf gegen Vlad helfen.«

Überrascht riss ich meine Augen auf und ehe ich darüber nachdenken konnte, kam auch schon ein »Ja!« aus meinem Mund, denn ich hatte es satt, hier in

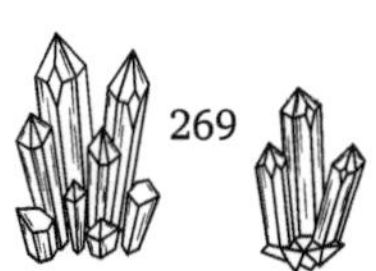

269

diesem verdammten Käfig vor mich hinzuvegetieren. Ich würde jedes Angebot annehmen, um hier rauszukommen. Die letzten Monate waren hart gewesen. Nicht nur, dass ich kaum etwas Richtiges gegessen oder mich in diesem Käfig hatte bewegen können, sondern auch die schmerzhaften Verletzungen, die nicht so schnell verheilten wie normalerweise, setzten mir zu. Aber das schlimmste war mein Kopf – die ganzen Gedanken darüber, ob ich Emma verloren hatte, was ich damals in Chicago hätte anders machen können und wie ich wieder einen höheren Rang erreichen konnte, als nur ein Gefangener zu sein, trieben mich in den Wahnsinn.

Im nächsten Moment öffneten Noel und Milo den Käfig und zogen mich heraus. Ich streckte mich und konnte mir ein Grinsen nicht verkneifen. »Also, braucht ihr doch meine Hilfe?«

Meine Freude hielt nur kurz an, denn mit einem Mal wurde ich von zwei Männern gepackt, während ein dritter meinen Kopf nach vorn zog und Ryan etwas um meinen Hals legte. Es folgte ein mechanisches Klicken, dann ließ mich jeder los. Augenblicklich fasste ich an meinen Hals, spürte das dünne Halsband und schrie vor Schmerz auf. Unfähig zu stehen, sackte ich auf meine Beine und meine wahre Natur konnte meinen Schmerz nachempfinden. Das Halsband vergrub sich unter meiner Haut und als es verschwunden war, strich ich mit zitternden Fingern über das Brandmal, das als einziger Beweis übrig geblieben war. Es würde mit der Zeit verblassen, aber die Bedeutung davon war grauenhaft und würde für immer bleiben. Mit diesem Folter-Werkzeug hatten sie die Magie und Fähigkeiten

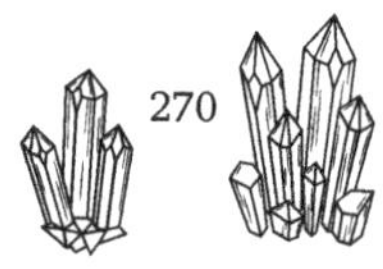

meiner wahren Natur eingeschränkt und mir damit das genommen, was mich ausmachte.

»Nein, das war nicht der Plan!«, schrie meine Natur. *»Sie können uns nicht zu einem nutzlosen Menschen machen.«*

Und doch war genau das gerade passiert. Denn ohne die Möglichkeit, mich verwandeln zu können oder auf die Magie und Fähigkeiten meiner Natur zurückgreifen, war ich nur ein wertloser Mensch.

»Was ... soll ... das?«, brachte ich stotternd hervor und sog die Luft scharf ein, bis der Schmerz langsam nachließ und ich mich erhob.

»Dachtest du wirklich, wir lassen dich mit all deinen Fähigkeiten hier herumspazieren?«, lachte Milo, was mich fauchen ließ.

»Du kannst dich auf dem Grundstück frei bewegen, aber solltest du versuchen, die Grenzen zu überschreiten, wirst du eine kleine Überraschung erleben.«

»Was meinst du?«, fragte ich und strich erneut über das Brandmal.

»Sagen wir so: Ich habe ein paar Extras in dein magisches Halsband eingearbeitet. Du wirst es spüren, wenn du dich auf Abwegen befindest.«

»Viel Spaß bei deinen neuen Freiheiten.«

Die Runde grinste und verließ den Raum, während ich allein im dunklen Wohnzimmer blieb und mich langsam auf das Sofa niederließ.

»Immerhin sind wir jetzt aus dem Käfig.«

Echt jetzt? Wie zum Henker konnte meine wahre Natur ausgerechnet jetzt so positiv sein? Ja, wir waren aus dem Käfig, aber dieses verdammte Halsband machte meine Lage kein bisschen besser. Ein

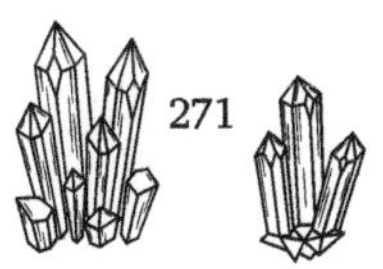

Halsband, das in früheren Zeiten wohlgemerkt für Sklaven benutzt wurde. Ich wusste nicht mal, dass es so etwas überhaupt noch gab. Aber am wenigsten verstand ich, warum die Blaxro-Magie verboten war und ein Halsband mit so abscheulichen Auswirkungen nicht.

Kapitel 17

EMMA

Als ich wieder zu mir kam und die Vögel draußen zwitschern hörten, die den neuen Tag ankündigten, blinzelte ich und bemerkte, dass ich in Ryans Bett lag. Ich setzte mich vorsichtig auf und rieb über meine Schläfen. Als sich die Geschehnisse der vergangenen Stunden in mein Bewusstsein zurückschlichen, stiegen mir sofort neue Tränen empor. Ich hatte meine gesamten Erinnerungen zurück und mit ihnen spürte ich meine Natur so intensiv wie schon lange nicht mehr. Trotzdem war die Leere in meiner Brust noch immer da, genauso wie der unerträgliche Schmerz über die Erkenntnis, dass meine Eltern brutal ums Leben gekommen waren, ich diese Qual miterleben musste und dass die Liebe meines Lebens mich einfach im Stich gelassen hatte. Das alles war zu viel.

»Ich bin da. Spürst du es? Unser Riss wurde geschlossen, wir sind wieder eins«, riss meine wahre Natur mich aus meinen negativen Gedanken und das erste Mal nahm ich das Ganze richtig wahr.

Ich spürte meine Natur, wie sie in mir lebte und die Wärme, die von ihr ausging. Genauso konnte ich ihre Gefühle besser greifen, sie spüren, als wären es meine eigenen. Ihre Fähigkeiten und die Magie, die durch meinen Körper floss, kitzelten wie ein warmer Strom unter meiner Haut und füllten mich aus. Aber

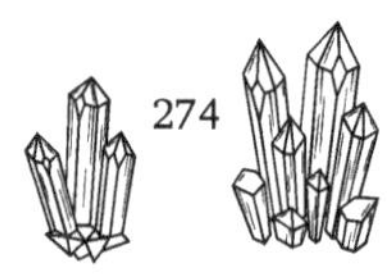

auch die Dunkelheit war jetzt präsent – etwas Bedrohliches und Furchterregendes, das sich alles nahm, was es wollte, und die tiefsten Abgründe meiner Seele widerspiegelte. Doch trotz dieser finsteren Macht, die in mir schlummerte, war da auch ein Licht. Es strahlte, schenkte mir Mut und Hoffnung und den Glauben an das Gute. Es war rein, hell und wunderschön. Beides, Licht und Dunkelheit, waren tief in mir verborgen. Doch anstatt sie versuchten, sich zu bekämpften oder sich gegenseitig zu verschlingen, schmiegten sie sich aneinander – gaben sich Halt, Schutz und Kraft. Mit der Erkenntnis, dass ich all das in mir besaß und keine wertlose Puppe mehr war, fühlte ich mich wie neugeboren. Das Kribbeln, die Wärme und das Rauschen meiner Macht, die tief in mir verankert war und mich umgab, war die schönste Symphonie, die ich seit langem gehört hatte.

»Und so wird es auch bleiben.«

Mit einem leichten Lächeln blickte ich auf meine Hände. Aber so sehr ich mich auf meine Magie konzentrierte, es kam wieder nur eine Rauchwolke hervor und ich runzelte meine Stirn.

»Ich dachte, jetzt hätten wir all unsere Fähigkeiten wieder?«, fragte ich irritiert.

»Die haben wir. Allerdings hatten wir nie ein Training was unsere Fähigkeiten angeht, jedenfalls kein Richtiges.«

Mein Großvater hatte mir zwar einiges beigebracht, aber ein Training mit unseren Fähigkeiten und auch mit der Magie blieb aus. Wir wollten damit noch warten … und jetzt war es zu spät.

»Das stimmt nicht. Wir werden das auch noch schaffen. Sieh doch, was wir bis jetzt alles gemeistert haben.«

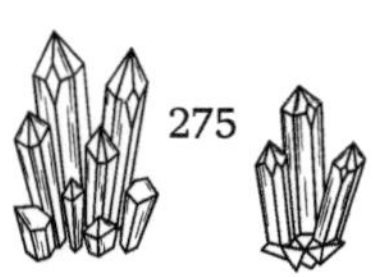

Ich wünschte, ich könnte so positiv denken wie sie, doch mit all der neu gewonnenen Macht kamen auch die Erinnerungen zurück, die ich verdrängen und am liebsten vergessen wollte. Wieder bekam ich feuchte Augen, als in dem Moment die Tür geöffnet wurde und Ryan hereintrat. Es war zu spät, um sie aufzuhalten, und die ersten Tränen kullerten über meine Wangen.

»Mein kleiner Engel«, sagte er und kam zu mir, nahm mich in den Arm und hielt mich fest. Doch all das fühlte sich jetzt so anders an.

Ich sah die vielen Bilder vor meinem geistigen Auge. Bilder, als wir lachten, herumalberten und uns liebten. Bilder voller Zuneigung, Liebe, Hoffnung und Leidenschaft.

Zitternd atmete ich aus, löste mich von ihm und blickte in seine Augen, ehe ich über seine Narbe strich und flüsterte. »Was ist nur mit dir geschehen?«

Von dem fröhlichen, offenen und herzensguten Mann, der er damals war, sah ich nichts mehr. In seinen Augen lag eine tobende und tödliche Dunkelheit und so viel Hass und Zorn, dass ich beinahe Angst bekam. Und doch waren es seine grünen Augen, die mir genau wie damals auch jetzt das Gefühl von Hoffnung und Freiheit schenkten.

»Du kannst dich also wirklich wieder erinnern?« Seine Augen flackerten erwartungsvoll auf, als er eine lose Haarsträhne hinter mein Ohr legte.

»Ja. Ich weiß nicht wie oder warum ausgerechnet jetzt, aber ich erinnere mich an alles.«
Als er vorsichtig nickte und ich in seine Smaragd-Augen blickte, wusste ich, dass er den Grund dafür kannte.

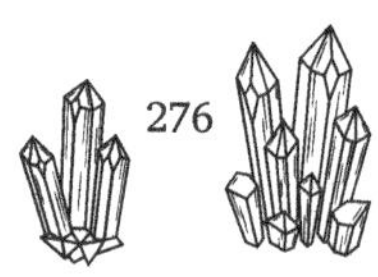

»Sag ihn mir.«

»Was meinst du?«

»Ich weiß, dass du den Grund kennst, und ich würde ihn gern wissen«, sagte ich.

Er rutschte näher und ich konnte dieses kleine verschmitzte Grinsen auf seinen Lippen nicht übersehen. »Du liest mich wieder wie ein offenes Buch«, stellte er fest.

»Manches ändert sich wohl nie.« Ich konnte es mir nicht verkneifen. Egal, wie verletzt ich auch war und wie sehr ich Antworten von ihm wollte – jetzt spürte ich die Anziehung so stark wie noch nie. Mein Herzschlag beschleunigte sich und in meinen Wangen stieg eine Hitze empor. Ich konnte dem Drang nicht widerstehen, ihm nahe zu sein und sein holziger, herber Duft umhüllte mich. Selbst als ich meine Hand nur auf seine Brust legte, konnte ich seine wahre Natur spüren. Es war diese Art von Verbindung, die ich mir immer gewünscht hatte. Doch ich war nicht mehr die gleiche junge Frau wie damals, als wir uns kennengelernt hatten. Und wie es aussah, war er auch nicht mehr der gleiche Mann. Wir beide hatten uns verändert und so wie es den Anschein machte, war die Zeit nicht gerade gut zu uns gewesen. Die Narben auf meiner Seele lagen tief und der Schmerz war kaum zu ertragen. In Ryans Augen hingegen spiegelte sich die tiefschwarze Dunkelheit und der Kampf mit seinem Inneren.

»Er wie auch wir haben viel zu viel erlitten und erlebt.«
Und doch blieb eine Tatsache bestehen: Ryan zog mich an, genauso wie ich ihn. Unsere Verbindung war immer noch da, genauso wie das Gefährtenband zwischen uns nie abgerissen war.

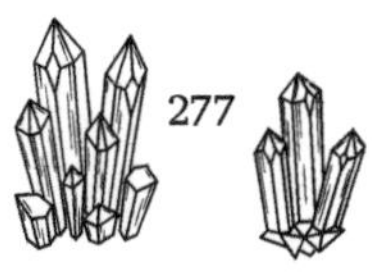

277

»Emma, es ist erst halb sechs, du solltest dich ausruhen. Wir können später miteinander reden.«

»Nein, ich möchte es jetzt wissen«, sagte ich.

Ich wollte wissen, warum ausgerechnet jetzt meine Erinnerungen wiedergekommen waren und was das alles zu bedeuten hatte.

Seufzend strich er sich durch seine Haare und nickte. »Na gut … Es liegt an dem Buch deines Vaters.«

Wie bitte?

»Wie meinst du das?« Verwirrt blickte ich zu ihm.

»Dein Vater hat einen Zauber daraufgelegt und irgendwie als du dieses Buch angefasst hast, muss er wirksam geworden sein. Ich weiß es selbst nicht genau, wie das funktioniert. Aber dass du in diesem Buch lesen kannst und auch noch deine Erinnerungen zurückbekommen hast, hat mir klar gemacht, dass dort definitiv ein Zauber im Spiel sein musste.«

»Und du konntest davor nichts in diesem Buch lesen oder etwas Außergewöhnliches spüren?«

»Nein, für mich und alle anderen ist dieses Buch voller leerer Seiten und da der Zauber ziemlich gut versteckt war, wusste ich auch nicht, von welcher Art er war und wie ich ihn hätte aufheben können«, sagte er und sah nachdenklich zu mir. »Dein Vater wollte, dass nur jemand von deinem Blut dieses Buch lesen kann. Vielleicht war das mit den Erinnerungen eine Art Nebenwirkung oder er wusste, dass du dabei eines Tages Unterstützung brauchen würdest.«

Das war doch verrückt. Wie hätte mein Vater ahnen sollen, dass ich meine Erinnerungen verlieren würde? Da machte das mit der Nebenwirkung mehr Sinn und wenn Magie im Spiel war, konnte alles möglich sein.

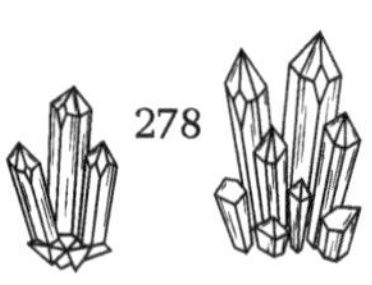

278

Und da offensichtlich nur ich dieses Buch lesen konnte, handelte es sich vermutlich um einen mächtigen Blutzauber.

»Ich habe die Magie gespürt, als wir dieses Buch angefasst haben. Sie war mächtig und sehr alt.«

Wir hatten ein Kribbeln gespürt. Aber konnte das der Zauber gewesen sein? Musste da nicht mehr passieren, wenn dieser so mächtig war? Ach, verdammt. Warum musste schon wieder alles so kompliziert sein?

»Ich weiß, das alles klingt sehr verrückt und ich verstehe es selbst noch nicht. Aber dass du dich wieder erinnern kannst, ist toll. Dann weißt du, dass wir beide zusammengehören«, sagte Ryan freudig und presste seine Lippen euphorisch auf die meinen. Postwendend drückte ich ihn von mir und seine Augen leuchteten wie zum Protest auf.

»Emma?«

»Du hast mich alleingelassen«, brachte ich über meine Lippen und spürte bei der Erinnerung einen Kloß in meinem Hals.

»Ja, aber jetzt sind wir wieder zusammen.«

Erneut zog er mich an sich, nur dieses Mal war meine wahre Natur schneller. Sie holte aus und schupste Ryan ruckartig aus seinem eigenen Bett, was ein ohrenbetäubendes Knurren nach sich zog als er auf dem Boden landete.

Vor Schreck riss ich meine Augen auf und kroch zum Bettrand.

»Was genau sollte das?«, fragte ich sie.

»Sorry, das war so nicht geplant. Ich wollte unsere Fähigkeiten einsetzen, aber wie es aussieht, habe ich mich selbst überschätzt. Wir sind eben aus der Übung.«

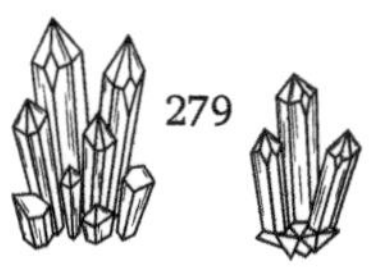

279

Ehe ich darauf antworten konnte, erhob sich Ryan, sprang auf das Bett und ragte über mir, packte meine Handgelenke und fixierte sie über meinem Kopf. Er kam mir mit seinem Gesicht näher und seine Augen leuchteten hell auf, während mein Herzschlag sich beschleunigte und meine Atmung schneller ging.

»Du bist meine Gefährtin und meine Frau. Hör endlich auf, dich dagegen zu wehren, und verdammt noch mal, wirf mich nicht aus meinem eigenen Bett«, motzte er. Ich wollte ihm so gerne sagen, dass ich immer noch die Gefühle von damals empfand und sie keinesfalls auslöschen wollte. Doch es wäre eine Lüge.

Der Schmerz, den ich empfand, weil er mich einfach alleingelassen hatte, fühlte sich an, als wäre es erst gestern geschehen und obwohl Jahre vergangen waren, hatte sich diese Empfindung tief in meine Seele gebohrt.

»Ryan, bitte lass mich los.«

»Wieso, Emma? Warum willst du das Gefährtenband nicht akzeptieren? Du kennst mich doch.«

Meine Natur wurde unruhig und wollte raus und als sie Ryan erneut von mir stoßen wollte, brüllte er und drückte mich fester in das Laken. Trotz meiner Fähigkeiten war ich noch immer zu schwach, dagegen anzukommen – vor allem gegen einen Alpha wie ihn.

»Das stimmt nicht, wir sind lediglich aus der Übung«, versuchte sie mir Mut zu machen und fügte hinzu: *»Aber egal was auch passiert, ich bin bei dir und ich werde dich nie wieder verlassen.«*

Ihre Worte gaben mir Kraft. Ich hob meinen Kopf und blickte Ryan an. Seine Halsschlagader ragte heraus und sein Kiefer war angespannt. Ich konnte spüren

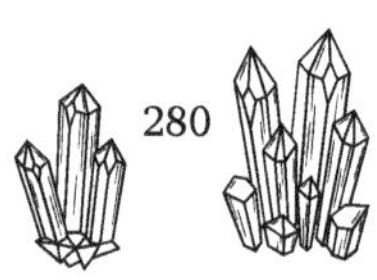

wie er innerlich mit sich kämpfte und seine Selbstbeherrschung Stück für Stück bröckelte.

»Ich kann das Ganze noch nicht, bitte.«

»Aber wir beide … Du musste es doch spüren«, sagte er und der Schmerz in seiner Stimme riss mir den Boden unter den Füßen weg, bevor dieser aus seinen Augen verschwand und pure Wut darin aufloderte.

»Ich spüre unsere Verbindung und ich weiß, dass du mein Gefährte bist. Das alles würde ich auch niemals leugnen, aber wenn ich in deine Augen blicke, sehe ich den Mann, der einfach gegangen ist und mich im Stich gelassen hat.«

»Das ist Jahre her.«

Die erste Träne lief über meine Wange und ich hielt dem nicht mehr Stand. »Für dich vielleicht, aber für mich fühlt es sich an wie gestern.«

Warum brannte diese Tatsache so entsetzlich in meiner Brust? Ich wusste doch, dass Jahre vergangen waren, und doch fühlte es sich so nah an, so frisch.

»Wir haben erst seit kurzem unsere Erinnerungen wieder, sowas braucht Zeit. All das Leid, das wir vergessen hatten, kam auf einen Schlag wieder«, flüsterte meine wahre Natur und ich wusste, dass sie gewissermaßen Recht hatte.

Aber ich wollte das alles nicht. Ich wollte diese Trauer um meine Eltern nicht, die Qual, die ich erlebt hatte und immer wieder in meinen Gedanken durchlebte. Und vor allem wollte ich den Liebeskummer nicht, weil mich der Mann im Stich gelassen hatte, dem ich mein Leben anvertraut hatte.

All das war zu viel und die Luft zum Atmen wurde immer knapper. Ich hörte meine wahre Natur noch

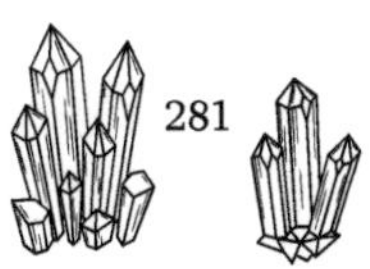

schreien, ich solle tief durchatmen, aber selbst ihre Stimme ging immer mehr unter und das Piepen in meinen Ohren wurde lauter. Ich sah in zwei panische grüne Augen und konnte Ryans Stimme nur noch wie aus der Ferne wahrnehmen. Sie glich mehr einem Rauschen. Dann rollten meine Augen nach hinten und ich wurde bewusstlos.

ICH KONNTE SPÜREN, WIE DIE WUT IN MEINEM Bauch größer wurde und die Dunkelheit mich umzingelte, als Emma plötzlich schwer atmete, ihre Augen nach hinten rollten und ihr Körper unter mir erschlaffte. Sofort kam ich wieder zu mir und aus meiner Wut wurde Sorge und Panik. Ich zog sie in meine Arme und kämpfte mit meinen Tränen, strich mit zitternden Fingern über ihre Wange. Niemals wollte ich, dass sie ihr Bewusstsein verlor und in meinen Armen zusammenbrach, ich liebte sie doch. Emma war mein kleiner Engel. Ich suchte hektisch nach ihrem Puls. Als ich ihn fühlte, atmete ich erleichtert auf. Gott sei Dank, sie lebte! Auch wenn das die Tatsache, dass sie bewusstlos geworden war, nicht besser machte. Die Schuld überrollte mich wie eine Lawine. Was hatte ich nur getan? Dass alles war meine Schuld.

Ich konnte nur erahnen, wie sie sich fühlte und was sie alles durchleben musste, und ich hatte mich nicht gerade vorbildlich benommen. Fuck! Ich hatte mich wie das Monster, das ich war, benommen und nicht wie der Mann den sie einst geliebt hatte.

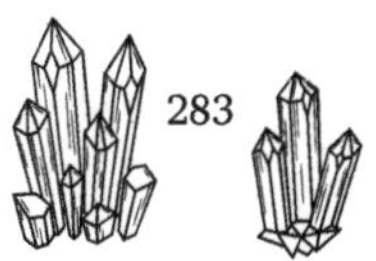

»Wir müssen uns besser in den Griff bekommen«, tadelte mich meine wahre Natur und ich wünschte, es wäre so einfach.

Ich deckte sie zu und massierte frustriert meine Schläfen, während ich gedankenverloren aus dem Fenster blickte. Ein kurzer Blick auf meine Uhr, die auf dem Nachttisch stand, verriet mir, dass es mittlerweile neun Uhr war. Doch als mein Blick zu meinem kleinen Engel schweifte, musste ich schlucken. Ich wusste einfach nicht, wie ich mich künftig besser beherrschen konnte und wie ich Emma dazu bringen konnte, das Gefährtenband zu akzeptieren. Ich hatte angenommen, dass alles seinen Lauf nehmen und sie wieder glücklich in meinen Armen liegen würde, sobald sie ihre Erinnerungen zurückhatte. Aber so war es nicht.

Seufzend legte ich mich zu ihr, streichelte ihren Rücken und versuchte, für sie da zu sein. Ich schloss meine Augen und schlief ein. Doch als in einen unsanften Traum über meine Vergangenheit schlitterte, riss ich schlagartig meine Augen auf und saß kerzengerade in meinem Bett. Schweiß lief über meine Stirn und ich atmete schnell, sagte mir immer wieder, dass es nur ein Traum gewesen war und ich in San Francisco in meinem Zuhause war und nicht in Vlads Verlies.

Ich ließ meinen Nacken knacksen und schaute auf die Uhr. Gerade mal zwei Stunden hatte ich geschlafen. Das war nichts Neues – ich schlief seit Jahren schlecht und kam kaum zur Ruhe. Das einzig Positive daran war, dass wir Shades nicht den Schlaf eines Menschen brauchten und uns dank unserer wahren Natur schnell erholten.

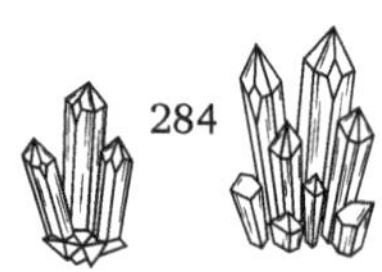

Ich drehte meinen Kopf und sah zu meinem Engel. Noch immer schlief sie seelenruhig und kuschelte sich in meine Decke.

»Sie muss erschöpft sein, das alles setzt ihr zu.«

Und ich hatte es nicht gerade besser gemacht. Wegen mir war sie bewusstlos geworden und die Schuld nagte noch immer an mir.

Seufzend und mit dem Wissen, dass ich sowieso keinen Schlaf mehr finden konnte, trat ich in mein Bad und stellte mich unter die Dusche. Ich genoss das warme Wasser, ehe ich mir ein Handtuch um die Hüften wickelte und vor meinem Kleiderschrank stand. Meine Entscheidung fiel auf ein schwarzes Hemd und eine dunkle Jeans, die ich mir überstreifte. Anschließend schlüpfte ich in meine schwarzen Sneakers und ging nochmal ins Bad um meine Haare nach hinten zu stylen.

Ich ging in den Gemeinschaftsraum in meinem Flügel. Für den Fall, dass Emma aufwachen und nach mir rufen würde, konnte ich sie auf jeden Fall hören.

Dario saß mit einem belegten Salamibrötchen und einer Kaffeekanne an dem massiven Holztisch. Normalerweise waren Milo und Noel um diese Zeit auch hier und unterhielten sich während ihres Frühstücks angeregt. Und Vinzenz saß in der Regel auf dem U-förmigen, grauen Sofa und checkte die Nachrichten auf seinem Laptop. Wie ich erwartet hatte, waren sie heute nicht hier. Gestern hatten wir alle einen langen Tag gehabt und sicher schliefen sie noch. Oder sie saßen im Speisesaal und ließen sich bedienen. Hier oben in meinem Flügel gab es nur Bedienungen und Angestellte, wenn ich es ausdrücklich wünschte.

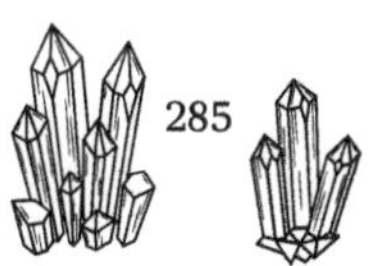

»Willst du auch einen Kaffee?«, riss Dario mich aus meinen Gedanken und ich nickte.

Ich ließ mich ihm gegenüber auf einen Stuhl fallen und rührte zwei Löffel Zucker in meinem Kaffee, nachdem er mir eingeschenkt hatte.

»Du kannst dir gern etwas von meinem Frühstück nehmen, ich habe zu viel aufgeladen«, sagte Dario und blickte auf den mittleren Teller, auf dem Mozzarella mit Tomaten und ein weiteres Salamibrötchen lag.

Ich würde sofort ja sagen, aber meine Laune war nicht sonderlich gut und als sich unsere Blicke trafen, sah er mich mitfühlend an. Dario wusste von meinen Albträumen, in denen ich immer wieder die Zeit während meiner Gefangenschaft durchlebte.

»Ryan, wenn du …«

»Mir geht's gut, es ist nur wegen Emma …«, unterbrach ich ihn. Zum einen, weil ich nicht über diesen verdammten Traum sprechen wollte und zum anderen, weil es stimmte und ich seinen Rat gebrauchen konnte.

»Emma? Was ist mit ihr?« Seine Stimme klang eine Spur zu besorgt und seine Augen weiteten sich.

Skeptisch runzelte ich meine Stirn. »Sie ist bewusstlos geworden«, murmelte ich und beobachtete seine Reaktion haargenau.

Als ob er es merken würde, räusperte er sich und nahm einen Schluck aus seiner Tasse. »Wieso? Was ist passiert?«

»Ich glaube, die ganzen Erinnerungen sind etwas zu viel auf einmal.«

Dario nickte mir zu und schien sich zu entspannen.

»Das ist verständlich. Ich meine, vor ein paar Tagen

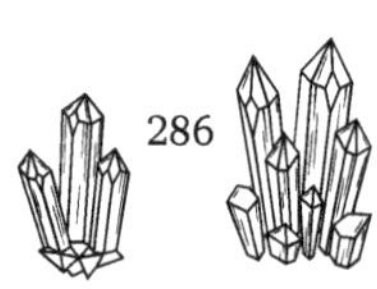

hatte sie keinen Schimmer über ihre Vergangenheit und plötzlich weiß sie wieder alles. Wir können nur vermuten, welches Gefühlschaos das in ihr auslösen muss.«

Warum konnte Dario die Dinge immer so schnell auf den Punkt bringen? Er war ein Frauenversteher und manchmal fragte ich mich wirklich, warum er noch keine Frau hatte.

»Ich wünschte nur, ich könnte mehr tun und ihr das alles erklären.«

»Das wirst du. Aber lass ihr erstmal Zeit, das alles zu verarbeiten. Ist sie jetzt noch bewusstlos ist?«

»Als ich vorhin aufgewacht bin, schien sie zu schlafen. Ich wollte ihr noch etwas Ruhe gönnen.«

Eigentlich wollte ich selbst so lange schlafen, bis sie aufwachte, aber das hatte nicht geklappt und jetzt neben ihr zu sitzen war nicht nötig. Ich hatte mich noch einmal vergewissert, dass ihre Atmung und ihr Herzschlag in einem gleichmäßigen Rhythmus waren, bevor ich mein Zimmer verlassen hatte. Sie würde jetzt einfach noch etwas Zeit brauchen, um wieder zu Kräften zu kommen.

Außerdem hatte Dario recht. Ich musste mich in Geduld üben, auch wenn das nicht einfach war. Seufzend strich ich durch meine Haare und trank einen Schluck aus meiner Tasse, als mein Blick wieder zu meinem Beta schweifte. »Was macht unser Gefangener?«

»Er hat seit gestern das Wohnzimmer nicht verlassen. Ich denke, er traut sich nicht wirklich raus. Aber Milo wird ihm gleich sein Zimmer am anderen Ende des Flurs zeigen«, sagte er und sah ernst zu mir.

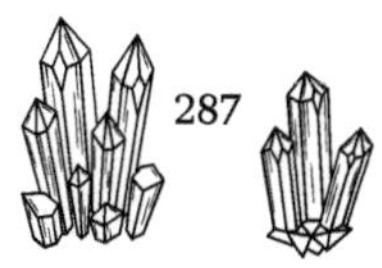

»Ich bin immer noch der Meinung, das war eine blöde Idee … Man kann Tarik nicht trauen.«

»Es geht nicht darum, ihm zu vertrauen, sondern Vlad zu eliminieren. Tarik stand so lange hinter ihm – wenn jemand seine Schwachpunkte kennt und weiß, wie wir diesen Bastard zu Fall bringen können, dann er.«

Vertrauen würde ich ihm niemals. Das war auch der Grund, warum er eins der hintersten Zimmer bekommen würde. So war er weit genug entfernt von Emma, die künftig ein neues Zimmer in meinem Flügel bewohnen würde. Ich wollte sie in Sicherheit wissen.

»Ich sage es nur. Tarik hat so viel Unruhe gestiftet und versucht uns gegenseitig auszuspielen. Ganz zu schweigen von dem, was er mit Emma getan hat. Diese Beleidigungen und Anschuldigungen.«

»Das weiß ich. Aber das ist unsere Chance, mehr über Vlad zu erfahren.«

»Dir sollte dabei aber bewusst sein, dass Tarik Emma über den Weg laufen könnte.«

»Ich weiß, auch wenn es mir nicht gefällt. Jedoch denke ich, dass Emma Abstand zu ihm halten wird, nach allem, was Tarik zu ihr gesagt hat. Und sie wird sicher nichts mehr von ihm wollen.«

Überrascht blickte er zu mir und ich lachte, ehe ich mir eine Zigarette anzündete, das Nikotin tief in meine Lunge zog und den Rauch ausblies.

»Warum bist du dir da so sicher?«, fragte er.

»Emma erinnert sich wieder. Auch wenn sie Tarik vielleicht mal mochte, weiß sie jetzt, dass sie uns alle kennt und uns vertrauen kann – und das nicht erst seit gestern. Emma ist schlau und nicht auf den Mund

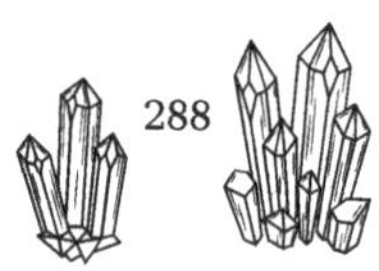

gefallen, und auch wenn sie bei Vlad Unbeschreibliches durchgemacht hat, weiß ich, dass tief in ihr noch immer die freche und wilde Frau von früher steckt.« Siegessicher zog ich an meiner Zigarette und fügte ich hinzu: »Emma wird Tarik durchschauen und erkennen, dass er nur mit ihr gespielt hat und er nichts weiter als ein manipulativer Verräter ist.«

»Ich hoffe du hast recht.«

»Sicher habe ich das.« Ich rauchte meine Zigarette auf, stellte anschließend meine Tasse auf die kleine Ablage neben der Mirowelle und verabschiedete mich von Dario, der sich noch eine Tasse Kaffee einschenkte.

Ich ging den Flur in meinem Flügel entlang und blieb vor einer Tür stehen, die nur wenige Meter von meinem Zimmer entfernt war. Hier sollte Emmas neuer Rückzugsort sein und meine Angestellten waren schon dabei, alles einzurichten.

Ich betrat das Zimmer und sah mich grinsend um. Das große Himmelbett war schon aufgebaut und die Decken und Kissen mit roter Bettwäsche bezogen worden. An der Wand ragten große weißen Schränke und direkt daneben stand ein Schminktisch bereit. Neben der Tür befanden sich schwarze Bücherregale die ich selbst ausgesucht hatte. Einer der Angestellten legte gerade einen Fellteppich davor und schob anschließend ein kleines graues Sofa zurecht. In unmittelbarer Nähe stand ein Glastisch mit einem fülligen roten Rosenstrauße in einer Vase – perfekt, so wie ich es gewünscht hatte. Emma würde sich über diese kleine Leseecke in ihrem Zimmer sicher freuen. Ich warf einen prüfenden Blick in das angrenzende Badzimmer,

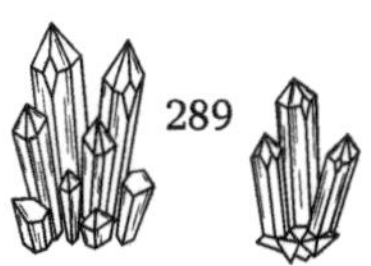

289

das meinem sehr ähnelte; eine Regenfalldusche, ein großer Spiegel über dem Waschbecken und genügend Regale und Schubfächer für all ihre Sachen.

Zufrieden ging ich aus dem Zimmer und lächelte bei dem Gedanken, es ihr bald zu zeigen und dabei das Funkeln in ihren wunderschönen Augen zu sehen, während sie sich darüber freute.

Ich hörte den leisen Gong des Aufzugs und drehte mich um. Als sich die Türen öffneten, kam Milo mit Tarik heraus. Beide blickten in meine Richtung und mit schnellen Schritten schloss ich zu ihnen auf.

»Ich wollte ihm gerade sein Zimmer zeigen«, teilte mir Milo mit und deutete mit einem Kopfnicken zu Tarik, der sich mit großen Augen umsah.

»Es ist wirklich beeindruckend, was du dir hier aufgebaut hast.«

»Irgendwohin musste ich ja, nachdem ihr mir mein Schloss genommen und die Jagd auf uns eröffnet habt.«

Gedanken an die feindliche Übernahme meines früheren Zuhauses schossen mir durch den Kopf und brachten mich innerlich zum Beben. Verdammt, wie gern würde ich ihm einfach an die Kehle gehen.

»Beruhig dich. Es bringt nichts, wenn wir Tarik töten. Wir brauchen ihn lebend, sonst war es das mit den Informationen.«

Ich atmete die angestaute Luft aus und strich durch meine Haare, in der Hoffnung mich zu beruhigen. »Ich hoffe, dein Zimmer wird dir gefallen.«

»Ganz sicher. Alles ist besser als ein Käfig«, murmelte er, als Milo ihm deutete, weiterzugehen.

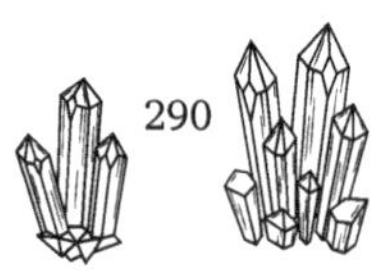

Ich sah den beiden hinterher, als sie den Flur entlang-
gingen und um die nächste Ecke verschwanden. Mit
geballten Fäusten stand ich noch eine ganze Weile da
und atmete immer wieder tief ein und aus.

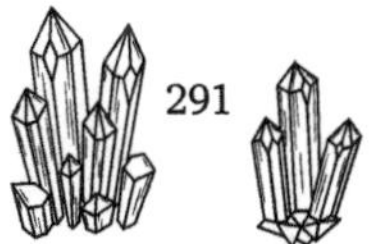

Kapitel 18

TARIK

Noch immer musste ich mich daran gewöhnen, mich außerhalb des Käfigs bewegen zu können. Ich fragte mich außerdem, von welchen Extras Ryan in Bezug auf das Halsband gesprochen hatte, und traute mich nicht wirklich, irgendwohin zu gehen.

Also blieb ich im Wohnzimmer auf dem Sofa vor meinem Käfig sitzen, nickte dort immer mal wieder ein und beobachtete dann durch das Fenster, wie die ersten Angestellten auf dem Grundstück auftauchten, nachdem die Sonne aufgegangen war.

Milo kam herein, befahl mir, ihm zu folgen und wir stiegen in den Aufzug. Er führte mich durch einen Flur mit einigen Gästezimmern oder Büros, wie ich vermutete, und ich kam nicht mehr aus dem Stauen heraus. Überall standen imposante Vasen und Skulpturen auf dunklen Podesten und an den Wänden hingen unterschiedliche Bilder, die moderne Kunst und diverse Landschaften zeigten.

Als wir Ryan über den Weg liefen und ein paar Sätze miteinander wechselten, konnte ich nicht anders, als nach Emma Ausschau zu halten. Doch ich wurde leider enttäuscht und wir gingen weiter.

»Wir können dennoch mit Emma sprechen. Wir können uns jetzt frei bewegen und zu ihr gehen.«

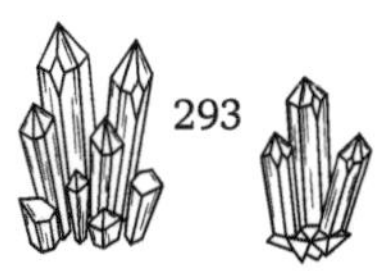

»Und wenn das verboten ist und Ryans Extras akti-viert?«

Ich kannte diese Halsbänder nur aus Erzählungen und die gefielen mir überhaupt nicht. Sie bedeuteten Folter und Schmerz beim geringsten Ungehorsam.

»Der Schattenrat sollte das verbieten. Wir sind keine Sklaven, aber das Halsband macht uns zu welchen. Warum?«

Ich konnte meiner wahren Natur leider keine Antwort darauf liefern. Aber es stimmte – das Halsband verwehrte uns die Möglichkeit, das zu sein, was wir waren. Und wie schlimm konnte die Blaxro-Magie schon sein? Am Ende wusste ich es nicht.

»Woher auch? Sie wurde verboten und es wurde alles vernichtet, was auch nur darauf hindeuten könnte.«

Und doch beherrschte ausgerechnet Vlad allen Anscheins nach diese Magie. Mit einer einzigen verdammten Handbewegung hatte er bei unserer letzten Begegnung einfach das Schloss in Trümmer gelegt.

»Ich denke, Vlad ist mächtiger, als wir es jemals angenommen haben.«

Ich wollte das nicht hören, also schüttelte ich meinen Kopf in der Hoffnung, diese Gedanken ausradieren zu können.

Milos Stimme katapultierte mich zurück in die Gegenwart. »Tarik?«

»Was hast du gesagt?«

»Wir sind da, das ist dein Zimmer«, sagte er, und erst jetzt bemerkte ich, dass wir in einem Schlafzimmer standen. Mein Blick schweifte durch den hellen Raum. Ein großer weißer Kleiderschrank stand an der Wand, zwei dazu passende Kommoden und ein

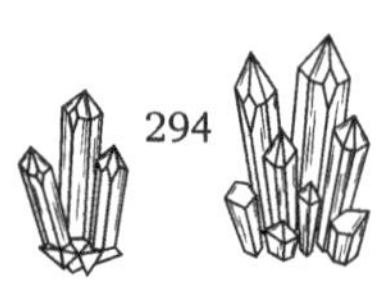

schwarz eingerahmter Spiegel direkt daneben. Gegenüber stand ein Bockspringbett und dem kleinen Balkon konnte ich einen Holzstuhl entdecken. Auch wenn der Raum nicht groß war, gefiel er mir. Ich ging in meinem neuen Zimmer umher und entdeckte einen Minikühlschrank und ein kleines angrenzendes Bad. Auf einer Metallablage lagen feinsäuberlich gestapelte Handtücher und das Badezimmer war picobello sauber. Nein, an diesem Zimmer gab es wirklich nichts auszusetzen.

»Definitiv nicht das, was wir erwartet haben.«

Ich war davon ausgegangen, dass Ryan mir ein altes oder verdrecktes Zimmer geben würde, aber das hier schien eines seiner zugegeben stilvollen Gästezimmer zu sein.

»Es ist alles hier und solltest du noch etwas brauchen, gib es den Angestellten weiter.«

Das alles hier war anders als bei Vlad. Bei ihm hatte es nichts gegeben, was mit Fürsorge zu tun hatte und ich musste mir eingestehen, dass Ryans Heim seinen Charme hatte. »Danke. Ich glaube nicht, dass ich noch etwas brauche, außer frische Kleidung.«

»Im Schrank findest du etwas.« Milo sah sich noch mal im Raum um, ehe er zur Tür trat. »Leb' dich gut ein. Und denke daran: Solltest du etwas Verbotenes machen, wirst du es spüren.«

Als er weg war, schloss ich dir Tür ab, stieg erstmal unter die Dusche und genoss das warme Wasser auf meiner Haut. Danach wickelte ich mir ein Handtuch um und öffnete den Kleiderschrank. Tatsächlich, dort befanden sich allerlei Kleidungsstücken.

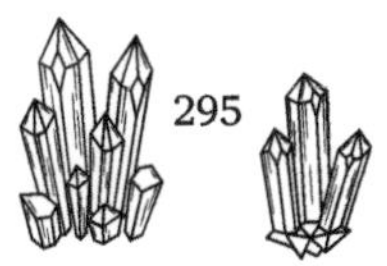

Nachdem ich mich angezogen hatte, suchte ich das Zimmer nach einem Zettel oder irgendeiner anderen Art Anweisung ab, auf der stehen würde, was ich machen durfte und was nicht. Doch da war nichts. Frustriert setzte ich mich auf das Bett.

»Anscheinend sollen wir selbst herausfinden, was erlaubt ist.«

Wahrscheinlich warteten sie nur darauf, dass dieses Scheißhalsband auslöste. Eine Art Belustigung auf meine Kosten.

»Alles wird gut. Wir sind aus dem Käfig, das ist doch schon Mal ein Anfang.«

So unrecht hatte sie nicht, auch wenn ich noch immer nicht wusste, was das Ganze bedeutete und noch weniger, was Vlad vorhatte. Wie sollte ich denn eine große Hilfe sein, wenn dieser verfluchte Prinz mich mit der Blaxro-Magie kontrollierte und wieder heimsuchen würde?

Meine Situation war eine einzige Katastrophe und ich erinnerte mich an das letzte Aufeinandertreffen mit Vlad. Was hatte er damit gemeint, dass wir uns öfters sehen würden? Und was hatte er mit seinen Fingern an meiner Stirn gemacht?

»Wir dürfen uns nicht verrückt machen. Wir müssen einen klaren Kopf bewahren und zusehen, dass wir dieses Halsband loswerden.«

»Das können wir nicht«, murrte ich.

»Wir müssen, sonst können wir uns gegen nichts und niemanden wehren.« Sauer stand ich auf, stellte mich vor den schwarz eingerahmten Spiegel gegenüber meinem Bett und drehte meinen Kopf, damit ich das Brandmal an meinem Hals besser sehen konnte.

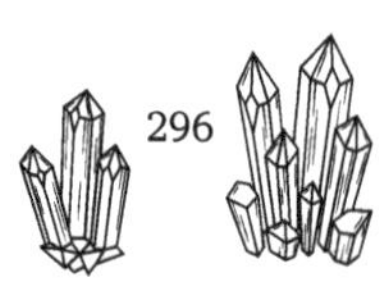

Es glich beinahe einem schlecht gestochenen Tattoo, aber wenigstens brannte es mittlerweile nicht mehr wie Feuer.

Mit einem Mal durchfuhr mich ein Gedankenblitz. Ich riss meine Augen auf und sah mich im Zimmer um, durchwühlte die Schränke und wurde im Badezimmer fündig, doch als ich mich vor den Spiegel über dem Waschbecken stellte, stöhnte ich auf. Scheiße! Hier war das Waschbecken einfach im Weg und ich konnte nicht so nah an den Spiegel heran, wie ich es wollte, also stellte ich mich zurück vor den Spiegel im Zimmer und hielt ein kleines Klappmesser in der Hand.

»Du willst doch nicht … Tarik, das ist eine sehr schlechte Idee«, sagte meine Natur geschockt.

»Es ist die einzige Idee, die womöglich etwas bringt.«

Vielleicht konnte ich das ungewollte Ding einfach rausschneiden. Ich atmete tief durch, legte meinen Kopf schräg zur Seite, trat dicht vor den Spiegel und setzte das Messer an. Mit zusammengepressten Zähnen schnitt ich vorsichtig mit der kalten Klinge in meinen Hals. Blut floss über die Klinge, als ich das Messer noch tiefer in mein Fleisch drückte. Plötzlich schoss ein entsetzlicher Schmerz durch meinen gesamten Körper und ich hatte das Gefühl, von innen heraus zu verbrennen. Blut spritzte gegen den Spiegel und lief an mir hinunter. Ich ließ das Messer fallen, sackte keuchend auf den Boden und presste beiden Hände auf die blutende Wunde. Nur wenige Sekunden später war sie bereits wieder am Abheilen und alles, was blieb, war das Blut auf dem Spiegel und meiner Kleidung und die Lache auf dem Teppich. Verflucht noch mal!

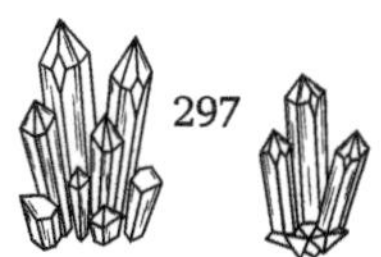

»Ich habe dir gesagt, dass das eine bescheuerte Idee ist.«

»Trotzdem mussten wir es probieren«, grummelte ich und erhob mich unter Schmerzen. Ich schleppte mich ins Bad, zog meine Kleidung aus und warf sie in den Wäschekorb, der in der Ecke stand. Unter der Dusche wusch ich mir das Blut ab. Danach blickte ich in den Spiegel im Bad und stöhnte auf. Der Schnitt war verschwunden.

»Wenigstens bleibt uns die heilenden Fähigkeiten nicht verwehrt«, murmelte ich.

Frustriert über die Situation, in der ich festhing, ging ich zurück in das Zimmer, zog mir frische Kleidung an und suchte in den Regalen und Kommoden nach Reinigungsmittel. Neben dem Minikühlschrank wurde ich fündig. Ich säuberte den Spiegel, reinigte den Teppich so gut ich konnte und rollte ihn zusammen. Nachdem ich ihn vor meinem Zimmer an die Wand gelehnt hatte, gab ich dem Personal über das Telefon auf meiner Kommode Bescheid, dass sie den Teppich entsorgen und mir einen neuen bringen sollten. Ich nahm mir eine Bierflasche aus dem befüllten Minikühlschrank und öffnete sie. Auf dem Balkon ließ ich mich damit auf den Holzstuhl fallen und trank einen kräftigen Schluck daraus. Als die goldene Flüssigkeit meine Kehle hinunterglitt, schloss ich meine Augen. Verdammt, war das lecker. Wie lange hatte ich schon kein Bier mehr getrunken? Ich spürte, wie meine Schultern nach unten sackten und die Anspannung in meinem Körper nachließ.

»Jetzt genießen wir erstmal unsere neu gewonnene Freiheit.« Ein passabler Plan. Besser als die Zeit im Käfig war es auf jeden Fall und vielleicht hatte ich jetzt die Chance,

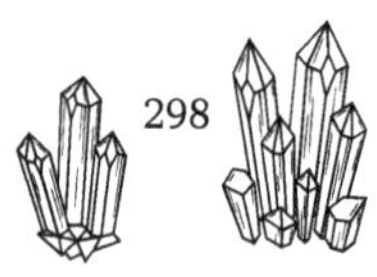

mit Emma zu reden, denn ich wollte sie nicht verlieren und sie war mir nach wie vor sehr wichtig.

»Wir lieben sie«, flüsterte meine wahre Natur und ich musste hart schlucken. Ja, das taten wir. Nur war es wahrscheinlich zu spät und ich hatte alles zerstört, was wir jemals aufgebaut hatten. Aber sie konnte mich nicht einfach hassen oder all das, was wir erlebt hatten, vergessen. Emma war meine Schöne und jetzt, mit meiner neuen Freiheit, würde ich das Gespräch mit ihr suchen und hoffen, dass sie mir zuhören würde.

»Sie hat etwas für uns empfunden, und Gefühle verschwinden nicht einfach«, sagte meine wahre Natur.

»Das denke ich auch.«

Ryan und sein innerer Kreis waren so verzweifelt, dass sie sich meine Hilfe erhofften und mich dafür sogar freigelassen hatten. Und auch wenn ich Vlad fallen sehen wollte, hieß das noch lange nicht, dass ich nicht meinen eigenen Plan verfolgen konnte.

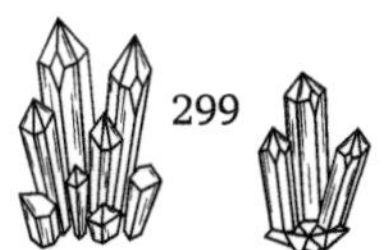

ALS ICH WIEDER ZU MIR KAM, SETZTE ICH MICH langsam auf. Auf der anderen Seite des Zimmers sah ich Ryan in einem schwarzen Sessel sitzen.

»Wie fühlst du dich?«, fragte er und kam sofort an meine Seite gerutscht. Ich konnte ein kleines Lächeln nicht verbergen, denn egal wie verletzt ich auch war, der besorgte Ausdruck in seinen Augen erinnerte mich so sehr an den Mann, in den ich mich einst verliebt hatte.

»Vielleicht sollten wir doch das Gespräch mit ihm suchen«, flüsterte meine wahre Natur, die sich nichts sehnlicher wünschte, als endlich die Wahrheit darüber zu erfahren, warum er uns verlassen hatte und vor allem, was aus dem Mann geworden war, den wir geliebt hatten.

»Können wir reden?«, setzte ich an und er musterte mich für einen Augenblick.

»Was hältst du davon, wenn wir beide jetzt erst Mal ein verspätetes Mittagessen einnehmen und dann reden? Ich beantworte dir alle Fragen, die dir auf dem Herzen liegen.«

Überrascht über seine Antwort und dass er so schnell einlenkte, weiteten sich meine Augen und er seufzte.

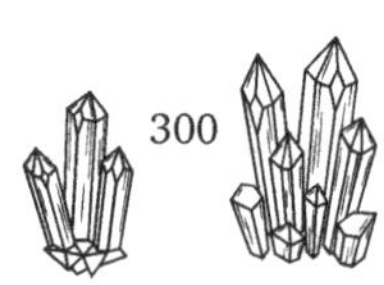

»Ich weiß, dass ich nicht immer gut zu dir war, Emma. Aber alles, was ich tue, ist für dich und für unsere gemeinsame Zukunft.«

Ich wollte ihm das glauben und ein kleiner Teil in mir ließ mich vermuten, dass ich gar keine andere Wahl hatte. Denn Ryan würde sich diese Zukunft mit mir holen, ob ich wollte oder nicht.

Nachdem ich immer noch nicht geantwortet hatte, sah er mich treuselig an. »Komm schon, das ist doch ein guter Kompromiss.«

»Na schön, aber davor möchte ich mich duschen und umziehen.«

»Sicher. Komm, ich zeige dir dein neues Zimmer.«

Warte, was? Mein neues Zimmer? »Was meinst du damit?«

»Du bist ab jetzt in meinem Flügel untergebracht und darüber diskutiere ich auch nicht mit dir.«

Und da war er wieder – der besitzergreifende, grimmige Alpha. Aber im Grunde war es mir egal, wo ich meinen Rückzugsort hatte, also ließ ich mich bereitwillig von Ryan in mein neues Zimmer führen, das sich zwischen seinem Büro und zwei leeren Zimmern befand.

Als wir hineintraten, wurden meine Augen größer. Das Himmelbett stach mir sofort ins Auge. Doch als ich die Leseecke sah, konnte ich nicht anders, als zu lächeln. Ich liebte das Lesen und hatte früher Stunden damit verbracht und genau das hatte Ryan sich wohl gemerkt. Mein Herz schlug schneller und ich drehte mich zu ihm.

»Was sagst du?«

»Es ist perfekt, danke!« Lächelnd stellte ich mich auf

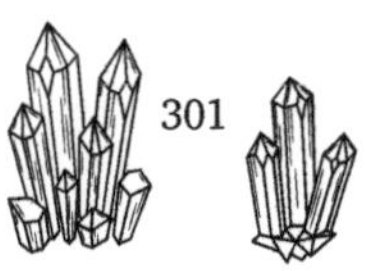

301

meine Zehenspitzen und küsste seine Wange, was ihn spitzbübisch grinsen ließ.

Ich spürte die Hitze in meinen Wangen. Ryan schaffte es immer wieder, mich zu überraschen und als ich in seine grünen Augen sah, erkannte ich denselben Mann von damals. Doch als mein Blick zu seiner Narbe glitt, schluckte ich – er war nicht mehr derselbe.

Als würde er meinen Blick spüren, räusperte er sich, drehte sich schnell um und wischte mit seinem Finger über die Kommode, als würde er nach Staub suchen.

»Darf ich wissen, warum ich ein neues Zimmer bekommen habe?«

Sofort schnellte sein Kopf in meine Richtung und das jugendliche Grinsen, das ich soeben noch gesehen hatte, war verschwunden. Eine Dunkelheit hatte sich auf seinen Augen gelegt. »Ich könnte sagen, damit ich dich wenigstens in meiner Nähe habe, solltest du nicht in meinem Bett schlafen, wo du hingehörst …«, sagte er kalt. »Aber die Wahrheit ist, dass Tarik nicht mehr im Käfig sitzt, sondern in einem der Gästezimmer untergebracht wurde, und ich dich nicht in seiner Nähe sehen möchte.«

Ich öffnete meinen Mund und starrte ihn an, doch es kam kein einziges Wort heraus. Tarik sollte wieder frei sein und hier leben? Ich verstand den Zusammenhang nicht und wusste erst recht nicht, was ich davon halten sollten. Auch wenn ich mir genau das bei meiner Ankunft noch sehnlichst gewünscht hatte, so war das jetzt definitiv nicht mehr der Fall. Tarik hatte mich mit seinen Worten zutiefst verletzt und ich wollte gar nicht daran denken, wie ein erneutes Zusammentreffen mit ihm sein würde.

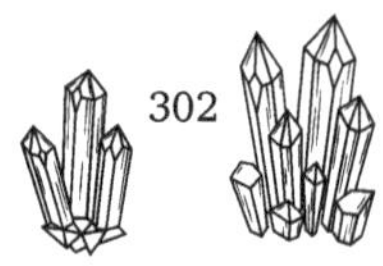

»Er wird nicht in meinen Bereich kommen und wenn du ihn nicht sehen willst, ist das völlig in Ordnung. Hier oben gibt es auch einen Gemeinschaftsraum und wenn du nach unten musst, kann ich einen meiner Männer mitschicken.«

»Ich muss darüber nachdenken, aber ich glaube fürs Erste möchte ich ihn nicht sehen.«

Vielleicht war Tarik schon immer dieser Mann gewesen, der, wenn er nicht das bekam, was er wollte, mit seinen Worten verletzte. Und womöglich war ich nur zu blind gewesen, um das zu sehen. Aber jetzt sah ich ihn anders und ich fühlte mich weder schuldig noch schlecht.

»Das müssen wir auch nicht. Wir lassen uns Zeit und wenn wir wollen, dann reden wir mit ihm, und wenn nicht, dann eben nicht«, sagte meine Natur.

»So einfach?«, hakte ich nach.

»Ja, so einfach. Denn wir sind ihm nichts schuldig und wir haben unseren Riss geschlossen. Wir sind mehr als nur das kleine zerbrechliche Mädchen. Wir sind Emma Hernandez, Charles' Tochter und eine Prinzessin.«

»Das ist völlig in Ordnung und jetzt mach dich fertig«, riss mich Ryan aus meinen Gedanken und setzte sich auf das Bett.

»Du wartest hier?« Verflucht, uns würde nur eine Tür trennen, während ich duschte. Allein bei dem Gedanken wurde ich nervös.

»Ja, also mach dich fertig, mein kleiner Engel«, sagte er mit rauer Stimme. Mit heißen Wangen und schnell schlagendem Herzen holte ich Kleidungsstücke aus dem Schrank und verschwand in mein neues Badezimmer. Stell dich nicht so an, es ist Ryan und wir hatten

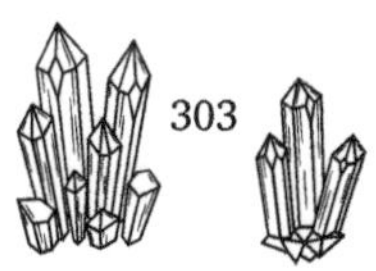

bereits Sex, dachte ich mir. Oh Gott, ja den hatten wir. Damals, als wir zusammen gewesen waren, hatten wir oft Sex gehabt. Wilden, hemmungslosen und leidenschaftlichen Sex.

Sofort spürte ich das Pochen zwischen meinen Beinen und verfluchte meine Gefühle und das Gefährtenband, was das Ganze nicht gerade einfacher machte. Reiß dich zusammen, herrschte ich mich an. Ich stieg unter die Dusche, lehnte mich an die kühlen Fliesen und brauste mich ab.

»Ich bin Emma Hernandez, eine Prinzessin. Ich werde ja wohl diesem Alpha standhalten und ihm nicht wegen des Gefährtenbands verfallen.«

»Stimmt, wir sind eine Prinzessin ...«, sagte meine Natur und hielt plötzlich inne.

Geschockt und mit großen Augen stand ich da, während das Wasser weiter über meinen Körper floss.

Meine Lust auf Ryan verpuffte augenblicklich und mein Herz hämmerte wild gegen meine Brust. Ich hörte das Rauschen meines Pulses in meinen Ohren.

Die Erkenntnis überrollte mich wie ein Güterzug und ich spürte, wie sich trotz des warmen Wassers eine Gänsehaut über meinen Körper ausbreitete.

Konnte das der Grund hinter allem sein? Wollten diese Alphas mich deswegen, weil ich eine Prinzessin war? Das war die einzig logische Schlussfolgerung, die es gab. Vlad hatte mich all die Jahre wegen dem Gefährtenband angelogen und war wie besessen davon, dass ich seine Frau sei. Und jetzt sollte ich auch noch die Gefährtin eines anderen Alphas sein? Es musste einen Zusammenhang geben, denn beide Männer waren Alphas und ich konnte ihre Macht deutlich spüren.

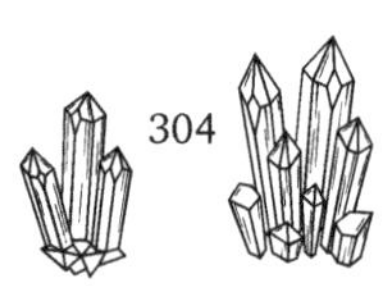

Doch was war meine Rolle in diesem Spiel? Und gab es noch weitere Prinzessinnen in unserer Welt?

»Wir können Ryan dazu befragen oder wir sehen uns in der Bibliothek um, ob wir etwas über Stammbäume finden. Irgendwo muss etwas stehen, was uns weiterhilft«, überlegte meine Natur, während ich aus der Dusche stieg und mich abtrocknete. Ich zog die schwarze Spitzenunterwäsche und das dunkelrote Kleid an und kämmte meine Haare.

»Wir sollten auch mehr über uns herausfinden.« Denn jetzt, wo unser Riss geschlossen war und wir wieder unsere Fähigkeiten und unsere Magie besaßen, sollten wir damit auch umgehen können.

»Wir könnten Ryan und seine Männer fragen, ob sie uns unterrichten.«

Das war keine schlechte Idee. Sie alle waren älter und beherrschten ihre Fähigkeiten und ihre Magie in Perfektion.

Ich atmete tief durch und öffnete die Tür, hinter welcher Ryan mich schon erwartet.

»Da bist du ja endlich.«

»Also, essen wir jetzt etwas und dann reden wir?«

»Ja, aber alles mit der Ruhe.«

»Wir dürfen nicht vergessen, nach dem Training zu fragen. Das ist wichtig«, erinnerte mich meine wahre Natur und ich stimmte ihr stumm zu.

Ich war skeptisch. Denn als Ryan gedankenverloren meine Hand nahm und mich in seinem Flügel in einen mir noch unbekannten Raum führte, schien es mir, als würde er das Essen vorschieben, um nicht mit mir reden zu müssen.

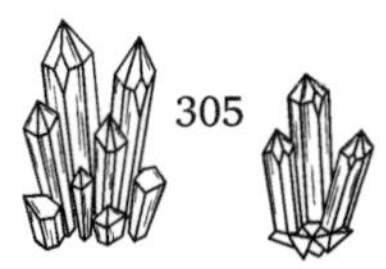

»Ryan, wo sind wir?« Ich sah mich irritiert um.

»Das ist ein privater Essbereich. Hier in meinem Flügel gibt es ziemlich viele Räume. Du kannst sie dir gern alle ansehen.«

Er schob mir den Stuhl an der gedeckten Tafel zurecht und ich nahm Platz, ehe er sich mir gegenübersetzte. Auf dem Tisch standen frische Rosen und ein Blick durch die verglaste Tür verriet mir, dass sich dort ein großer Balkon mit mehreren Sitzmöglichkeiten befand. Ryans Villa, wie er sie nannte, glich eher einem Schloss. Wie auch immer – der Essbereich war definitiv gemütlicher als der große Speisesaal.

»Ich finde es sehr schön, vor allem diese Rosen.«

Ich konnte nicht anders, als mich vorzulehnen und daran zu riechen, was Ryan zufrieden grinsen ließ.

»Du liebst Rosen.«

»Ja, das tue ich und wie ich sehe, hast du das alles nur für uns herrichten lassen.«

Er gab sich Mühe und ich wusste das zu schätzen.

Die Nebentür öffnete sich und zwei Bedienungen kamen hereingestöckelt, stellten uns jeweils einen Teller mit herrlich duftendem Essen hin und ich nickte ihnen dankend zu. Beinahe hätte ich übersehen, wie die eine der beiden Ryan ein flüchtiges Lächeln zuwarf. Meine wahre Natur spannte sich an und ich kniff meine Augen zu Schlitzen zusammen.

»Beruhig dich, wir sind nicht …«, versuchte ich es, aber meine Natur knurrte und bevor ich weitersprechen konnte, berührte ich wie fremdgesteuert die weiße Tischdecke. Im selben Moment flogen Funken und ein dünner, präziser Blitz schoss durch meine Finger und traf geradewegs die Bedienung.

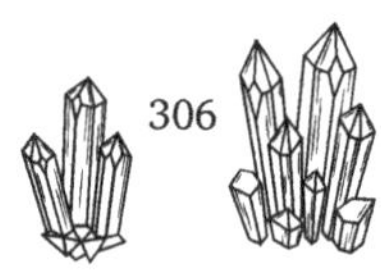

Sie schrie laut auf und sprang einige Schritte zurück. »*Oh.*«

Oh? Wollte meine Natur mich verarschen? Was sollte das? Und wie zur Hölle hatte sie das gemacht?

»*Ich weiß es nicht, das war eine Art Reflex. Ich wollte nur nicht, dass diese Frau ihn anfasst.*«

»Los, verschwinde. Ich möchte mit meiner Frau allein sein«, fauchte Ryan.

Eiligen Schrittes verließ die Frau gemeinsam mit der anderen Bedienung den Raum.

Es vergingen einige Sekunden, bis Ryans grimmiges Gesicht sich in ein amüsiertes verwandelte und ich verfluchte meine Natur.

»Du warst eifersüchtig.«

»Was? Nein, ganz sicher nicht. Wir sind nicht Mal zusammen.«

»*Das liegt daran, dass wir erst vor kurzem unsere Fähigkeiten und unsere Magie wiedererlangt haben. Ich muss mich erst wieder an die Macht gewöhnen*«, verteidigte sich meine Natur.

»Und ob du das warst«, rief er beinahe und lachte.

»War ich nicht! Ich habe erst seit kurzem meine Erinnerungen wieder und auch meine Fähigkeiten. Sowas dauert, bis man sich wieder daran gewöhnt hat.«

»*Genau!*«, stimmte meine Natur mir zu.

»Aber sicher doch.« Er zwinkerte mir zu und trank siegessicher aus seinem Glas.

»Ja. Und deswegen möchte ich, dass ihr mich trainiert.« Ryan verschluckte sich augenblicklich und japste nach Luft. Begleitet von lautem Räuspern sah er mich entgeistert an. »Du willst trainiert werden?«

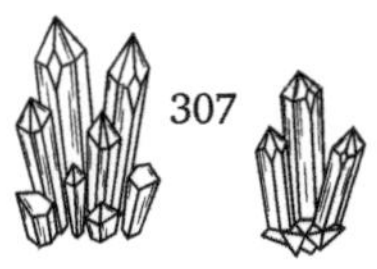

»*Warum sieht er uns so an, als wären wir ein Geist? Wo liegt das Problem?*«

»Ja, ich möchte lernen, meine Fähigkeiten einzusetzen.«

»Warum?«

Seufzend lehnte ich mich zurück. »Ich möchte mich verteidigen können«, sagte ich und stach mit meiner Gabel ein Stück Gemüse auf.

»Das brauchst du nicht. Du wirst immer von einem meiner Männer begleitet.«

»Aber …«, setzte ich erneut an.

»Nein!«, war alles, was er sagte. Er machte sich an sein Essen, als wäre das Thema vom Tisch.

Ryan verstand mich nicht, und das enttäuschte mich. Aber schlimmer war, dass ich mich an damals erinnerte, als er mich im Arm gehalten und wir beide versucht hatten, etwas aus unserer Magie zu formen. Früher hätte er sofort Ja gesagt, aber diesen Ryan gab es wohl nicht mehr.

»*Wir könnten Dario bitten, Ryan zu überreden. Schließlich ist er sein Beta. Und wenn alles nichts bringt, dann suchen wir eben ein Buch und erlernen es selbst*«, sagte meine wahre Natur mit einem Versuch der Aufmunterung.

Eine unangenehme Stille legte sich über uns und ich widmete mich meinem Essen.

Als wir damit fertig waren und eigentlich miteinander reden wollten, funktionierte nichts mehr. Ryan entschuldigte sich und meinte, dass er noch fortmüsste, wir uns aber am Abend wiedersehen würden. Und ehe ich irgendetwas darauf erwidern konnte, raste er schon davon und ließ mich im Flur allein. Frustration

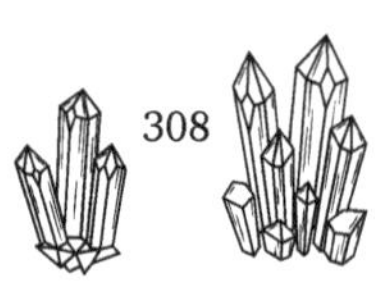

breitete sich aus und ich rieb über meine Schläfen, spürte, wie mein Herz schmerzte. Wieder hatte es nicht geklappt und vermutlich würde es auch nicht mehr klappen, da es schon Spätnachmittag war. Ich schluckte die Tränen, die sich an die Oberfläche drängten, hinunter und ging zurück in mein neues Zimmer, warf die Tür hinter mir zu und schmiss mich mit dem Gesicht voraus ins Bett. Ich schrie und schlug mit meiner Faust auf die dunkelrote Decke, während eine Träne über meine Wange lief. Schnell wischte ich sie weg und setzte mich hin.

Warum war das so schwer? Früher wäre es niemals so schwer gewesen …

Wir beide hatten uns verändert. Es störte mich, dass Ryan sich in einem Moment um mich sorgte und ich mehr von seiner Nähe wollte, und im nächsten Moment schien er unerreichbar zu sein. Wieder schrie ich, ehe ich tief ein- und wieder ausatmete. Nachdem ich eine Weile genervt und frustriert in meinem Zimmer saß, blickte ich irgendwann auf die kleine goldene Uhr auf meinem Nachttisch. Es war bereits acht Uhr. Von Ryan würde ich heute wohl nichts mehr hören, also beschloss ich, nach unten ins Wohnzimmer, zu gehen. Vielleicht würde ich dort jemanden antreffen, der mich unterhalten und mich auf andere Gedanken bringen würde.

Ich schloss die Tür hinter mir und ging die Treppe hinunter. Und dann traf ich ausgerechnet auf Tarik.

»Wir können umdrehen«, schlug meine Natur vor und ich dachte tatsächlich kurz darüber nach. Aber es war zu spät. Er hatte mich gesehen und kam geradewegs auf mich zu.

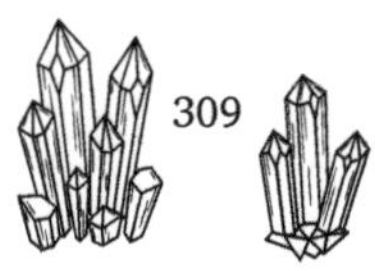

»*Vielleicht schaffe ich noch so ein Blitzding*«, flüsterte sie nervös. Aber uns beiden war bewusst, dass das Schwachsinn war. Denn wir hatten nicht die leiseste Ahnung, wie wir den Blitz am Esstisch erzeugt hatten und auf ein Vielleicht war nicht gerade viel zu setzen.

Ich konnte also nur hoffen, dass alles gut gehen würde, als Tarik vor mir zum Stehen kam.

Kapitel 19

Als ich in das mir so bekannte Wohnzimmer trat und von dort aus in die Küche wollte, stellte ich fest, dass der Käfig, der vor kurzem noch mein Schlafplatz gewesen war, abgebaut und weggebracht worden war. Gedankenverloren ging ich in die Küche, nahm eine Kleinigkeit zu mir und machte mich gerade wieder auf den Weg in mein Zimmer, als ich plötzlich auf Emma stieß.

Ich ging ohne zu überlegen auf sie zu und blieb vor ihr stehen, denn das war meine Chance, mit ihr zu reden und soweit ich das beurteilen konnte, waren wir allein im Wohnzimmer.

»Emma«, sagte ich und wollte sie am liebsten in meine Arme ziehen, aber als meine Schöne einen Schritt zurücktrat, musste ich schlucken.

»Du bist frei, wie ich sehe«, flüsterte sie.

Ich konnte spüren, dass sich etwas an ihr verändert hatte, und sofort musste ich wieder an ihre dunkelroten Flügel denken. Hatte sie etwa ihre Erinnerungen und die damit verbundene Macht zurück, die Vlad vermutlich meinte?

»Das bin ich und ich würde gern mit dir reden.«

Kurz trafen sich unsere Blicke und für einen Moment dachte ich, meine Schöne darin zu sehen. Ich trat näher und berührte ihren Arm und sofort wich

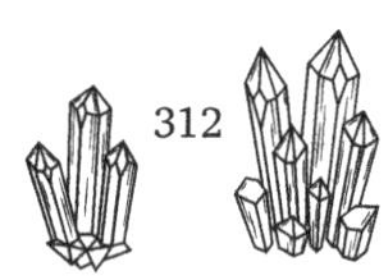

sie mir aus und wollte an mir vorbei gehen, doch ich konnte das nicht zulassen. Ich wollte mit ihr reden, mich erklären und von ihr hören, dass sie mich nicht hasste, dass sie mich noch immer genauso mochte, wie damals in Chicago.

»Emma, ich will mit dir reden«, sagte ich mit Nachdruck und griff erneut nach ihr. Als ich in ihre sonst so braunen Augen blickte, sahen mir zwei leuchtende Rubine entgegen.

»Das muss ihre Natur sein, ich kann sie spüren.«

»Auch ihre Aura?«

»Ja, aber ich kann dir nicht sagen, wie mächtig sie ist.«
Wahrscheinlich lag meine verminderte Wahrnehmung an diesem Halsband, aber die Tatsache, dass Emma ihre Augen verändern konnte, musste bedeuten, dass sie ihre wahre Natur wieder spüren konnte und ihre Fähigkeiten und die damit verbundene Magie zurückerlangt hatte.

»Ich möchte nicht mit dir reden«, riss sie mich aus meinen Gedanken und ich blinzelte.

Sie wollte nicht mit mir reden? Augenblicklich spürte ich eine tiefe Wut und die Dunkelheit in mir, die sich wie ein Lauffeuer ausbreiteten.

»Ich bin immer noch Tarik, der Mann, der dir bei allem beigestanden hat«, bellte ich.

»Wir müssen ruhig bleiben.«
Die Dunkelheit bereitete sich in mir aus und sämtliches Licht umschlang mich. Mein Herzschlag beschleunigte sich, während die Finsternis mit jeder Sekunde stärker wurde.

»Du hast mich verletzt, mehrmals.«

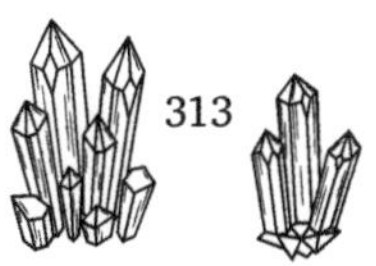

Ihre Stimme zitterte und ich wollte mich zurückhalten, Abstand wahren und verdammt noch mal aus dem Raum gehen. Aber anstatt das zu tun, packte ich grob ihre Oberarme und zog sie an mich, während mein Puls raste. »Ich habe dich verletzt? Ich bitte dich, komm darüber hinweg und hör auf, dich so verdammt kindisch zu benehmen. Ich war derjenige, der wie ein Tier in einem Käfig festgehalten wurde«, schäumte ich vor Wut und mein Griff wurde eiserner, als ihre rubinroten Augen verschwanden und ich Tränen sehen konnte, die sich in ihren Augenwinkeln sammelten.

»Tarik, komm zu dir!«, brüllte meine wahre Natur und kämpfte gegen die ausbreitende Dunkelheit an, aber ich schaffte es nicht.

»Bitte, lass mich los«, flehte sie.

Als ich die Angst in ihren Augen sah, brüllte ich auf. Sie sollte mich nicht fürchten. Sie sollte Ryan und Vlad fürchten, aber doch nicht mich. »Hör auf, Angst zu haben. Hör auf, dich vor mir zu verstecken.«

Der Gedanke, dass meine Schöne solche Angst vor mir hatte, machte mich wahnsinnig. Gewaltsam drückte ich ihr einen Kuss auf den Mund, ehe ich sie durchschüttelte. »Spürst du das? Keiner kann dir das geben, was ich dir gebe. Du bist es mir schuldig!«, brüllte ich sie weiter an.

Auf einmal wurde ich von hinten gepackt, von Emma weggerissen und hart auf den Boden geworfen.

»Ich wusste es, man kann dir nicht vertrauen!«, donnerte Dario und seine Aura schnellte durch den Raum, die nur so vor Stärke und Macht strotzte. Er stürzte sich auf mich, zog mich am Kragen hoch und schlug im nächsten Moment seine Faust gegen meinen Kiefer.

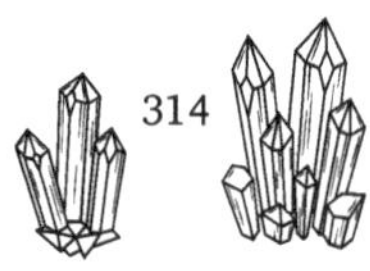

Seine Krallen trafen meine Seite und hinterließen tiefe Schnittwunden. Sofort drückte Blut durch mein Shirt und mein Gesicht war schmerzverzerrt.

»Wenn du nicht von Nutzen wärst, würde ich dein jämmerliches Leben auf der Stelle beenden. Also los, verschwinde und lass dich heute nicht mehr blicken!« Ich wusste, dass er es ernst meinte, also rappelte ich mich mühsam hoch und presste meine Hand auf meine blutende Seite, blickte ein letztes Mal zu Emma und ging mit schnellen Schritten hinaus und hoch in mein Zimmer. Aufgelöst knallte ich die Tür zu und setzte mich auf das Sofa.

»*Das hast du verdient, du warst mal wieder ein Arschloch.*«

»*Du kannst mich mal!*«, schrie ich sie an.

»*Tarik, du machst alles kaputt mit deinem Verhalten. Wir verlieren Emma.*«

»*Wir können sie nicht verlieren … Wir dürfen nicht.*«

»*Ich weiß*«, flüsterte meine wahre Natur und ich schüttelte nur meinen Kopf. Die Dunkelheit in mir hatte mich dazu gebracht und ich hatte den Kampf gegen sie verloren.

»*Wir schaffen es wieder.*«

»*Und wenn nicht? Du hast doch recht: Ich bin zu weit gegangen und habe Emma wieder verletzt.*«

Schuldbewusst blickte ich zu meiner Seite auf die Schnittwunden, die sich langsam schlossen und wieder verheilten.

»*Tarik, wir werden der Dunkelheit nicht verfallen.*«

Ich wünschte, ich hätte ihren Optimismus, aber sicher war ich mir bei all dem lange nicht mehr. Dennoch wollte ich um keinen Preis aufhören zu kämpfen.

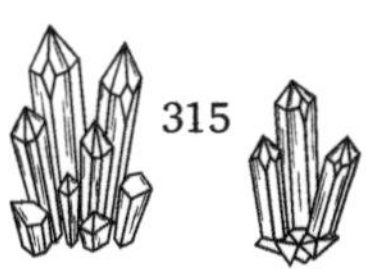

Es musste doch einen Ausweg aus dieser Finsternis geben, oder war das die Bürde eines Shades? Entweder, er würde an seiner Dunkelheit zu Grunde gehen oder ein Leben lang dagegen ankämpfen?

DARIO

ES WAR DAS GEFAHRVERHEISSENDE GEBRÜLL, was mich aus dem Büro und ins Wohnzimmer gelockt hatte, und als ich sah, was hier vor sich ging, brauchte ich alle Mühe, um Tarik nicht seine verdammte Kehle herauszureißen. Doch Emma war jetzt wichtiger. Ich suchte sie nach Verletzungen ab, bis sie meine beiden Hände in ihre nahm und mich eindrücklich ansah. »Dario.«

Blinzelnd blickte ich zu ihr. »Ich möchte nur sichergehen, dass es dir gut geht.«

»Mir geht es gut. Alles, was ich möchte, ist nur dieses Wohnzimmer zu verlassen.«

»Nichts leichter als das.« Ich grinste und hob sie kurzerhand hoch. Emmas Augen flackerten kurz rot auf, ehe sie wieder ihren Braunton annahmen, und ich mit ihr auf meinen Armen nach oben und in Ryans Flügel ging. Als wir im Gemeinschaftsraum ankamen, setzte ich sie auf dem Sofa ab.

»Oh wow! Hier war ich noch nie«, staunte sie und sah sich um.

Ryans Flügel hatte einige Räumlichkeiten zu bieten. Von Gemeinschaftsräumen, Büros und Schlafzimmern

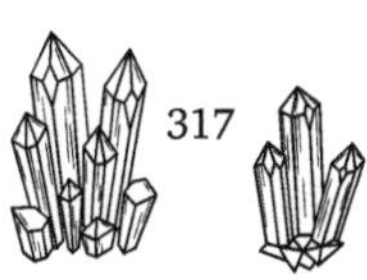

bis hin zu seinem eigenen Fitnessstudio war alles da, und ich hielt mich gern hier oben auf. Es war entspannter und ruhiger und außer ihm durfte sich hier nur sein innerer Kreis aufhalten. Und jetzt auch Emma.

Ich ließ mich neben ihr auf das Sofa fallen und grinste sie an, während mein Arm auf der Rückenlehne ruhte.

»Und dir geht es wirklich gut?« Ich hatte die Tränen in ihren Augen gesehen, aber auch ihre Angst, die mich vor Wut rasend hatte werden lassen.

»Ja, wirklich. Aber ich bin froh, dass du aufgetaucht bist.« Lächelnd lehnte Emma sich in meinen Arm.

Mein Herz machte einen Sprung und ich konnte nicht anders, als mit meinen Fingern über ihre Schulter zu streicheln und ihren Haaransatz zu küssen. »Ich bin immer da, wenn du etwas brauchst.« Und ich meinte jedes Wort ernst.

»Das weiß ich. Ich konnte mich schon damals, als ich euch alle kennengelernt habe, immer auf dich verlassen.«

Jetzt, wo ihre Erinnerungen wieder da waren, konnte sie sich nicht nur an Ryan, sondern auch an uns anderen erinnern und ich wusste genau, was sie damit meinte. Schluckend blickte ich auf ihre Lippen und wie von selbst zog ich sie mit meinem Arm näher an mich.

»Dario«, flüsterte sie und biss sich auf ihre Unterlippe. Meine Atmung wurde langsam und schwer.

»Spinnst du!«, schrie meine Natur.

Heilige Scheiße! Was machte ich hier? Mit einem Satz sprang ich auf und stellte mich mit sicherem Abstand und dem Rücken zu ihr gewandt an das Fenster,

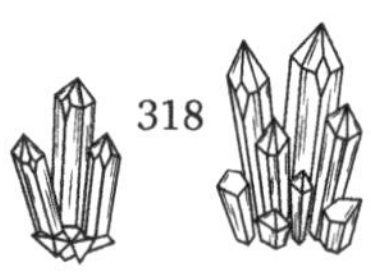

wo ich hinaus in den dunklen Garten blickte, der mit vereinzelten Lichtern beleuchtet war. Tief atmete ich durch.

»Was sollte das?«, fragte ich meine wahre Natur entsetzt.

»Ich rette dir mal wieder deinen Arsch. Was glaubst du, würde passieren, wenn Ryan so etwas sieht?«

Verdammt, sie hatte recht. Ich sollte Abstand zu Emma halten, damit genau das nicht passierte. Aber dieser Moment, als sie in meinem Arm lag und mir in die Augen geblickt hatte, war zu verführerisch gewesen.

»Ich weiß woran du denkst und das sind verbotene Gedanken. Emma ist Ryans Gefährtin, die Frau unseres Alphas und Königs.«

»Seit wann bist du der Klügere von uns?«, fragte ich.

»Im Gegensatz zu dir schalte ich mein Hirn ein und denke nicht nur mit meinem Schwanz.«

Grimmig strich ich durch meine Haare und versuchte, gleichmäßig zu atmen, als Emmas Stimme hinter mir erklang.

»Dario?«

Mit wild schlagendem Herz drehte ich mich zu ihr um.

»Sowas darf nicht wieder passieren. Das geht nicht Emma, du gehörst ihm.«

»Das weiß ich und das wird auch nicht mehr vorkommen. Das war nur … Ich war aufgebracht und stand kurz neben mir, das ist alles.«

»Gut, dann hätten wir das geklärt.« Meine Stimme war kühler als beabsichtigt und ich konnte deutlich sehen, dass Emma das traf. Sie stand auf und ging zur Tür.

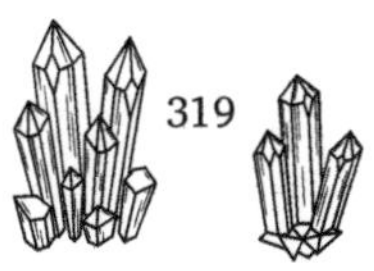

319

»Wohin gehst du?«, wollte ich wissen, als sie sich mit rot leuchtenden Augen umdrehte und mich angiftete. »Ich gehe in Ryans Zimmer, schließlich gehöre ich ihm.«

Bevor ich antworten konnte, rannte sie aus dem Raum. Ich presste meine Lippen aufeinander und setzte mich auf das Sofa.

»Das haben wir ja gut hinbekommen«, meckerte ich meine Natur an.

»Gib nicht mir die Schuld. Du hast sie mit dieser kalten Ich-fühle-nichts-Stimme blöd angemacht, nicht ich.«

Echt jetzt? Meine Natur fiel mir jetzt auch noch in den Rücken? Wie auch immer: Ich musste diese Frau aus meinem Kopf bekommen. Aber wie sollte das gehen?

Seufzend schloss ich meine Augen und musste an jenen Abend denken, als Ryan uns Emma vorgestellt hatten. Wir alle hatten viel gelacht und einfach nur Spaß gehabt. Wir alle waren so anders gewesen. Fröhlich, glücklich und irgendwie zufrieden. Und vor allem hatte uns die Dunkelheit damals noch nicht so zerfressen, wie sie es jetzt tat.

»Es war eine andere Zeit, Dario. Damals gab es diesen Krieg gegen Vlad nicht und wir alle hatten die Dinge noch nicht erlebt, die wir derzeit durchmachen.«

War es falsch, mir genau diese Zeit zurückzuwünschen?

»Ist es nicht.«

Das konnte sie laut sagen aber die Wahrheit war, dass wir nie wieder zu denjenigen werden würden, die wir einst mal waren. Die Jahre auf der Flucht, das viele Blut, das vergossen worden war und die unzähligen

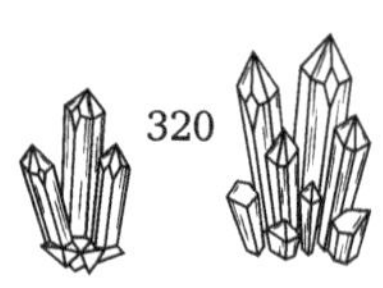

320

Toten, die auf unserem Weg zurückgeblieben waren, würden uns immer begleiten. Sie würden uns begleiten, genauso wie unsere Dunkelheit, die mit jedem Tag mächtiger wurde und gegen die wir alle ankämpften.

»Es ist nichts falsch daran, an der alten Zeit festzuhalten, solange wir uns darin nicht verlieren.«

Ich schloss meine Augen und legte meinen Kopf in den Nacken, massierte meine Schläfen und atmete tief ein und wieder aus.

Warum konnte nicht mal etwas einfach sein? Wieso gab es überhaupt diese verdammte Dunkelheit in uns und warum zur Hölle hätte ich Emma beinahe geküsst?

Ich dachte darüber nach, wie es wäre, wenn Emma in meinem Zimmer wäre und ich sie …

»Stopp!«, brüllte meine Natur und ich riss meine Lider auf. So eine Scheiße!

Seit wir hier waren musste ich immer wieder an die Szene in der Fabrik denken, wie Tarik sie gefickt und ihr Stöhnen an den Wänden widergehallt hatte.

»Ich sagte Stopp. Wir sollten nicht daran denken.«

Das sollten wir wirklich nicht, denn sonst würde ich wieder eine andere Frau brauchen, um den verdammten Druck loszuwerden und dabei empfand ich nie diese Art von Befriedigung, nach der ich mich sehnte.

Plötzlich öffnete sich die Tür. Es war Ryan und ich wusste nicht, ob das jetzt gut war.

Er setzte sich zu mir und zündete sich Eine an, aber er sah alles andere als glücklich aus. Nach seinem Schweiß im Gesicht und der Erde auf seiner Jeans zu urteilen, kam er gerade von einem Lauf im Wald zurück.

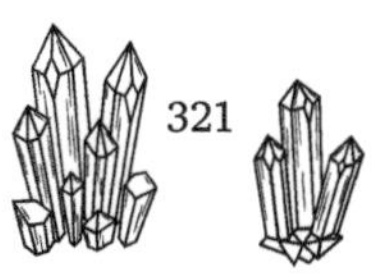

»Was ist denn mit dir passiert?«, wollte ich wissen.

Er zog an seiner Zigarette und sah mich anschließend an. »Ich habe heute mit Emma gemeinsam gegessen und eigentlich war alles gut …«

Ich wartete angespannt, bis er weitersprach. »Verdammt, es war alles gut. Sie war sogar eifersüchtig.«

Moment mal, was? »Wie meinst du das, dass sie eifersüchtig war?«

Sein Grinsen wurde breiter und ich musste unwillkürlich schlucken.

»Sie hat der Bedienung einen Schlag mit ihren Fähigkeiten verpasst. Es war beinahe so wie früher.« Genau in diesem Augenblick spürte ich einen Stich in meinem Herzen, denn wenn Emma eifersüchtig gewesen war, musste sie doch Gefühle für Ryan haben.

»Was ist dann passiert?«, fragte ich und versuchte, mir meine Enttäuschung nicht anmerken zu lassen.

»Sie kam auf die bescheuerte Idee, dass wir sie unterrichten sollen.«

»Was meinst du?«

»Emma möchte mehr über ihre Fähigkeiten und ihre Magie erfahren und lernen, wie man sie einsetzt. Aber ich habe Nein gesagt.«

»Warum? Es ist doch gut, wenn sie sich verteidigen kann.« Bei allem, was um uns geschah, fand ich die Idee sogar sehr gut. Und ich könnte derjenige sein, der ihr das alle beibringen würde.

»Aber sicher. Und dann landen wir wild knutschend mit ihr auf der Matte? Dario, ich bitte dich.«
Zischend stieß ich die angestaute Luft aus. Meine wahre Natur musste auch überall ihren Senf dazugeben.

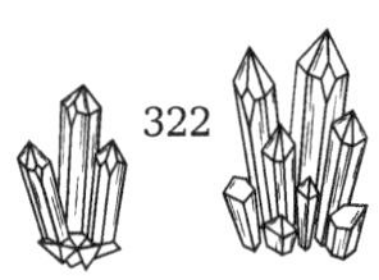

Ryan musterte mich mit einem finsteren Gesichtsausdruck und zusammengekniffenen Augen, die kurz aufleuchteten. »Alles gut?«

»Ja … Warum willst du sie nicht unterrichten?«, versuchte ich die Situation zu entschärfen und atmete erleichtert aus, als er sich zurücklehnte und die Anspannung aus seinem Gesicht verschwand.

»Der Gedanke, dass Emma sich überhaupt verteidigen muss, macht mich wahnsinnig.«

Eindringlich sah ich zu meinem Alpha. »Ryan, ich weiß, dass du sowas nie für Emma oder uns wolltest, aber wir leben in einer gefährlichen Zeit und ich denke, es wäre sinnvoll, Emma zu trainieren.«

»Ich wünschte, wir würden das alles nicht brauchen. Wo ist diese Zeit geblieben, in der wir alle zufrieden gelebt haben? Ohne Kriege zu führen und ohne Blut zu vergießen.«

Ich konnte ihn so gut verstehen und wünschte mir nichts sehnlicher, als dass es eines Tages wieder so werden würde. »Wir werden das alles überstehen und diesen Frieden wiedererlangen.«

»Ich hoffe du hast recht«, sagte Ryan und erhob sich. »Das mit dem Training werde ich mir durch den Kopf gehen lassen und wenn, dann möchte ich, dass mein Engel von euch trainiert wird.«

Ryan vertraute niemandem, außer uns. Wir waren wie eine Familie. Und doch fühlte es sich gerade falsch an, denn Emma beherrschte meine Gedanken und das war alles andere als gut. Ryan war mein bester Freund und ich sein Beta, doch mein Gefühlschaos könnte alles ruinieren. Ich hatte mich noch nie so zerrissen gefühlt, wie in den letzten Monaten.

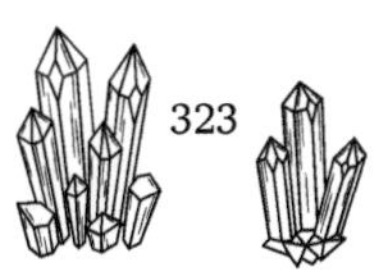

»Dario?«

Blinzelnd sah ich zu ihm. «Hast du etwas gesagt?«

»Ich sagte, du sollst mit den anderen sprechen und fragen, wie sie das mit dem Training sehen.« Sein Blick durchbohrte mich. »Ich mache mir Sorgen um dich. Du wirkst bedrückt … Du weißt, dass ich immer für dich da bin, oder?« In seiner Stimme lag etwas Beängstigendes und mir wurde flau im Magen. Ahnte er etwas oder warum sah er mich so an, als würde er mir jede Sekunde die Kehle herausreißen?

Verdammt, ich musste mich in den Griff bekommen.

Ich atmete tief ein. Seine dominante und mächtige Alpha-Aura war in diesem Moment deutlich spürbar. Wenn er wollte, könnte er mich damit mit einem Wimpernschlag auf die Knie zwingen.

»Das weiß ich, aber du brauchst dir keine Sorgen machen. Mir geht es gut.«

Ryan nickte und verschwand aus dem Raum.

Ich atmete tief aus. Was hätte ich ihm auch sagen sollen? Dass ich über seine Frau fantasierte und wie sehr ich sie bei mir haben mochte? Nein, das musste verdammt noch mal aufhören.

Kapitel 20

RYAN

Emma wollte sich verteidigen können. Noch immer ging mir das Gespräch mit ihr nicht aus dem Kopf. Selbst als ich aus dieser Situation geflohen war und mich abreagiert hatte, wurde es nicht besser. Und auch wenn ich es hasste und so etwas niemals für uns wollte, zeigte mir der Vorfall mit Patrick und Simon, dass die Gefahr präsenter war, als ich angenommen hatte. Zu allem Überfluss wussten wir immer noch nicht, wo Vlad sich aufhielt, und das machte das Ganze nicht besser.

Ich atmete tief durch und ging zurück in mein Zimmer. Als ich die Tür öffnete und sah, wie Emma in ihrem dunkelroten Kleid auf meinem Bett lag, ihren Kopf auf ihren Händen abstützte und mich anlächelte, verflogen all meine Sorgen und die Wut in mir. Ich musste schmunzeln. Sie gehörte einfach zu mir und ich konnte von Glück sprechen, dass ich ihr niemals mit Tariks Leben drohen musste, so wie ich es ursprünglich geplant hatte.

Ich ging auf sie zu und blieb vor ihr stehen. Als sie sich aufrecht hinsetzte, nahm ich ihre Hände in meine. Unsere Blicke trafen sich und ihre Augen färbten sich wie aus dem Nichts in ihre Rubine. Ein grüner Hauch bedeckte ihr zartes Gesicht und zeugte von der Strahlkraft meiner Smaragd-Augen. Ich zog sie näher

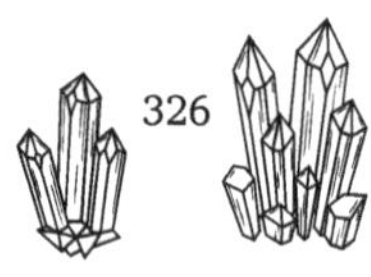

an mich, legte ihre Hände auf meine Brust und nur noch wenige Zentimeter trennten uns voneinander.

»Ryan«, flüsterte sie und biss sich auf ihre Unterlippe.

»Mein kleiner Engel«, sagte ich mit rauer Stimme.

Vorsichtig glitten ihre Hände immer höher, bis sie um meinen Nacken lagen und ihr Blick auf meine Narbe fiel.

»Wirst du mir jemals sagen, was dir widerfahren ist?«

Am liebsten würde ich sie von mir schupsen, laut brüllen und schreien, sie solle sich um ihren eigenen Kram kümmern. Aber ich blieb ruhig, ließ zu, dass sie über meine Narbe strich, und wickelte eine ihrer langen dunklen Strähnen um meinen Finger. Emma wusste, wie ich damals war, als wir zusammen gewesen waren. Und vor allem wusste sie, wie ich ausgesehen hatte.

»Das willst du nicht wissen.« Ich war einfach nicht bereit, über diese Zeit zu sprechen, und das trotz ihres mitfühlenden Blickes, den sie mir zuwarf und der Anziehung zwischen uns, die ich deutlich spürte. Die Angst, dass sie hinter meine Maske blicken und das Monster in mir erkennen würde, zu dem ich geworden war, und mich deswegen hassen könnte, war zu groß.

»Doch, ich würde es gern wissen, denn ich sehe deinen Schmerz, mit dem du kämpfst.«

Ihre Worte berührten mich. Ich schloss die Lücke zwischen uns und meine Hände glitten zu ihrem Hintern und packten ihn fest.

»Ich wüsste tausend Dinge, die ich mit dir lieber machen würde, als darüber zu reden«, raunte ich in ihr Ohr und hob sie mit Leichtigkeit hoch. Wie von selbst

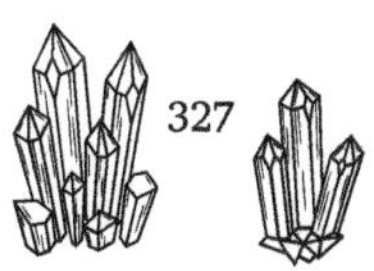

327

schlang sie ihre Beine um meine Taille und ich trug sie zu dem schwarzen Schreibtisch, der in meinem Schlafzimmer stand, und setzte sie drauf ab.

»Das kann ich mir vorstellen, aber wir sollten reden«, sagte sie mit einem Grinsen, bemüht, ihre Sehnsucht in Zaum zu halten.

Ich küsste zärtlich ihren Hals. »Du willst reden?« Meine Hände glitten über ihre Oberschenkel und rutschten unter ihr Kleid. Ihre weiche Haut fühlte sich wunderbar an. Ihre Atmung beschleunigte sich und in ihren braunen Augen loderte die Lust.

»Ja, das sollten wir.« Emma presste sich an meine Brust und ihre Stimme war die schönste Melodie, die ich jemals gehört hatte.

Ich spreizte ihre Beine und ein leises Stöhnen kam über ihre vollen Lippen. Ich hörte meinen rhythmischen Pulsschlag in meinen Ohren.

Fuck! Sie war meine süchtig machende Droge und ich war ihr hoffnungslos verfallen. In diesem Augenblick wollte ich alles andere als reden und spürte, wie mein Schwanz gegen meine Jeans drückte. Ich sog ihren süßlichen Duft ein.

»Ryan«, bettelte sie und unsere Blicke trafen sich erneut, als wir der Situation nicht länger standhielten und unsere Lippen mit einem Mal aufeinanderprallten. Ich zog ihr das Kleid über den Kopf und sie knöpfte mein Hemd auf. Ein Kleidungsstück nach dem anderen flog auf den Boden, während unsere Zungen sich immer wieder umkreisten, als wären wir am Verdursten. Ich ließ von ihr ab und sah ihren wunderschönen nackten Körper vor mir.

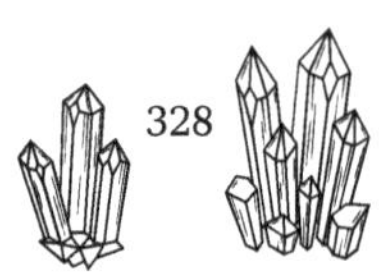

Meine Hände strichen über ihre volle Brust und ich zwirbelte einen ihrer Nippel zwischen meinen Fingern, was ihr ein Keuchen entlockte.

»Das … ist definitiv nicht reden«, murmelte sie und blickte mit leuchtenden Augen in die meinen.

Oh ja, da hatte sie recht. Ich zog an ihrem Nippel und sah, wie sich die Härchen auf ihrer Haut aufstellten. Sie stemmte ihre Hände gegen meinen Schreibtisch. Ich beugte mich zu ihr nach vorn und hauchte sanft gegen ihre Lippen. »Vertraust du mir?«

»Ja, ich vertraue dir«, sagte sie schneller, als ich es erwartet hatte. Als wäre das ein Befehl gewesen, drehte ich sie mit einem Ruck auf den Bauch, beugte sie über den Schreibtisch und spreizte ihre Beine erneut. Ich liebte diesen Anblick. Nackt, unterwürfig und willig. Aber das Beste daran war, dass sie meine Narbe nicht sehen konnte, die mich für den Rest meines Lebens entstellte.

»Beweg dich nicht«, befahl ich und trat zurück, öffnete neben meinem Bett die Kommode und griff nach dem schwarzen, mit Diamanten besetzten Paddle. Als ich wieder hinter ihr stand, strich ich damit über die Innenseite ihrer gespreizten Beine. An ihrer feuchten Mitte angekommen, schlug ich leicht darauf und hörte ihr lustvolles Keuchen. Meine Mundwinkel zuckten nach oben. Ich machte weiter, reizte sie und als sie sich bewegte, holte ich aus und schlug mit dem Paddle auf ihren göttlichen Arsch. »Habe ich dir erlaubt, dich zu bewegen?«

Obwohl ich ihr nicht ins Gesicht sehen konnte, wusste ich genau, dass sich ein kleines Lächeln auf ihre Lippen geschummelt hatte. Auffordernd spreizte

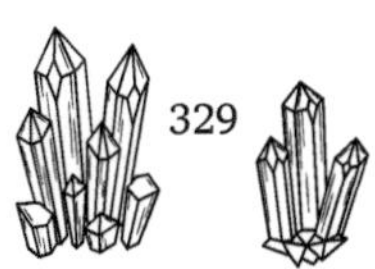

sie ihre Beine noch ein Stück weiter und drückte sich mit ihrem Oberkörper noch näher auf meinen Schreibtisch.

»Entschuldige, mein Alpha.«

Fuck. Wie oft hatte ich mir genau das vorgestellt. Dieses Wort aus ihrem Mund zu hören, ließ meinen Schwanz steinhart werden. Erneut holte ich mit dem Paddle aus und das Klatschen hallte von den Wänden wider.

Rote Abdrücke schmückten ihren Hintern und ich konnte deutlich sehen, an welchen Stellen die Diamantsteine ihre Haut getroffen hatten.

Doch das genügte mir nicht. Ich wickelte ihre langen schwarzen Haare um meine Faust und zog ihren Kopf nach hinten. »Ich will, dass du deine Natur nicht zurückdrängst«, raunte ich ihr ins Ohr. Sie sollte spüren, wie sehr wir verbunden waren. Ich wollte sie und zwar ganz, mit jeder gottverdammten Faser meines Körpers.

»Das tue ich nicht. Allerdings frage ich mich, ob das schon alles war, was du drauf hast ...«

Sie wollte also mehr? Das konnte sie haben.

Knurrend ließ ich ihre Haare los und holte erneut aus.

Ich holte so oft aus, bis ihr Arsch und ihr Rücken mit dunkelroten Abdrücken und Flecken übersät war. Meine Krallen schossen aus meinen Fingerspitzen und ich warf das Paddle beiseite. Sie waren messerscharf und bereit für ihren Einsatz. Als ich damit über ihren Rücken fuhr, befleckten kleine Bluttropfen ihre Haut und es bildete sich ein zartes Rinnsal, das hinab zu ihrem Hintern floss. Es war ein wahres Kunstwerk. Dennoch blieben die offenen Wunden nie länger als

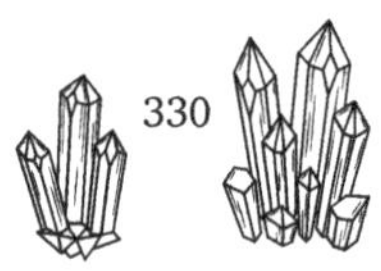

ein paar Sekunden sichtbar, ehe sie wieder abheilten. Meine Krallen verschwanden wieder, ich zog ihre Hüfte zu mir und drang mit einem kräftigen Stoß in sie ein. Ein lautes und sinnliches Stöhnen entfuhr ihr.

Mit harten, animalischen Stößen füllte ich meinen kleinen Engel aus. Sie rammte ihre Krallen in meinen Schreibtisch. Ich hämmerte immer kräftiger in sie und jeder Stoß wurde von einem Stöhnen aus ihrer Kehle begleitet. Mit einem Mal entzog ich mich ihr, drehte sie gekonnt um und blickte in ihre vor Lust geweiteten Augen. Ich lupfte sie auf meine Hüfte, knallte den Schreibtisch gegen die Wand und drang wieder in sie ein. Meine Stöße wurden härter, während ich meine Hand um ihren Hals legte und eisern zudrückte.

In diesem Moment gab es nur uns beide und die Leidenschaft zwischen uns, die in Flammen stand. Es war egal was geschehen war. Unsere Körper reagierten aufeinander genauso wie damals, als wir uns kennengelernt hatten. Heiß, leidenschaftlich und voller Begierde.

Emma reckte ihren Kopf und ich ließ kurz locker, als sie schreiend zu ihrem Höhepunkt kam. Dann drückte ich wieder zu, erhöhte meine Geschwindigkeit ein letztes Mal und spürte meinen Orgasmus. Noch währenddessen zog ich Emma an mich und biss ihr zärtlich, aber tief in ihren Hals. Ich trank einen Schluck nach dem anderen, hob meinen Engel anschließend in meine Arme und legte sie in mein Bett. Ich machte es mir neben ihr gemütlich und zog die Decke über uns. Emma legte ihren Kopf an meine Brust und ich küsste ihre Stirn.

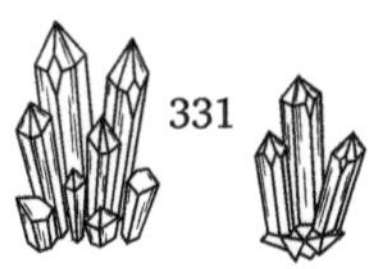

»Ich habe niemals aufgehört, dich zu lieben, Emma.«

Niemals. Auch nicht als ich dachte, sie für immer verloren zu haben. Ich hatte diese Gefühle tief in mir vergraben, doch jetzt waren sie wieder da, und zwar stärker als je zuvor.

ICH HABE NIEMALS AUFGEHÖRT DICH ZU LIEBEN, Emma. Seine Worte hallten in meinem Kopf wider und mein Körper schmerzte von unserem Sex. Aber es war kein Schmerz, den ich hasste oder verfluchte. Es war genau diese Art von Schmerz, die ich brauchte, um mich lebendig zu fühlen. Und nur Ryan war in der Lage, mir genau das zu geben.

Ich hatte keine Ahnung, wie das alles gerade passiert war, aber ich glaubte, dass es mit unserem Gefährtenband zu tun hatte. Ich hatte mich nicht auf das geplante Gespräch mit Ryan konzentrieren können und war ihm hoffnungslos verfallen gewesen. Wie auch immer – eines war Fakt: Ich bereute nichts davon.

Aber was war da zwischen Dario und mir? Warum fühlte ich mich zu ihm genauso hingezogen wie zu Ryan?

»Das müssen wir noch herausfinden, aber wir sollten uns dafür nicht schämen. Es ist okay, dass wir mit Ryan geschlafen haben und dass wir genau das gebraucht haben.«

Ich wollte ihr glauben, aber das Ganze verwirrte mich. Alles, was ich wusste, war, dass ich das Gefühl von Sicherheit brauchte. Das Gefühl, dass ich am

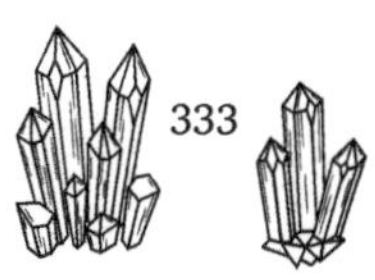

Leben war. Und genau in diesem Moment war Ryan da gewesen. Oh Gott, nutzte ich ihn aus? War ich ein schlechter Shade, weil ich mir einfach das holte, was ich brauchte?

»Denk nicht mal daran. Ja, wir haben diesen Sex gebraucht und ihn uns genommen. Aber Ryan war dem Ganzen nicht abgeneigt, ganz im Gegenteil. Und wir empfinden für ihn mehr, als wir für Vlad oder Tarik empfunden haben, und das ist gut so. Wir leben, Emma, und wir haben es verdient, glücklich zu sein. Und wenn Ryan unser Glück ist, dann ist es in Ordnung.«

Sie hatte recht, es gab keinen Grund sich schuldig zu fühlen.

»Emma?«, holte mich Ryans Stimme ins Hier und Jetzt zurück, als er sanft meinen Kopf zu sich drehte und mich besorgt musterte. »Ich habe dich gefragt, ob alles gut ist?«

»Ja, ich mache mir nur etwas Gedanken.«

»Worüber?«

»Das alles. Es fühlt sich gut an, ich mag dich sehr und ich empfinde etwas für dich. Aber ich kann es nicht beschreiben. Es ist irgendwie viel zu einfach und die Erinnerungen überwältigen mich.« Ryan verdiente die Wahrheit und meine wahre Natur war derselben Meinung. Er würde das alles schon verstehen.

»Ich erwarte nicht, dass es wieder so wird wie früher. Aber ich hoffe, dass du uns eine Chance gibst, denn wir sind Gefährten und ich liebe dich.«

Wie lange hatte ich auf so ein Gespräch gehofft und ausgerechnet nach unserem Sex fand es statt?

»Ich wünschte, ich könnte das Gleiche zurückgeben, aber ich kann es nicht. Und ich weiß nicht, ob ich

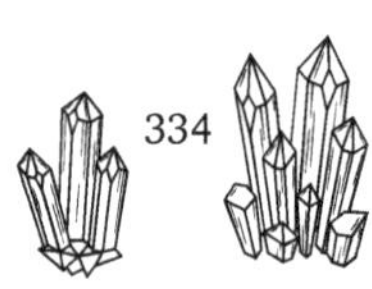

das jemals wieder kann. Aber ich möchte es herausfinden.«

Ich hoffte, dass ich dabei nicht schon wieder auf die Fresse fallen würde, denn noch so eine Enttäuschung, wie ich sie mit Tarik erfahren hatte, würde ich nicht ertragen.

»Das ist ok. Du warst noch nie jemand, der sofort seine Liebe gesteht, und ich kann nur erahnen, was du mit Vlad alles durchgemacht hast. Sowas kann einen verändern und ich weiß auch, dass wir noch über einiges sprechen müssen. Aber ich will, dass du weißt, dass ich nur das Beste für dich möchte.«

Er trug den gleichen Schmerz in seiner Seele wie ich und genau dieser Schmerz verband uns. Wir hatten gelitten und um unser Überleben gekämpft und vielleicht wurden unsere Seelen nie geheilt. Aber genau dieses gemeinsame Schicksal gab uns Kraft.

»Wir beide haben viel erlebt, Emma, und die vergangenen Jahre waren nicht gut zu uns gewesen. Das heißt aber nicht, dass es so bleiben muss.« Er lächelte mir entgegen und strich sanft über meine Wange.

»Ich weiß.« Als ich seine Lippen küsste und dabei meine Augen schloss, fühlte ich nicht nur die Liebe, die wir damals geteilt hatten, sondern auch die Jetzige. Ryan Scott war mehr als nur mein Gefährte, auch wenn wir uns alles andere als schön wiedergefunden hatten.

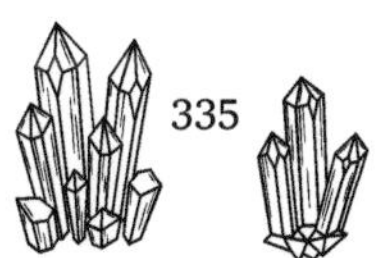

FRUSTRIERT SASS ICH AUF MEINEM BETT UND starrte auf meine Hände. Wie hatte das nur so eskalieren können? Ich hatte es doch anders machen und die emotionale Distanz zwischen Emma und mir aufheben wollen, und doch trieb ich sie immer mehr von mir weg. Die Retourkutsche dafür hatte ich von Dario bekommen, in dem er mich mit seinen Krallen verletzt hatte. Ich konnte nur von Glück sprechen, dass die Wunden schnell verheilt waren. Was blieb, waren meine unerträglichen Schuldgefühle.

»Sowas darf nicht wieder vorkommen.«

Das wusste ich, aber ihr deswegen zustimmen? Nein. *»Du wolltest Emma doch manipulieren, sie an uns binden und abhängig machen«*, sagte ich stattdessen und rieb über meine Schläfen.

»Stimmt, aber ich war in einem Käfig eingesperrt und konnte nicht klar denken.«

Über diese Rechtfertigung konnte ich nur lachen. War das wirklich der Grund dafür oder lag es an der verdammten Dunkelheit in uns? Unterm Strich war es egal – Emma entfernte sich immer mehr von mir und so, wie ich das beobachtet hatte, stand sie Ryan und den anderen Männern näher, als ich es jemals

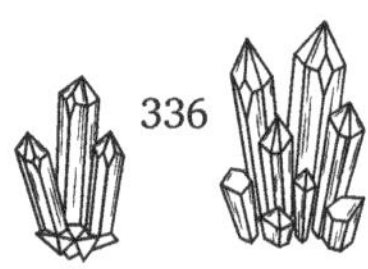

für möglich gehalten hatten. Auch wenn ich es nicht verstand, da sie kein Stück besser waren als Vlad, musste ich damit klarkommen. Auf keinen Fall durfte ich wieder so ausrasten. Ich musste mich in den Griff bekommen, vor allem auch, weil ich dieses verdammte Halsband trug.

Ich stieß die angestaute Luft aus und lehnte mich zurück, als plötzlich eine unbekannte Stimme in meinen Kopf drang.

»Das nenne ich mal eine miserable Situation.«

Reflexartig setzte ich mich kerzengerade auf. *»Hast du das auch gehört?«*, flüsterte ich meiner Natur zu, und ich konnte ihre Aufregung deutlich spüren.

»Ja, und das warst weder du noch ich.«

Super, jetzt wurde ich wohl auch noch verrückt und bildete mir fremde Stimmen in meinem Kopf ein.

»Bin ich wirklich so fremd für dich, Tarik Valdor?« Es folgte ein hässliches Lachen.

Verdammte Scheiße, was ging hier vor sich? Ich konnte niemanden spüren, außer meiner wahren Natur und mir.

»Ich bin das aber nicht!«, maulte sie und ich stöhnte auf. Mein Schlafmangel schien mir mehr zuzusetzen, als ich angenommen hatte.

»Und deswegen hören wir eine andere Stimme?«

»Hast du eine bessere Idee?«, gab ich zurück.

»Nein, aber etwas fühlt sich seltsam an. Es ist beinahe so, als wäre ich nicht mehr die Einzige, die in dir lebt.«

Jetzt wollte sie mich doch auf den Arm nehmen, oder? Ich meine, wer sollte denn bitte sonst in mir leben? Das war verrückt und ich war definitiv nicht geisteskrank.

»Hallo!«, schrie ich, aber es kam keine Antwort.

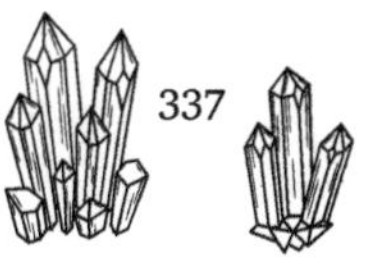

337

»*Hallo, ist da jemand?*« Als wieder nichts zu hören war, atmete ich erleichtert aus. »*Siehst du, niemand da. Nur du und ich, wie schon immer.*«

»*Wenn du meinst*«, murmelte meine wahre Natur und ich schüttelte leicht meinen Kopf. Ich war einfach nur müde und fertig.

Ich legte mich ins Bett und schloss meine Augen. Irgendwie würde ich das schon hinbekommen, dass Emma mir wieder vertrauen würde. Aber zuerst musste ich Ryan und den anderen zeigen, dass ich nicht mehr hinter Vlad stand. Sie mussten mir glauben, dass ich ihn ein für alle Mal vernichten wollte. Dieser Mann war schon lange nicht mehr mein Freund und obwohl ich alles getan hatte, dass er nicht in seiner Dunkelheit zugrunde ging, hatte ich versagt – er war zu einem Monster geworden. Doch seine Machenschaften mussten ein Ende haben und das wollte ich mit diesem Clan durchziehen.

Kapitel 21

Meine Zeit im Schloss lehrte mich vieles, doch eine Sache besonders: Ich musste mir meinen eigenen Plan zurechtlegen.

Auch wenn mir die Armee meines Vaters zur Verfügung stand, müsste ich immer auf seine Bestätigung warten, um mit ihr den Krieg gegen Ryan Scott führen zu können. Und leider schien mein Vater der Ansicht zu sein, wir sollten damit noch warten und ich solle mir Polina währenddessen genauer ansehen. Aber diese Hure war für mich nichts weiter als eine Puppe, die ich, sobald ich meine Frau wieder in meinen Armen halten würde, beseitigen lassen würde. Boris konnte ich das schlecht sagen und mein Bauchgefühl hinderte mich daran, ihm Emmas wahre Herkunft zu verraten. Als ich damals zu ihm gegangen war, hatte ich gesagt, sie sei eine einfache Frau – ein Shade ohne Rang und Namen. Mein Instinkt hatte mir gesagt, es sei besser so.

Ich schüttelte meinen Kopf, trat auf meinen Balkon, setzte mich dort auf die schwarze Lounge und zündete mir eine Zigarette an.

Mein Grinsen konnte ich kaum verkneifen, denn Tarik hatte keinen blassen Schimmer. Dank seiner geschwächten Aura durch seinen jahrelangen Zauber, konnte ich seinen Geist mit der Blaxro-Magie schneller

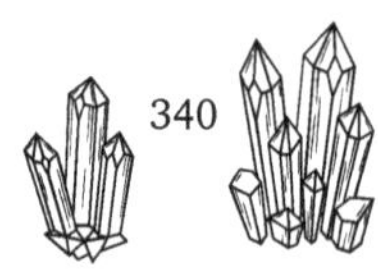

brechen, als ich angenommen hatte. Ich liebte dieses Spiel. Dass Tariks Situation so beschissen war, spielte mir in die Karten. Dieser Verräter trug ein Halsband und suhlte sich so abscheulich in seinem Selbstmitleid, dass mir schlecht wurde. Trotzdem fragte ich mich, wieso er das tat – wieso fiel er mir so in den Rücken, anstatt für mich da zu sein?

In der Zeit, in der ich mit Emma zusammen gewesen war, hatte ich mich verändert und war zu dem Mann geworden, den ich hasste. Boris. Ich war sein Ebenbild geworden und bereute es zutiefst.

Tarik war mein Freund gewesen und wir hatten so viel zusammen erlebt. Er hätte mich aufhalten, mit mir reden und mir bei allem beistehen können. Aber stattdessen hatte er sich an meine Frau rangemacht und damit eine Wut in mir entfesselt, die ich niemals für möglich gehalten hätte.

»Ich weiß genau, was du meinst« Auch meine wahre Natur hatte in Tarik immer einen Freund gesehen und aus diesem Grund hatte ich ihn in meinen inneren Kreis aufgenommen.

Ich wollte nie etwas anderes als eine Familie. Eine Familie, die zueinander hielt, füreinander kämpfte und loyal war. Doch Tarik war das beste Beispiel dafür, dass das Ganze nur Wunschdenken war.

»Das stimmt nicht. Wir haben Jegor und Grigorij und auf die beiden ist Verlass.«

Ich kannte sie seit meiner Kindheit und ich vertraute ihnen blind. Dennoch schmerzte es, diesen Verrat ausgerechnet von Tarik zu erfahren, nachdem wir … Shit! Nein, ich wollte nicht daran denken. Ich musste mich auf meinen Plan konzentrieren und daran festhalten.

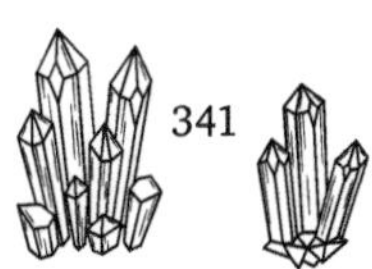

341

»Wir werden diesen Plan durchziehen und sie alle wer-
den sehen, zu was wir im Stande sind.«

Die Freude meiner wahren Natur schwappte auf mich über und brachte mich zum Grinsen. Ich freute mich schon auf Tariks Gesicht, wenn er herausfinden würde, dass ich es war, der ihn heimsuchte, und auch, dass er den größten Fehler seines Lebens begangen hatte, indem er mir in den Rücken gefallen war.

Zufrieden drückte ich meine Zigarette aus und trat zurück in mein Zimmer, als es an der Tür klopfte und ich »Herein« rief.

Polina trat mit gesenktem Kopf herein und schloss die Tür hinter sich, ehe sie vor mir auf ihre Knie ging.

Was sollte das zur Hölle? Wut keimte in mir auf und meine Augen färbten sich in ihre Onyxe.

»Mein Prinz. Ich wollte fragen, ob ich etwas Gutes für dich tun kann?«, säuselte sie und blickte unterwürfig zu mir nach oben.

»Wer hat dich in mein Zimmer geschickt?«, sagte ich aufbrausend und blickte vernichtend zu ihr. Ich hatte doch ausdrücklich zu verstehen gegeben, dass ich sie nur auf Befehl hier haben wollte.

»Dein Vater schickt mich. Ich gehöre ganz dir, mein Prinz.« Polina stemmte ihre Hände auf den Boden und leckte sich lasziv über ihre Lippen, während sie weiter zu mir hochblickte. »Du kannst mit mir machen, was du willst.«

»Was ich will, ja?«, sagte ich mit einer Eiseskälte, griff nach ihren blonden Haaren, wickelte sie um meine Faust und zog ihren Kopf in den Nacken, während ich über ihr thronte.

»Alles, was du willst, mein Prinz.«

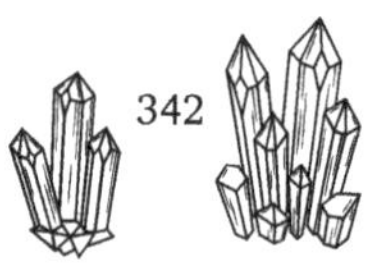

Ich wollte das sie litt. Ich wollte Angst und Schmerz in ihren Augen sehen, so dass sie mich nie wieder so unterwürfig und voller Verlangen ansehen würde. Aber es würde nichts bringen, denn egal, wie sehr ich ihr wehtun würde, am Ende würde sie wieder angekrochen kommen und mich genauso billig anblicken wie jetzt – und genau das hasste ich.

Polina war mit ihren blonden Haaren und ihrem schlanken Körper optisch eine schöne Frau und traf sicher genau den Geschmack etlicher Männer, aber meins war es nicht. In ihr fehlte das lodernde Feuer, was ich an Emma so sehr bewunderte.

Mit einem Mal übermannte mich die Wut über ihr Verschwinden und den Verrat von Tarik. Ich musste mich abreagieren, jetzt.

Mein Puls beschleunigte sich und der Zorn ließ mich innerlich kochen, als ich ihr mit schwarzen Augen befahl, meine Hose herunterzuziehen und meinen Schwanz herauszuholen. Nur mit dem Gedanken an meine Frau wurde er steif, ehe Polina ihn in den Mund nahm und ich sie mit ihren Haaren um meine Hand gewickelt dirigierte. Wütend und erbarmungslos bewegte ich ihren Kopf auf und ab und stieß tief in ihren Rachen. Sie stützte ihre Hände an meinen Oberschenkeln ab und versuchte, sich mir zu entziehen. Doch ich hörte nicht auf, stieß immer wieder hart in ihren Rachen, als ich keuchend zum Höhepunkt kam und in ihrem Mund abspritzte. Achtlos schubste ich sie auf den Boden, zog meine Hose wieder nach oben und grinste teuflisch.

Zitternd stellte sie sich auf ihre Beine und blickte zu mir.

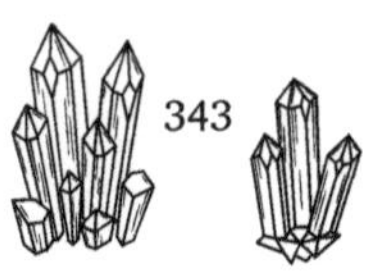

»Vlad, wir beide … Das ist perfekt. Lass mich deine Frau werden.«

Etwas in mir setzte aus. Wie konnte sie es wagen, so etwas zu sagen? Zornig holte ich mit meinen Krallen aus und schlug ihr ins Gesicht. Sie schrie auf und sofort liefen Tränen über ihr von Make-up verschmiertes Gesicht.

»Du bist nicht meine Frau und wirst es auch niemals sein!«

»Aber … dein Vater …«, setzte sie an, doch ich war schneller. Mit einem Satz war ich bei ihr, packte sie am Hals und drängte sie rückwärts aus meinem Zimmer, während ich in ihre Schulter biss und einen Schluck nach dem anderen nahm, ehe ich sie auf den Boden schmiss. »Du bist nichts weiter als eine Bluthure für mich«, schrie ich und donnerte die Tür hinter mir zu. Ich brüllte, während Polinas Blut aus meinem Mundwinkel tropfte und ich mit meinen Onyx-Augen hinauf zur Decke starrte. Wie konnte sie auch nur eine Sekunde denken, ich würde sie zu meiner Frau nehmen? Niemals könnte sie Emmas Platz einnehmen und in dem Moment fiel es mir wie Schuppen von den Augen. Ja, natürlich! Mit pechschwarzen Augen riss ich meine Tür auf. Von Polina war keine Spur mehr zu sehen. Ich rannte hinunter in den Thronsaal und als ich dort ankam und Polina abseits an der Wand stehen sah, konnte ich nicht anders, als bitter aufzulachen. Mit meiner Vermutung lag ich also goldrichtig.

»Jetzt wird mir einiges klar.« Sofort erhob sich mein Vater und sah zwischen Polina und mir hin und her, ehe er mehrere Schritte auf mich zukam und mich mit dunklen Augen ansah.

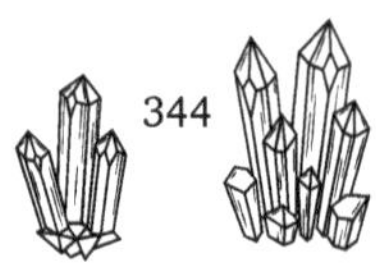

»Ich weiß nicht, wovon du sprichst, mein Sohn.«

»Ach nein? Du hast Polina zu mir geschickt in der Hoffnung, ich würde meine Meinung ändern und sie zu meiner Frau machen«, brüllte ich.

Mein Vater blickte mich zornig an und zitierte Polina zu sich, die sofort gehorchte und neben ihn trat.

»Was ist an ihr falsch? Du hast sie dir ausgesucht.« Boris griff grob nach ihrem Kinn und zog sie etwas nach vorn. »Sie ist aus einer reinen Familie, adlig, die Tochter eines Politikers. Und alles, was du tust, ist sie zu verunstalten!« Er spie mir die Worte nur so entgegen und reckte ihren Kopf höher, damit ich meine Kratzspuren deutlich sehen konnte.

»Wenn sie eine reine Adlige ist, werden die Spuren heilen«, sagte ich kalt, woraufhin mein Vater lachte und Polina losließ, die sofort wieder auf den Boden blickte.

»Habe ich dir denn gar nichts beigebracht?«

Wovon sprach er bitte?

»Wenn du sie verletzt, mache es so, dass sie dennoch in der Öffentlichkeit vorzeigbar ist.«

Ohne es zu wollen, musste ich an meine Mutter denken. Wie oft hatte mein Vater sie zusammengeschlagen und vergewaltigt? Wie oft musste sie leiden? Ich kannte die Antwort darauf, aber das Schlimmste war, dass ich mir damals geschworen hatte, niemals so zu werden wie mein Vater und doch war ich zu seinem Ebenbild geworden. Ich war kein Stück besser und hatte Emma das Gleiche angetan, was mein Vater meiner Mutter angetan hatte.

»Wir hatten uns in der Dunkelheit verloren. Doch jetzt sind wir anders, wir erkennen unseren Fehler.«

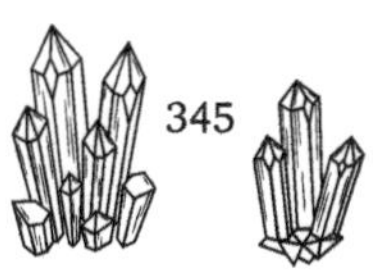

345

Das konnte sein, aber besser machte es das Ganze nicht. Sobald ich Emma wieder in meinen Armen halten würde, würde ich ihr den Mann zeigen, den sie verdient hatte, und ich wusste, dass ich das konnte. Schließlich hatten wir uns auch so kennengelernt.

»Es wird alles wieder gut werden. Wir werden mit Emma nach Frankreich gehen und dort etwas Gemeinsames aufbauen.«

Ich konnte die Hoffnung in ihrer Stimme hören und wollte nichts sehnlicher als das. Ihr würde es dort sicher gefallen.

»Vlad!«, riss mich mein Vater aus meinen Gedanken und ich sah zu ihm. Als ich bemerkte, dass außer uns beiden niemand mehr hier war, trat ich instinktiv einen Schritt zurück. Wann hatten die anderen den Saal verlassen und was hatte das zu bedeuten?

»Vlad, du bist mein Sohn. Ich möchte dich nur verstehen.«

Über seine Worte konnte ich nur lachen. Er mochte mein biologischer Vater sein und ich sein Sohn. Aber das, was ich mir von einem Vater wünschte, hatte und würde ich nie bekommen. »Was willst du?«

»Warum klammerst du dich so an diese Frau? Sie ist ein Niemand, ein Nichts und was ich so gehört habe, hat sie dich mit deinem besten Freund betrogen. So jemandem trauerst du nach?«

Ich musste nicht fragen, über wen er redete, und allein, dass er so über Emma sprach und sie als eine Hure darstellte, ließ mich vor Zorn kochen und mein Körper spannte sich an. »Emma ist meine Frau, meine Prinzessin an meiner Seite. Und eines Tages wird sie die Königin sein.«

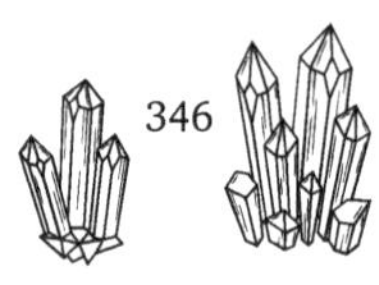

346

»Sie ist eine Hure, nichts weiter, und das weißt du.«

Das war zu viel. Ich raste auf meinen Vater zu, doch bevor ich ihn mit meinen Krallen treffen konnte, hob er seine Hand und schleuderte mich gegen die Wand. Keuchend rappelte ich mich auf, als er mit rasanter Geschwindigkeit auf mich zukam und seine Krallen in meine Seiten rammte. Er schubste mich nach hinten und schnitt mit einer gezielten Bewegung in meine Kehle. Augenblicklich durchfuhr mich ein Schmerz, der in jede Faser meines Körpers drang. Ich blinzelte mehrmals, rang nach Luft und taumelte einige Schritte zurück, während ich meine Hände um meinen Hals legte und spürte, wie das warme Blut zwischen meinen Fingern entlang floss. Doch die Wunden zogen sich bereits zusammen und verheilten, als wäre nie etwas geschehen.

»Vlad, ich habe so sehr gehofft, dass diese rebellische Phase endlich ein Ende nimmt.«

Anstatt zu antworten, starrte ich wie hypnotisiert auf das Blut am Boden und auf meinen Händen. Ich kannte das. Es war nicht das erste Mal, dass mein Vater mir solche Verletzungen zufügte. Er nutzte die schnelle Wundheilung unserer Blutlinie aus, und auch wenn von den Wunden anschließend nichts mehr zu sehen war – der Schmerz und die Todesangst blieben. Ich konnte fühlen, wie sich mein Herz zusammenzog und etwas in mir zerbrach.

»Noch bin ich der König und du wirst nie wieder so respektlos mit mir sprechen, haben wir uns verstanden!«

»Ja, mein König.«

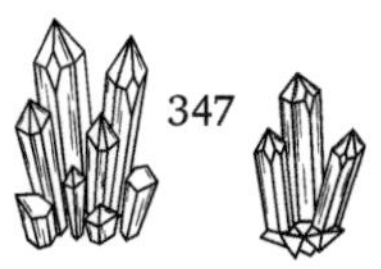

347

Ich verbeugte mich, trat langsam, aber bestimmt aus dem Thronsaal und ging zurück auf mein Zimmer.

Ich kämpfte mit mir, würde am liebsten weinen, schreien und alles loslassen. Aber so wurde ich nicht erzogen und die Konsequenzen von Ungehorsam waren mir eben wieder vor Augen geführt worden.

»Wir schaffen das, wir haben uns.«

Obwohl sie mir Mut machen wollte, spürte ich die Trauer in ihr. Sie wollte nur einmal hören, dass Boris stolz auf uns war, dass er so etwas wie Zuneigung oder Liebe für uns empfand. Aber das alles war Schwachsinn, denn er besaß nichts dergleichen und wieder einmal fragte ich mich, ob ich genauso war wie er. Nur ein Monster, ohne jegliche Gefühle.

»Wir sind mehr als das und das weißt du. Spüre das Licht und die Dunkelheit.«

Auch wenn ich wusste, dass meine Natur recht hatte und ich nur daran denken und glauben musste, war das nicht so einfach.

Ich zog tief die Luft ein, als ich mich unter die Dusche stellte und beobachtete, wie das Blut von meinem Körper in den Abfluss gespült wurde.

»Vlad, wir sind stark.«

Ich hielt mich daran fest. Ich musste nur durchhalten und bald würde Ma Chérie wieder bei mir sein.

Kapitel 22

Als ich am nächsten Morgen in Ryans Bett aufwachte und ihn neben mir sah, musste ich grinsen. Ich rutschte näher an ihn und küsste seine Lippen. Er schlug die Augen auf und zog mich noch dichter an sich. Es fühlte sich an wie früher, und doch gab es diesen kleinen Teil tief in mir, der noch immer zweifelte und nach Antworten verlangte. Aber wie sollte ich dieses Gespräch wieder aufgreifen? Unser Sex war perfekt gewesen und ich wollte uns eine Chance geben, um herauszufinden, ob es zwischen uns wieder so wie damals werden konnte.

»Was geht in deinem Kopf vor?«, fragte er und küsste meine Stirn.

»Wir müssen noch immer darüber reden …«

Er stöhnte, rutschte etwas höher an das Bettende und verschränkte seine Hände hinter dem Kopf. »Das weiß ich, auch wenn ich gehofft habe, dass du das mittlerweile vergessen hast.«

»Nein, das habe ich nicht. Ich möchte Antworten, Ryan.« Ich drehte mich zu ihm und legte meine Hand auf seine Brust und wieder fiel mein Blick auf seine Narbe, die trotz seinen vielen Tätowierungen nicht zu übersehen war. Sie reichte von seiner rechten Brust über seinen Hals und endete unter seinem rechten Auge. Ich konnte mir gar nicht vorstellen, wie

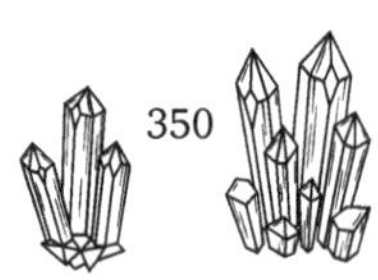

schmerzhaft das gewesen sein musste, denn noch immer war die Narbe sichtbar und sowas war bei unserer Art beinahe unmöglich, erst recht bei einem Alpha. Vorsichtig strich ich mit meinen Fingern darüber und spürte, wie sich sein Körper unter mir anspannte. Er legte seine Hände neben seinen Körper und ballte sie zu Fäusten. Seine Atmung ging schwer.

»Du musst das nicht ansehen«, sagte er und der Schmerz in seiner Stimme ließ mein Herz zusammenziehen.

Er murmelte etwas Unverständliches und die Narbe war verschwunden.

»Bitte verstecke sie nicht durch einen Zauber«, flüsterte ich und blickte in seine gequälten grünen Augen.

»Ich möchte nicht, dass du dich vor mir ekelst.«

Ich atmete tief durch mit dem Bewusstsein, dass sie immer ein Teil von ihm bleiben würde. »Ich möchte sie sehen, Ryan.«

»Ich bin nicht mehr der Gleiche, mein kleiner Engel.«

»Das sind wir beide nicht mehr. Aber bitte verstecke dich nicht vor mir.«

Sanft strich er über meine Wange, als er den Zauber aufhob und die Narbe wieder auf seiner Haut prangte.

»Ich bin ein Monster, verunstaltet und kaputt.«

Seine Stimme klang gebrochen und ihn so voller Schmerz zu sehen, ließ mich hart schlucken, denn es war ein Teil von ihm, den er nur selten zeigte. Beinahe hatte ich geglaubt, dass er diesen gar nicht mehr besitzen würde, doch ich wurde vom Gegenteil überrascht.

Ich rutschte näher und küsste seine Narbe, ehe ich ihm in seine leuchtenden Smaragde blickte.

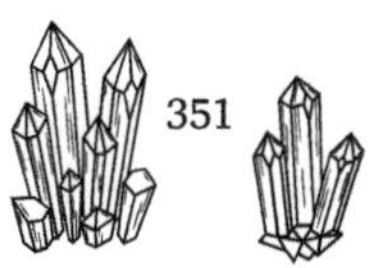

»Du bist kein Monster, Ryan.«

»Warum bist du dir dabei so sicher?«

»Ein Monster würde nicht so mit sich kämpfen und ich kenne dich, sehe den Schmerz in deiner Seele, und ich weiß, dass du diesen Kampf gewinnen wirst.«

Ich meinte jedes meiner Worte ernst. Auch wenn ich ihn damals auf dem Flugplatz im ersten Moment für ein Monster gehalten hatte, zeigte er mir seit wir hier waren, dass er genau das Gegenteil war.

»Er ist vieles, aber kein Monster. Auch wenn er sich selbst als eines bezeichnet.«

»Du bist viel zu gut, mein kleiner Engel«, raunte er mir ins Ohr und zog mich an sich. Unsere Lippen prallten aufeinander und wir küssten uns, als in dem Moment die Tür aufgerissen wurde. Sofort drang ein ohrenbetäubendes Knurren aus seiner Kehle, bevor er mich neben sich schob und die Decke über mich warf.

»Ich hoffe, du hast einen guten Grund, so in mein Zimmer zu stürmen.«

Ich blickte vorsichtig hoch und entdeckte Dario, spürte, wie meine Wangen hochrot wurden und sah, wie er sich verlegen am Hinterkopf kratzte.

»Ja, also ich kann auch draußen …«

»Rede, und zwar jetzt!«, brüllte Ryan und erhob sich, ging nackt wie Gott ihn schuf zu seiner Kommode, öffnete sie und zog sich eine Boxershorts über, gefolgt von einer schwarzen Jeans und einem Hemd.

Dario blickte kurz zu mir, ehe er seinen Kopf leicht schüttelte und auf Ryan zuging. »Ich denke es wäre besser, wenn wir unter vier Augen reden.«

Was sollte das denn heißen?

Als Ryan mich nachdenklich ansah, stöhnte ich auf.

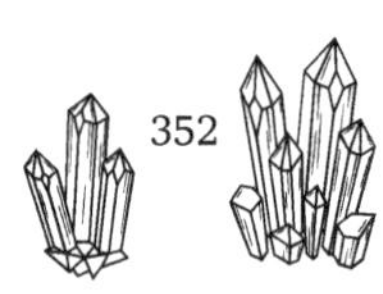

»Ich halte einiges aus.« Ich war nicht mehr das kleine Mädchen und ich wollte nicht ausgeschlossen werden.

»Du hast meine Frau gehört.«

Seine Frau. Das aus seinem Mund zu hören, war noch immer merkwürdig und doch fühlte sich das jetzt anders an als noch vor ein paar Monaten.

Dario atmete tief durch. »Pawel ist tot.«

»Was?« Geschockt riss Ryan seine Augen auf und eine Gänsehaut überzog bei diesem Namen meinen Körper. Pawel war eine Abscheulichkeit. Er gehörte zu Vlads Männern und zu seinem inneren Kreis. Ich hasste ihn und ich dachte, er wäre schon längst in Ryans Keller gefoltert und getötet worden.

»Wie?«

»Das ist es ja … Am Anfang dachten wir, dass er einfach an den Folgen der Folter gestorben wäre, aber ich … wir denken, er wurde getötet.«

»Ich sehe ihn mir an«, war alles, was Ryan sagte, bevor er mit Dario aus dem Zimmer verschwand.

Ich ließ meinen Kopf in die Kissen fallen. Super! Was hatte das jetzt zu bedeuten und warum musste das ausgerechnet in diesem Moment passierten? Ich wollte doch mit Ryan über uns reden. Aber die Sache mit Pawels Tod war wichtiger und das verstand ich auch.

»Dann reden wir eben später mit ihm«, sagte meine wahre Natur gelassen und ich stimmte ihr zu. Welche andere Möglichkeit hatte ich auch?

Ich musste an Darios Worten denken. Pawel sollte ermordet worden sein? Wer würde das tun? Wie auch immer, ich empfand nichts dabei. Kein Mitgefühl, keine Reue und kein Bedauern. Ich fand es sogar

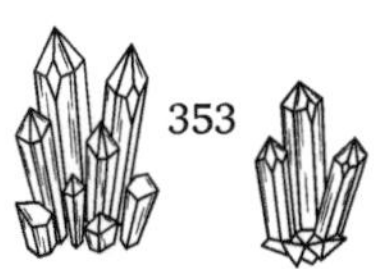

gut, dass er tot war und er niemandem mehr etwas antun konnte. Bilder von der Zeit mit Vlad flackerten vor meinem geistigen Auge auf. Pawel war einer der Männer gewesen, die sich das genommen hatten, was sie wollten, und es war ihm egal gewesen, wie oft man geschrien und um Erbarmen gebettelt hatte. Ich konnte mich haargenau an alles erinnern und es gab aus Vlads innerem Kreis nur drei Männer, die gut zu mir gewesen waren – obwohl Tarik jetzt nicht mehr dazugehörte.

»Pawel hat es nicht anders verdient.«

Aber es ließ mir keine Ruhe. Wer würde ihn töten? So wie Ryan und Dario reagiert hatten, war es keiner von ihnen gewesen.

»Wir sollten uns nicht so viele Gedanken machen. Ryan wird uns schon sagen, was das alles zu bedeuten hat.«

Wie konnte sie das nur so locker nehmen?

»Hast du eine andere Idee?«, fragte sie mich.

»Nein, aber was ist, wenn hier ein Mörder herumläuft?«

»Jetzt übertreibst du. Das ganze Areal ist abgesichert.«

Mein Bauchgefühl sagte mir etwas anderes.

Ich duschte mich in Ryans Bad, zog eins seiner Hemden über und ging schnell in mein Zimmer.

In einem dunkelgrünen Kleid machte ich mich auf den Weg zum Aufzug und fuhr nach unten.

RYAN

MIT SCHNELLEN SCHRITTEN GING ICH ZUSAMMEN mit Dario in den Keller. Wir passierten die dicke Eisentür, hinter der sich mein Kerker mit all den Zellen befand. Sofort stieg ein modriger Geruch in meine Nase, als wir über den alten Steinboden zu Pawels Zelle gingen.

Die anderen Männer aus meinem inneren Kreis waren schon da, und als sie beiseitetraten und ich Pawel tot auf dem Boden liegen sah, verzog ich mein Gesicht. Der stechende Gestank von Verwesung traf mich mit voller Wucht und ich konnte sehen, dass sich bereits Maden an seinen Überresten nährten. Ich ging knurrend in die Hocke. Beim Anblick von Pawels Leichnam durchflutete eine Wut meinen Körper und meine Augen färbten sich in ihre Smaragde. Wenn, dann hätte er durch meine Hand sterben sollen, und nicht so.

»Wir haben ihn vorhin so gefunden«, sagte Milo und sah zu Dario.

»Ich bin die Überwachungskameras durchgegangen, aber ohne Erfolg. Es war, als hätte ihn ein Geist angegriffen«, murmelte Vinzenz, und Noel schüttelte seinen Kopf.

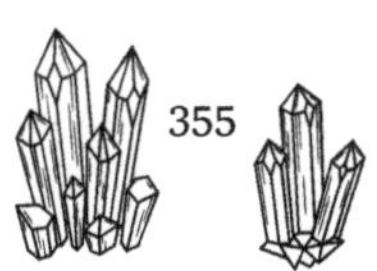

»Das ist doch verrückt«, wütete Dario.

Ich legte meinen Kopf schräg und sah mir Pawel genauer an, der in einer riesigen Blutlache lag, die langsam zu trocknen begann. Seine Kehle war bis zur Wirbelsäule durchgeschnitten und seine Brust aufgerissen worden. Neben ihm lagen seine Eingeweide und einzelne Knochen, die vermutlich zu seiner Rippe und seiner Wirbelsäule gehörten. Als ich noch näher heranging, runzelte ich meine Stirn. Sein Herz fehlte. Was zur Hölle!

Nach einer kurzen Überlegung war ich mir sicher. »Hier wurde Magie angewendet.«

»Was? Das ist unmöglich, der gesamte Keller ist geschützt.« Entsetzt ging Dario neben mir in die Hocke und ich konnte spüren, wie er innerlich kochte. »Ryan, dass ist unmöglich.«

»Das weiß ich, aber ich kann sie noch spüren, auch wenn sie sehr schwach ist.«

»Das ist nicht gut«, flüsterte meine wahre Natur und ich konnte nicht mehr tun oder sagen, als ihr zuzustimmen. Ich dachte an all die Arten von Zauber, bei denen es eine Opfergabe gab. Was war, wenn das Herz genau so eine war? Doch das war verrückt und unmöglich. Wie sollte das gehen? Ich hatte den Keller und den darauf erlegten Schutz so oft überprüft. Außerdem konnten nur mein innerer Kreis und ich Magie in den Zellen einsetzten.

»Keiner unserer Männer würde so etwas tun.«

Davon war ich überzeugt. Ich kannte sie alle schon so lange und vertraute ihnen blind. Wir waren eine Familie. Keiner dieser Männer würde mir derartig in den Rücken fallen.

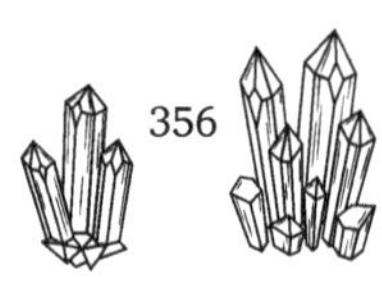

356

»Was sollen wir jetzt machen?«, fragte Vinzenz.

»Lasst die Leiche von einer der Wachen wegbringen und die Zelle säubern. Wir werden uns an die Bücher in unserer Bibliothek setzten.«

»Denkst du wirklich, wir finden dort etwas? Ich meine, wonach suchen wir überhaupt? Nach einem Geist?«

Ich verstand Darios Skepsis, aber eine andere Idee hatte ich nicht. »Weißt du etwas Besseres?«

»Nein«, murrte er und raufte sich seine Haare, als er erneut auf Pawels Leiche starrte. »Aber ich verstehe es nicht – wo ist sein verdammtes Herz?«

Das war eine gute Frage und ich wusste keine Antwort darauf. »Das werden wir herausfinden«, sagte ich mit einer Eiseskälte in meiner Stimme. Ich ging an meinen Männern vorbei und ließ den Keller hinter mir.

In meinem Kopf schwirrten unzählige Fragen und ich fühlte mich in die Enge getrieben. Konnte es sein, dass ich Vlad die ganze Zeit unterschätzt hatte? War es möglich, dass er Pawel getötet hatte? Sollte das stimmen, war er mächtiger, als ich jemals angenommen hatte.

»Wie sollte er das gemacht haben?«

»Ich weiß es nicht, aber er ist ein Prinz«, sagte ich und meine wahre Natur dachte nach, ehe sie sagte: *»Ja, ein Koslow. Aber dass er so eine Macht besitzt, glaube ich einfach nicht.«*

Ich hoffte, dass ich falsch lag. Aber am Ende hatte ich keine Ahnung, was die Koslow- Blüter alles konnten und welche Fähigkeiten sie besaßen.

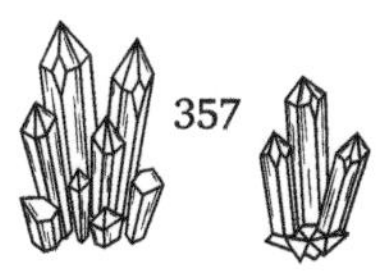

357

»Es muss doch irgendwo ein Verzeichnis geben über die Königshäuser und ihren Fähigkeiten.«

»Nein, keine Königsfamilie schreibt ihre Gaben einfach so auf.« Das wäre viel zu leichtsinnig und dumm. Damit hätten die Feinde einen klaren Vorteil und das Risiko würden die Koslows sicher nicht eingehen.

»Und wie willst du es dann herausfinden?«

Nachdenklich lehnte ich mich an die Wand im Flur, als ein Gong erklang und den Aufzug ankündigte. Als sich die Türen öffneten trat Emma in einem dunkelgrünen Kleid heraus. Und in diesem Moment hatte ich eine Idee.

Sie hatte Jahre bei Vlad verbracht und wenn uns jemand genauere Details geben konnte, dann sie. Abgesehen davon vertraute ich Tarik zu wenig, um ihn in Pawels Tod einzuweihen.

»Dann sollten wir das aber vorsichtig angehen. Wir wissen noch immer nicht, was sie alles bei Vlad erlebt hat.«

»Das weiß ich.«

Mein Blick fiel auf die goldene Uhr, die an der Wand im Flur hing und zehn Uhr anzeigte. Wir könnten das alles mit einem späten Frühstück verbinden, erstmal Kraft tanken und dann reden. Wenn das keine Idee war, wusste ich auch nicht weiter.

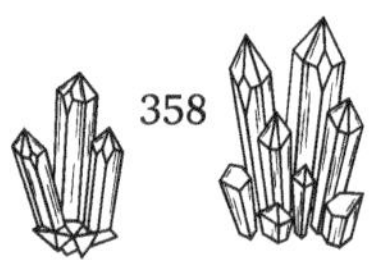

HEUTE WOLLTE ICH MICH BEI EMMA ENTSCHUL-
digen und suchte nach den passenden Worten, aber
fand sie einfach nicht. Zudem hatte ich auch noch
schlecht geschlafen und mein Kopf schmerzte unerträglich.

Nach einer warmen und wohltuenden Dusche zog
ich mir eine dunkle Jeans und ein navyblaues T-Shirt
an und ging zu dem Minikühlschrank in meinem Zimmer. Ich hatte unglaublichen Durst. Beim Hineinbli-
cken riss ich meine Augen auf und schlug die Tür
sofort wieder zu.

»Träume ich noch?«, murmelte ich und kratzte mich
am Hinterkopf, während ich vor meinem geschlossenen Minikühlschrank stand und ihn fassungslos anstarrte.

»Ich habe Blut gerochen.«

Ach was, ehrlich? Wenn meine Augen mich nicht
täuschten, hatte ich darin etwas gesehen, was unmöglich in meinem verdammten Kühlschrank liegen konnte. Als ich mir gestern vor dem Schlafengehen ein Bier
rausgeholt hatte, war darin noch alles clean gewesen.

*»Wir sollten keine Panik schieben. Machen wir einfach
noch mal auf und sehen nach.«*

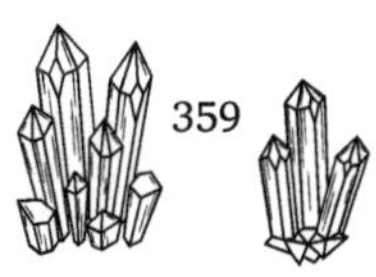

Welche andere Wahl hatte ich bitte sonst? Ich holte also tief Luft, öffnete vorsichtig die Tür und ging in die Hocke, um das Ding besser sehen zu können. Sofort stieg mir wieder der unverkennbare Geruch von Blut in die Nase und ich erkannte eindeutig, was sich vor mir befand. Es war ein verdammtes Herz.

»Das ist nicht gut«, flüsterte meine wahre Natur und ich starrte auf das Herz. An der Unversehrtheit und den feinen Schnitten erkannte ich, dass es sorgfältig herausgeschnitten worden war und definitiv hatte derjenige gewusst, was er da tat.

Wem zur Hölle hatte es gehört und warum lag es in meinem Kühlschrank?

Panik machte sich in mir breit und mein eigenes Herz klopfte gegen meine Brust. War ich das gewesen? Hatte ich jemanden getötet?

»Wir sollten es beseitigen und die Spuren vernichten.«

»Bist du irre? Damit machen wir uns doch noch verdächtiger.«

»Niemand wird uns glauben, dass wir mit der Sache nichts zu tun haben. Denk nach, Tarik«, brodelte meine wahre Natur und ich wusste, sie hatte recht. Aber deswegen das Herz beseitigen und die Spuren vernichten? Das war doch Falsch und ich wollte mir nicht ausmalen, was los sein würde, wenn früher oder später die Wahrheit ans Licht kommen würde.

»Wir sollten es jemandem sagen«, überlegte ich und schloss den Minikühlschrak wieder.

»Und dann riskieren, dass wir wieder in dem Käfig landen oder vielleicht sofort sterben?«

»Hast du eine bessere Idee?«

Meine wahre Natur seufzte.

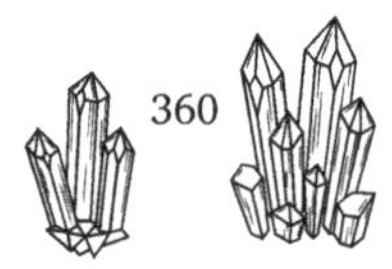

»Lass uns herausfinden, wessen Herz das ist. Aber sollte es einem von Ryans Männern gehört haben, vernichten wir alles, was darauf hindeutet, dass es jemals bei uns war.«

Das war zumindest ein Plan. Sollte ich jemanden aus Ryans Clan getötet haben, wäre das mein Todesurteil und darauf konnte ich getrost verzichten.

Aber wie konnten wir herausfinden, wer der Besitzer dieses Herzens gewesen war?

»Wir machen das Schritt für Schritt«, versuchte mir meine Natur Mut zu machen und ich sah mich in meinem Zimmer um. Irgendwelche Hinweise musste es doch geben. Ich nahm den Boden unter die Lupe, suchte nach Fußspuren oder Bluttropfen, genauso wie ich prüfte, ob meine Tür aufgebrochen worden war. Selbst den Mülleimer durchsuchte ich. Doch ich fand nichts. Bis jetzt hatte ich alles mit meiner Magie erledigt und dass ich darauf nicht zugreifen konnte, und dass ich nicht mal wusste, ob ich derjenige war, der das getan hatte, machte das Ganze nicht gerade besser.

»Wir sind immer noch wir. Wir werden wohl so einen Mord auf die menschliche Art und Weise aufklären können.«

»Gut, und wie wollen wir anfangen?«, fragte ich sie.

»Normalerweise würden wir einen Zauber sprechen und dadurch erfahren, von wem dieses Herz ist und ob es magische Spuren darauf gab.«

Na prima, also hatte meine wahre Natur genauso wenig Ahnung wie ich. Frustriert raufte ich meine Haare und machte mich auf den Weg nach unten, um zu prüfen, ob ich die Männer aus Ryans innerem Kreis als Todesopfer ausschließen konnte. Ich drehte mich mehrmals um in der Hoffnung, dass niemand mich sehen würde.

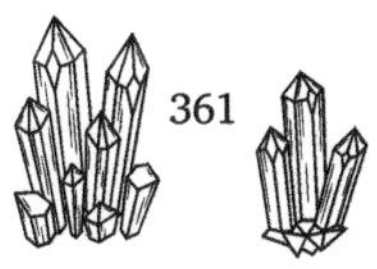

361

»Wir müssen unauffällig sein.«

»Ich versuche es ja, aber in unserem Kühlschrank liegt ein beschissenes Herz aus Fleisch und Blut«, erinnerte ich sie.

Wie um alles in der Welt sollte man da ruhig bleiben? Aber ich stimmte zu – ich durfte keine Aufmerksamkeit auf mich lenken und gab mir alle Mühe. Doch mein Herz schlug mir bis zum Hals und meine Hände waren schweißnass. Die pure Angst beherrschte meinen Körper bei dem Gedanken, dass jemand in mein Zimmer gehen und in den Kühlschrank sehen könnte.

Ich versuchte die Gedanken weit nach hinten zu schieben und gleichmäßig zu atmen, als ich Noel und Milo mit einer Tasse Kaffee im Wohnzimmer sitzen sah. Möglichst unauffällig ging ich an ihnen vorbei in die Küche. Okay, sie lebten noch.

Doch wo waren Dario, Vinzenz und Ryan? Ich nahm mir eine Tasse und stellte sie unter die Kaffeemaschine, machte mir einen doppelten Espresso und nahm einen Schluck, ehe ich durch die Terrassentür trat und mich auf die Seite stellte.

Ich entdeckte Ryan und Emma, die abseits unter einem Baum auf einer Decke saßen. Neben ihnen stand ein Picknickkorb.

»Dario, willst du mitfahren?«, ertönte Vinzenz Stimme hinter mir und kurze Zeit später tauchte Dario auf. Beide gingen an mir vorbei und verschwanden in Richtung der Garage.

Erleichtert atmete ich durch.

»Jeder aus dem inneren Kreis lebt«, sagte ich und lehnte mich an die Wand.

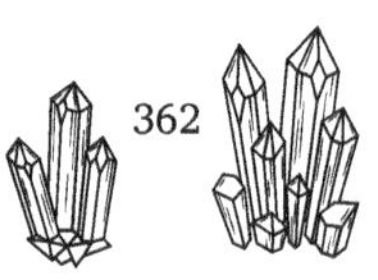

»Ja, aber wer sollte es dann sein? Ich glaube kaum das eine Wache getötet wurde.«

»Warum?« Möglich war doch alles.

»Sieh dich doch um, es sind die gleichen Wachen wie gestern.«

Verdammt. Ich war genauso weit wie vorhin.

Frustriert stellte ich meine Tasse auf dem Tisch neben der Lounge ab und strich durch meine Haare, als plötzlich eine Stimme in meinem Kopf ertönte.

»Hast du Angst, erwischt zu werden?«

Sofort riss ich meine Augen auf, horchte in mich hinein, aber konnte niemanden ausfindig machen. Meine wahre Natur war genauso verwirrt wie ich.

»Hallo?«, schrie ich in mich hinein, aber es kam keine Antwort.

»Das ist merkwürdig. Ich kann etwas anderes spüren, aber nicht erklären, was es genau ist.«

Mein Herz beschleunigte sich. Ich suchte nach einer logischen Erklärung, aber fand einfach keine. Ich hatte keine Ahnung, wer oder was diese andere Stimme in mir war, und genau das machte mir eine Heidenangst.

»Irgendetwas ist da«, flüsterte ich.

»Ich weiß, ich kann es spüren, aber nicht greifen.«

»Was denkst du?«, wollte ich wissen.

Sie machte eine längere Pause. *»Ich denke, jemand ist in unserem Kopf.*

Ich wusste ich nicht, ob ich lachen oder weinen sollte. Wenn das stimmte und jemand anderes in meinem Kopf war, hatte ich ein riesiges Problem, denn ich trug ein Halsband und war demjenigen machtlos ausgeliefert.

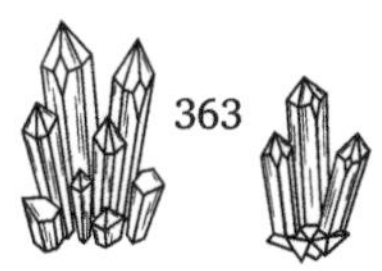

363

Zudem wusste ich nicht, wie so etwas überhaupt gehen sollte und noch weniger, wie ich denjenigen wieder aus meinem Kopf rausbekommen konnte.

»Hast du Angst, dass deine dunkelsten Geheimnisse ans Licht kommen, Tarik?«,

Mir stellten sich sämtliche Härchen auf meinem Körper auf. Verflucht ... ich war am Arsch.

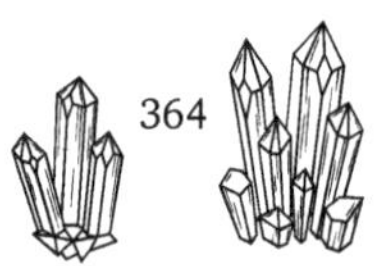

Kapitel 23

EMMA

Ryan hatte sich wirklich Mühe gegeben, und auch wenn ich eigentlich mit ihm reden wollte, war das gemeinsame Frühstück richtig schön. Ich konnte nicht aufhören, zu grinsen. Oh Gott, was war nur los mit mir?

Seit meiner Ankunft hier hatte sich so viel verändert. Ich hatte nicht nur meine Erinnerungen zurück und den Riss zu meiner Natur geschlossen, sondern auch meinen Gefährten in Ryan gefunden. Niemals hätte ich das alles für möglich gehalten und doch war es genau so. Seit Langem fühlte ich mich endlich mal wieder gut.

Ich wollte dem Ganzen eine Chance geben und auch lernen, die Magie und die Fähigkeiten meiner wahren Natur zu beherrschen. Aber das Beste und am wenigsten zu erwartende war Ryan. Mit jedem Tag, den ich ihn mehr kennenlernte, sah ich genau den Mann in ihm, in den ich mich damals verliebt hatte. Und doch hatte ich immer noch Fragen, die dringend beantwortet werden mussten. Alles hier war wunderschön, ich liebte es und ich wusste auch, dass wir damals glücklich gewesen waren – doch warum war er dann gegangen? Wieso hatte er mich allein gelassen und war nicht mal zur Beerdigung meines Großvaters erschienen?

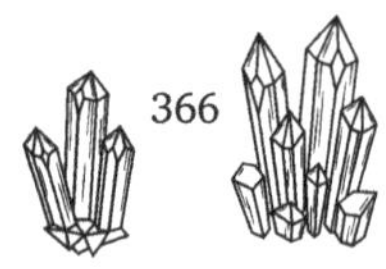

»Emma?«, riss mich Ryan aus meinen Gedanken.

Ich blickte zu ihm und lächelte leicht, als sich meine wahre Natur meldete.

»Wir können ihn fragen. Wir brauchen endlich Antworten.«

Es wurde Zeit, dass wir die ganze Wahrheit erfuhren.

Ryan rutschte auf der Decke näher zu mir und strich liebevoll über meine Wange. Wie selbstverständlich lehnte ich mich in seine Handfläche, als ein kleines Seufzen über meine Lippen kam und sich unsere Blicke trafen.

»Das alles ist schön.« Zu schön, um wahr zu sein, dachte ich. Aber es reichte nicht aus, um alles andere zu vergessen – auch wenn ich es so gern wollte, klappte es nicht.

»Aber?«

Ich setzte mich aufrecht hin und blickte in jene grünen Augen, die mir damals alles bedeutet hatten. Augen, die mir die Hoffnung und auch den Glauben an das Gute zurückgebracht hatten. Doch mit all dem Schönen war auch die Dunkelheit und die tiefe Verzweiflung in mir zurückgekehrt

Zitternd atmete ich durch und verdrängte die aufkommenden Tränen.

»Emma, rede mit mir.«

»Warum bist du damals fortgegangen?«, flüsterte ich und blickte in seine Augen, die bei meiner Frage sofort von der Dunkelheit eingenommen wurden.

Unruhig strich er sich durch die Haare und schüttelte seinen Kopf. »Warum können wir das nicht einfach vergessen und neu anfangen?« Wie stellte er sich das vor? Wie sollte ich all das vergessen und so tun, als

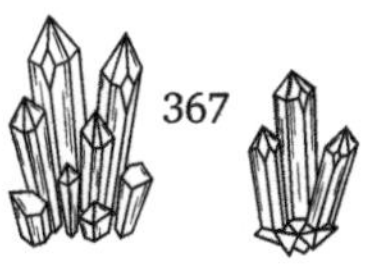

367

wäre nie etwas geschehen? Nein, das konnte ich einfach nicht.

»Ryan, bitte. Habe ich etwas falsch gemacht?« Wieso war er so plötzlich aus meinem Leben verschwunden und hatte mein Herz zerstört?

Die erste Träne lief aus meinem Augenwinkel, die er mit seinem Daumen auffing.

»Es war nicht deine Schuld, niemals.«

»Aber warum dann?« Ich brauchte Klarheit.

»Emma«, sagte er gequält und schloss tief durchatmend seine Augen, bevor er mich wieder ansah und sich mein eigener Schmerz in seinen grünen Augen widerspiegelte.

»Bitte«, flehte ich.

»Wir waren jung, viel zu jung und ich wusste mit allem nicht umzugehen.« Seine Stimme brach, als er fortfuhr. »Ich hatte Angst vor diesem Gefährtenband. Angst, dass du mich nicht akzeptieren würdest, wenn du wüsstest, dass ich ein Thronerbe mit all den Verpflichtungen war. Und als meine Freunde mich immer mehr gedrängt hatten und ich zu dir kommen wollte, hatte ich etwas erfahren und … bin dir ferngeblieben.«

»Was hattest du erfahren?«, fragte ich mit zitternder Stimme.

»Ich hatte von deiner Familie erfahren, wer du bist und auch, wie meine Familie dazu stand. Als ich meinem Vater gesagt hatte, dass es mir egal wäre, dass ich dich liebte und du meine Gefährtin seist …« Er blickte beiseite. Ich nahm seine Hand in die meine und hoffte, dass er so weitersprechen würde.

»Mein Vater war ein paar Tage später gestorben und ich war durcheinander gewesen. Ich hatte von jetzt auf

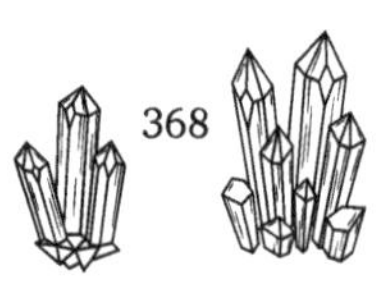

gleich gekrönt werden müssen und an seinem Sterbe-
bett hatte er seine Worte wiederholt. Er hatte gesagt,
dass wir beide niemals zusammen sein sollten.«

Ich wusste nicht, was ich darauf sagen sollte.

»Was hat das alles damit zu tun? Ich verstehe es
nicht.«

»Unsere Familien waren keine Freunde, Emma. Sie
waren Feinde und wir beide hätten uns niemals treffen
dürfen. Aber als wir uns kennenlernten, wusste ich
nicht, wer du bist. Und als ich es wenig später erfahren
hatte, war es mir egal … bis zu dem Augenblick, als
mein Vater starb, und seine Last zu meiner wurde«,
sagte er. »Ich weiß, das ist keine Entschuldigung, aber
ich war überfordert gewesen mit dieser neuen Ver-
antwortung und ich hatte gedacht, mein Vater hätte
recht damit, dass wir beide verflucht wären. Ich wollte
nicht, dass dir etwas geschieht, also hatte ich mich
von dir ferngehalten.«

»Wir sollten verflucht sein?« Ich schüttelte meinen
Kopf und wischte meine Tränen weg, die nacheinander hinunterliefen.

»Ich hatte mit meinem Vater ein paar Tage bevor er
gestorben war noch gesprochen. Er war davon überzeugt gewesen, dass wir von den Göttern verflucht
worden waren und ein Scott niemals mit einer Hernandez zusammen sein konnte.«

Seine Worte bohrten sich tief in meine Seele und
ich blinzelte, während meine Sicht immer verschwommener wurde.

»Emma, bitte. Ich hätte das niemals geglaubt, aber
als mein Vater plötzlich gestorben war, war alles zu
viel gewesen und der Gedanke an einen Fluch hatte

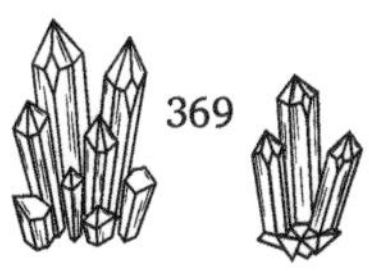

369

mir Angst gemacht«, flehte er und nahm meine Hände in seine. »Alles, was ich wollte, war dich zu beschützen.«

Ich schüttelte meinen Kopf und löste meine Hände aus seinen. »Du hättest mit mir reden sollen, anstatt zu entscheiden, dass du mich aus Angst verlässt.«

»Ich tat es, um dich zu beschützen«, sagte er mit Nachdruck.

War es so? Oder redete er sich das alles nur ein, damit es für ihn leichter war?

»Das war nicht deine Entscheidung allein. Verdammt, diese Entscheidung wäre auch meine gewesen und du hast sie mir ohne zu fragen abgenommen.« Meine Stimme zitterte und mein Herz schmerzte. Ich konnte ihn verstehen. Wir waren jung und glücklich gewesen und es hatte nichts gegeben, was uns hätte aufhalten können. Wir hatten uns unsterblich gefühlt. Aber dass er mir diese Entscheidung abgenommen hatte, war falsch gewesen.

»Emma, bitte versuche es zu verstehen.«

Ich konnte die Verzweiflung in seiner Stimme hören und den Schmerz in seinen Augen sehen. Doch es änderte nichts an dem tiefen Schmerz in meiner Seele, der mich schon vor langer Zeit in Besitz genommen hatte.

»Hattest du irgendwelche Beweise, dass wir tatsächlich verflucht waren oder waren es nur die Worte deines Vaters gewesen?«, schrie ich und sprang auf, während meine Tränen unaufhaltsam über meine Wangen liefen.

»Es gab Geschichten und Legenden, ich … Mir war es egal gewesen. Aber als er starb … Diese Last als

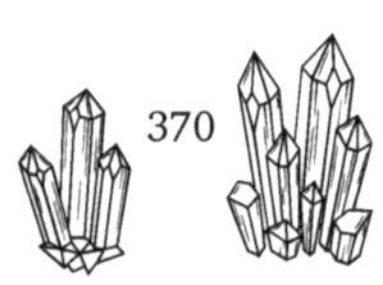

König war nicht einfach gewesen und irgendwann hatte ich daran geglaubt.« Ryan erhob sich und trat vor mich.

Ich wusste, dass ich vielleicht überreagierte.

»Ich hatte daran geglaubt auch wenn es bedeutet hatte, dass ich die Frau gehenlassen musste, die ich mit meinem ganzen Leben liebte, um sie zu beschützen.«

Meine Brust zog sich zusammen. »Ich hatte alles verloren, meine Familie, meine Freunde und dich – die einzige Liebe, die ich hatte«, flüsterte ich.

»Emma …«

»Nein, Ryan. Ich kann es verstehen, ich versuche es zumindest, aber mit deiner Entscheidung hast du mich in die Dunkelheit gestoßen.«

Ich konnte das alles nicht mehr und der Schmerz brach mein Herz in Stücke. Als er nach mir greifen wollte, wich ich zurück. Knurrend kam er auf mich zu.

Meine wahre Natur empfand denselben Schmerz wie ich, weil er mich alleingelassen hatte. Ich war enttäuscht und wütend darüber, dass er an irgendwelche Geschichten geglaubt hatte und mir diese Entscheidung abgenommen hatte, anstatt mit mir zu reden.

Wie aus dem Nichts färbten sich meine Augen rubinrot. Sie strahlten von Ryans Gesicht zu mir zurück und ich konnte seinen geschockten Gesichtsausdruck sehen.

Mit einem Mal ragten aus meinem Rücken zwei dunkelrote Flügel heraus und meine Brust hob und senkte sich schwer. Ich blickte kurz zur Seite und sah wie meine Flügel schützend um mich lagen. Meine Aura, die ich sonst immer im Griff hatte, schwappte

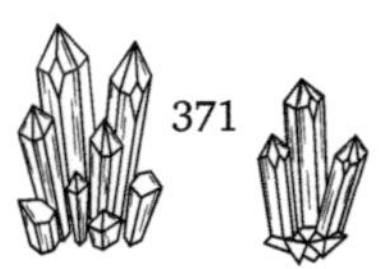

um mich wie eine wilde Welle. »Ich kann das jetzt nicht.« Das war alles, was ich sagte, ehe meine Flügel verschwanden und ich in die Richtung des Waldes rannte. Ich wurde immer schneller, während Tränen über meine Wangen liefen und ich das Licht in mir spürte. Ich empfand Schmerz und Enttäuschung, aber im selben Moment auch meine Dunkelheit, die vor Wut schäumte. Eine unkontrollierbare Gier nach Blut machte sich in mir breit, getrieben von der tobenden Finsternis tief in mir. Das alles umschlang meine wahre Natur und mich und füllten uns aus. Ich musste mich nicht zwischen Licht und Dunkelheit entscheiden oder versuchen, eines von beidem zu vernichten. Beides gehörte zu mir und war im Einklang.

»Es gibt keinen Fluch!«, brüllte meine Natur und wir rasten durch den Wald, bis wir schwer atmend stehen blieben und ich meine Hände gegen die Oberschenkel stemmten.

Egal, was ich alles schon gesehen und erlebt hatte – an einen Fluch zwischen zwei Seelen glaubte ich nicht.

»*HAST DU IHRE AUGEN UND IHRE FLÜGEL GESEHEN?*«, fragte meine wahre Natur ehrfürchtig und ich nickte leicht. Ich wusste nicht, ob Emma das bewusst gemacht hatte, oder ob es an ihren Emotionen gelegen hatte. Aber egal was es auch war, sie hatte wunderschön ausgesehen. Trotzdem verstand ich immer noch nicht, wie das möglich sein konnte. Licht und Dunkelheit im Einklang – das war schier unmöglich und doch hatte ich es eben wieder gesehen und das war etwas Besonderes. Emma war einzigartig, aber als mir wieder bewusst wurde, warum sie ihre Flügel gezeigt hatte, musste ich schlucken.

Scheiße! Das alles hatte ich mir so nicht vorgestellt und auch wenn mir bewusst war, dass ich ihr irgendwann die Wahrheit über mein Verschwinden sagen musste, hatte ich gehofft, dass es anders enden würde.

Ich hatte damals an den Fluch geglaubt und vielleicht tat es ein kleiner Teil in mir noch immer.

Es war eine der schwersten Entscheidungen, die ich jemals hatte treffen müssen. Ich wollte ihr all das Unheil dieser Welt ersparen, aber dass ich genau das Gegenteil davon erreichte hatte, war niemals meine Absicht gewesen. Und als ich es eingesehen hatte, war

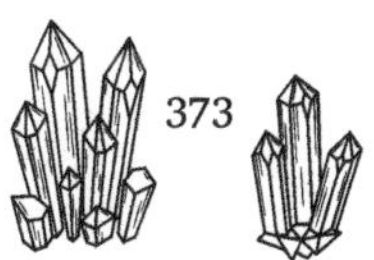

es zu spät gewesen und ich hatte auf einem Trümmerfeld gestanden und gedacht, die Liebe meines Lebens wäre tot.

»Wir hätten niemals unserem Vater glauben, sondern für Emma da sein sollen«, sagte meine wahre Natur und ich konnte ihr nur zustimmen. Aber mein Vater war ein weiser Mann gewesen und ein guter König. Er war doch mein Vater und ich war der Meinung gewesen, dass er nur das Beste für mich im Sinne hatte. War das so falsch, dass ich meinem eigenen Fleisch und Blut vertraut und geglaubt hatte?

»Wir wussten es nicht besser«, flüsterte meine Natur und ich schloss gequält meine Augen.

So gern würde ich all das ungeschehen machen, die Zeit zurückdrehen und meinen Fehler beheben. Aber das ging nicht und alles, was mir blieb, war die Hoffnung, dass Emma mich nicht hassen würde, dass sie es verstehen und uns nicht aufgeben würde.

»Das wird, wir müssen ihr nur Zeit lassen.«

»Und wie lange?«, fragte ich.

Meine wahre Natur seufzte. *»Setze weder dir, noch ihr eine Frist. Wir kennen sie doch und wir wissen, dass Emma ihren Freiraum braucht. Letztendlich wird sie zurückkommen, weil sie uns liebt und auf ihr Bauchgefühl hören wird.«*

Ich konnte nur beten, dass sie recht besaß und sich alles fügen würde. Denn auch wenn ich mich von ihr ferngehalten hatte und sie vergessen wollte, hatte ich niemals aufgehört, sie zu lieben. Und als ich dachte, sie für immer verloren zu haben, war eine Welt zusammengebrochen.

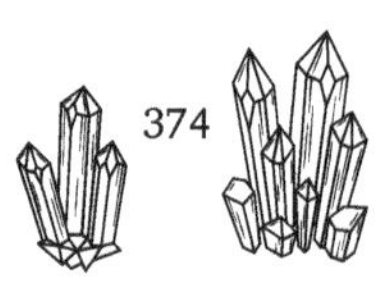

Ich konnte von Glück sprechen, dass ich meinen inneren Kreis hatte, der mich aufgefangen hatte und damals wie heute an meiner Seite stand.

Tief atmete ich durch und blickte in die Richtung, in die Emma gerannt war. Am liebsten würde ich ihr hinterherlaufen, sie packen und an mich ziehen und küssen, aber genauso wusste ich, dass sie diese Zeit brauchte und ich wollte ihr diese geben.

In der Zwischenzeit würde ich versuchen, Pawels mysteriösen Tod aufzuklären. Und mit etwas Glück würde ich meine Frau wieder in meinem Zimmer antreffen und hoffte, dass sie sich bis dahin etwas beruhigt haben würde.

Ich beschloss in den Gemeinschaftsraum in meinem Flügel zu gehen, und konnte schon auf dem Flur ein Murmeln hören. Milo und Noel saßen zwischen mehreren Büchern und blätterten eifrig darin herum.

»Bitte sagt mir, dass ihr etwas gefunden habt.« Ich brauchte dringend gute Nachrichten und sie suchten nach Arten der Magie oder Kreaturen, die Pawel hätten derart zurichten können.

Doch als Milo mich ansah und ich seine frustrierte und genervte Mine sah, stöhnte ich auf und ließ mich auf den Sessel fallen. Das konnte nichts Gutes bedeuten.

»Wir haben nichts Handfestes gefunden, außer ein paar Geschichten über Geister. Aber vielleicht haben Dario und Vinzenz mehr Glück in der Stadt.«

Das bezweifelte ich. Auch wenn die Bibliothek in der Stadt größer war, hieß es nicht automatisch, dass dort auch mehr zu finden war. »Welche Geistergeschichten sind das?«, wollte ich wissen.

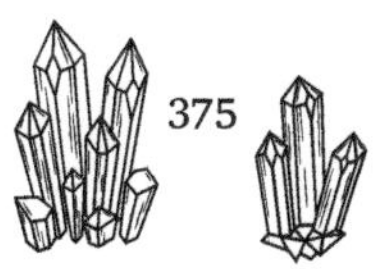

375

Noel strich mit einer Hand über sein Gesicht. »Ich bezweifle, dass sie stimmen und uns irgendwie weiterhelfen können. Erzähl uns doch lieber, wie euer Frühstück war.«

»Ja, positive Nachrichten wären jetzt echt was«, stimmte Milo zu und beide sahen zu mir, was mich innerlich fluchen ließ.

Ich atmete tief durch. »Es war toll, bis ich ihr den Grund verraten habe, warum ich damals verschwunden bin.«

»Scheiße.« Milo legte das Buch aus seiner Hand und lehnte sich zurück.

»Lass mich raten … Sie versteht es nicht?«, fragte Noel und sah mich mitfühlend an.

»Ich habe es damals auch nicht verstanden und erst recht nicht an Flüche geglaubt«, murmelte ich und schüttelte meinen Kopf.

»Das haben wir alle nicht. Aber dein Vater hatte dich nie angelogen und du hast ihm vertraut.«

»Genau. Und du hast es getan, um Emma zu beschützen«, pflichtete Noel bei.

Ich wusste, warum ich meinen inneren Kreis so liebte. Sie standen immer hinter mir und ich konnte mich auf sie verlassen. Jetzt musste ich nur noch hoffen, dass Emma es bald verstehen würde.

»Das weiß ich, und ich werde ihr Zeit lassen, um das alles zu verarbeiten. Also – erzählt mir von den Geistergeschichten.« Somit konnte ich mich ablenken und würde vielleicht auch auf die Ursache von Pawels Tod kommen.

»Wie gesagt, ich denke nicht, dass sie stimmen … aber gut«, setzte Milo an. »Wir haben in einem Buch

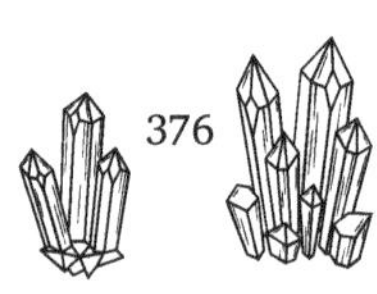

eine Geschichte über einen Geist gelesen. Er soll angeblich verlorene Seelen jagen und in die Hölle befördern.«

Das hörte sich wirklich nach Hokuspokus an.

»Eine weitere Geschichte handelt von einem Geist, der die Dunkelheit in einem spürt und denjenigen so lange in den Wahnsinn treibt, bis er sich selbst umbringt.«

»Das ist alles?« Irritiert sah ich zwischen den beiden hin und her.

»Ich sagte ja, dass das Schwachsinn ist. Pawel kann sich das unmöglich selbst angetan haben, und ich glaube kaum, dass er verloren war und jetzt in der Hölle vor sich hin vegetiert.«

Das glaubte ich auch nicht. Wie sollte das auch funktionieren?

»Ich denke ja, dass die Menschen und auch die Shades früher einfach zu viel Angst hatten und sich mit den bösen Geistergeschichten abgelenkt oder sich das so hin gereimt haben, wie sie es wollten. Dass sie wahr sind, glaubte ich nicht.«

»Milo hat recht. Früher waren doch alle verrückter als jetzt und sowas wie Geister oder Flüche gibt es selbst bei uns Shades nicht.«

Ich nickte und lehnte mich zurück, zündete mir eine Zigarette an und blies den Rauch aus. »Stimmt, sie kannten sich noch nicht so gut aus und wir alle wissen, dass die Menschen und selbst wir Shades gern Geschichten erfinden, um etwas erklären zu können.« So war es schon immer gewesen. Aber ich glaubte nicht daran. Für mich blieben es Geschichten und Legenden ohne Bedeutung.

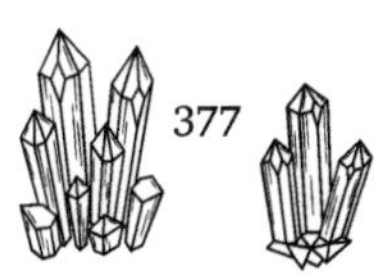

Vielleicht war das bei meinem Vater aber anders gewesen. Vielleicht hatte er daran geglaubt, schließlich war er schon sehr alt gewesen und hatte alles von seinem Vater gelernt.

»Hier steht etwas über Tiere«, riss mich Noel aus meinen Gedanken und ich hob meinen Kopf.

»Bestimmte Kreaturen, die heraufbeschwört oder gerufen werden können und durchdrehen, sobald ihr Meister gestorben ist.«

»Das weiß ich. Mein Krazor würde durchdrehen, sobald ich sterben würde. Deswegen muss ich oder jemand anderes ihn auch zurück in die Hölle schicken«, sagte ich. Meistens starb der Krazor nach seinem Ausraster. Aber ich lebte noch und mein Krazor hatte sich in den Wald zurückgezogen und würde erst zu mir kommen, sobald ich ihn rufen würde.

»Ich würde sagen, das können wir ausschließen, denn Ryan ist noch am Leben.«

»Weißt du, wo dein Krazor ist?«, hakte Noel nach.

»Ja, ich habe ihn bei unserer Ankunft in den Wald geschickt, damit Emma keine Angst davor bekommt und er ist noch immer dort, in der Nähe von unserer Grundstücksgrenze.« Ich konnte ihn spüren und wusste, dass er sich relativ weit hinten befand und vermutlich eines der Rehe gerissen hatte oder sich einfach nur hingelegt hatte.

»Und jemand anderes hat hier keinen Krazor oder ein anderes Tier beschworen?«

»Nein, auch das hätte ich gespürt.«

Plötzlich riss Milo seine Augen auf. »Heißt das, dass Vlad weiß, dass du ihn heraufbeschwört hast?«

»Ja«, antwortete ich kurz und knapp. Wo sollte da

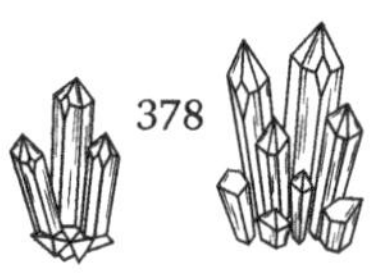

das Problem sein? Vlad wusste, dass ich adlig und ein König noch dazu war. Es war also kein Geheimnis, dass ich einen Krazor besaß. Genauso wusste ich, dass er selbst einen heraufbeschwören konnte, wenn er das wollte. Außer seiner war bereits tot.

»Beruhig dich, Milo.« Noel grinste ihm zu.

Als mein Telefon klingelte, erhob ich mich und stellte mich vor die Glasfront mit Blick auf den Garten. Ich sah Darios Namen auf dem Display und hob ab.

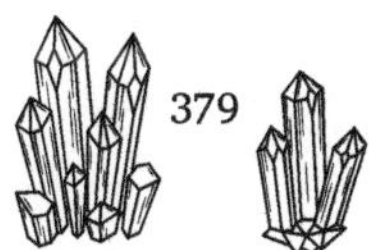

379

Kapitel 24

DARIO

Ich war zusammen mit Vinzenz in unsere Bibliothek gefahren, und nachdem wir nach stundenlanger Suche schon beinahe die Hoffnung aufgegeben hatten, waren wir fündig geworden. Es war alles andere als gut und ich hoffte, dass es nur ein Zufall war. Sofort rief ich Ryan an und als er abhob sog ich scharf die Luft in meine Lunge.

»Dario. Sag mir, dass wenigstens ihr etwas Sinnvolles gefunden habt.« Das klang, als hätten die anderen beiden bis jetzt keinen Erfolg gehabt.

»Wir haben etwas gefunden, aber das wird dir nicht gefallen.«

»Sag schon«, forderte er und ich konnte seine Anspannung durch das Telefon förmlich spüren. Ich vermutete, dass er alles auf meine Informationen setzte, doch mich grauste es davor, die Katze aus dem Sack zu lassen.

»Dario!«, rief er ungeduldig durch das Smartphone. »Wir haben etwas über die Blaxro-Magie gefunden.«

Stille machte sich in der Leitung breit, dann hörte ich ihn am anderen Ende einmal tief durchatmen.

»Was meinst du damit? Bei uns gibt es keine Bücher über die Blaxro-Magie.«

Und genau das war der springende Punkt. Wir hatten keine Bücher, Schriftrollen oder anderen Nachweise

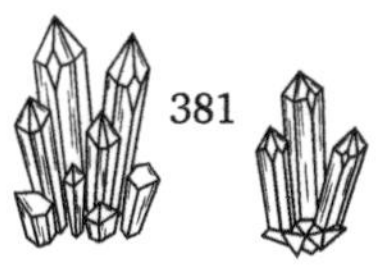

über diese Art von Magie in unseren Bibliotheken lagern. Und dennoch hielt ich genau so ein Buch in meiner Hand.

»Das weiß ich. Aber als Vinzenz und ich uns durch die Regale gewühlt haben, habe ich dieses Buch gefunden. Es lag einfach da.«

»Dario, das ist unmöglich. Ich würde es längst wissen, wenn sich so ein Buch bei uns befinden würde.«

Ich stellte mein Telefon auf laut, damit Ryan auch Vinzenz hören konnte. »Dessen sind wir uns bewusst. Aber das Buch ist wirklich hier, ich habe dir gerade ein Foto davon geschickt.«

Wieder herrschte Stille, bis Ryan fluchte. »Verdammte Scheiße! Wie ist das nur möglich?«

»Wir sind genauso überrascht wie du.«

»Was steht drin?«, wollte er wissen und ich strich vorsichtig über den alten schwarzen Ledereinband mit der goldenen Schrift. Sie war so abgenutzt, dass ich sie nicht lesen konnte. Als ich das Buch aufschlug, änderte sich die schnörkelige Schrift in eine Sprache, die ich kannte und ich blinzelte mehrmals. Das war unmöglich! War dieses Buch verzaubert worden?

Ein kurzer Blick zu Vinzenz zeigte mir, dass er genauso viele Fragezeichen im Kopf hatte wie ich. Vorsichtig ließ ich ein paar Seiten durch meine Finger gleiten.

»Also, soweit ich das beurteilen kann, steht hier nichts darüber, wie die Magie funktioniert oder wie man sie einsetzt. Sondern nur, dass sie verboten ist und dass der Schattenrat alle Informationen dazu vernichtet hat und jeden bestrafen wird, der diese Magie dennoch praktiziert.« Irritiert blätterte ich weiter.

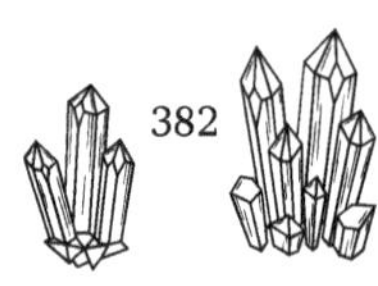

Es wirkt so, als wäre dieses Buch eine Art Warnung, was meine Gedanken noch mehr durcheinanderbrachte.

»Sonst steht dort nichts drinnen?«, wollte sich Ryan versichern.

»Nein, nichts. Nur Warnungen und das Ausmaß der Konsequenzen beim Verstoß gegen das Verbot … Das ist doch verrückt«, murmelte Vinzenz, der mir das Buch zwischenzeitlich abgenommen hatte und es selbst inspizierte. »Hier steht noch, dass die Blaxro-Magie gefährlich sei. Dass sie manchmal wie Geistermagie aussehen kann und auch, dass demjenigen, der sie beherrscht, unfassbare Macht verliehen wird und dieser nur schwer zu erkennen sei.«

»Bringt das Buch mit, ich …«, setzte Ryan an und im selben Moment sprang ich auf. Das Buch war urplötzlich in Flammen aufgegangen. Reflexartig warf ich es sofort auf den Boden und versuchte, das Feuer zu löschen, doch nach wenigen Sekunden war nur noch ein Häufchen Asche übrig.

»Was zur Hölle!«, schrie ich und blickte ungläubig zu Vinzenz, der mich mit großen Augen ansah.

»Was ist passiert?«, brüllte Ryan in die Leitung und wir beide starrten wie gebannt auf die übrig gebliebene Asche.

»Dario, Vinzenz! Was ist passiert, verdammt noch mal?«

»Das Buch … Es ist weg«, brachte ich stockend hervor.

»Was meinst du mit weg?«

»Verbrannt. Das ganze Buch ist verbrannt«, nuschelte Vinzenz.

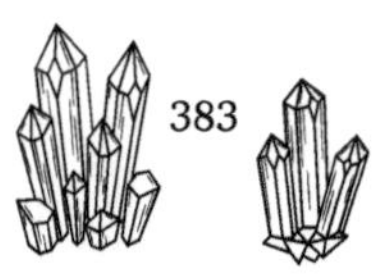

»Was habt ihr gemacht?«, wollte Ryan wissen. Wir schüttelten beide unsere Köpfe, was er natürlich nicht sehen konnte.

»Ich rede mit euch!«, brauste er auf und ich fand meine Sprache wieder.

»Wir haben gar nichts gemacht. Nachdem wir dir alles erzählt hatten, ging das Buch plötzlich in Flammen auf! Ich wollte es noch retten und das Feuer löschen, aber es ging nicht.«

»Er hat recht, Ryan. Ich habe es mit eigenen Augen gesehen. Das Feuer hat sich nicht löschen lassen. Eigenartig, dass es aber auch nicht auf etwas anderes übergegangen ist«, fügte Vinzenz hinzu.

»Wollt ihr mir damit sagen, dass das Buch von selbst in Flammen aufgegangen ist?«

»Ja, und übrig ist nur eine Handvoll Asche. Verdammt Ryan, das ist nicht gut« Ich hatte eine leise Ahnung, wer hinter all dem stecken konnte, und das jagte mir eine Heidenangst ein.

»Gut, kommt zurück. Wir reden in meinem Büro.« Dann legte er auf.

Wir packten unsere Sachen zusammen und machten uns auf den Weg zu unserem Wagen.

Auf dem Heimweg sprachen wir kein Wort und ich dachte die ganze Zeit darüber nach, was das alles zu bedeuten hatte. Da tauchte plötzlich ein Buch auf, das es nicht geben sollte, und nachdem wir Ryan darüber berichtet hatten, war es wie ferngesteuert verbrannt? Nein, das klang nicht nur nach Hokuspokus, sondern warf noch mehr Fragen auf, als mit Pawels merkwürdigem Tod ohnehin schon im Raum standen.

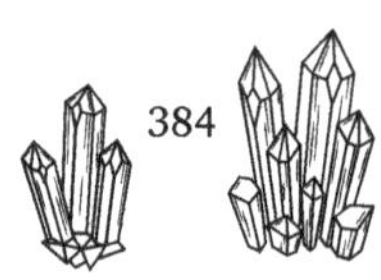

384

Ryan erwartete uns schon in seinem Büro. Er war ziemlich angespannt und auch, nachdem wir ihm alles noch einmal erzählt hatten, änderte sich seine Körpersprache nicht. Er verfiel in ein unerträgliches Schweigen.

»Ich kann mir das einfach nicht erklären«, unterbrach Vinzenz die Stille und Ryan nickte.

Als ich schweigend durch meine Haare strich und die angestaute Luft auspustete, blickten beide zu mir.

»Du hast eine Vermutung, oder?«

Ich hasste es, dass Ryan mich so gut kannte. Zögerlich nickte ich zur Antwort. »Ja … Aber das ist unmöglich, einfach nur verrückt.«

»Verrückter, als dass ihr ein Buch findet, dass es so nicht mehr geben sollte und das sich anschließend selbst zerstört?«

Gut, das war ein Argument.

»Ich habe mich die die ganze Zeit zurückgehalten, aber ich denke, wir sollten unsere Vermutung mit ihnen teilen«, flüsterte meine wahre Natur.

»Aber es ist nur eine Vermutung«, setzte ich an.

»Wir sind ganz Ohr.«

Ich holte tief Luft und sagte dann: »Dieses Buch … Ich glaube, dass es der Schattenrat war.«

»Es ist die einzig logische Erklärung.«

Da konnte ich meiner wahren Natur nur zustimmen.

»Der Schattenrat?« Irritiert runzelte Vinzenz seine Stirn.

»Denkt doch mal nach. Es ist die einzige Erklärung, die Sinn ergibt. Keiner ist sonst so mächtig.«

Zudem hatte ich mich nicht an dem Feuer verbrannt und es war auch nicht auf andere Bücher

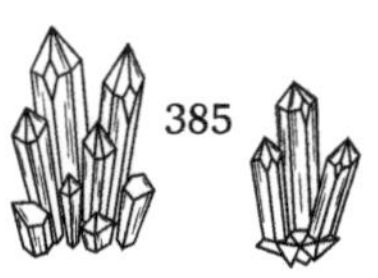

übergegangen. Es blieb nur diese Erklärung und so wie Ryan dreinblickte, dachte er ernsthaft darüber nach.

»Wenn das stimmt, was genau wollten sie uns damit sagen?«

» Den Schattenrat hat bis jetzt noch nie jemand gesehen. Aber gehen wir mal davon aus, dass es stimmt … Warum haben sie ausgerechnet dir das Buch gezeigt?«, sagte Vinzenz.

Jetzt war ich derjenige, der seine Augen aufriss. »Mir? Nein, sie haben es uns gezeigt.«

»Du hast das Buch gefunden.«

Scheiße! Ich wusste, dass Vinzenz recht hatte, aber das musste doch nichts bedeuten. Das war reiner Zufall gewesen.

»Wir beide haben danach gesucht. Wir alle haben nach Informationen gesucht. Dieser Schattenrat wollte ganz sicher nicht mir irgendetwas zeigen, sondern uns allen!« Ich knurrte und Vinzenz hob beschwichtigend seine Hände.

Das alles machte mir eine verdammte Angst und definitiv wollte ich nicht deren Aufmerksamkeit auf mich lenken.

»Das Einzige, was mir dazu noch einfällt, ist Vlad. Schließlich war Pawel einer seiner Männer und wir sind auf Kriegsfuß mit ihm.« Ryan holte mich zurück ins Hier und Jetzt und skeptisch zog ich meine Augenbrauen nach oben.

»Vlad? Du denkst, er kann so etwas beherrschen?«

»Nein, auf keinen Fall. Aber vielleicht sein Vater. Er ist ziemlich mächtig.«

Das klang plausibel. Vielleicht mochte er seinen Sohn damit schützen.

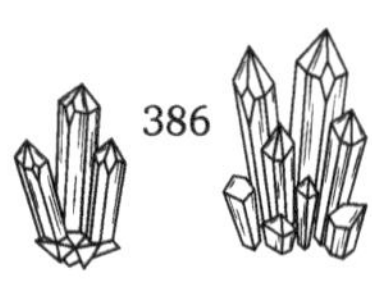

»Und dann tötet er Pawel und lässt uns am Leben?«, fragte Vinzenz und ich fand den Einwand berechtigt.

»Vielleicht wollte er verhindern, dass Pawel seinen Sohn verrät und hat ihn deswegen getötet.«

Das klang vernünftig. Nachdenklich sah ich zu Ryan. »Stimmt, aber ich denke nicht, dass er die gesamte Blaxro-Magie beherrscht.«

»Nein, sowas ist unmöglich. Nicht einmal er könnte so viel Erfahrung haben.« Außerdem würden die Koslows damit angeben und prahlen, was sie bisher nie getan hatten.

»Und was ist jetzt der Plan?«, wollte Vinzenz wissen.

»Du wirst den anderen davon berichten und wir müssen herausfinden, wo genau Vlads Vater sich aufhält und wie gut sein Verhältnis zu Vlad ist« sagte Ryan und sah uns beide mit Nachdruck an. »Allerdings möchte ich Emma aus allem raushalten.«

»Ich dachte, du wolltest sie befragen, schließlich hatte sie mit Vlad lange zusammengelebt.« Irritiert sah Vinzenz zu Ryan und ich hatte das gleiche angenommen.

»Ja, allerdings denke ich, dass es noch zu früh ist. Das alles belastet sie noch immer und wir kennen Emma – sollte sie nicht von allein anfangen, darüber zu reden und wir sie zu etwas drängen, macht sie dicht und zieht ihre Mauer hoch.«

»Und du willst die Fortschritte, die ihr gemacht habt, nicht riskieren,« brachte Vinzenz es auf den Punkt und ich konnte Ryan verstehen. Es hatte lang genug gedauert, bis Emma sich ihm geöffnet hatte und wer wusste, was passieren würde, wenn wir sie dazu drängen würde, über die Zeit mit Vlad zu sprechen.

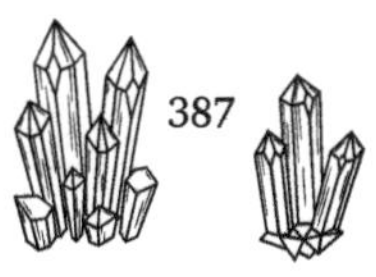

387

Doch ich fand es gut, so konnte Emma alles in ihrem Tempo verarbeiten und mit uns reden, wenn sie dafür bereit war.

»Tarik könnte uns da helfen. Er hatte einen engen Draht zu Vlad«, schlug ich stattdessen vor.

»Stimmt. Sprich du mit ihm und ich werde mal nach meiner Frau sehen.«

Seine Frau. Ich spitzte meine Ohren, als sich Vinzenz verabschiedete und aus dem Büro verschwand.

»Was ist mit Emma?«

»Sie ist in den Wald gelaufen, nachdem ich ihr alles über uns erzählt habe. Ich denke, jetzt müsste sie sich wieder beruhigt haben.«

»Sie weiß also von dem Fluch?«

Er nickte und ich konnte deutlich die Angst und die Sorge in seinen Augen erkennen. Womöglich würde Emma ihn nie wieder so ansehen, wie sie es bisher getan hatte. Ich konnte seine Angst verstehen und doch gab es einen kleinen Teil in mir, der sich genau das wünschte.

»Das wird wieder, ihr beide schafft alles«, versuchte ich, ihm Mut zu machen und spürte gleichzeitig den Stich in meinem Herzen. Denn wieder einmal wurde mir klar, dass ich niemals Emmas Gefährte sein könnte und somit nie eine richtige Chance bei ihr haben würde.

»Ich hoffe, du hast recht.« Er lächelte schwach.

Ich legte ihm eine Hand auf die Schulter. »Ryan, ganz sicher wird das wieder. Ihr beide habt Fortschritte gemacht und dass du Emma aus allem raushalten willst, finde ich gut.« Überrascht sah er zu mir.

»Ach ja?«

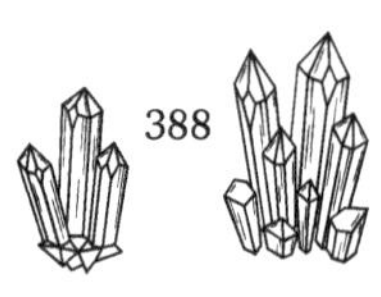

»Ja. Auch wenn wir auf Emmas Worte vertrauen könnten, wissen wir nicht, was sie bei Vlad alles erlebt hat und wer weiß, was wir mit unseren Fragen bei ihr auslösen könnten. Ich finde es gut, und wir werden das auch anders schaffen.«

»Danke. Das bedeutet mir viel.«

»Ich bin dein Beta und dein bester Freund, und ich werde immer hinter dir stehen.«

»Das weiß ich«, sagte er. »Ich liebe sie, Dario. Ich liebe Emma und will sie glücklich machen.«

Ich wusste, dass ich mich darüber freuen sollte, aber ich konnte es nicht. Auch wenn Ryan Emma glücklich sehen wollte, wusste ich, dass er sie niemals gehenlassen oder freisprechen würde. Diese Erkenntnis ließ meinen Herzschlag für einen Moment aussetzten. Nur mit Mühe brachte ich ein Lächeln zustande. »Ich weiß.«

»Alles gut?«, fragte er und runzelte seine Stirn.

»Ja, ich werde mal Tarik suchen.« Ehe Ryan etwas sagen konnte, ging ich auch aus dem Zimmer.

Scheiße! Fast hätte Ryan etwas bemerkt. Mir war nicht entgangen, dass er mich misstrauisch angesehen hatte, und ich konnte von Glück sprechen, dass ich mit Tarik über Vlad sprechen sollte und somit einen Grund gehabt hatte, schnell aus der Situation zu fliehen.

Meine Gefühle für Emma wurden immer stärker und ich hatte sie kaum noch im Griff. Verdammt, Ryan war mein Alpha, ich sein Beta und ich liebte ihn wie einen Bruder. Wir hatten uns einmal geschworen, dass uns niemand trennen würde, dass wir immer füreinander da sein würden und nichts unsere Freundschaft zerstören konnte. Aber je länger ich hier war und Emma

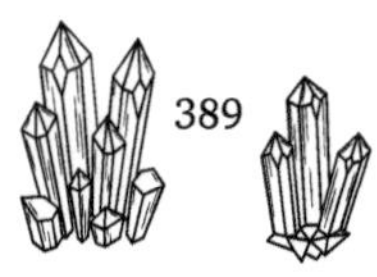

in meiner Nähe hatte, musste ich mir eingestehen, dass ich mich in sie verliebt hatte. Mein innerer Kampf, sie nicht gegen die nächste verdammte Wand zu drücken und sie zu küssen, wurde immer stärker.

»Wir können nichts für unsere Gefühle.«

Das war mir bewusst. Vermutlich redete sich Tarik das Gleiche ein, doch ich war besser als er.

Ich machte mich auf die Suche nach ihm, denn alles, was jetzt zählte, war herauszufinden, wo sich Vlads Vater aufhielt und wie gut deren Beziehung war. Die Sache mit Emma musste ich erstmal verdrängen. Aber Fakt war, dass Ryan mehr als nur mein Alpha war und ich keinen Hochverrat begehen wollte. Aber einfacher machte es meine Situation nicht.

EMMA

ICH WUSSTE NICHT, WIE LANGE ICH SCHON IM Wald umherging und einfach die frische Luft genoss. Trotzdem konnte ich Ryan nicht vergessen und seine Worte hallten in meinem Kopf nach. Wir sollten verflucht sein? Das alles war verrückt und doch verstand ich es langsam. Aber wie sollte ich mich verhalten?

Seufzend lehnte ich mich an einen Baum, blickte hinauf in den Himmel und sah, wie die Sonne langsam unterging. Die roten und orangenen Streifen, die sich durch die Wolken zogen, sahen wunderschön aus.

Ich hatte während meinem Lauf völlig die Zeit aus den Augen verloren und nicht bemerkt, dass es schon Abend geworden war. Doch ich fühlte mich gut – ausgepowert aber zufrieden, als wäre der Schmerz verpufft und ich könnte endlich klarer denken.

»Das alles ist so kompliziert«, murmelte ich.

»Ist es das?«

Was meinte meine wahre Natur damit?

»Ach komm, du fühlst es auch und ich kann es spüren. Ryan ist mehr als nur irgendein Mann für uns und die Götter müssen sich etwas dabei gedacht haben, ausgerechnet ihn zu unserem Gefährten zu machen.«

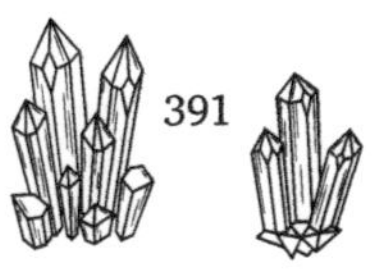

391

So hatte ich das Ganze noch nie betrachtet. Wo war dann der Sinn mit dem Fluch? Ich war hoffnungslos verwirrt.

»Manches ist unergründlich. Aber das heißt nicht, dass es automatisch schlecht sein muss.«

»Ich weiß, dass es nicht schlecht ist, und ich spüre das Gefährtenband und die Gefühle für Ryan. Aber ich bin restlos überfordert«, gestand ich und rieb über meine Schläfen.

»Das ist okay. Das alles ist neu für uns, aber wir schaffen das. Zusammen.«

»Aber warum spüre ich dann so eine Anziehung zu Dario?«

Das war doch einfach krank. Erst hatte ich etwas für Vlad empfunden, bis ich das Monster in ihm gesehen hatte, dann für Tarik, weil er mir Hoffnung geschenkt hatte. Und jetzt Ryan und Dario?

»Das ist nicht verrückt. Vlad ist nicht immer so gewesen, wir haben das Gute in ihm gesehen, bis seine böse Seite zum Vorschein kam. Und Tarik hat uns die ganze Zeit manipuliert. Aber Ryan ist unser Gefährte.«

»Und Dario?«, fragte ich meine wahre Natur.

»Das weiß ich nicht, aber diese Anziehung zu ihm ist anders«, flüsterte sie, was mich seufzen ließ. Ich wusste, was sie meinte. Irgendetwas irritierte mich bei Dario gewaltig. Von Liebe würde ich nicht sprechen, trotzdem musste ich herausfinden, was es zu bedeuten hatte. Aber davor sollte ich erstmal lernen, mit meinen Fähigkeiten und meiner Magie umzugehen. Ich war jetzt nicht mehr allein und das war ein riesengroßes Glück. Ein plötzliches Rascheln erschreckte mich beinahe zu Tode. Ich drückte mich dichter an den Baum,

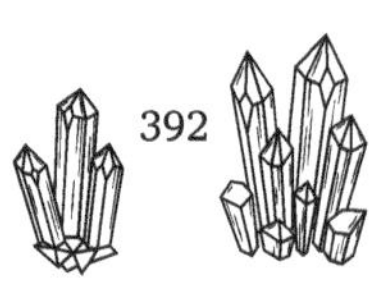

doch erkennen konnte ich nichts. »Hallo?«, rief ich und sah mich um. Außer dem anhaltenden Rascheln war nichts zu sehen. Meine Nackenhaare stellten sich alarmierend auf. Vorsichtig stand ich auf und machte einen Schritt vor den anderen, spürte, wie mein Herzschlag sich beschleunigte und die Angst durch meinen Körper kroch.

Und in dem Moment sprang ein riesiges Tier aus dem Gebüsch, gefolgt von meinem panischen Schrei. Ich fiel mit dem Hintern auf den Boden und schloss reflexartig meine Augen, wartete nur darauf, dass es mich angreifen und seine scharfen Zähne in mein Fleisch bohren würde. Das war sie – die letzte Stunde, die geschlagen hatte.

Doch nichts dergleichen geschah. Als ich vorsichtig meine Augen öffnete, starrte ich auf eine riesige Kreatur, die einem Panther ähnlich sah. Doch im Vergleich zu den Raubkatzen, die ich aus Zoos kannte, waren die Krallen dieser Kreatur pechschwarz und auf dem schwarzen Fell dieses Tieres lag etwas, das mich an einen Schatten erinnerte und es umhüllte.

»Es sieht aus, als stammte es aus der Hölle«, flüsterte ich.

Ich wurde von einem Zischen abgelenkt. Als ich meinen Kopf langsam in die Richtung des Geräuschs drehte, sah ich, wie eine lange, grüne Schlange auf mich zukroch. Sie fixierte mich, verharrte in ihrer Position und hob ihren Kopf an.

Mein Herz schlug wild gegen meine Brust, während mein Puls in meinen Ohren dröhnte.

Gezielt und schnell wie ein Blitz setzte die Schlage zum Angriff an. Ich schrie auf, doch bevor sie mich

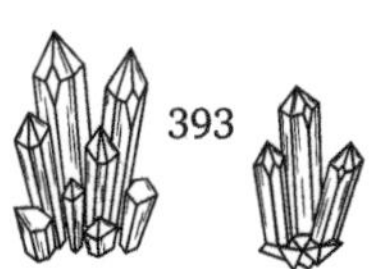

beißen konnte, brüllte das Höllentier ohrenbetäubend laut, warf seine riesige Pranke auf die Schlange und biss sie in zwei. Mit dem Maul packte es die beiden Hälften und schleuderte sie in das Gebüsch. Dann kam es langsam auf mich zu und setzte sich vor mich hin. Mit hell leuchtenden, grünen Augen fixierte es mich.

»Das habe ich mir gerade nur eingebildet, oder?«, murmelte ich vor mich hin.

Es wirkte so, als hätte mich diese Kreatur vor der Schlange beschützt.

»Es war definitiv eine Giftschlange und dieses Ding hat sie einfach in zwei geteilt«

Ich konnte meinen Blick nicht abwenden. Dieses Höllentier sah anmutig und edel aus, wie es vor mir saß. Kurz schnupperte es in die Luft, aber sonst sah es mich nur an.

Tief atmete ich ein, als mir ein verbrannter Geruch in die Nase stieg. Er erinnerte mich an ein wärmendes Kaminfeuer im Winter und ich konnte nur vermuten, dass der Geruch von diesem Tier ausging.

Konnte es die gleiche Kreatur sein, die damals auf dem Flugplatz in Chicago bei Ryan gewesen war? Und wenn ja, was genau war das und warum sah es mich so an?

Schluckend erhob ich mich und trat vorsichtig näher. Als das Tier seinen Kopf leicht senkte und mich mit einem Mal anstupste, stolperte ich sofort zwei Schritte zurück, während mein Herz wild in meiner Brust schlug.

»Ich bin verrückt«, murmelte ich und atmete tief durch, ehe ich einen Fuß vor den anderen setzte und wieder näher auf das tierähnliche Wesen zuging.

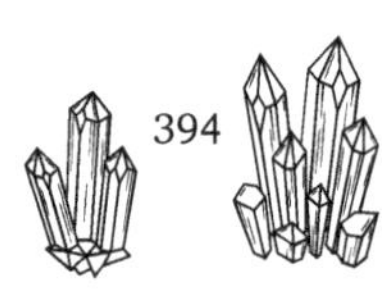

»Du wirst mich nicht fressen, ich bin kein gutes Abendessen«, sagte ich mehr zu mir selbst und blickte in seine grünen Augen, die mich an Ryans erinnerten. Das Höllentier stupste mich erneut an und senkte seinen Kopf, dann schob es ihn unter meine Hand und forderte mich damit wohl zum Streicheln auf. Mit zitternden Händen strich ich sanft über seinen Kopf, als ein Schnurren über seine Lefzen kam. Ich musste unwillkürlich lächeln, ehe ich erneut darüberstrich und sein wunderbar weiches Fell unter meinen Fingern wahrnahm. Trotzdem wurde es von einer Art Schatten bedeckt.

Die eben noch lähmende Angst war komplett verschwunden. Ich ging in die Hocke und streichelte erneut über sein Fell, als sich die Kreatur auf den Boden legte und mich immer wieder anblickte.

»Du bist wunderschön.«

Zur Antwort ertönte ein Jaulen aus seiner Kehle, ehe es sich auf den Rücken warf und mir ein herzhaftes, lautes Lachen entlockte. Noch nie hatte ich so eine Kreatur gesehen, die sich zu allem auch noch bereitwillig streicheln ließ. Ich hatte keine Ahnung, warum meine Angst restlos verschwunden war, aber ich wusste, dass ich die Panther-Kreatur mochte.

Ich legte meinen Kopf auf ihren Rücken und lauschte dem beruhigenden Herzschlag. Ich kam nicht mehr aus meinem Grinsen heraus. Dieses Ding schien mich genauso zu mögen und jedes Mal, wenn es auch nur das leiseste Rascheln vernahm, schnellte sein Kopf empor und es lauschte konzentriert der Umgebung.

»Dieses Tier ist wie ein Wachhund. Es scheint uns zu beschützen.«

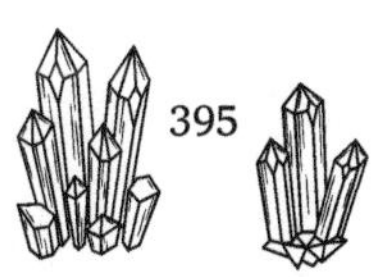

395

Kapitel 25

RYAN

Ich rannte durch den Wald. Wo konnte Emma nur sein? Langsam machte ich mir wirklich Sorgen. Ein lautes Schreien löste Panik in mir aus und mein Herz setzte aus. Ich beschleunigte meine Schritte, hörte das Rauschen meines Pulses in meinen Ohren und spürte die Angst, die über meinen Rücken kroch. Ich stellte mir sämtliche Szenarien vor, die passiert sein mussten, und sah Emma verletzt oder sogar tot auf dem Boden liegen. Doch bei dem Bild, das sich mir bot, blieb ich wie angewurzelt stehen und konnte meinen Augen nicht trauen.

»Das ist beeindruckend«, flüsterte meine wahre Natur und ich musste mehrmals blinzeln.

Nur wenige Meter vor mir ruhte Emmas Kopf auf dem Rücken meines Krazors und die beiden schienen sich zu verstehen. Besser gesagt, mein Krazor bewachte meinen Engel und vertraute ihr anscheinend blind. Sie lag so dicht an ihm und vergrub das Gesicht in seinem Fell, als wäre er ein verdammtes Kuscheltier und kein Killer, der aus den Tiefen der Hölle empor gekrochen war. Das Bild war so surreal, dass ich mich an den nächsten Baum lehnte und über meine Augen rieb.

»Das ist real. Unser Krazor und unsere Gefährtin liegen gemeinsam auf dem Boden«, sagte meine wahre Natur genauso verblüfft wie ich.

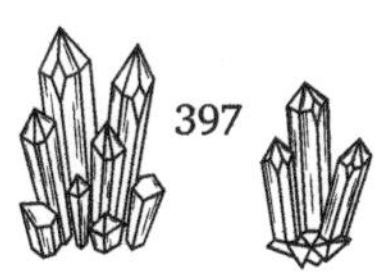

»*Ich dachte, sie würde Angst haben vor ihm.*«

Aus diesem Grund hatte ich ihn weggeschickt, doch Emma sah alles andere als verängstigt aus. Ich verstand das Ganze nicht. Mein Krazor war sicher kein Schmusetiger. Klar, er ließ sich von mir streicheln, aber wir waren auch miteinander verbunden und er gehörte mir. Aber Emma? Nein, sie hatte keinerlei Verbindungen zu ihm.

»*Vielleicht liegt es am Gefährtenband?*«

Das konnte unmöglich sein. Das Gefährtenband bezog sich nur auf die Verbindung zweier Shades und nicht auf den Krazor oder irgendetwas anderes.

Emma überraschte mich immer wieder. Und doch kamen immer mehr Fragen auf – denn auch wenn ich wusste, dass Emma eine Hernandez war, und somit eine waschechte Prinzessin von königlichem Blut, erklärte das noch nichts.

»*Vielleicht sollten wir mehr über ihre Familie in Erfahrung bringen*«, schlug meine Natur vor und ich stimmte ihr zu, bevor ich tief durchatmete und Schritt für Schritt auf die beiden zuging.

Als mein Krazor mich bemerkte, blickte er kurz in meine Richtung, ehe er seinen Kopf wieder zufrieden auf den Boden legte und ich vor Emma zum Stehen kam.

»Wie ich sehe, hast du meinen Krazor gefunden«, sagte ich schmunzelnd.

Emma zuckte zusammen, erhob sich und klopfte den Dreck von ihrem Kleid. Sofort stand mein Krazor neben ihr.

»Dein Krazor?«

»Ja, so nennt man diese Wesen.« Hatte sie noch nie

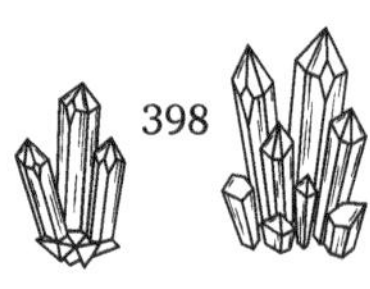

etwas darüber gehört? Jeder kannte die Geschichten und die Legenden darüber. Aber auf der anderen Seite war Emma mit ihren vierundzwanzig Jahren sehr jung und ich hatte keine Ahnung, wie ihre Eltern oder ihr Großvater sie erzogen hatten.

»Er ist auf jeden Fall wunderschön.«

Ich beobachtete sie dabei, wie sie über seinen Kopf strich, er ihn dabei anhob und mich zufrieden anblickte.

»Lass uns zurückgehen.«

»Darf er mit?«

Seufzend sah ich zu meinem Krazor, der mich abwartend ansah. Ich hatte nichts dagegen, wenn er sich bei uns aufhalten würde. So hatte Emma jemanden, der auf sie aufpasste, und Tarik würde sich von ihr fernhalten.

»Ja, er kann mit.«

Ich nahm ihre Hand und wir verflochten unsere Finger miteinander. Auf dem Weg zurück ins Haus suchte ich nach den richtigen Worten, während mein Krazor neben uns herging und immer wieder an den Bäumen schnüffelte. Ich wollte nicht unsensibel sein, schließlich war ihre Familie tot.

»Das stimmt, wir sollten das Thema vorsichtig angehen.«

Was versuchte ich denn bitte gerade? In dem Moment zog Emma an meinem Arm und sah mich an.

»Ryan, was ist los?«

Ich kratzte mich konzentriert am Hinterkopf in der Hoffnung, die richtigen Worte zu finden. Kurz sah ich zu meinem Krazor, der jetzt zwischen den Bäumen umherrannte und sichtlich Spaß hatte.

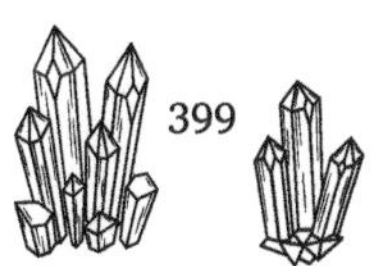

»Nichts … Ich habe nur ein paar Fragen an dich.« Gut, eigentlich waren es tausende, aber alle würde sie mir kaum beantworten können.

»Dann frag.« Lächelnd blickte sie zu mir und sofort erwärmte sich mein Herz.

Ich atmete einmal tief durch, bevor ich loslegte. »Ich würde gern wissen, was du alles weißt. Also, was hat dir deine Familie über unsere Welt, die Bräuchen und Traditionen und auch über unsere Fähigkeiten und die Magie beigebracht?«

Nachdenklich sah sie vor sich auf den Boden, kickte einen kleinen Stein weg und drehte dann ihren Kopf zu mir. »Eigentlich nicht viel. Ich meine, die Grundlagen und wer wir sind, sowas eben … Aber bevor sie mir etwas im Detail erklären oder beibringen konnten, sind sie alle gestorben.« Ihr Gesichtsausdruck veränderte sich. Trauer zeichnete sich in ihren Augen ab, auch wenn sie versuchte, zu lächeln.

Das Zittern in ihrer Stimme ließ mich schlucken. Ich war überrascht, dass sie so gut wie nichts wusste.

Vor meiner Haustür blieben wir stehen. Die Angestellten, die tagsüber den Garten pflegten, waren bereits verschwunden und die Lampen, die die Wege beleuchteten, waren an. Mein Krazor tollte zwischen der Terrasse und den Bäumen umher und genoss seine neue Umgebung sichtlich. Neugierig beschnupperte er alles.

»Sie haben dich nie richtig unterrichtet?« Mein Vater hatte mir alles beigebracht, was ich wissen musste, und das, sobald ich laufen konnte. Er war der Meinung, dass ich vorbereitet sein musste, sollte ich eines Tages den Thron besteigen.

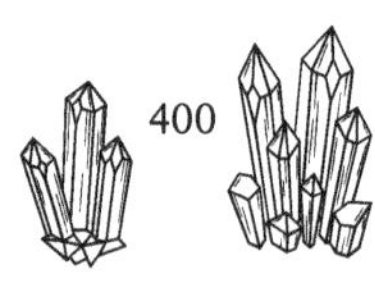

»Nein, nicht so wie du vermutlich unterrichtet wurdest. Ich kann ein bisschen was, aber mehr in der Theorie. Ich muss aber auch dazu sagen, dass ich nie wirklich Interesse daran hatte.«

»Was meinst du damit?«

Seufzend strich sie ihre langen schwarzen Haare zurück. »Ich war lieber draußen im Wald mit meiner Natur oder habe meine Nase in irgendwelche Romane gesteckt. Ich dachte, ich wäre viel zu jung und hätte noch ewig Zeit dafür«, sagte sie und blickte beiseite. »Meine Eltern haben das akzeptiert und als sie gestorben waren, war ich nicht in der Lage, das alles zu verarbeiten, geschweige denn Neues zu erlernen. Mein Großvater war sehr sorgsam und wollte mir Zeit geben, mir später alles beibringen, sobald ich in einer besseren Verfassung wäre. Aber dann starb auch er.«

»Das tut mir leid.« Und das meinte ich so. Niemand hatte ihr wirklich etwas gezeigt und ich konnte verstehen, dass sie als Kind andere Interessen hatte. Ich fand es beeindruckend, dass ihre Eltern ihr ihre Freiheiten gelassen hatten. Freiheiten, die Königskinder sonst vermutlich nicht hatten. Als ich sie traf, hatte ich mit eigenen Augen mitbekommen, wie schlecht es ihr gegangen war. Emma war noch nie jemand, der gern über seine Vergangenheit sprach. Sie verdrängte es lieber und baute ihre Schutzmauer auf. Dafür würde sie jetzt einiges nachholen müssen.

»Es ist meine Schuld, Ryan.«

»Auf keinen Fall. Du hast diese Zeit gebraucht und so alt bist du nun auch nicht, wir werden das hinbekommen.« Ich zwinkerte ihr zu.

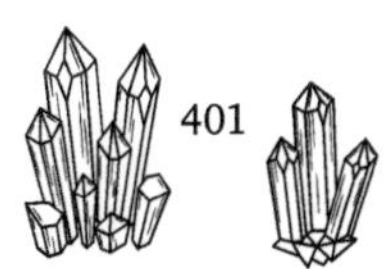

401

Überrascht und mit einem Funken Freunde in ihren Augen blickte sie zu mir, während mein Krazor jaulte und an uns vorbeiflitzte. »Heißt das, dass ihr mir beibringt, wie ich meine Fähigkeiten und die Magie einsetzen kann?«

Auch wenn ich es nach wie vor nicht wirklich mochte, war es mir wichtig, dass sie sich schützen konnte. Außerdem hatte sie es verdient und das alles würde nur mit gutem Training gehen. Meine Männer und ich waren Kämpfer. Wenn es ihr jemand beibringen konnte, dann wir.

»Ja, mein innerer Kreis und ich werden dich trainieren, aber nur, damit du dich verteidigen kannst.«

»Oh, danke!« Sie lächelte und schlang ihre Arme fest um mich. Ihre Dankbarkeit konnte ich spüren und eine wohlige Wärme schoss mitten in mein Herz, ehe ich auch meine Arme um sie legte und sich unsere Blicke trafen.

»Schon gut, mein kleiner Engel«, brachte ich heißer hervor.

Ihr Blick wanderte von meinen Augen zu meinen Lippen und im nächsten Moment küsste sie mich leidenschaftlich. Unsere Zungen umkreisten sich, während meine Hände hinab zu ihrem Arsch glitten und ich meine Frau enger an mich drückte.

»Ryan«, flüsterte sie zwischen unseren Küssen. Mit hochroten Wangen löste sie sich von mir und am liebsten wollte ich sie sofort wieder packen. Fuck, diese Frau machte mich süchtig und genau das liebte ich an ihr.

»Mein kleiner Engel.«

»Ich sollte reingehen.«

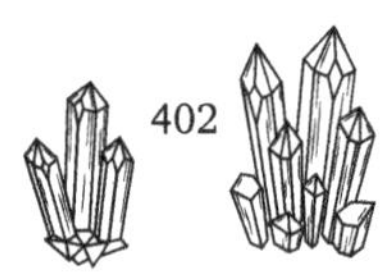

Das war alles, was sie sagte, ehe sie mich mit einem Zwinkern vor der Tür stehenließ.

Ich kam aus meinem Grinsen nicht heraus. Ich liebte ihre Art, denn sie war genauso wie früher. Sie sagte, was sie dachte, und nahm kein Blatt vor den Mund, egal ob ein Alpha oder ein einfacher Mensch vor ihr stand.

Mein Blick fiel auf ihren schwingenden Hintern, bis sie verschwunden war.

Dann ging ich selbst ins Haus und hinauf in meinen Flügel, während mein Krazor unten im großen Wohnzimmer verschwand, wo er alles beschnupperte und sich in seinem neuen Zuhause umsah.

Alles, woran ich denken konnte, war Emma – und zwar nackt in meinem Bett.

VERDAMMT. ICH WUSSTE NICHT, WIE ICH DIESEM Mann so lange hatte widerstehen können. Ryan brachte meinen Körper zum Glühen und ich liebte dieses Gefühl. Trotzdem hatte ich mich von ihm losreißen können und war in mein Zimmer gerannt. Auf keinen Fall wollte ich mich ihm wie ein lüsternes Flittchen an den Hals werfen. Ich wollte das alles anders angehen. Ruhiger, langsamer und Schritt für Schritt herausfinden, was das zwischen uns war und wie sich das Ganze entwickeln könnte. Aber einfach war es nicht – mein Körper sehnte sich nach diesem Mann und allein bei dem Gedanken an ihn spürte ich das Pochen zwischen meinen Beinen und die Röte auf meinen Wangen.

»Das liegt sicher an dem Gefährtenband«, fluchte ich.

»Wie auch immer. Wir fühlen uns wohl und wir haben Gefühle für ihn.«

Ich setzte mich auf mein Bett, schloss meine Augen und rieb über meine Schläfen, als mir Ryans Fragen wieder in den Sinn kamen. Die Lust, die ich eben noch empfunden hatte, war der Trauer gewichen. Mist. Warum musste ich ausgerechnet jetzt daran denken?

»Wir können zu Ryan und uns ablenken lassen«, schlug meine wahre Natur vor und ich riss entsetzt meine

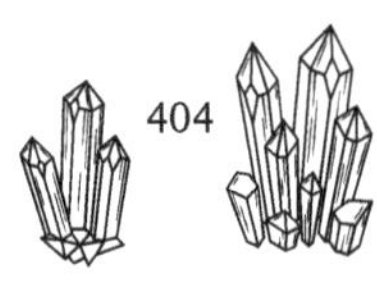

Augen auf. Sicher würde ich nicht mit ihm Schlafen, nur damit es mir für diese Zeit besser gehen würde. So war ich nicht und ich würde Ryan niemals ausnutzen. Außerdem wäre das ziemlich unreif und einfach nur daneben.

»Ist ja gut, ich habe es verstanden«, murmelte meine Natur.

Immer wieder blitzten Bilder aus meiner Vergangenheit auf, die ich hinter meiner Schutzmauer weggesperrt hatte. Stöhnend presste ich meine Augen zusammen, versuchte krampfhaft, sie zu verdrängen, doch es gelang mir nicht. Ich hielt meinen Kopf fest und schrie auf, während Tränen über meine Wangen liefen. Ich wollte diese Erinnerungen nicht sehen. Ich wollte nicht hören, wie sie geschrien hatten, den Geschmack des Blutes nicht auf meiner Zunge schmecken. Doch es war zu spät. Die Erinnerungen überrollten mich wie eine Lawine.

»Lass es zu, stell dich dem Schmerz.«

Das konnte unmöglich ihr Ernst sein. Warum sollte ich mich diesen Qualen aussetzen und all das erneut durchleben? Wo war da der Sinn?

»Es könnte uns helfen.«

Mit jeder Erinnerung wurde ihre Stimme leiser, während mich der Schmerz über das Vergessene übermannte. Die Erinnerungen, die sich jetzt an die Oberfläche drängten, waren die Schlimmsten, die ich je empfunden hatte. Aus diesem Grund hatte ich mir eine Schutzmauer errichtet, doch sie half jetzt nichts mehr. Schonungslos wurde ich zurück in die Vergangenheit getrieben, als ich ein kleines Mädchen war, die Liebe meiner Eltern spürte und sah, wie sie mich

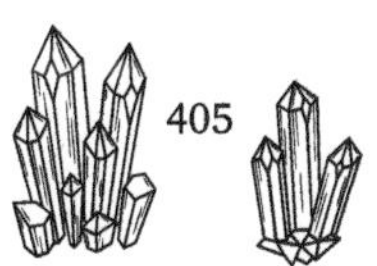

anlächelten, als wäre ich ihr teuerstes Juwel. Diese Liebe war das schönste Gefühl auf der ganzen Welt gewesen und so schön wie das war, so schlimm war der Schmerz und der Abgrund, den ihr Tod mit sich gebracht hatte.

Weitere Bilder des kleinen Mädchens blitzten vor meinem geistigen Auge auf. Ich lief durch das riesige Schloss, schrie nach meinen Eltern, wollte einfach nur in ihren Armen gehalten werden und in Sicherheit sein. Doch als ich in den großen Saal kam, und all das Blut sah, dass die Wände und den Boden befleckte, spürte ich meine Magensäure, die aufstieg und hinauswollte. Aber das Schlimmste waren die leeren, vor Angst geweiteten Augen, die ich sah. Augen, die ich kannte. Augen, denen ich vertraut und die mir Liebe geschenkt hatten.

Doch nichts war mehr davon übrig. Alles, was blieb, war die unendliche Panik und die Angst, als ich zusehen musste, wie …

»Emma!«, schrie jemand und ich konnte fühlen, wie ich geschüttelt wurde und die Bilder in meinem Kopf verschwommener wurden.

»Emma! Verdammt, komm zu dir.«

Ich kannte diese Stimme. Sie kam mir so vertraut vor und ich versuchte, nach ihr zu greifen, mich daran festzuhalten und hinaus aus diesem Strudel der Angst zu gelangen. Aber sie war zu weit weg und die Dunkelheit zerrte an mir.

»Komm schon … Alles ist gut, du bist in Sicherheit, Prinzessin.«

Prinzessin. Es gab nur einen, der mich so nannte, und die Stimme kam näher. Ich griff mit all meiner

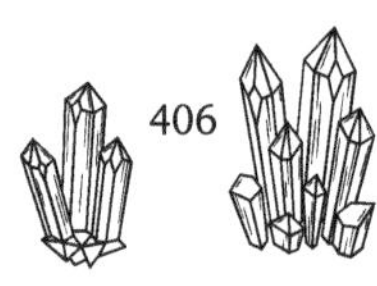

Kraft danach, als ich ruckartig meine Augen aufriss und in zwei blaue starrte.

»Dario«, brachte ich zitternd über meine Lippen, als er mich an seine Brust zog und tief atmete. »Endlich.«

Vorsichtig setzte ich mich auf und sofort blickte mich Dario besorgt an.

Er nahm eine lose Strähne in seine Finger und legte sie hinter mein Ohr. »Du hast mir einen ganz schön großen Schrecken eingejagt, Prinzessin«, flüsterte er, als sich unsere Blicke trafen und Dario vorsichtig näherkam, ehe er seine Stirn an die meine legte und gequält seine Augen schloss. »Mach das nie wieder.«

»Dario«, hauchte ich ihm entgegen, als sein Duft mich umhüllte und meine Natur mir zuflüsterte.

»Das ist nicht gut.«

Ich wusste das, doch ich konnte mir nicht erklären, warum ich mich so zu ihm hingezogen fühlte. Diese Verbindung war keinem sexuellen Verlangen geschuldet, sie war anders. Ich schlug meine Lider auf und rutschte etwas beiseite. »Dario, das ist falsch.«

»Ich weiß, ich sollte gehen.«

Das Verlangen in seinen Augen ließ mich schlucken, als plötzlich Schritte erklangen und im nächsten Moment die Tür aufgerissen wurde. Ich hatte nur einmal geblinzelt, da stand Dario schon neben dem Bett, weit genug entfernt von mir und seine Augen hatten etwas Gleichgültiges angenommen. Es schien beinahe so, als wäre das eben niemals passiert, und ohne es zu wollen, verpasste mir seine Reaktion einen Stich ins Herz.

»Störe ich?«, holten mich Milos Worte in die Realität zurück und ich blickte zu ihm. Schritt für Schritt

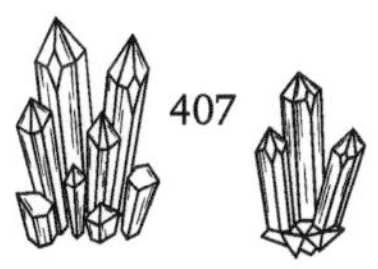

kam er auf uns zu und musterte mich besorgt, ehe er misstrauisch zu Dario blickte.

»Ich hatte einen Anflug von Erinnerungen. Dario hatte mir geholfen«, sagte ich in der Hoffnung, dass die beiden Männer keinen Streit anfangen würden.

»Erinnerungen können schmerzhaft sein«, sagte er, bevor sein Blick zu Dario schweifte. »Ryan möchte mit dir sprechen, er ist unten in seinem Büro.«

Ohne mich noch eines Blickes zu würdigen, trat Dario aus meinem Zimmer und verschwand.

»Sollte etwas sein, kannst du immer zu uns kommen, wir sind für dich da«, sagte Milo lächelnd. Dann trat auch er aus meinem Zimmer und ließ mich allein zurück.

»Das war knapp, viel zu knapp.«

»Und es hätte niemals passieren dürfen«, fügte ich hinzu. Denn ich war Ryans Gefährtin und ich hatte Gefühle für ihn. Aber ich musste herausfinden, was das mit Dario war, bevor mir das Ganze noch um die Ohren fliegen würde.

Warum musste das so kompliziert sein?

Kapitel 26

DARIO

Was hatte ich mir dabei gedacht, ihr so nahe zu kommen und es auch noch zu genießen? Das alles wäre beinahe richtig nach hinten losgegangen. Und jetzt vermisste ich ihre Nähe. Sowas war nicht normal und ich durfte diese verdammten Gefühle nicht empfinden.

Fluchend ging ich mit schnellen Schritten aus ihrem Zimmer und wollte hinunter zu Ryan gehen, als Milo mich einholte, mich grob zur Seite zog und mich finster ansah.

»Erklärst du mir mal, was das sollte?«, fauchte er und ich suchte vergebens nach den richtigen Worten. Aber wie sollte ich diese Situation bitte erklären? Wie sollte ich ihm sagen, dass ich mich Hals über Kopf in Emma verliebt hatte, ohne dass die Situation in einem Chaos enden würde?

»*Wir sind ihm keine Rechenschaft schuldig!*«, schnauzte meine wahre Natur.

Natürlich waren wir das. Wir Männer waren wie Brüder für einander, wir waren eine Familie und niemals würden wir uns dermaßen in den Rücken fallen.

»Dario!«, katapultierte mich Milo zurück an Ort und Stelle, als sich seine Augen in ein Jadegrün mit orangefarbenen Sprenkeln verwandelten.

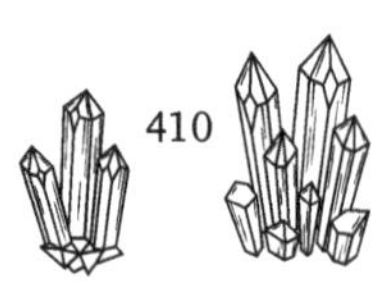

»Leg deiner Natur ihre verdammten Ketten an«, murrte ich, woraufhin er mich endlich losließ. Obwohl Milo auf den ersten Blick nicht aussah, wie jemand, der sofort ausrasten würde, war er definitiv nicht zu unterschätzen und seine inneren Dämonen waren stärker, als man vermuten würde.

»Seine wahre Natur kann zu einem verdammten Berserker werden.«

Richtig, und darauf war ich nun wirklich nicht scharf.

»Im Gegensatz zu dir habe ich mich im Griff.«

»Das sehe ich. Deswegen siehst du mich mit diesen Augen an, als würdest du dich gleich verwandeln.«

»Dario, du lenkst vom Thema ab.«

Doch sicher wusste er, dass ich gar nicht so unrecht hatte. Denn er atmete tief ein und wirkte konzentriert, bis seine Augen ein dunkles Grün mit einem leichten Braunstich annahmen und er sich lässig durch seine Haare strich. »Siehst du, ich habe alles im Griff.«

»Fürs Erste. Aber Milo ähnelt Ryan ziemlich stark.«

Ich ignorierte den Kommentar meiner wahren Natur und ging langsam mit Milo den Flur entlang, als er erneut das Thema aufgriff.

»Du weißt, dass Emma Ryans Gefährtin ist und du weißt auch, dass wir ihm unsere Treue geschworen haben.«

»Milo.« Mit einem warnenden Blick sah ich zu ihm.

Was wollte er denn bitte hören? Ich wusste genau, was wir geschworen hatten, und Ryan war nicht nur unser Alpha. Aber das änderte nichts an meinen Gefühlen, gegen die ich den Kampf jeden Tag ein Stückchen mehr verlor. Wie sollte ich das jemandem sagen,

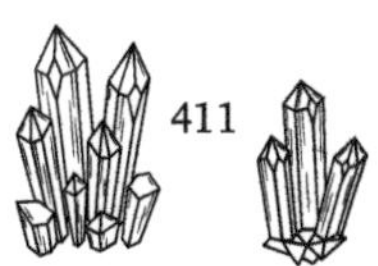

411

ohne dass ich als Verräter meinen Kopf verlieren würde? Ich musste diesen Kampf allein durchstehen und hoffen, dass ich am Ende als Gewinner hervorgehen würde.

»*Wir sollten dem nachgehen, warum wir für Emma so eine Anziehung empfinden*«, sagte meine wahre Natur.

Stimmt, denn es war nicht normal, dass wir uns so extrem zu Emma hingezogen fühlten, obwohl sie nicht unsere Gefährtin war.

»*Bist du dir da sicher, dass sie das nicht ist?*«

»*Natürlich. Shades haben nur einen Gefährten*«, gab ich zornig zurück.

Was dachte sie sich nur dabei? Emma war Ryans Gefährtin und das wusste jeder.

»Ich meine es nur gut, Dario. Wir alle kennen uns schon so lange und wir stehen zu dir, genauso wie du zu uns. Wir sind eine Familie.«

»Ja, das weiß ich«, murmelte ich und blickte zu ihm. »Du musst dir keine Sorgen machen. Ich mag Emma genauso wie du, mehr nicht.«

Vorsichtig nickte er und ich hoffte, dass das Thema damit vom Tisch war.

Als wir unten in Ryans Büro ankamen, hatten sich bereits alle versammelt – sogar Tarik. Ich zog meine Stirn kraus. Was hatte das denn jetzt zu bedeuten?

»Kann mir mal jemand sagen, was genau das hier soll?«, wollte Tarik wissen und er sprach mir förmlich aus der Seele.

Ryan sah mit finsterer Miene zu uns und für einen Moment hatte ich das Gefühl, dass er etwas von meinen Gefühlen für Emma ahnen würde.

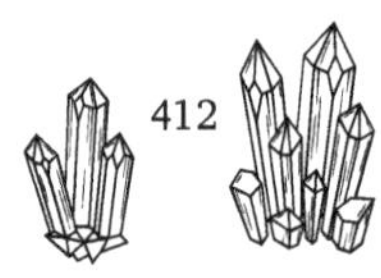

»Ich dachte, wir besprechen das zusammen, dann weiß jeder Bescheid. Abgesehen davon wird es Zeit, dass du uns hilfst, Tarik.«

Puh, ein Glück! Erleichterung durchströmte meinem Körper und ich lehnte mich an die Wand hinter mir.

»Wobei soll ich euch helfen?«

»Ganz einfach. Du kennst Vlad am besten und wirst sicher wissen, wie sein Verhältnis zu seinem Vater ist.«

»Ihr wollt von mir wissen, wie das Verhältnis zwischen Vlad und seinem Vater ist?« Irritiert runzelte er seine Stirn.

»Ja, du warst ihm nahe und wirst sicher das ein oder andere Mal etwas von seiner Familie mitbekommen haben«, sagte Ryan.

Alle sahen erwartungsvoll zu Tarik.

»Sicher stand ich Vlad nahe, aber das ist schon eine lange Zeit her.«

Schnaubend drehte Ryan seinen Kopf einmal nach links und nach rechts und dabei knackste es bedrohlich in seinem Nacken. Jetzt kam er in Fahrt. Dann ging er einen Schritt auf Tarik zu. »Es ist mir egal, wie lange es her ist, Tarik. Du wirst uns jetzt sagen, was du weißt.«

»Es gibt nicht viel zu erzählen, das ist es ja«, fing er an. »Soweit ich das weiß, hat Vlad seine Mutter früh verloren und das Verhältnis zu seinem Vater war nicht gerade das Beste.«

»Wodurch hat er seine Mutter verloren?«, wollte Vinzenz wissen.

»Das weiß ich nicht. Ich weiß nur, dass sie gestorben ist.« Na super. Das half uns nicht weiter. Wir hatten einfach zu wenig Informationen über die Koslow-Familie.

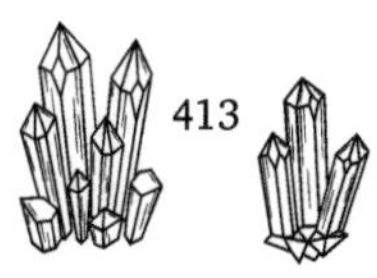

»Und das Verhältnis zu seinem Vater ist schlecht?«, hakte Ryan nach.

»Ja, laut Vlad schon. Aber ich weiß nicht wieso, oder ob sich daran etwas geändert hat.«

»Weißt du, wo das Hauptschloss dieser Familie ist?«, fragte Milo.

»In Moskau. Und soweit ich weiß, lebt sein Vater seit dem Tod der Königin noch immer dort.«

Das klang schon besser. Wahrscheinlich lebte er dort noch immer wegen all den Erinnerungen an seine Frau. Und es wäre nicht weit hergeholt, dass Vlad vielleicht zu seinen Wurzeln zurückgekehrt war. Denn egal, wie gut das Verhältnis zwischen ihm und seinem Vater war, am Ende blieb Blut dicker als Wasser. Jedenfalls war das meine Ansicht und so, wie die anderen dreinblickten, dachten sie das Gleiche.

»Gut, mehr wollte ich gar nicht.«

Damit beendete Ryan das Treffen, alle traten aus dem Büro.

Nur ich blieb allein mit ihm zurück. »Du denkst, er ist in Moskau?«

Ryan nickte, strich sich durch seine Haare und zündete sich eine Zigarette an. »Ja, das denke ich.«

»Obwohl Tarik meinte, dass ihre Beziehung nicht die Beste sei?«

»Vlad hat niemanden mehr. Das Schloss in Chicago existiert nicht mehr. Außerdem hat sein Vater eine Königsarmee und die nötigen Männer für einen Gegenangriff, und auch wenn sie vielleicht nicht das beste Verhältnis haben, ist er noch immer sein Vater, seine Familie.«

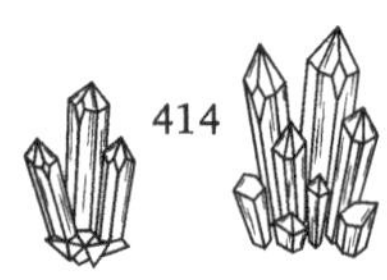

»Das sehe ich auch so.« Am Ende hielt man zusammen, egal was kam. Das machte die Familie aus. »Und was willst du jetzt machen?«

»Wir werden ein paar Männer nach Moskau schicken und herausfinden, was dort vor sich geht. Und hier werde ich zeitgleich die Sicherheitsvorkehrungen erhöhen.«

Das klang nach einem Plan. »Das finde ich gut. Aber mal was anderes: Weißt du etwas über den Tod von Vlads Mutter?« Denn so, wie Tarik darüber gesprochen hatte, sagte mir mein Bauchgefühl, dass Vlad ein größeres Geheimnis hatte als wir alle zusammen.

»Nein. Die Gerüchte um ihren Tod kursierten immer nur wenige Tage, wenn es welche gab. Aber ich schätze, dass die Königin entweder von Feinden getötet wurde oder Selbstmord begangen hat.«

Das klang logisch, denn von Grund auf waren wir Shades unsterblich. Das Königshaus musste die Todesursache also vertuscht und die Gerüchte ausradiert haben.

»Du hast recht. Und Feinde haben die Koslows sicher genügend.«

»Eben.«

Ryan ging an mir vorbei und als ich allein war, atmete ich tief durch. Jetzt hatten wir wenigstens einen Ort, wo Vlad sich womöglich aufhalten konnte.

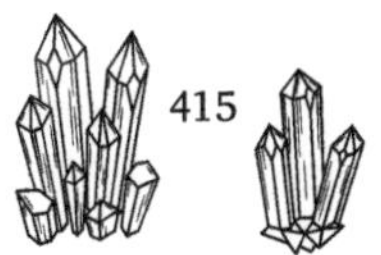

ICH WAR SOWAS VON ERLEICHTERT, ALS DAS Verhör vorbei gewesen war. Zum Glück hatten sie nicht weiter nachgebohrt und sich mit den wenigen Informationen zufriedengegeben. Dennoch machte mir diese fremde Stimme in meinem Kopf, die ich noch immer nicht zuordnen konnte, eine Heidenangst.

Ich ging hinauf in mein Zimmer, setzte mich auf mein Bett und atmete tief durch, als ich wieder an Vlad denken musste. Wir waren enge Freunde gewesen und ich hatte mir so sehr gewünscht, dass er seiner Dunkelheit nicht verfallen würde. Ich kannte ihn, wusste wie er sein konnte, und dass mehr in ihm steckte als nur das Monster, das er Emma am Ende gezeigt hatte. Doch dieser Mann war vermutlich schon sehr lange gestorben.

»Es ist nicht unsere Schuld«, flüsterte meine Natur, doch was das anging, war ich mir nicht sicher. Hätte ich mehr für ihn tun sollen? Ihm dabei helfen, diese Finsternis zu besiegen?

Fluchend rieb ich über meine Schläfen, erhob mich und ging noch mal hinunter in die Küche, um mir eine Kleinigkeit zu essen zu holen. Ich nahm einen Teller aus dem Regal, stellte ihn auf dem Tresen ab und ging zum Kühlschrank.

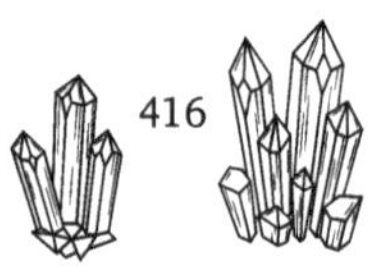

»Wieso denkst du, dass die Dunkelheit so etwas Schlechtes ist?«

Die fremde Stimme! Irritiert hielt ich inne. Was war das denn eben? Warum fragte mich diese Stimme das? Und warum konnte ich noch immer nicht einschätzen, wer oder was versuchte, mich mit diesem kranken Spiel in den Wahnsinn zu treiben? Wenn ich in einem Augenblick dachte, die Stimme identifiziert zu haben, hörte sie sich im nächsten Moment wieder anders an.

»Die Dunkelheit ist unser Fluch«, sagte ich.

»Das stimmt, und ich will wissen, wer du bist!«, stimmte meine wahre Natur mir wütend zu.

»Die Dunkelheit ist nicht unser Fluch. Sie ist ein Teil von uns.«

Darüber musste ich nur lachen. Das war absoluter Schwachsinn und jeder Shade würde diese Meinung mit mir teilen, denn die Dunkelheit war und blieb unser Fluch. Selbst Ryan und seine Männer würden mir zustimmen.

»Weil ihr alle Angst davor habt. Aber die Dunkelheit ist kein Fluch.«

»Wer bist du?«, schrie ich und erhielt als Antwort ein tiefes, boshaftes Lachen, was mich zusammenzucken und meine Nackenhaare zu Berge stehen ließen.

»Wer ich bin? Das wirst du schon noch früh genug herausfinden.«

Dann war sie verschwunden und ich blieb planlos zurück. Wie in Trance starrte ich auf meinen leeren Teller und stellte ihn in das Regal zurück, denn der Hunger war mir soeben vergangen.
Ich wollte endlich wissen, wer dieser Fremde in meinem Kopf war.

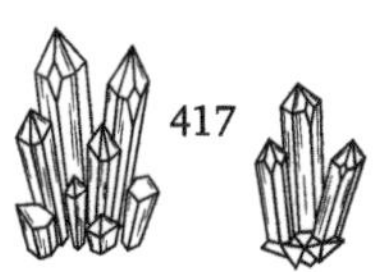

»Nicht nur du … Aber ich komme einfach nicht darauf.«

Auch wenn ich dabei an Vlad dachte, und mir irgendetwas sagte, dass er die Blaxro-Magie besser beherrschte als ich ursprünglich dachte, konnte ich das nicht glauben. Woher sollte er sie so in Perfektion erlernt haben?

»Vielleicht war sein Vater sein Lehrmeister?«, fragte meine wahre Natur und ich schüttelte meinen Kopf. Boris liebte die Macht und auch, damit zu prahlen. Wenn er diese Art von Magie beherrschen könnte, hätte er ununterbrochen damit angegeben und seine Untertanen damit gefoltert.

Ich hatte nicht nur Angst, sondern fühlte mich auch so hilflos, wie schon lange nicht mehr.

Tief sog ich die Luft ein, schenkte mir ein Glas Whisky ein und trank den Alkohol in einem Zug aus, ehe ich mir nachschenkte und mich damit auf das Sofa setzte. Wieder kamen mir die Worte der fremden Stimme in den Sinn. Die Dunkelheit sollte kein Fluch sein? Jeder wusste, dass die Dunkelheit nichts Gutes war. Sie entfesselte unsere finstersten Ansichten und Gelüste, trieb uns an, zu foltern und zu morden, und wir waren ihr schutzlos ausgeliefert. Kein Shade mit klarem Verstand würde die Dunkelheit als Freund betrachten. Sie war der Grund für all das Böse in uns. Unser ganz persönlicher Fluch.

»Sie beeinträchtigt unsere Unsterblichkeit und unsere Macht«, sagte meine wahre Natur.

»Ich weiß.«

Wegen dieser Angst hatte ich vor vielen Jahren angefangen, unsere Aura zu verbergen und hatte mit

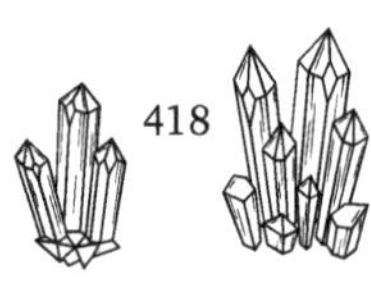

meiner wahren Natur vereinbart, dass wir niemals über unseren wahren Stammbaum und unserer Familie sprechen würden.

»Und das ist richtig, auch wenn es manchmal schwer ist und ich es hasse.«

»Wir werden uns daran halten und unser Geheimnis hüten«, sagte ich und sie stimmte mir zu.

Zufrieden leerte ich mein Glas und machte mich auf den Weg zur Treppe und zurück in mein Zimmer. Ich würde das alles schon irgendwie schaffen, und dass ich jetzt nicht mehr in dem Käfig saß, war der erste Schritt in die richtige Richtung.

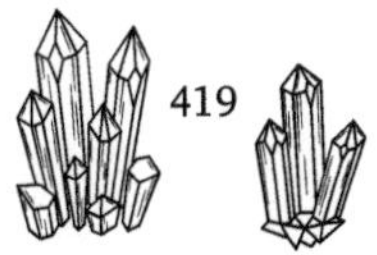

Kapitel 27 

VLAD

Mein Plan lief genau so, wie ich es mir vorgestellt hatte. Tarik hatte keine Ahnung. Aber bald würde ich mich zu erkennen geben.

Grigorij und Jegor waren endlich bei mir in Moskau angekommen und ich hatte sie in meinen Plan eingeweiht, den sie großartig fanden und nur auf meine Befehle warteten.

Das einzige Problem war mein Vater, der noch immer nicht den Anschein machte, mir die Königsarmee zur Seite stellen zu wollen. Nach der letzten Auseinandersetzung ging ich ihm so gut ich konnte aus dem Weg. Auch wenn die Wunden schon längst wieder verheilt waren, konnte ich es nicht verhindern, dass mein Herz darunter litt.

»Das ist verständlich. Alles, was wir jemals wollten, war eine Familie.«

»Wir werden eine Familie haben – und zwar mit Emma«, sagte ich zu meiner wahre Natur an und atmete tief durch. Dann trat ich auf meinen Balkon und zündete mir eine Zigarette an.

»Wir werden das alles schaffen, Vlad. Wir sind besser als dein Vater«, sagte sie ernst und ich musste unwillkürlich an meine Mutter denken. Sie war immer der Meinung gewesen, dass ich besser sei als Boris. Dass ich nicht nur sein Blut, sondern auch ihr Blut in mir

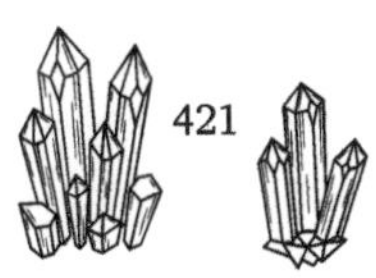

trug und niemals vergessen sollte, woher ich kam. Sie war die einzige Konstante in meiner Kindheit gewesen. Diejenige, die mich geliebt und mir so etwas wie eine Familie geschenkt hatte. Doch sie musste viel zu früh sterben und ich war mit meinem Vater und der Dunkelheit allein zurückgeblieben.

Egal, wie oft ich gegen diese Dunkelheit gekämpft und sie verfluchte hatte, am Ende war sie da. Sie lebte tief in mir und vereinte sich mit meinem Licht, das die Erinnerungen an meine Mutter nicht verblassen ließ.

»Wir sind stärker, als sie alle denken.«

Oh ja, denn während Tarik und alle anderen vor der Dunkelheit Angst hatten und sie bekämpften, wollte mein Vater, dass ich ihr verfiel und mich von ihr beherrschen ließ. Sie alle hatten keine Ahnung, was wahre Macht bedeutete.

»Nur unsere Mutter wusste es. Nur sie wusste, was wahre Macht bedeutet.«

Wie recht meine wahre Natur doch hatte, denn die Dunkelheit war nicht unser Fluch und das Licht machte uns nicht schwach. Beides zu vereinen schafften nur die Wenigsten.

Ich musste an Emma denken und drehte meinen Ehering umher. Ich vermisste sie so sehr und ich würde ihr den Mann zeigen, in den sie sich einst verliebt hatte. Wir beide gehörten zusammen.

»Du sagst es. Sie ist eine Hernandez und wir sind ein Koslow.« Etwas Besseres würde es niemals geben und gemeinsam konnten wir so verdammt mächtig sein.

Ein plötzliches Klopfen an meiner Tür riss mich aus meinen Gedanken. Ich erhob mich knurrend, ging vom Balkon in mein Zimmer und rief »Herein«.

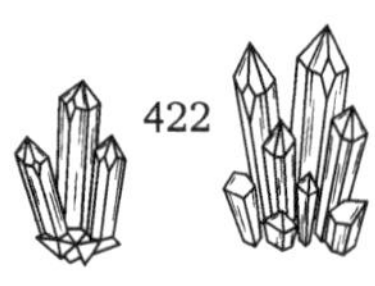

Grigorij schlüpfte durch die Tür und verschloss sie hinter sich, ehe er mich besorgt ansah und sich durch seine blonden Haare strich.

»Dein Vater lässt die Tafel decken.«

»Ja ich weiß, er erwartet Polina und mich zum Abendessen.«

»Es tut mir leid, Vlad.«

Überrascht sah ich zu ihm, was ihn lachen ließ. »Was? Denkst du ich empfinde nichts?«

»Ich hatte gehofft, du ersparst mir deine Gefühlsausbrüche.«

»Und wir beide wissen, dass du dich auf Jegor und mich verlassen kannst. Wir sind nicht wie dieser Verräter Tarik. Uns kennst du schon seit Kindheitstagen und wir kennen dich.« Er legte seine Hand auf meine Schulter und fügte hinzu: »Du bist unser wahrer König, und das weißt du. Und bis es so weit ist, spielen wir Boris' Spiel mit. Aber vergiss niemals, dass wir hinter dir stehen.«

»Das weiß ich, aber ich will endlich meine Frau wieder bei mir haben und dann aus Moskau verschwinden.«

Ich hatte sowas von die Schnauze voll, ich wollte einfach nur noch weg.

»Und das wirst du. Aber zu dritt können wir keinen Krieg gewinnen, wir brauchen seine Armee.«

»Ich weiß«, seufzte ich und rieb über meine Schläfen, als er mir entgegen grinste.

»Ich könnte in den Speisesaal platzen und dich dort wegen einem Notfall herausholen«, schlug er vor und betonte das Wort Notfall überschwänglich, was mich tatsächlich zum Lachen brachte.

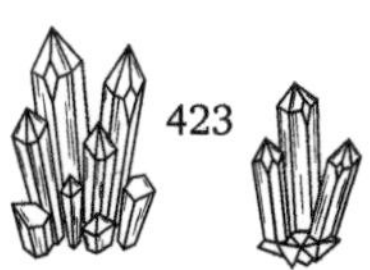

423

Jegor, Grigorij und ich waren schon immer beste Freunde und ich konnte nicht sagen, wie oft wir uns gegenseitig schon den Arsch gerettet hatten. Bis ich dem Falschen vertraut und ihn in unseren Kreis aufgenommen hatte. Tarik.

»Pawel ist tot«, wechselte ich mit einer Eiseskälte in meiner Stimme das Thema und Grigorij nickte wissend.

»Du hast ihn getötet, oder?«

»Spielt das eine Rolle?«

»Du weißt, wie gefährlich diese Magie ist und welche Konsequenzen sie mit sich bringt.«

Nicht er auch noch. Jetzt war es eh schon zu spät. »Grigorij.«

»Hey, alles gut. Wenn es sein muss, kämpfen wir auch gegen den Schattenrat. Du weißt, dass wir hinter dir stehen, auch wenn du diese Magie einsetzt.«

Dafür war ich ihnen mehr als nur dankbar.

»Macht euch keine Gedanken, ich kann diese Magie beherrschen.«

»Das wissen wir.«

Ich konnte diese Art von Magie nicht nur beherrschen, sondern ich wusste alles darüber. Die Blaxro-Magie gehörte zu mir, genauso wie meine wahre Natur. Und auch wenn sie verboten war, änderte es nichts daran, dass sie schon immer durch meine Venen floss und ich alles darüber beigebracht bekommen hatte, was nötig war.

Ich ging zur Tür und auf dem Weg dorthin, klopfte Grigorij mir bestärkend auf die Schulter. »Alles wird gut, wir sind jetzt da.« Dann raste er davon.

Ich ging in den großen Speisesaal, wo Polina mich

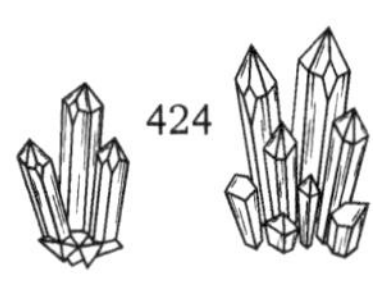

sofort unterwürfig anlächelte, ehe sie ihren Kopf senkte und mein Vater in Richtung des Tisches nickte.

»Setz dich, mein Sohn.«

Das selbstgefällige Grinsen meines Vaters ließ mich schlucken. Ich setzte mich hin und keine Minute später wurde das Essen serviert.

»Vater, wann wirst du mir die Kontrolle über die Armee geben?«

Wortlos sah er mich an, schnitt sein Fleisch und schob es in den Mund.

»Wir müssen ruhig bleiben«, sagte meine wahre Natur.

»Du willst also die Kontrolle über die Königsarmee – meine Armee?«

»Ja. Nur so kann ich Ryan Scott besiegen und meine Frau wieder zu mir holen.« Absichtlich betonte ich den Teil mit meiner Frau, und mir entging nicht, dass Polina mich länger als üblich anstarrte, bevor sie sich wieder ihrem Essen widmete.

»Bald, mein Sohn. Aber erst würde ich gern wissen, wie es zwischen euch beiden läuft.«

Das war wohl ein schlechter Witz. Was genau erwartete mein Vater? Dass ich Polina heiraten oder noch besser den Traditionen der Shades folgen würde, und sie so an mich binden würde? Diese Frau war nichts weiter als eine Hure für mich und das würde sich niemals ändern.

»Ich weiß nicht, was du meinst.«

»Komm schon. Polina ist eine gute Frau, ihr beide seid füreinander bestimmt.« Bevor ich es aufhalten konnte, brach ein ohrenbetäubendes Knurren aus meiner Kehle.

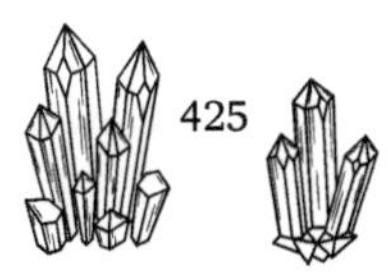

»Polina ist nicht meine Frau. Emma ist meine Frau, Vater!«

Schnaubend legte er sein Besteck beiseite und fixierte mich mit seinem Blick. »Diese Emma ist ein Nichts, Vlad!«

»Er weiß es nicht besser und wir sollten dieses Geheimnis weiter hüten«, flüsterte meine wahre Natur und ich musste ihr zustimmen.

Boris war vielleicht mein Vater, aber das hieß noch lange nicht, dass ich ihm auch vertraute, was Emma anging.

»Was hat diese Frau nur mit dir getan, dass du so vernarrt in sie bist?«

»Gar nichts. Meine Gefühle ihr gegenüber sind echt, Vater. Ich liebe Emma.«

Das tat ich wirklich. Ich liebte Emma und nicht nur, weil sie meine Ehefrau war, sondern weil sie mehr in mir gesehen hatte als nur die Dunkelheit. Sie strahlte dieses Licht aus und sie verstand, was es bedeutete, beides in sich haben – Licht und Dunkelheit. Emma war so viel mehr als nur ein schönes Gesicht. Sie besaß Güte, den Glauben an das Gute und die Hoffnung. Sie gab mir den Frieden, den ich so lange verloren geglaubt hatte, und sie verstand den Kampf zwischen Dunkelheit und Licht.

»Liebe?« Das Lachen meines Vaters zwang mich zurück in den Speisesaal.

»Liebe existiert nicht. Liebe ist das, was uns schwach macht, genauso wie alle anderen Gefühle. Und ich dachte, du hättest das verstanden.«

Als er sich erhob, tat ich es ihm gleich und sah zu Polina. »Verschwinde aus diesem Raum.«

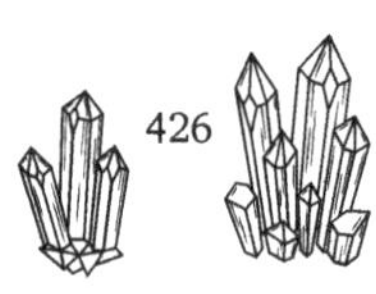

»Aber …«

»Raus!«, brüllte ich und sie rannte hinaus, als im nächsten Moment schon mein Vater mit herausragenden Krallen auf mich zugestürmt kam und mich auf die andere Seite des Saals schleuderte.

»Hast du denn gar nichts gelernt, als ich deiner wertlosen Mutter den Kopf abgeschlagen habe?«, brüllte er und mein Herzschlag setzte aus. Ich hatte so lange damit gekämpft, diese Bilder aus meinem Kopf zu verbannen, und mich diesem Schmerz verwehrt, aber am Ende hielt er mich gefangen.

»Liebe macht uns angreifbar.« Er bohrte seinen Krallen in mein Fleisch und schlug mit der anderen Hand zu, während seine Worte immer mehr in den Hintergrund gerieten.

Ich zuckte zusammen, spürte wie mein Herzschlag sich beschleunigte. Ich presste meine Hände auf meine Wunden, während der Schmerz mich von innen heraus zerriss.

»Sie hatte dich verweichlicht, dich verzogen und zu einem Schwächling gemacht!«, donnerte er und ich versuchte, mich vor seinem Angriff zu schützen. Ich holte mit meiner rechten Hand aus, während ich meine Linke auf meine Wunden presste. Aber mein Vater war zu stark und mein eigenes Blut breitete sich auf dem Boden unter mir aus, dessen Geruch mich umhüllte. Ich japste nach Luft, als mein Vater über mir thronte und sich der Druck auf meiner Brust sich erhöhte. Mit jedem Bruch, den er mir zufügte, ertönte ein grauenhaftes Knacken, der von den Wänden widerhallte.

»Ich habe dir einen Gefallen getan, als ich sie

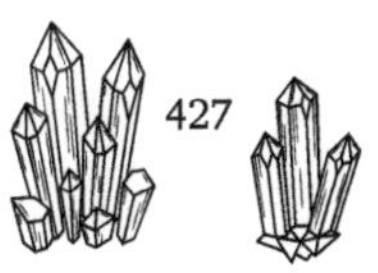

umgebracht habe. Ich habe dich zu einem Mann gemacht, Vlad.« Seine Worte gerieten in den Hintergrund und ich ergab mich, hörte auf, mich zu wehren und nahm jeden Schnitt, jeden Schlag, jede Beleidigung und jeden weiteren Bruch einer meiner Knochen wortlos hin. Meine Augen waren starr auf das Blut unter mir gerichtet und die Schmerzen übermannten mich.

»Nur wegen mir bist du der Mann, der du jetzt bist!«, schrie er und holte erneut aus, riss meine Wange auf und trat dann endlich von mir zurück.

Ich blieb in meiner Blutlache liegen und starrte mit pechschwarzen Augen auf meinen Ehering.

»Er hat recht, er hat mich zu einem Monster geformt.«

»Nein, wir sind kein Monster, Vlad«, wisperte meine wahre Natur und ich sah, wie mein Vater den Saal verließ.

»Sind wir nicht? Wir haben Emma so oft wehgetan.« Und warum? Weil ich dachte, nur so könnte ich sie an meiner Seite halten. Ich dachte, ich würde das Richtige tun.

»Wir haben Fehler gemacht, große Fehler. Aber wir sind keine Monster und genau das werden wir Emma zeigen.«

Ich konnte nur hoffen, dass sie damit recht besaß, denn ich liebte sie wirklich. Emma war alles, was ich jemals wollte.

»Fuck«, riss mich Grigorijs Fluchen aus meinen Gedanken, als er mit Jegor in den Saal gerannt kam und sie neben mir in die Hocke gingen.

»Sollen wir dich heilen? Brauchst du irgendwas?« Besorgt sah Jegor zu mir und rieb sich überfordert seinen Nacken, ehe ich schmerzverzerrt ausatmete und mich vorsichtig erhob. Ich konnte spüren, wie

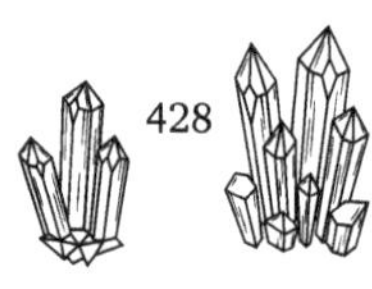

meine Knochen sich zusammenfügten, genauso wie die Schnitte und sämtliche Blessuren nacheinander heilten. Nur der Schmerz in meiner Seele blieb.

»Mir geht es gut«, brachte ich zwischen zusammengepressten Zähnen hervor.

»Vlad, wir sind deine Freunde. Sei mir nicht böse, aber du siehst aus, als hätte dich ein Lastwagen überrollt.«

Finster sah ich zu Jegor, der unschuldig seine Hände in die Luft warf.

»Die Wunden heilen schon wieder, mir geht's gut.«

Ich deutete auf meinen Körper und beide seufzten. Sie sahen das nicht zum ersten Mal und wussten, dass meine Wunden – egal, wie tief sie auch waren, nach ein paar Minuten wieder heilten und ich wie neu sein würde. Und doch sahen sie mich jedes Mal so an, als wäre ich soeben gestorben.

»Vlad. Das, was dein Vater da macht, ist falsch und …«, setzte Grigorij an, doch ich unterbrach ihn.

»Mir geht es gut, verstanden!«

»Ja, natürlich.«

Beide warfen sich einen letzten besorgten Blick zu, ehe ich mich an ihnen vorbeischleppte und in meinem Zimmer verschwand, die blutige Kleidung in den Kamin warf und mich unter die Dusche stellte.

Ich atmete tief durch und lehnte mich an die Wand, während das warme Wasser über meinen Körper floss und ich das Geschehene zu verdrängen versuchte. Was da eben passiert war, war nicht neu für mich. Ich kannte es, doch warum schmerzte es jedes Mal aufs Neue? Musste das nicht irgendwann aufhören und einfacher werden?

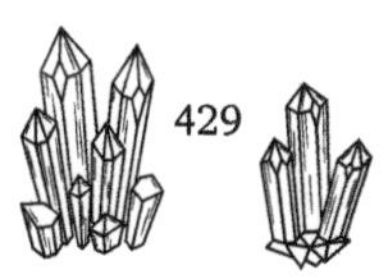

VLAD WAR ALSO IN MOSKAU. JEDENFALLS GINGEN wir davon aus. Also schickte ich drei meiner Männer nach Moskau, die mich über die dortige Situation aufklären sollten. Außerdem vermutete ich, dass Boris seinem Sohn alles beigebracht hatte, was er über die Blaxro-Magie wissen musste, und so schloss sich für mich der Kreis, wie Pawel gestorben war.

Ich hatte bereits veranlasst, die Sicherheitsvorkehrungen auf meinem Areal zu verstärken, denn seit ich das Bild von Jegor gesehen hatte, schrillten sämtliche Alarmglocken in meinem Kopf. Vermutlich war dieser Bastard schon lange in San Francisco, doch wenn das der Fall sein sollte, warum hatte er uns noch nicht angegriffen oder irgendwelche Nachrichten hinterlassen?

Ich schüttelte meinen Kopf und sah noch einmal aus dem Fenster. Mein Krazor tollte durch den Garten und hatte eine der Statuen umgeschmissen, an der er jetzt knabberte.

Ich schloss die Tür meines Büros hinter mir, setzte mich anschließend auf den Sessel im Wohnzimmer und stemmte meine Ellenbogen auf meinem Schreibtisch ab, während ich meine Schläfen massierte.

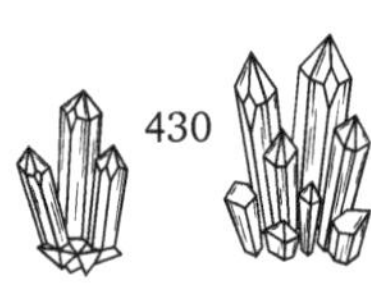

»*Vielleicht sollte er nur Informationen beschaffen oder uns auskundschaften*«, schlug meine wahre Natur vor.

»*Und dann verschwindet er wieder?*«, fragte ich skeptisch und musste an die beiden Männer denken, die allen Anscheins nach für Vlad gearbeitete hatten. Welche Rolle hatten die beiden in seinem perfiden Plan gespielt und seit wann ließ Vlad seine Arbeit von Menschen verrichten? Damals schien er sie zu hassen und meinte, sie wären nichts weiter als Bluthuren für ihn. Das alles war ein riesengroßes Rätsel.

»*Vlad könnte sich verändert haben. Vielleicht arbeitet er jetzt öfter mit Menschen zusammen.*«

»*Vlad hat sich ganz sicher nicht verändert.*«

Ich zog eine Zigarette aus meiner Hemdtasche und zündete sie mir an. Wieso sollte er sich auch verändert haben und wieso sollte seinen Hass gegenüber den Menschen plötzlich nicht mehr existieren? Das war unmöglich, selbst für Vlad. Alles, was er kannte, war die Manipulation und das Streben nach mehr Macht, nur hatte ich das zu spät erkannt.

»*Mach dir darüber keine Vorwürfe, wir wussten es damals nicht besser*«, flüsterte meine Natur und ich zog an meiner Zigarette.

Hatte ich es wirklich nicht besser gewusst oder war ich zu geblendet gewesen von dem, was er erreicht hatte? Hatte ich mich manipulieren lassen? War ich zu schwach, um die Wahrheit zu erkennen?

»*Ryan, wir sind alles, aber nicht schwach.*«

»*Wenn du das sagst*«, murmelte ich und rauchte meine Zigarette zu Ende, ehe ich sie ausdrückte. Irgendwann würde ich mit Emma über ihre Zeit bei Vlad reden müssen. Nicht nur darüber, was sie dort

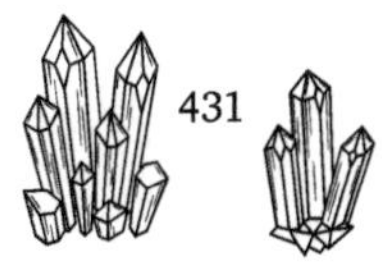

erlebt hatte, sondern auch, woher ich ihn kannte. Mein kleiner Engel würde Fragen haben und davor grauste es mich schon jetzt.

»Emma wird uns nicht verurteilen und sie wird uns zuhören, genauso wie wir ihr zuhören werden.«

Ich musste wieder an ihren Gesichtsausdruck denken, als ich ihr gesagt hatte, dass wir verflucht seien und dass ich deswegen damals den Kontakt abgebrochen und mich nie wieder hatte blicken lassen. Der Schmerz in ihren Augen hatte mein Herz gebrochen und niemals hatte ich wollen, dass das alles so enden würde. Erst recht nicht, dass sie dadurch in Vlads Arme geraten würde.

Ich war an allem schuld und ich hasste mich dafür, dass die Liebe meines Lebens solchen Schmerz erlitten hatte. Und ich hasste mich dafür, dass die Männer, die für mich wie Brüder waren, um ihr Leben kämpfen und sich verstecken mussten. Das alles war nie mein Plan gewesen, als ich damals den Thron bestiegen hatte.

Fuck. Was würde mein Vater jetzt über mich denken? Wäre er enttäuscht, dass ich all seine Arbeit und das, was meine Familie über Generationen aufgebaut hatte, verloren hatte? Würde er mich hassen und vielleicht sogar verstoßen, wenn er das alles noch miterleben könnte?

»Nein, sowas will ich gar nicht hören!«, brüllte meine wahre Natur und ich zuckte zusammen.

»Er wäre stolz auf dich. Stolz darauf, dass wir etwas Neues aufgebaut haben, dass wir noch immer unser Königreich und auch den damit verbundenen Clan führen und dafür kämpfen. Ryan, er wäre niemals enttäuscht von dir.«

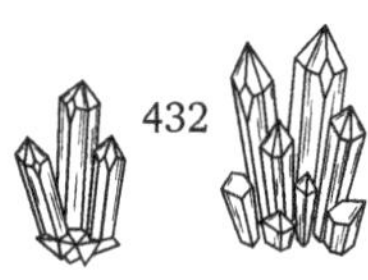

Die Ernsthaftigkeit in ihrer Stimme ließ mich schlucken. Ich wusste, dass mein Vater mich geliebt hatte. Er hatte mir alles beigebracht, was ich wissen musste und hatte immer an meiner Seite gestanden – ganz gleich, was für Flausen ich im Kopf gehabt hatte. Er war immer gut zu mir und ein noch besserer König gewesen. Mein Vater war mein größtes Vorbild und er würde immer in meinem Herzen bleiben. Aber die Angst, dass ich seinen Fußstapfen nicht gerecht werden konnte, war groß, und es gab Momente, da wünschte ich mir ein normales Leben ohne die Bürde eines königlichen Alphas. Ein Leben, indem ich mit Emma unbeschwert irgendwohin reisen könnte, ohne zweimal über die Schulter blicken zu müssen. Ein sorgloses und ruhiges Leben. Aber so etwas würde ich niemals bekommen und das musste ich einsehen.

»Vielleicht werden wir so ein Leben nicht führen. Aber wir werden ein Leben mit ihr führen, das uns beide glücklich machen wird«, sagte meine Natur zuversichtlich und ich hielt mich daran fest.

Tief atmete ich durch und erhob mich von meinem Sessel, ehe ich aus dem Wohnzimmer und in die Richtung meines Schlafzimmers schritt.

»Jetzt warten wir erst mal ab, was die Männer in Moskau herausfinden werden.«

Sollte dieser Rat wirklich existieren, und auch nur ein Funken Wahrheit an den Gerüchten über ihn dran sein, dann würde der Zorn unser aller Untergang sein. Der Schattenrat sollte mit Abstand das Gefährlichste sein, was es unter uns Shades gab, und niemand, wirklich niemand, wäre dem gewachsen.

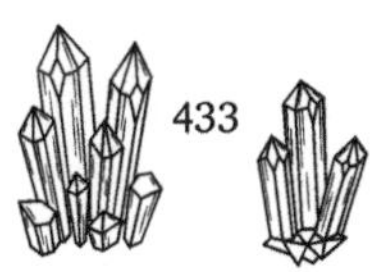

Epilog

EMMA

Ich hatte mir gerade eine heiße Schokolade in der Küche gemacht und wollte mit dem Aufzug wieder nach oben fahren und in Ryans Flügel, als ich Tarik im Flur sah, wie er geradewegs auf mich zukam. Ohne es erklären zu könnten, breitete sich ein ungutes Gefühl in meiner Magengegend aus, und mein Blick huschte suchend umher. Doch niemand, der mir Sicherheit geben könnte, war hier zu sehen und mein Herzschlag beschleunigte sich. Bevor ich in die andere Richtung gehen konnte, hatte Tarik mich eingeholt und kam vor mir zum Stehen.

»Emma.« Seine Stimme war rau, dunkler als sonst und in seinen sonst so braunen Augen lag etwas Finsteres. Meine Nackenhaare stellten sich auf und ich umklammerte die Tasse in meinen Händen fester.

»Tarik … Ich kann jetzt nicht«, brachte ich stockend über meine Lippen und ich sah mich noch mal hilfesuchend um.

»Wir sollten gehen, und zwar sofort«, schrie meine wahre Natur und ich wandte mich von Tarik ab, bereit zu gehen.

Ruckartig drückte er mich gegen die Wand und die Tasse fiel zu Boden, doch alles, was ich tat, war in seine von Dunkelheit verzehrten Augen zu blicken.

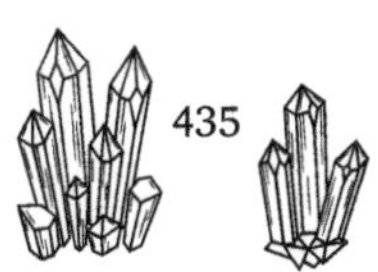

435

»Ich hatte mich schon gefragt, wann ich dich allein antreffen würde«, knurrte er und seine Hand landete neben meinem Kopf, während die andere auf meiner Hüfte lag.

»Tarik, bitte geh weg von mir.« Ich wollte so viel Kraft und Selbstvertrauen in meine Stimme legen, wie ich nur konnte. Doch mein Herz schlug schneller und mein Puls beschleunigte sich, während Angst und Panik über meinen Rücken empor krochen und mich vereinnahmten. Meine Hände zitterten unkontrolliert als Tarik mir noch näher kam.

»Und wenn ich nicht will? Was ist, wenn ich genau das hier möchte, Emma?« Er drückte mich fester gegen die Wand und beugte sich mit seinem Kopf zu mir.

Sofort drehte ich mein Gesicht weg und blinzelte, um die aufkommenden Tränen zu verbergen.

Seine Hand um meine Hüfte packte eisern zu und seine Lippen berührten meinen Hals. Er roch an mir und sog meinen Duft tief in die Nase. »Habe ich dir schon mal gesagt, wie gut du riechst?«

»Tarik, bitte lass mich los«, flüsterte ich und versuchte, aus seinem Griff zu entkommen, doch er war zu stark und sein Körper viel zu nah. Alles in mir sträubte sich und das Gefühl der Geborgenheit und Sicherheit, das ich einst bei ihm empfunden hatte, war restlos verschwunden. Stattdessen spürte ich nur noch die pure Angst und mein Herz hämmerte rasend gegen meine Brust. »Tarik, bitte.«

»Warum? Du hast es damals doch auch genossen, oder etwa nicht?«

Ich wollte darauf nicht antworten, wollte einfach nur so schnell es ging von ihm weg und fragte mich,

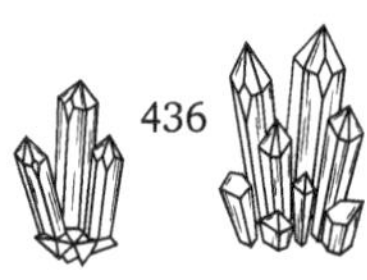

was das alles sollte. Warum war er so und was war passiert, dass er zu diesem Mann geworden war, den ich nicht mehr wiedererkannte?

»Aber ich verstehe es. Damals war es anders als jetzt und du scheinst mich nicht mehr so zu mögen wie in Chicago« Er raunte mir ins Ohr und ich drehte meinen Kopf zu ihm. Seine Augen leuchteten nicht in ihren Bernsteinfarben, die ich so sehr geliebt hatte, sondern waren dunkler. Es schien beinahe so, als hätte sich eine Art Finsternis darübergelegt und er sei nicht er selbst.

»Tarik«, wisperte ich und blinzelte meine Tränen weg. Er strich mit seinem Fingern über meine Wange und ein sehnsüchtiges Seufzen kam über seine Lippen.

»Es hätte so viel besser laufen sollen, wir hätten besser sein sollen.«

Wovon sprach er und warum sah er mich so an?

Mein Magen verkrampfte sich immer mehr und ich betete, dass jemand in den Flur kommen würde, Tarik und mich sehen und dazwischen gehen würde. Doch niemand kam und ich war auf mich allein gestellt.

Ich zitterte, versuchte, an meine Magie und meine Fähigkeiten heranzukommen, doch nichts geschah.

»Es tut mir leid, ich weiß nicht, wie ich sie herbeirufen kann.«

Uns fehlte das Training. Die erste dicke Träne kullerte über meine Wange.

»Wir hätten anders sein sollen«, flüsterte er gegen meine Lippen, als er mir im nächsten Moment einen Kuss aufzwang und meine Lippen gewaltsam mit seiner Zunge öffnete. Ich keuchte und erneut blickte er mir tief in die Augen und strich über meine Wange.

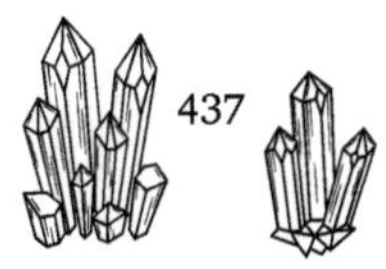

»… So viel besser. Aber keine Angst, das wird wieder.«

»Tarik, ich … Das mit uns war ein Fehler, ich will dich nicht«, brachte ich zitternd hervor und in seinen Augen flackerte etwas auf. Doch wider Erwarten war es keine Trauer, weil ich ihn nicht mehr wollte, oder Zorn, weil ich ihn von mir stieß. Nein, es war beinahe so, als wäre es Freude.

»*Was geht hier vor?*«, wisperte meine wahre Natur und als sich Tariks Augen für eine Sekunde in Pechschwarze veränderten, riss ich meine Augen auf. Das war unmöglich! Nein, das musste ein Irrtum sein. Mein Kopf spielte mir vermutlich ein Streich.

Doch wie gebannt starrte ich in seine Augen. »Nein«, flüsterte ich.

»Was ist los? Hast du Angst?«, sagte er mit rauer Stimme.

»Das ist unmöglich, Tarik.« Vor mir stand Tarik, ich kannte ihn. Seine braunen Haare, die bernsteinfarbenen Augen. Tarik war der Mann, der immer für mich dagewesen war und niemals seine Hand gegen mich erhoben hatte.

»Du kennst mich, Emma.«

»Ich weiß nicht, ob ich dich kenne, Tarik.« Oder ob ich ihn jemals gekannt hatte.

Er starrte mich weiter an und das schlechte Bauchgefühl wurde immer stärker.

»Oh, Emma. Meine kleine süße Emma, du musst schon weiter gehen.« Er grinste süffisant und wieder blitzte das Pechschwarze in seinen Augen auf.

Und mit einem Schlag wurde es mir bewusst.

Ich hatte mir das vorhin nicht nur eingebildet. Tarik

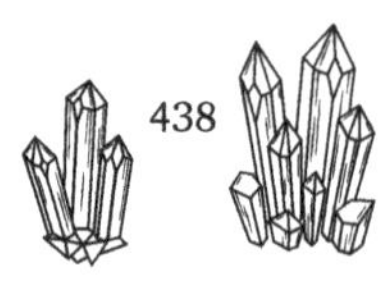

438

würde niemals auf diese Art mit mir reden. Und auch
wenn er genauso aussah und sich bewegte wie er,
gestikulierte und klang wie er – er war es nicht.

»Nein … das ist unmöglich.«

Sein Grinsen wurde wahnsinnig, als er meine Hüfte
losließ und sich durch die Haare strich.

»Hab keine Angst, ich werde dir nichts tun«, hauchte
er gegen meine Lippen. »Denn du, Ma Chérie, gehörst
mir.«

Ich wusste nicht, ob ich lachen oder weinen sollte,
und als ich meinen Mund öffnete und etwas sagen
wollte, kam nur heiße Luft heraus.

Während ich mich an die Wand presste, trat er einen
Schritt zurück und raste mit enormer Geschwindigkeit
davon, ohne sich noch einmal umgedreht zu haben.

Ich konnte mich nicht bewegen, nicht schreien oder
irgendetwas dergleichen. Denn die Erkenntnis lähmte
mich. Ohne zu verstehen, wie das möglich sein konnte,
war eine Sache klar: Das war nicht Tarik, der eben mit
mir gesprochen hatte, sondern der Mann, den ich für
immer vergessen wollte.

Vlad Koslow. Mein Ehemann.

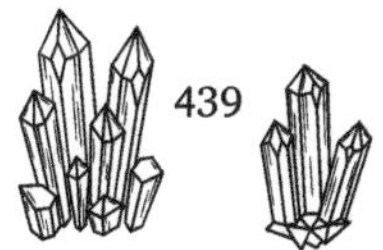

439

Fortsetzung folgt …

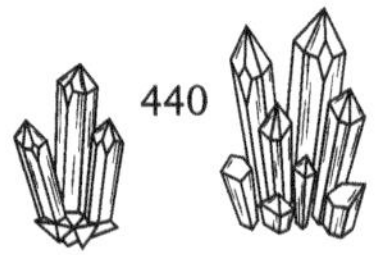

Nachwort